10
18

12, AVENUE D'ITALIE. PARIS XIIIe

Sur l'auteur

Chitra Banerjee Divakaruni est née en Inde où elle a vécu jusqu'à l'âge de dix-neuf ans. Auteur de recueils de nouvelles et de poésie très remarqués par la critique, elle a aussi publié plusieurs romans dont *Ma sœur, mon amour*.

Chitra Banerjee Divakaruni vit aujourd'hui aux États-Unis et enseigne à l'université de Houston.

CHITRA BANERJEE DIVAKARUNI

LA LIANE DU DÉSIR

Traduit de l'américain
par Françoise ADELSTAIN

10
18

« Domaine étranger »

dirigé par Jean-Claude Zylberstein

PLON

Du même auteur
aux Éditions 10/18

MA SŒUR, MON AMOUR, nº 3600
► LA LIANE DU DÉSIR, nº 3775

Titre original :
The Vine of Desire

ISBN 2-264-03760-1

Une fois encore pour vous :

mes trois hommes

Anand

Abhay

Murthy

De nouveau le jour, de nouveau la nuit
Aube et crépuscule, hiver, printemps.
Au jeu du temps, la vie s'effiloche –
Le désir seul demeure.

De nouveau la naissance, de nouveau la mort
De nouveau le sombre voyage dans la matrice
Dans ce monde de changements, rien ne tient
Que la liane du désir.

Sri Shankaracharya, *Bhaja Govindam*
(788-820 ap. J.-C.)

Et que voulais-tu ?
M'appeler le bien-aimé, me sentir
Bien-aimé sur la terre.

Raymond Carver, « Late Fragment »

— LIVRE UN —

Vérités enfouies

Éros, c'est la force cédant à l'insaisissable,
à un dard brûlant.

Robert Calasso,
Le Mariage de Cadmus et d'Harmonie.

Prologue

Au début il y a la douleur.

À moins que ce ne soit la fin qui baigne dans la douleur, à la couleur indigo si caractéristique. Couleur de vieilles meurtrissures, de poteries brisées, de cartes de géographie froissées, à la lumière du soir. Mais non, au bout du compte ce n'est pas cela. Car bien que les hommes – et les femmes aussi – essaient depuis des milliers d'années de trouver la juste comparaison, au bout du compte la douleur ne ressemble qu'à elle-même.

Autre chose : il est difficile de dire où cela commence et où cela finit. Surtout lorsqu'il s'agit de sa propre histoire, dont les segments s'enroulent, se répètent au hasard, comme un fragment de code informatique devenu fou.

La femme ne pensait à rien de tout cela, étendue, sanglée, dans l'ambulance qui fonçait en cahotant vers l'hôpital. Elle se concentrait sur l'enfant, sur la façon qu'il avait de s'accrocher aux parois humides et soyeuses de son utérus. Ces parois qui, ondulant comme les muscles d'un serpent en colère, tentaient de l'expulser. Lui se recroquevillait à l'intérieur, aussi dur qu'un noyau de pêche, espérant se rendre invisible. Et elle l'espérait pour lui. Mais on ne trompe pas la chair qui vous a fabriqué. Les infirmières les ont véhiculés en courant le long de couloirs blanc néon en direction d'une double porte marquée URGENCES. Elles l'ont étendue sur la table d'opération. Hiéroglyphes de sang sur des draps de papier blanc ; elle ne savait pas les lire. Les lumières au-dessus de sa tête, yeux d'insectes gigantesques. Son ventre se soulevait. Les eaux calmes qui avaient bercé le garçon pendant tous ces mois devenaient un tourbillon. Elles l'entraînaient vers l'étroit passage qu'il savait être la mort – oui, même avant de naître l'enfant connaît la mort. Pendant un moment elle a ressenti, elle est devenue sa terreur. La pulsation noir et pourpre dans ses yeux. Le goût dans sa bouche, aigre, amniotique. Plus tard il deviendrait le goût même de l'échec. Son échec. Elle a entendu quelqu'un hurler. Un son métallique, parcourant la colonne vertébrale. Le sien ! Dans son ventre, elle l'a entendu hurler en retour. Son écho, son ombre, son espoir d'éternité. Son enfant chéri, en qui elle avait cru pouvoir enterrer toutes les erreurs du passé.

Or voilà qu'avec une force démesurée on le lui arrachait, poussant, vers le haut, vers l'extérieur, la boule de chair sanguinolente dans la main du médecin. Et elle suivait, expulsant le corps disgracieux qu'il avait brièvement partagé avec elle. Ils jaillirent dans l'espace avec une telle rapidité qu'elle pensa exploser. Il pleurait. *Garde-moi avec toi.* Elle aussi pleurait. *Crois-tu que je ne le veuille pas ? Plus que toute autre chose au monde ? Ne sais-tu pas que je donnerais pour cela tout ce que je possède ?* Mais à l'exception des nuages qui effleuraient la face tatouée de la lune, personne ne les entendit. Sauf les petites chouettes brunes, oiseaux témoins, oiseaux revendicatifs. Les nuages poursuivirent leur route. Blotties dans les nœuds des troncs d'arbres, les chouettes ne levèrent pas la tête pour voir fulgurer et retomber les poussières brillantes, les deux étoiles filantes. Elles avaient souvent entendu de telles lamentations, vu disparaître nombre de lumières semblables. Sauf pour ceux dont elle s'empare, la mort n'est pas un événement unique.

Particule gazeuse scintillante, il tournoya dans l'espace, elle dans son sillage, si légère qu'elle douta d'exister encore. Il fixait le lointain par-dessus son épaule, les yeux si chargés d'affliction qu'elle se retourna elle aussi pour voir. Elle vit les murs festonnés des vieux bâtiments victoriens au sommet des collines, et sut le nom de la ville. *San Francisco*, murmura-t-elle, syllabes stupéfiantes et aussitôt familières, et les lumières de la haute tour triangulaire clignotèrent en signe de reconnaissance. Le brouillard dérivait, fragile comme des promesses, au-dessus des cyprès qui bordaient les falaises. Au sud la baie, à la courbure d'un bras de femme chargé de bijoux. Avec les feux arrière des voitures pour rubis, et les ponts pour bracelets. Au nord, à Point Reyes, les vagues couleur d'étain ciselaient le rivage vide. Un cormoran s'enleva avec un cri noir, du battement lourd de ses ailes. Au large, vers l'ouest, la lune, abandonnant le dos des marsouins, émit un signal lumineux énigmatique.

Elle en conçut une rage folle. Qu'il ait pu entrevoir une telle beauté, pour en être l'instant d'après dépossédé !

À présent, elle gardait les yeux fixés sur les villes du sud de la baie. San Jose, Sunnyvale, Milpitas, toujours plus tentaculaires et enfumées. Dans les immeubles bas bordant les autoroutes, les petits points de lumière jaune s'éteignaient un par un, au fur et à mesure que les gens allaient se coucher. L'une de ces fenêtres lui avait appartenu. À elle et à un homme – mais qui était-il ? Elle s'en souvenait mal. Sauf qu'il avait été important. Découverte choquante qui la ramène à la vie, écheveau inachevé, qu'elle a quittée. Vie imparfaite, emprisonnée par le corps, avec ses pulsions féroces et zigzagantes.

À cette idée elle se sent tomber. Vite, plus vite. Elle

essaie de s'arrêter, de s'accrocher au vaste et silencieux tourbillon de lumière qui pend au-dessus de sa tête. Où est allé son fils ? *Où ?* Elle fend l'espace, aussi dure qu'une balle de fusil qu'on vient de tirer, véloce comme la rage. Des galaxies, magmas confus, la dépassent. Des trous noirs. Elle s'enfonce dans le vide, ce cube de métal creux au centre de son être. Voici des nuages, le calme, des sommets montagneux parfaitement lisses, la dentelle miroitante que dessine l'océan en léchant la terre. Le halo brun de la ville, ses odeurs – essence et sueur de fatigue – l'enserrent comme des bras. Elle veut les repousser. Elle veut tout repousser.

Plus rien de tout cela ne me procurera de plaisir. Jamais plus.

Les lumières crues de l'hôpital sont aveugles, on dirait le blanc d'un œil révulsé. Elles la brûlent, cependant qu'elle chute, traversant les étages et les salles. Chirurgie, radiologie, urgences. Il y a tant de façons différentes de mourir ! Elle est tout essoufflée lorsqu'elle arrive dans la salle où une femme gît écartelée sur une table d'opération. Une activité frénétique règne autour d'elle, des hommes et des femmes masqués, bourdonnement d'abeilles blanches. Ils aboient des ordres brefs. Une main brune flasque, un poignet mince avec son étiquette en plastique clair qui révèle aux étrangers les secrets de la femme. *Majumdar, Anju,* 635-81-9900. Mais c'est d'elle qu'il s'agit, encore une fois ! Il y a des tuyaux. Des aiguilles. Des machines clignotantes pompent des liquides foncés et clairs. La puanteur de membranes épandues, espoirs en lambeaux comme des journaux abandonnés dans des ruelles. Les machines ronronnent si fort qu'elle ne peut entendre ce que disent les blouses blanches. Vus de près, les pores du visage de la femme apparaissent énormes, cratères noirs, consumés. Béants comme des bouches. Elle jette un regard grimaçant au-dessus d'elle, mais se heurte à un plafond bosselé, impossible à traverser. Elle se sent devenir liquide, absorbée tout entière.

Elle se réveille dans une autre pièce, entre les griffes de sa propre chair. Une faible odeur plane alentour, une odeur d'œufs pourris. La douleur une fois de plus la frappe, la cloue au matelas. Étourdie, à bout de souffle, elle a déjà oublié où elle se trouve, ce qu'elle a été capable de faire. Seule demeure la sensation de vide. Inoubliable. Lorsqu'elle peut de nouveau bouger, elle saisit l'oreiller et s'en couvre la tête. Bruit d'étouffement.

Quelque chose tinte dans ses oreilles, une voix psalmodie un mot sans timbre. Elle met un certain temps à le comprendre. *Prem. Prem. Prem.* Le nom qu'aurait dû porter le petit garçon.

L'homme – oui, soudain, il y a un homme à son chevet, avec des doigts implorants, *lui* – tire sur l'oreiller, mais la femme est d'une force étonnante. Elle se débat, les tendons à la saignée des coudes dressés comme des fils de fer. L'homme est obligé d'appeler une infirmière. Deux femmes arrivent. L'une la maintient tandis que l'autre lui injecte un produit dans la veine. Elles disent à l'homme de rentrer chez lui. De prendre un peu de repos. Pour le moment, vous ne pouvez rien faire pour elle, ajoute l'une des deux. D'une voix détachée mais pas malveillante. Avant de sortir, elle éteint la lumière, si bien que la chambre baigne dans une obscurité verte, la couleur de la mer.

Seule dans la lumière vert d'eau, la femme sent ses muscles commencer à se détendre, malgré elle. Elle se dénoue à la façon d'une tresse de cheveux, après une longue nage. Bientôt ses yeux vont papillonner, des rêves furieux se déchaîneront sous ses paupières closes. Ses sourcils rebelles s'arqueront en questions qui n'attirent que des réponses vagues. *Pourquoi ? Pourquoi ? Où cela* ? De ses dernières forces, elle pousse son corps au bord du matelas, le courbe en une forme au creux de laquelle un enfant pourrait se blottir. Voilà, c'est bien. De ses ultimes forces, elle se raccroche à quelque chose, une phrase entendue il y a longtemps, dans un autre pays, alors qu'elle-même n'était guère plus qu'un petit enfant : tant qu'on refuse de les laisser partir, les morts ne sont pas irrévocablement morts.

— UN —

Le jour où Sudha descendit d'avion pour se jeter dans les bras d'Anju, laissant derrière elle, en Inde, les décombres de son mariage, leur vie à toutes deux fut à jamais changée. Et pas seulement la leur. Celle de Sunil aussi. Et celle de la petite Dayita. Comme des ondes sonores invisibles, les changements se propagèrent de proche en proche, pour finir par atteindre l'Inde et Ashok, qui sur son balcon attendait que le vent tourne. Et par bousculer les mères, dans leur appartement aux murs rectilignes, bouleversant l'équilibre de la maisonnée, ce qui eut pour résultat la fermentation exagérée des pickles de mangue et la production par le goyavier du jardin de fruits roses d'une grosseur inhabituelle. Les changements se multiplièrent à la façon de lianes dans les contes de fées, leurs vrilles rampant jusqu'à des personnes dont Sudha et Anju ne connaissaient même pas le nom.

Ces changements étaient-ils bons ou mauvais ?

Et pouvons-nous utiliser des termes aussi simples, enfantins, pour poser cette question ? Aucune des deux cousines n'était une femme simple, même s'il y avait beaucoup d'enfantillage dans leur comportement lorsqu'elles se trouvaient ensemble, ou avec Dayita. Quand Sunil n'était pas là.

Sunil. Le mari d'Anju. Le cousin par alliance de

Sudha. Jeune cadre au brillant avenir dans une prestigieuse société d'informatique. Mais non. Aucune de ces données ne nous informe vraiment sur lui. Car Sunil n'était pas simple lui non plus.

Difficile de dire quand Anju s'en était rendu compte pour la première fois. Au cours de la cérémonie du double mariage, alors que debout à côté de Sunil, leurs vêtements noués l'un à l'autre, elle l'observait qui regardait Sudha, dont on marquait le front de la poudre rouge des femmes mariées ? Le jour où, il y avait des mois de cela, il lui avait dit que faire venir sa cousine en Amérique était une mauvaise idée ? La nuit qui avait précédé l'arrivée de Sudha, mais il était déjà trop tard ? Quand avait-elle découvert que, bien qu'elle l'aimât, elle ne lui faisait pas toujours confiance ?

Ces derniers temps, de toute manière, Anju ne fait pas non plus confiance à ses propres émotions, qui se livrent à un manège effréné. Les changements d'humeur fous, après sa fausse couche, qui la plongeaient dans des pleurs ou des rires hystériques. Les longs accès de dépression, ensuite, qui l'immobilisaient au lit, incapable même de répondre au téléphone.

La culpabilité la rongeait, une rouille lente, pernicieuse. Sunil avait beau lui répéter que sa fausse couche pouvait avoir de multiples causes, elle ne le croyait pas. Quand elle sombrait dans le noir, son esprit devenait lourd, borné, comme l'une de ces énormes bétonnières que l'on dépasse parfois sur la route. Une phrase s'y implantait et se mettait à tourner, *Si seulement j'avais écouté le docteur et n'avais pas tant travaillé*, pour bientôt se résumer à *Si seulement, si seulement*. Et se terminer par l'éternelle même incantation. *Prem Prem Prem.*

Elle se balançait de gauche à droite, la masse électrique de ses cheveux, négligés et voletant en tous sens, étalée sur le canapé, ses doigts rigides plantés dans ses bras jusqu'à y laisser des bleus en forme de minuscules pétales.

« Je ne sais pas quoi faire pour t'aider quand tu es dans cet état », disait Sunil.

Quand la dépression s'éloignait, elle répliquait parfois : « Tu n'as pas besoin de faire quoi que ce soit. »

Tout en ajoutant, dans sa tête, Sauf m'aimer.

À quoi, dans sa tête, elle l'entendait répondre, Mais je t'aime.

Et, toujours dans sa tête, elle disait, Mais pas assez.

La nuit qui précède l'arrivée de Sudha, Anju ne tient pas en place. La joie, bien sûr, en est la cause, mais beaucoup aussi la nervosité. Pourquoi ? Ne s'agit-il pas de sa cousine chérie, de sa sœur, son amour ? Toute leur vie, elles ont été l'une pour l'autre protectrice et conseillère, elles se sont cajolées, bousculées, ont fait front commun. Chacune, à un moment quelconque, a été follement jalouse de l'autre, l'a fait enrager ou pleurer. Chacune aurait volontiers donné son bonheur pour le bonheur de l'autre. En bref, elles se sont aimées comme elles n'ont jamais aimé personne d'autre. Pourquoi, dans ces conditions, l'arrivée de Sudha suscite-t-elle chez Anju une telle crainte ?

Pour autant que des réponses existent, elle refusera de les envisager.

Au dîner, elle est incapable de manger. « Et si Sudha ne se plaisait pas ici ? » ne cesse-t-elle de répéter.

C'est une année à dangers. Deux semaines auparavant, un gros tremblement de terre a frappé Los Angeles, bilan : sept milliards de dollars de dommages et dix mille sans-abris Anju et Sunil vont-ils y voir un présage ? Ou n'en tiendront-ils pas compte, sachant que chaque année recèle son lot de désastres ?

Anju, bien que très mauvaise cuisinière, a passé la journée à préparer des lasagnes parce que, dit-elle, Sudha n'en a jamais mangé en Inde. L'évier et les quelques torchons qu'elle possède sont maculés des mêmes taches orange vif, que l'on peut craindre indélébiles.

Sunil ne fait aucun commentaire. Il se concentre sur la masse orangée et gluante qui remplit son assiette, dans laquelle il pique de temps en temps. C'est un homme méticuleux, un homme qui déteste le désordre. Qui éprouve une grande satisfaction à cirer tous les soirs ses chaussures avant de les ranger sur l'étagère du placard. Ce soir-là, pourtant, il se retient et ne dit rien – ni sur les lasagnes ni pour répondre à la question d'Anju, moins une question d'ailleurs qu'une lamentation, tant elle redoute qu'il soit déjà trop tard. Sunil pense à ce qu'elle a dit quelques semaines auparavant, à brûle-pourpoint. *Mes plus beaux souvenirs sont ceux de mon enfance et de mon adolescence avec Sudha*. Il pense à ce qu'il ne lui a pas rétorqué.

Et moi alors ? Et nous ?

« Laisse-moi te raconter, aimait à répéter Anju durant les derniers mois de sa grossesse, qui j'étais avant que l'Amérique ne me tombe dessus. »

Les rares jours où elle n'avait pas cours, elle traînait au lit, avec une tasse de lait chaud aromatisé au miel et un roman. Elle tapait sur son ventre rebondi. « Vous, monsieur. J'espère que vous m'écoutez. »

Elle adorait parler à Prem. Elle trouvait cela plus satisfaisant que de parler à Sunil, qui pourtant était un auditeur attentif, sachant faire les commentaires judicieux aux moments judicieux. Mais Prem – la façon qu'il avait de rester immobile au son de sa voix, de lui donner des coups de tête si elle s'arrêtait trop longtemps au milieu d'une histoire...

Elle lui racontait l'histoire de la vieille maison, incongruité éléphantesque qui avait abrité des générations de Chatterjee : sa façade de marbre lézardée, ses murs lépreux, les recoins sombres des couloirs, la terrasse de brique où Sudha et elle se réfugiaient secrètement la nuit pour observer les étoiles filantes en faisant des vœux.

« Disparu, tout ça. Démoli pour laisser place à un grand immeuble locatif. Et je suis celle qui n'a cessé de pousser tes grand-mères – sais-tu que tu as trois grand-mères : ma maman, celle de Sudha, et Pishi, la sœur de mon père ? – à vendre. J'avais fini par détester cette maison, son ancienneté, symbole de toutes les vieilleries. Je détestais être cloîtrée là-dedans, n'ayant le droit d'aller nulle part sauf à l'école. Mais maintenant elle me manque !

« Je pense à ma chambre, avec son haut plafond, à mes draps de lit à l'odeur de propre, l'odeur de fleurs de margousier – que je ne lavais jamais moi-même ! – aux figuiers centenaires qui poussaient devant mes fenêtres. Parfois je regrette d'avoir été si pressée de partir pour l'Amérique. Certaines nuits, Sudha se glissait dans ma chambre. Assises sur le large rebord de la fenêtre, nous nous racontions des histoires. Je lui parlais des personnages de livres que j'aimais, comme Jo dans *Les Quatre Filles du docteur March* – et elle me racontait les légendes, spécialité de Pishi, par exemple celle des femmes qui se transforment en démones la nuit, ou du singe qui est en réalité un prince ensorcelé. Elle savait si bien imiter les voix ! Tu le découvriras toi-même quand elle sera là. »

Quelques jours plus tard, après que le docteur lui eut reproché de ne pas faire assez d'exercices physiques, Anju se rendit au parc. Tandis qu'elle déambulait au milieu des enfants en les regardant jouer, elle chuchotait à Prem qu'il serait beaucoup mieux que tous ceux-là réunis – plus beau, plus vif, et bien entendu plus intelligent. Elle lui décrivit les superbes couleurs qu'étaient en train de prendre les érables puis, ayant choisi celui sous lequel elle allait s'asseoir, elle revint à son enfance.

« Mon endroit favori, c'était la librairie familiale. Pendant très longtemps je n'ai pas rêvé mieux que de pouvoir la diriger quand je serais grande. Tous les week-ends je suppliais ma mère de m'y emmener. J'aimais son odeur de papier neuf et d'encre d'imprimerie, ses rangées de livres jusqu'au plafond, les petites échelles auxquelles grimpaient les employés pour atteindre les volumes, tout en haut, que désiraient les clients. Dans un certain coin, il y avait un fauteuil, juste pour moi, où je pouvais m'asseoir et lire tout ce que je voulais. C'est drôle, vois-tu, Gouri Ma – c'est ma maman – était très stricte sur plein de choses, mais elle ne m'a jamais empêchée de lire quoi que ce soit.

« Alors, à quinze, seize ans, j'ai lu *Anna Karenine*, *Amants et Fils*, *Gatsby le magnifique*, ou *Une chambre à soi*. Je suis heureuse de l'avoir fait, mais peut-être que tante Nalini – c'est la maman de Sudha – avait raison. Tous ces livres n'étaient pas très bons pour moi. Ils me rendaient insatisfaite de ma vie, désireuse de connaître des endroits lointains. Je croyais que, si je pouvais quitter Calcutta pour simplement aller voir un de ces pays exotiques, j'en serais transformée. Mais ce n'est pas si facile de se transformer, n'est-ce pas ? »

Et les autres lieux de ses années de jeune adulte ? Ceux dont elle ne parlait jamais, que seule une intrusion dans ses rêves aurait permis de découvrir ? Par exemple : la salle de banquet où elle avait vu son tout nouveau mari se pencher pour ramasser un mouchoir de femme, qui n'était pas le sien ? Mais le reste de la scène a l'aspect craquelé, brunâtre et illisible de la bordure d'une feuille de papier que l'on a présentée à une flamme. Il figure au nombre de ces souvenirs qu'Anju a enfouis au cœur des cellules les plus noires de son esprit.

« La librairie, c'est là que j'ai rencontré ton père. Il était habillé à l'ancienne mode, en kurta, avec des lunettes cerclées d'or – une sorte de déguisement destiné à m'empêcher de deviner qu'il était la grosse tête venue d'Amérique que Gouri Ma souhaitait me donner pour mari.

« Il était venu m'examiner ! Tu imagines ? Ces choses-là, ça ne se faisait pas à Calcutta, en tout cas pas dans les familles traditionnelles comme la mienne. Quand il m'a avoué qui il était, j'ai été terriblement impressionnée. Mais ce qui m'a rendue folle de lui, c'est qu'il a acheté tous les romans de Virginia Woolf. Mon auteur favori, tu comprends. Mais il ne l'avait fait que pour me conquérir. » Elle soupire. « Par la suite, je n'ai même pas réussi à lui en faire lire un seul !

« Il n'empêche – il sera un père merveilleux. J'en suis sûre. Il t'aimera plus que n'importe qui d'autre – sauf moi et tante Sudha, bien entendu ! »

Ce soir-là, après le dîner où elle n'a rien avalé, Anju se regarde dans le vieux miroir jauni, à l'entrée de la salle de bains. Elle se passe une main hésitante dans les cheveux, touche les cernes foncés sous ses yeux. Elle appuie sur ses pommettes pointues – elle a beaucoup maigri depuis sa fausse couche – comme pour les faire disparaître sous la peau. « Seigneur, on dirait une vieille sorcière ! » grommelle-t-elle.

La semaine dernière elle a ouvert sa valise indienne et en a sorti une photo encadrée d'elle et de Sudha prise au dîner donné en leur honneur, pour fêter la fin de leurs études secondaires. Elle l'a examinée un long moment avant de la reposer brutalement sur sa commode. Même à cette époque, la plus heureuse et insouciante de sa vie, elle n'était pas ce que, communément, on appelle jolie. Elle ne possédait pas la toison bouclée de sa cousine, ni ces grands yeux charbonneux, qui semblaient receler une part de mystère, une part de tragédie. Mais n'importe qui pouvait voir (n'importe qui sauf elle-même, s'entend) qu'elle avait du caractère. Sur la photo, elle fixe l'objectif d'un regard plein de défi. Ses lèvres minces, têtues, se recourbent en un demi-sourire. Son nez trahit une intelligence jamais en sommeil. Peut-être est-ce pour tout cela que Sunil l'a choisie parmi toutes les filles de Calcutta auxquelles il aurait pu prétendre en sa qualité de petit génie de l'informatique installé à l'étranger.

Mais quelque part en route, le regard d'Anju s'est embrumé et terni. Sa bouche a appris à se tordre. Et le visage de Sunil quand il observe sa femme – au lit, parfois, après qu'elle s'est endormie – exprime des sentiments complexes. Tantôt de la pitié. Tantôt du regret.

Tout au long de sa grossesse, pendant que les feuilles d'érable viraient au rouge brutal, criard pour, brutalement, disparaître, Anju raconta à Prem des histoires de Sudha. Sudha la belle, la rêveuse, la meilleure cuisinière de la famille, la fille aux doigts de fée capables de broder des vêtements de reine. Sudha la malchanceuse, qui avait fait tant d'efforts pour se montrer l'épouse parfaite d'un Ramesh que pourtant elle n'aimait pas. Jusqu'au jour où elle l'avait quitté.

« À cause de sa garce de belle-mère, qui l'a harcelée pendant des années, parce qu'elle ne lui donnait pas de petits-enfants. On aurait pu penser qu'elle serait ravie lorsqu'elle a appris que Sudha était enceinte. Mais non. Elle lui a fait passer une échographie, qui a révélé que le bébé – son premier petit-enfant – serait une fille, et elle a insisté pour que Sudha se fasse avorter. Alors Sudha s'est enfuie – tout en sachant que sa vie risquait désormais d'être un enfer. »

Et pendant les semaines qui ont suivi, Anju n'a cessé de raconter à Prem ce fameux après-midi, du ton que l'on prend pour conter des légendes.

Toute la maisonnée est plongée dans un sommeil abruti, même les domestiques. La lourde porte d'entrée, sculptée de yakshas féroces brandissant des épées, s'ouvre sans bruit. Sudha se glisse dehors, à la main un seul petit sac. Elle porte son sari d'intérieur en coton et s'oblige à marcher tranquillement afin de ne pas éveiller la suspicion des passants. L'air qu'elle absorbe dans ses poumons est visqueux de peur. Ses mules glissent sur la route caillouteuse. Les feuilles de manguier pendent abattues par la chaleur, on dirait de petites mains fatiguées. Elle fait attention de ne pas tomber, se tient le ventre qui ne laisse encore rien voir. Elle se couvre la tête de l'extrémité de son sari, princesse déguisée en servante, pour que personne ne puisse la reconnaître.

« Et Ramesh ? a demandé Sunil lorsque Anju lui a appris que Sudha était retournée vivre chez sa mère.

— Quoi, Ramesh ? a dit Anju, d'une voix dangereusement tendue.

— Il n'a pas essayé de la ramener ?

— Lui, ce mollusque invertébré ! Le fifils à sa maman ! Il n'a rien fait – du moins rien de ce qu'il aurait dû faire. »

Sunil l'avait regardée d'un air de doute. Se disait-il que Ramesh n'était peut-être pas aussi simplet qu'Anju le croyait ? Que peut-être il pleurait le départ de Sudha – et cette petite fille qu'il ne tiendrait jamais dans ses bras – tranquillement, sous la douche, afin que le bruit de l'eau couvre ses sanglots ? Et, la nuit, sa main tâtonnait-elle dans le lit, mue par une vieille habitude ? Et lorsqu'il se réveillait en sursaut, avait-il un goût de fer dans la bouche ? Mais Sunil savait qu'il n'avait pas intérêt à parler de cela avec Anju.

Un soir de la semaine suivante, quand il rentra du bureau, elle l'accueillit en lui tendant, triomphante de rage, un aérogramme. « Lis ! » Tante Nalini les informait que Sudha venait de recevoir les papiers d'une procédure de divorce. Ils portaient la signature de Ramesh et accusaient Sudha de désertion du domicile conjugal.

Quel tour infâme ! écrivait tante Nalini. *Maintenant, la pauvre fille n'obtiendra pas une seule paisa. Ils ont même refusé de lui rendre la dot que je lui avais donnée – une dot pour laquelle j'ai lésiné, économisé, me pri-*

vant du moindre plaisir, toute ma vie, comme tu t'en souviens sûrement, Anju.

« La situation est vraiment aussi mauvaise qu'elle le prétend ? » demanda Sunil. Et Anju, qui d'habitude soupirait et levait les yeux au ciel en lisant les missives (« les missiles », disait-elle parfois) de tante Nalini, aboya : « Bien sûr que oui. Qu'est-ce qui te permet d'en douter ?

— N'as-tu pas dit toi-même qu'elle était la Reine du Mélo ? »

Elle ne releva pas. « Si seulement je pouvais mettre la main sur Ramesh ! Ce débile ! Tu te le rappelles, le jour du mariage, avec ses cheveux gominés ? Il ne quittait pas Sudha des yeux. Je me souviens d'avoir pensé : il est laid, mais au moins il sera bon pour elle. Et maintenant, voilà !

— S'il te plaît, calme-toi, dit Sunil, de son ton posé qui ne laisse rien paraître de ses sentiments. C'est mauvais pour toi en ce moment.

— Naturellement, les hommes se soutiennent entre eux ! » poursuivit Anju, donnant des coups de pied dans la porte. Elle ne lui adressa plus la parole de la soirée, mais le lendemain elle déclara : « Je veux faire venir Sudha ici. »

Les mots le frappèrent comme une lame de fond. Ils auraient pu l'emporter, se dit-il. « Et où trouveras-tu l'argent ? » s'enquit-il, alors que ce n'était pas l'argent qui l'inquiétait. Mais ce qui l'inquiétait, il ne pouvait en parler.

D'autres bagarres suivirent cette première grosse crise. Nuages noirs de mots cinglants qui finissaient par éclater. Sanglots. Silence. Porte qui se referme en claquant.

Elle commença à travailler, en secret, à la bibliothèque de l'université. Plaça son salaire sur un compte en banque et cacha le livret dans l'armoire, entre ses saris. Chaque nuit, son dos la faisait souffrir, la douleur, comme un courant électrique, montant et descendant, pour s'arrêter où il lui plaisait. « Dès que j'aurai mille dollars, j'enverrai un billet à Sudha », murmura-t-elle à Prem, en s'aménageant un lit sur le canapé défoncé. Mince croissant de lune, son sourire de défi se découpa dans le noir. « Les hommes ! Mieux vaut ne pas compter sur eux pour les choses importantes. »

Elle se massa doucement le ventre. « À l'exception de celui-ci, bien entendu », ajouta-t-elle.

Elle ignorait que lui aussi lui ferait défaut. Et de la pire façon.

Anju s'écarte du miroir, et arpente le petit appartement. Vêtus de vieilles socquettes jaunes, ses pieds, sur le linoléum, font un bruit capitonné d'animal en cage. Elle finit par s'arrêter dans la cuisine, prend des œufs dans le réfrigérateur, les casse dans un bol, cherche partout une fourchette. Elle ne sait pas tenir une maison. La cuisine ressemble à un champ de bataille, un fouillis de plats, de livres de recettes non refermés, de sachets d'épices déchirés. Elle renonce à trouver une fourchette propre, en retire une du lave-vaisselle, qu'elle passe sous l'eau, et se met à battre les œufs.

« Anju ! Au nom du ciel, qu'est-ce que tu fabriques ? » L'irritation se propage dans la voix de Sunil à la manière d'une langue de feu.

« J'ai eu envie de préparer un gâteau pour Sudha. Peut-être un cake au chocolat – ça serait nouveau pour elle... »

Sunil se meut avec la grâce d'un athlète, sur la pointe des pieds. Et quelle rapidité ! Le voilà déjà à côté d'elle. Il y a quelque chose d'effrayant dans la façon dont il tient ses mains, raidies, le long du corps. Mais elle n'a pas peur. Elle le défie, une griserie fiévreuse dans les yeux. *Vas-y, ose.* Il ne fait que la dépasser pour aller ouvrir la porte du réfrigérateur.

« Regarde ! » On devine, au gonflement des tendons

de son cou, qu'il a envie de hurler, mais il parle doucement. « Tu n'en as pas fait assez ? »

Le réfrigérateur est plein de nourriture : spaghetti et boulettes de viande, salade de pommes de terre, thon en cocotte, gâteau de bananes, pudding à la vanille, tarte aux pommes. Toutes les recettes qu'elle a étudiées, péniblement, dans son livre *La Parfaite Ménagère*. Le plus indien des comportements, ce que les femmes de sa famille ont fait, pendant toute son enfance, pour prouver leur amour, une époque qu'elle regrette de plus en plus, au fur et à mesure que ses projets d'adulte semblent s'écrouler. Jamais Sudha ne pourra manger tout cela. Et cette nourriture, qui va se gâcher, elle devra la jeter en douce, pendant que Sunil sera au bureau.

Un instant, mari et femme s'affrontent, à la lumière blanche et froide qui se déverse du réfrigérateur, leurs visages encore trop jeunes pour que s'impriment les traces de la fureur qui les marque. Elle agrippe les bords du bol, comme pour le lui jeter à la figure. Puis, avec un rire tremblant, elle se frotte les yeux de ses doigts poisseux.

« Je pense que j'ai un peu exagéré, dit-elle.

— C'est normal, s'empresse-t-il d'affirmer, prudent et aimable. Après tout, c'est la première fois qu'elle vient nous voir, et tu veux la traiter le mieux possible. » Le soulagement détend ses épaules. Les derniers mois ont été durs pour lui aussi, qui s'attendait à chaque instant à ce qu'elle éclate en sanglots ou se réfugie au lit, murée dans un de ses silences opiniâtres. Il lui passe un bras autour de la taille. « Viens te coucher. » Et comme elle hésite, il ajoute : « Ne veux-tu pas être fraîche et en forme demain pour accueillir ta cousine ? » Le regard lointain, elle l'autorise à lui ôter des mains l'espèce de bouillie jaune crémeuse, et à la mener jusqu'à leur chambre.

Ashok. Il est celui dont Anju ne parle jamais. Ni à

Sunil. Ni même à Prem. L'autre homme de la vie de Sudha, son amour de jeunesse interdit. Anju en est-elle secrètement jalouse ? Est-ce pour cela que ses pensées dérivent vers lui plus souvent qu'elle ne le voudrait ? Dans son idée, il est toujours l'adolescent, grand et dégingandé, en chemise blanche amidonnée, à la poitrine un peu creuse, aux incisives légèrement proéminentes, qui attend sur un trottoir de Calcutta de voir passer Sudha. Laquelle lui avait voué une passion folle – en secret, bien entendu, de telles choses ne se faisaient pas dans leur famille. Quand on pense qu'elle avait failli s'enfuir avec lui ! La docile Sudha ! Heureusement (c'est le terme exact, n'est-ce pas ?), au dernier moment, elle avait retrouvé son bon sens.

Anju se rappelle avec une précision presque douloureuse la nuit où Sudha lui a annoncé qu'elle avait décidé de ne pas partir avec Ashok. Assise sur le rebord de sa fenêtre, dans sa chambre, Anju pensait à Sunil, qu'elle venait juste de rencontrer. Le ciel était très noir – peut-être y avait-il une coupure d'électricité en ville – et les étoiles semblaient plus proches que de coutume. Sa vie, croyait-elle, ressemblerait à l'image qu'elle avait devant les yeux : un firmament protecteur, une beauté en expansion perpétuelle. Quand Sudha, entrée en silence, lui avait posé la main sur la nuque, elle avait bondi de saisissement. Elle revenait de si loin. Peut-être était-ce pour cela qu'elle n'avait pas questionné sa cousine plus attentivement, malgré son étonnement de l'entendre dire qu'elle avait peur de prendre un tel risque. Et si les choses tournaient mal avec Ashok ? avait dit Sudha, sans la regarder, les mots sortant de sa bouche tous à la fois, comme un seau d'eau qu'on vide par la fenêtre. Qu'est-ce que je ferais alors ? Et Anju, enivrée par ses pensées, avait répliqué, très vite : tu as raison. C'est mieux comme ça. À présent, sachant tout ce qui s'est passé ensuite, elle se demande si elle n'a pas dit justement ce qu'il ne fallait pas. Elle se rappelle les doigts de Sudha sur sa nuque, traçant des supplications que sa propre passion l'avait empêchée d'entendre.

Le mois dernier, Ashok a une fois encore demandé à Sudha de l'épouser. Malgré le divorce, malgré le bébé. Du jamais vu dans des familles comme les leurs.

« Je suis ravie pour Sudha », a affirmé Anju en apprenant la nouvelle. Pâle, le visage bouffi, on aurait cru qu'elle avait pleuré. « Vraiment, je le suis. Je lui ai dit d'accepter. Que je vais mieux maintenant, et que je peux me débrouiller sans elle. »

Sunil – homme sage – n'a pas bronché.

Puis Sudha a écrit pour dire qu'elle avait refusé. Qu'elle venait en Amérique.

« Je me sens terriblement coupable, a dit Anju.

— Tu parais rudement joyeuse », a dit Sunil.

Elle lui a jeté un regard blessé. « On peut se sentir coupable et heureuse en même temps. Je ne peux m'empêcher de penser qu'elle a repoussé Ashok parce qu'elle croit qu'il faut qu'elle s'occupe de moi.

— Et pourquoi donc ? Est-ce que je ne suis pas là, moi, pour le faire ?

— Idiot ! » Souriante, elle l'a serré contre elle – ce qui ne lui arrive que très rarement depuis sa fausse couche. « Bien sûr que si ! Mais Sudha – eh bien, entre elle et moi c'est différent. »

La nuit, avant de s'endormir, Anju fait un vœu : qu'Ashok soit assez intelligent pour patienter jusqu'au retour en Inde de Sudha. En même temps, elle souhaite que sa cousine ne la quitte jamais. Se rend-elle compte que ses vœux, qui s'entrechoquent en essayant de parvenir aux oreilles des dieux, s'annulent l'un l'autre ?

La belle Sudha. Mais qu'avons-nous réellement appris sur elle ? Seulement des faits superficiels, la montagne qui semble dormir sous son manteau de neige, alors qu'un million de choses se déroulent en dessous. De petites créatures se déplacent dans des terriers invisibles, de plus grosses attendent, tapies dans des cavernes. Le saut du prédateur, les dents qui se plantent dans la chair, des résultats qui parfois stupéfient, le plus souvent attristent. Et, au centre, la terre elle-même, roche, boue et glace compressée. Qui sait si elle ne se prépare pas à un nouveau changement, qui finira, cette fois en avalanche ? Ou en éruption écarlate qui transforme la terre en cendres ?

Les vérités enfouies de la vie de Sudha, voilà ce que nous voulons connaître.

« Veux-tu que je te brosse les cheveux ? » demande Sunil.

Ils sont en tenue de nuit, Anju, assise au bord du lit, contemple la photographie. Elle semble ne pas l'avoir entendu, mais elle ne proteste pas quand il commence à passer la brosse, à longs mouvements doux, ni quand, un peu plus tard, il lui embrasse les épaules, puis la gorge, et enfin, timidement – car depuis sa fausse couche, il y a huit mois, elle ne supporte pas qu'il la touche ainsi – les lèvres.

Mais aujourd'hui, elle lui rend son baiser – ou du moins elle ne bronche pas pendant qu'il l'embrasse, qu'il déboutonne sa chemise de nuit. Elle lui demande d'éteindre la lumière.

« Pourquoi ? Ce n'est que la petite lampe – tu as toujours aimé ça. »

Elle frissonne dans l'ombre bleu foncé de la lampe, remonte le drap jusqu'au cou. « Je déteste l'image de mon corps. Tout dégringole. Les os pointent partout où ils ne le devraient pas...

— Oh, Anju ! Tu exagères », proteste-t-il, mais il ne s'en lève pas moins pour aller éteindre. Elle regarde le long dos que quadrillent les ombres, les muscles qui se courbent, avec une arrogance ingénue.

Il lui ferme les yeux d'un baiser. Obéissante, sa bouche répond à la pression de celle de Sunil. Elle veut, au moins autant que lui, que ça marche, qu'ils se retrouvent au point où ils en étaient auparavant – mais lequel ? Ses pensées s'égarent dans un brouillard arc-en-ciel, un début de migraine se manifeste à la base du crâne. Pourtant, quand il demande : « Tu te rappelles cet après-midi au Rabindra Sarobar où je t'ai embrassée pour la première fois, comme tu étais timide ? », elle dit oui. Bien qu'elle ne s'en souvienne absolument pas. Elle essaie, de toutes ses forces, d'extraire un détail des sables mouvants de sa mémoire : y avait-il du soleil ? Le ciel était-il plein de petits nuages, comme des grains de riz soufflé ? Les enfants faisaient-ils naviguer des bateaux en papier sur le lac ? Entendait-on le cri d'un oiseau de Lalmohan, perché sur une branche ? Il attend qu'elle ajoute quelque chose (quoi ?). Elle dit : « Les fleurs de palash avaient perdu leurs pétales pourpres, qui jonchaient l'eau », et se rend compte sur-le-champ que cela n'a pas pu être, que, puisqu'ils s'étaient mariés en hiver, Sunil avait dû regagner l'Amérique bien avant les premiers bourgeons.

Alors elle presse son visage contre le sien, se tient lovée sous lui, comme il aime. Mais ce qui pèse sur elle est froid, énorme, une gigantesque statue de ciment, si ce n'est qu'elle bouge. Le souffle brûlant qui balaye son visage a l'âcreté du charbon en fusion. La migraine s'est transformée en une voix qui appelle *Prem Prem Prem*, alors elle repousse Sunil, consciente du fiasco, de la gadoue qui s'infiltre dans tous ses membres. Elle voudrait lui dire qu'elle est désolée, qu'elle a vraiment essayé, autant que lui. Que tenter de se rappeler ce qui a été ne peut que faire du mal, les choses ne seront plus jamais comme avant, même s'ils se révèlent capables de suturer la blessure qui s'est creusée entre leurs deux corps. Mais elle a dû dire quelque chose de tout différent parce qu'il se redresse, la regarde et d'une voix pleine de colère s'exclame : « Ça signifie quoi, que tu dois une sorte de compensation à Sudha pour tout ce qu'elle te sacrifie en venant ici ? »

Anju ne répond pas. Il sait très bien ce qu'elle a voulu dire. Mais comme toujours quand il s'agit de Sudha, il joue les bornés, pour la forcer à expliquer, à extérioriser ses émotions, qu'elles ne paraissent que superstitions, stupidités. Mais cette fois-ci, elle ne marchera pas. Hostile, lèvres serrées, elle pense à Ashok. Qui a attendu Sudha pendant toutes ces années où elle était mariée à un autre. « Je lui ai dit non », a écrit Sudha. Distraitement Anju s'entortille une mèche de cheveux autour d'un doigt, se demandant ce qu'elle aurait fait à sa place. La dévotion d'un homme contre l'appel à l'aide d'une cousine, la sécurité contre l'insécurité, car c'est tout ce qu'elle peut offrir à Sudha, de quel côté les plateaux de la balance auraient-ils penché ?

Sunil l'attire de nouveau à lui, elle sent son membre durci. Tous ses os irradient une chaleur nucléaire. *Sauve-toi, sauve-toi*. Les mains fébriles, elle rassemble sa chemise de nuit. La brusque immobilité du corps de Sunil trahit la blessure qu'elle lui a infligée. Mais il n'essaiera pas de l'arrêter. Il est trop fier pour cela. Silencieusement, elle se glisse hors du lit – à quoi serviraient les mots maintenant, à supposer qu'elle pût trouver les bons ? –, à tâtons gagne l'autre pièce, où elle s'allonge dans le lit qu'elle a préparé pour la cousine dont la présence oppressante l'envahit.

D'ailleurs, aime-t-elle son mari ? Elle tourne et retourne la question. Conclusion : elle ne peut imaginer une vie sans lui – n'est-ce pas cela, la définition même de l'amour ? Elle évite de regarder le berceau que Sunil a installé pour Dayita. Car c'est là l'autre problème : cette enfant dont elle ne veut pas dans sa maison. Elle a peur de se mettre à l'aimer, ce qui reviendrait à trahir le mort. Comment se sortir de cette situation, comment tenir Dayita le plus possible à l'écart sans faire du mal à Sudha ? Pour finir elle s'endort et rêve d'innombrables stratégies compliquées.

C'est l'année des comptes, l'année des pardons, des

alliances difficiles. Quelque part en Amérique, un homme est condamné à la prison à vie pour le meurtre, il y a trente ans, d'un activiste noir. Quelque part en Inde, une reine de bandits retrouve la liberté après onze ans d'emprisonnement. Quelque part en Russie, un cosmonaute se prépare à un vol spatial à bord, pour la première fois dans l'histoire des nations, d'un vaisseau américain.

Mais ici il y a Sunil, seul dans sa chambre. Dort-il, lui aussi ? Non. À la lumière bleu nuit de la lampe, ses yeux sont des éclats de pierre. Dans lesquels brille une étrange résignation. Sous les draps, ses mains bougent, tandis qu'il fixe la photo d'Anju, le jour de la remise des diplômes. Quelques mouvements confus, son corps se raidit, se dresse en arc de cercle puis s'affaisse, Sunil murmure un nom dans l'oreiller que sa femme a déserté. Le nom d'un papillon.

Sudha.

C'est son image qu'il a regardée pendant tout ce temps.

Pourtant il a murmuré son nom plutôt que de le hurler avec passion. Y a-t-il là matière à un brin d'espoir ? Par considération pour Anju, il a chuchoté le nom de la femme dont il a essayé, pendant toutes ces années, de se tenir éloigné. La femme qu'il aime à la folie depuis qu'il l'a vue dans un jardin sous une voûte de jasmin – trop tard, car il était déjà promis à sa cousine.

Considération ou peur ? Non, pas la peur. Car une chose caractérise Sunil, que même Anju connaît : il n'a peur de personne – sauf peut-être de lui-même.

— DEUX —

Sudha

Nous courons pieds nus sur le sable, impatientes d'atteindre l'eau. Un léger vent se lève à notre passage. Coulée de nos saris semblable à un départ de feu. Ils sont de la même couleur – l'une de nos nombreuses habitudes d'enfance qu'Anju et moi avons reprises. Aujourd'hui nous portons un rouge revendicatif. Couleur qui appartient aux femmes mariées, et à laquelle je n'ai plus droit. Je la porte avec défi.

J'atteins l'océan la première. Mon premier océan. Mon sari est retroussé à hauteur des genoux, comme celui d'une petite fille insouciante. L'écume a la douceur du savon et de la glace, l'odeur des hippocampes. Je les imagine qui virevoltent dans les profondeurs vertes. Fous de joie, mes orteils se replient. Derrière moi, Anju est tombée, à bout de souffle. Ses halètements ont le tranchant d'une lame d'épée. Elle se tient les côtes, en espérant que je ne le verrai pas. Anju, naguère si forte. Mon banyan. Depuis sa fausse couche, un moustique, un écho, le salut d'un étranger la font sursauter. Je m'efforce de sourire. Pas de larmes, pas de larmes maintenant. Jadis nous savions tout l'une de l'autre. Mon sourire est une grande étendue blanche, aussi morte que les coquillages sous nos pieds. Mais la perte de son enfant a rendu Anju incapable de détecter ces choses-là. Elle tend la main. Je la saisis. Ensemble nous entrons dans l'eau.

Il prend bien soin de ne pas nous regarder. S'absorbe dans des jeux avec Dayita. Fait des grimaces. Elle gazouille et tente de lui attraper le nez. Il rit et la laisse faire, malgré les marques rouges que les petits ongles traceront sur la peau. Sur son visage, un air d'étrange gratitude.

Chaque soir, quand il rentre du bureau, il fonce droit sur le berceau pour la prendre. Avant même d'enlever ses chaussures. Et de toute la soirée, il refuse de la lâcher. Sunil, tu pourris cette enfant, dit Anju. Il fait celui qui n'entend pas. Même en mangeant, ou en travaillant à son ordinateur, il la cale en équilibre sur un genou. Il l'entoure de son bras, sans trop serrer. Elle saisit sa cuiller juste au moment où il la porte à sa bouche. Elle tape sur le clavier, effaçant des données importantes. Il sourit. Anju me dit que la patience n'a jamais été son fort. Il nous surprend tous, à commencer par lui, je suppose. Il ne consent à relâcher ma fille que lorsque je dois la nourrir. Il la pose par terre, de façon que mes mains ne touchent pas les siennes quand je la soulève.

Plus tard, il s'allonge sur le lit, Dayita couchée sur sa poitrine. Il lui raconte des tas de choses. Toutes celles dont il ne parle pas avec Anju. Le projet auquel il travaille. L'accident dont il a été témoin sur l'autoroute. Les endroits où il compte l'emmener bientôt. Ses doigts ébouriffent ses boucles et il lui fournit un montage des nouvelles du jour. Il lui raconte les films qu'il a vus dans sa jeunesse en Inde. Il lui change ses couches sans nous demander notre avis, ni notre aide.

Je suis jalouse pour Anju, qui observe tout cela du seuil de la chambre.

Et Dayita, qui nous rend folles toute la journée, à ramper partout, se coinçant sous le lit, piquant une crise toutes les deux minutes : elle lézarde sur la poitrine de Sunil, à écouter les derniers événements de la Bourse. Les yeux brillants, couleur de caméléon.

« En présence de Dayita, me dit Anju, toute son amertume disparaît. Comme quand j'étais enceinte. Il redevenait gamin, excité et tendre. Il échafaudait une montagne de projets – tout ce qu'il comptait faire pour – elle déglutit – Prem. Il posait sa bouche sur mon ventre pour les lui chuchoter. Si seulement j'avais été plus prudente...

— Ça ne sert à rien de te torturer, ce qui est fait est fait », dis-je, une fois de plus.

Mots inutiles, qui voltigent entre nous comme des flocons de neige. Et fondent.

« Parfois j'ai le sentiment que je n'aurai plus jamais d'enfant, poursuit Anju, d'une voix atone de somnambule. Celui-ci, il m'est venu trop facilement, et j'ai pris cela avec trop de désinvolture. Je vais le payer... »

Cette voix me fait peur, si ténue et glacée. « Quelle superstition ! » dis-je, choisissant des mots durs, des clous que je lui enfonce. « Tu n'as jamais été ainsi. Écoute-toi – on dirait ma mère ! Bien sûr que tu auras d'autres enfants. Et Dayita, n'est-elle pas à toi, aussi ? Même Sunil le comprend...

— Oui », admet-elle, dans un soupir. Mais à quoi acquiesce-t-elle ?

Elle me cache des choses sur son mariage. Je vois leurs ombres sur le mur, tremblantes et fines, branches d'arbre cassées. J'essaie en vain de séparer des silhouettes.

Nous cessons de parler de Sunil.

Tout a commencé le premier soir, le soir où nous sommes arrivées, Dayita et moi. Je le sais parce que mes rêves me l'ont appris.

Tant de paroles et de larmes. Tant de faits douloureux à rattraper. Tant de choses demeurées non dites entre Anju et moi, qui ne seraient peut-être jamais formulées. Nous avions peur, chacune, d'aborder le passé de l'autre, comme on craint de toucher une blessure qui vient juste d'arrêter de saigner. Chacune lisait dans les yeux de l'autre les questions qui ne pouvaient être posées, auxquelles on ne pouvait répondre. *Pourquoi, en vérité, m'as-tu fait venir ici ? Pourquoi, en vérité, lui as-tu dit non ?* Épuisées, nous nous sommes endormies sur le tapis de ma nouvelle chambre. Entre nous deux, bercée par nos voix, ma fille aussi s'est endormie.

Il était assis, dans le salon, devant son ordinateur. Fixant l'écran, qui pour une fois ne le distrayait pas de ses obsessions. Une boîte de Coca ouverte mais intacte, breuvage tiède et insipide, à portée de main. Il voulait du whisky, bien qu'il ne fût pas buveur, pour assourdir le vrombissement des pensées dans sa tête. Mais les femmes y auraient vu un signe de victoire. (*Les femmes*, c'est ainsi qu'il nous désignait.) La confirmation que nous lui tapions sur les nerfs.

Il devait admettre, avec reconnaissance, que, en quelques heures, depuis mon arrivée, Anju avait perdu un peu de sa tristesse. Mais il en était fâché aussi. Il se sentait inutile. Au dîner, je m'étais enquise de son travail. Anju lui avait demandé s'il désirait encore des lasagnes, encore du pudding. Il savait, néanmoins, qu'il gênait nos retrouvailles.

Il entendit Dayita nasiller, renifler. Au début, il ne sut pas quoi faire. La laisser pleurer jusqu'à ce qu'elle nous réveille ? Cela pouvait prendre un certain temps. La pauvre petite mourait de faim – la stridence de ses cris en témoignait. En silence, il est entré dans la chambre, s'efforçant de regarder droit devant lui. Une image de nudité se dégage d'un couple endormi – Anju et moi reposions enlacées, comme lorsque nous étions petites filles. En toute ingénuité. Mais au grand embarras de Sunil.

Cependant, il y avait Dayita, qui battait l'air de toute la force de ses jambes, ses hurlements évoquant un chœur de harpies. Le visage marqué de taches de rage. Pour la première fois depuis notre arrivée, Sunil est joyeux. *Tu n'aimes pas non plus te sentir mise sur la touche, hein ?* Il se penche par-dessus nous et la prend. Stupéfait de constater sa légèreté, assortie à tant de solidité, de réalité. Soudain, il lui devient très important de ne pas nous réveiller. D'avoir l'enfant pour lui tout seul. À présent elle s'est calmée. Elle le fixe, un brouillard d'intelligence dans les yeux. Elle sait, se dit-il, où il a mal.

Timidement, il appuie la joue contre la tête de Dayita. Bouclée, palpitante. Elle possède l'odeur de tous les bébés du monde. Et pourtant une odeur qui n'appartient qu'à elle. Une senteur d'herbe. Il pense – il est rare qu'il s'autorise à le faire – à Prem.

Il lui a donné la bouillie que j'avais rangée dans le réfrigérateur. Elle tétait avec un certain rythme, selon un code qu'il devait déchiffrer. Il l'a changée, puis l'a installée au milieu de son propre lit, accumulant les coussins autour d'elle pour l'empêcher de basculer. Et, jusqu'à ce qu'il s'endorme, il lui a parlé. Des mots sans aucun sens d'abord, puis d'adulte à adulte. Il lui a dit qu'il avait peur de ce qui pouvait nous arriver, à tous, dans les mois à venir. Il employait des termes comme folie. Conflagration. Il n'a jamais prononcé mon nom. (Ce dont je lui suis reconnaissante.) Mais il était heureux qu'elle fût là. Il tenait spécialement à ce qu'elle le sût.

C'est ainsi que nous les avons trouvés le lendemain matin. Entortillés l'un à l'autre. Dayita, un bras flanqué sur les yeux de Sunil. Sunil, une main enserrant un pied de Dayita, comme s'il avait craint de la voir s'enfuir durant la nuit. À la manière de Prem, naguère.

Je ne suis pas la seule à rêver dans cette maison.

« Presque chaque nuit, avant ton arrivée, me dit Anju, je faisais un cauchemar. » Elle bégaie un peu, honteuse, en me le racontant.

Un point lumineux traverse un tourbillon bleu d'encre. Selon une trajectoire tranquille, précise. Anju met un certain temps à l'identifier : une planète en orbite. Puis, venue de nulle part, une autre lumière, de plus en plus grosse, de plus en plus brillante, un ruissellement de feu. Elle se rue sur le trajet de la planète. Dans un instant, elles vont entrer en collision, se désintégrer. Anju geint, agite les bras, essayant d'éviter la catastrophe. Le météore géant percute la planète – mais il n'y a pas d'explosion. La planète est éjectée de son orbite. Elle tombe en tourbillonnant, effleurant les bords du rêve, plate comme une pièce de monnaie, naïve comme un découpage d'enfant. Le météore prend sa place, palpitant de chaleur et de vie. Anju s'attend que quelqu'un remarque la traîtrise, fasse quelque chose. Tout continue comme avant. La Voie lactée scintille, des accords joyeux s'élèvent dans le lointain. Elle se réveille la gorge aussi douloureuse que si elle avait avalé un os.

« J'ai fini par comprendre, dit Anju. Dayita est le météore et Prem la planète. J'avais peur qu'elle prenne la place de mon fils, qu'elle me le fasse oublier. Mais la capacité de dilatation d'un cœur en manque est stupéfiante, non ? Je suis si contente que tu m'aies forcée, les premiers jours, à m'occuper de Dayita. Te rendais-tu compte de ma panique ? Maintenant, j'ai l'impression d'être un bourgeon prêt à éclore sur une branche que l'on donnait pour morte. Non que j'aie oublié Prem – j'y pense tout le temps, et je ne cesserai sans doute jamais. Mais tenir un bébé dans ses bras, ça change tout. »

Le visage rouge, enfiévré, elle demandait qu'on la console, qu'on la serre contre soi. Ces confidences lui avaient beaucoup coûté. Mais je n'ai pas pu.

« Quelle heure est-il ? ai-je dit sèchement. Nous ferions mieux de préparer le dîner. » Un éclat a brillé dans ses yeux, celui de la blessure.

Plus tard, dans la salle de bains, j'ai arrêté de me brosser les cheveux et me suis regardée, longuement, dans la glace. J'ai rassemblé les mèches en un petit chignon, très laid, j'ai enlevé mes boucles d'oreilles. Le rêve avait un autre sens, qu'Anju n'avait pas saisi. Il en va ainsi de certaines peurs, aussi gluantes et souterraines qu'un poisson de vase.

La planète, c'était Anju elle-même.

Dans ces conditions, étais-je le météore ?

L'après-midi touche à sa fin, nous revenons, trempées et joyeuses, nos jambes poudrées de grains d'or.

Je frissonne, avec un rien d'exagération. « Tu ne m'avais jamais dit que l'océan américain était si froid !

— Oh, la geignarde », se moque-t-elle en me donnant une légère bourrade. Le rouge sur ses joues a changé de nature, quelque chose à quoi me raccrocher. « Quelle est celle qui ne voulait pas sortir de l'eau ? Qui n'arrêtait pas de dire : Oh, Anju, attendons la prochaine vague ? »

Le chignon défait par le vent, je repousse les mèches qui me gênent. Mes cheveux ont une odeur de vacances. « J'espérais trouver un hippocampe. »

Sur le visage de Sunil se manifeste une certaine attention. Il aimerait bien savoir pourquoi j'ai dit cela. Mais il ne le demande pas. Depuis mon arrivée, il me marque une sorte de froideur, se tient en retrait. Ne lance jamais une conversation. S'écarte de mon chemin – comme si c'était possible dans un appartement de trois pièces. Embarras, gêne. J'aurais dû arrêter cela tout de suite. Aller vers lui et dire : Oublie cet amour dont tu m'as parlé dans le jardin de Calcutta. Cela s'est passé il y a bien longtemps, et ce n'étaient que des mots. Nous avons traversé bien des épreuves depuis.

Mais j'ai eu peur. Imaginez qu'il me regarde – ces yeux de laque noire dans lesquels on ne voit rien — et qu'il dise : *Qu'est-ce qui te fait croire... ?*

Je suis stupide et je manque de courage. Jadis je parlais et conformais mes paroles à mes actes. Mais depuis Ramesh...

Maintenant il est trop tard. Je ne peux que tenter de l'éviter, moi aussi.

« Oh, toi ! » soupire Anju. Quand elle s'adresse à moi, sa voix se fait indulgente et molle. Polie avec Sunil, genre relations de travail, rien à voir avec le ton d'une épouse. « Tu crois toujours à la magie, et qu'on doit faire un vœu quand on aperçoit une étoile filante ou un hippocampe ? Bientôt tu liras notre avenir dans les rides de nos fronts ! »

L'océan devient brutalement aveuglant, le soleil tape en diagonale sur les vagues de métal. « Je ne suis pas sûre que je le voudrais, même si j'en étais capable ! » dis-je. Mes orteils creusent un trou dans le sable. L'air a la saveur âcre des algues. « Notre seul moyen parfois de supporter notre vie est de ne pas savoir ce qui nous attend. »

Anju soutient sans ciller l'éclat métallique de la mer, à ses lèvres dures des mots réprimés. Elle se rappelle ma fuite affolée. La poignée de roupies, les colifichets dérisoires fourrés dans un sac à main. Souvenir brûlant qui suscite une envie de vomir. Est-ce l'amour que nous nous portons qui rend chacune si perméable à la douleur de l'autre ?

Je sais ce qu'Anju veut dire : *Savoir lire l'avenir aiderait à nous y préparer*. La possibilité pour chacun de diriger sa vie – elle a toujours voulu y croire. Mais elle sait aussi que c'est inutile. Sa fausse couche : qu'aurait-elle pu organiser pour l'empêcher de se produire ?

« Assez de passé et d'avenir ! » Je prends une voix gaie, décidée. (C'est important, une voix gaie et décidée, quand on n'a rien d'autre.) « La journée est belle, la plus belle depuis mon arrivée en Amérique. Profitons-en ! » J'étale une nappe de plastique à fleurs sur le sable, j'ouvre le panier de pique-nique, j'en sors nos paquets enveloppés dans de l'aluminium. Au bout d'un instant, Anju me rejoint.

Je n'ai pas exagéré. C'est le genre de journée qui transforme les rochers de plomb au large en or frais. Le pont du Golden Gate semble si proche que l'on s'imagine pouvoir pincer ses filins aussi minces que des cordes de harpe. Clarté improbable après tant de nuages.

Depuis que nous sommes arrivées, Dayita et moi, il n'a cessé de pleuvoir. Deux semaines de pluie glaciale. Les rivières gonflaient – je l'ai vu à la télévision –, les pentes noires et balafrées des collines commençaient leur lent glissement. Maisons ivres, penchées. Gros plans de familles hébétées qui devaient tout quitter. Et les autres, les victimes du tremblement de terre, massées dans les abris de fortune, les enfants pleurant après des objets qu'ils ne reverraient jamais plus. Les autoroutes déformées, craquelées comme une peau de serpent après la mue, des rues entières ravagées par le feu. Je me sentais étrangement responsable. Les trains ne pouvant respecter leurs horaires, Sunil prenait la voiture. Nous nous retrouvions prisonnières dans l'appartement. L'air était poisseux, fétide. Dayita pleurnichait toute la journée. Au bout d'une semaine, le bruit de la pluie devient implacable. Il déterre des souvenirs moisis comme des cadavres. Je devais presser mon visage contre la vitre aveuglée de brouillard pour garder en moi des choses qu'il ne fait pas bon dire. Dehors, rien que du ciment et un arbre chauve avec de malheureuses aiguilles en guise de feuilles.

« L'Inde te manque ? » a demandé Anju, d'un ton déçu.

Je n'ai pu mentir. « Comment font les gens ici pour regarder les étoiles ?

— Ils se penchent à la fenêtre, je suppose. » Anju n'a jamais été du genre à se perdre dans les étoiles.

« Comment s'appelle cet arbre ?

— Je ne suis pas très sûre – je dirais que c'est une sorte de pin. » Pour s'excuser, Anju me serre l'épaule. « Et si on allait camper quand l'été sera là ? »

Le pire, c'étaient les soirées, après le retour de Sunil. Chaque atome d'air figé, refusant qu'on le respire. Les murs s'incurvant, gonflés de claustrophobie. Paroles de bienvenue soigneusement mesurées. Seule Dayita hurlait sa joie, tendant les bras pour qu'on la prenne. Je m'affairais dans la cuisine jusqu'à l'heure du dîner. Un dîner plein de mots fractionnés, Anju parlant trop, faisant semblant de croire que tout allait bien. Rien que pour avaler, j'avais besoin de toute mon énergie. Dayita jouait aux pieds de Sunil. Il l'observait avec le regard intense d'un automobiliste par une nuit de verglas fixant les réflecteurs lumineux qui bordent les voies. Un automobiliste qui sait que le moindre écart peut signifier la mort. Dès que je le pouvais, j'emmenais Dayita dans notre chambre, allongeant au maximum la durée de son repas. Je les entendais, bien sûr, Anju et Sunil. Phrases brèves, de pure forme, surtout à propos de Dayita. Puis le silence. Rien n'égale le silence d'un couple marié, ce qu'il véhicule de reproches. Quand je ramenais Dayita, ils s'en emparaient de leurs doigts paniqués, comme des gens qui se noient.

La famille (puis-je nous appeler ainsi ?) vient de finir son pique-nique. Parotas croustillants fourrés de pommes de terre épicées, accompagnés d'un chutney de coriandre vert émeraude. (Dans ce domaine-ci, du moins, je suis utile.) Il s'allonge sur le dos, le visage protégé par un journal. Protégé du soleil, de nous. Dayita s'est endormie, la tête dans l'aisselle de Sunil. Qui semble détendu, presque heureux.

Nous parlons tout doucement, afin de ne pas les déranger. Cette conversation, j'essaie de l'avoir depuis une semaine.

« Il faut que tu retournes à l'université, Anju. Tu vas bien maintenant. Ne m'as-tu pas dit que les cours reprennent dans quelques jours ?

— Je crois que je ne suis pas prête. » Coincés dans

la bouche d'Anju, les mots sont des cailloux rebelles. Elle qui n'a jamais bégayé étant petite. Ce n'est pas de sa faute. Votre vie vous échappe et vous la regardez filer, grossir comme un monstrueux ballon de boue. Vous avez l'impression que vous ne courrez jamais assez vite pour pouvoir la rattraper.

Si je me montre attendrie, notre conversation finira comme toujours, dans les larmes. Alors je dis : « Tu es aussi prête que tu peux l'être. Au moins, tant que je serai là, tu n'auras pas à te soucier de faire la cuisine ou le ménage... »

Anju m'interrompt, l'air furieux, les traits crispés. « Je ne t'ai pas invitée pour que tu me serves de bonne à tout faire. De toute façon, tu es là pour un bon bout de temps. »

Elle déteste m'entendre parler de mon retour en Inde. Mais ne comprend-elle pas que je dois rentrer ? Ne voit-elle pas ce qui se passe entre nous – cette main géante qui nous oppresse, le chaudron prêt à éclater ?

« Que tu es bête ! dis-je. J'adore m'occuper des gens, tu le sais bien. Quant à l'université, tu n'as pas de souci à te faire, tu réussiras. Comme toujours.

— Je ne retournerai à la fac que si tu promets d'y aller toi aussi. »

Une sphère noire m'enveloppe, un air impossible à respirer. Ou plutôt non, c'est un vaste espace blanc, qui voudrait m'aspirer. Au milieu duquel scintillent, par intermittence, les paroles d'Anju. Paillettes dangereuses. Sois réaliste, il y a Dayita..., dit une voix.

Anju ne comprend pas. Le passé m'empoisonne encore, c'est une maladie que je dois éliminer avant de pouvoir affronter l'avenir.

Sunil se redresse soudainement, il est clair qu'il ne dormait pas. Dayita, réveillée en sursaut, se met à pleurnicher. « Il commence à faire froid, dit-il d'un ton coupant. Il est temps de rentrer. »

Bientôt, cette nuit ou demain, au lit, ils vont avoir une conversation. Il y aura des grondements, des larmes, du défi, des accusations. Le tout à voix basse à cause de la minceur des cloisons. Et parce que nous devons continuer à simuler la courtoisie entre nous.

Voilà ce qu'ils se diront.

Lui. Elle a un visa temporaire, de tourisme. Elle ne peut pas aller à l'école.

Elle. Elle peut faire changer son visa – comme des tas de gens.

Lui. Elle doit repartir dans six mois. Nous nous y sommes engagés.

Elle. Qui s'est engagé ? Pas moi.

Lui. Elle ne peut pas rester éternellement avec nous.

Elle. Pourquoi ?

Lui. (*Silence.*)

Elle. Très bien. Je vais lui trouver une chambre. Elle pourra prendre un job d'étudiante, et ensuite, quand elle aura son diplôme...

Lui. Laisse-la retourner en Inde, Anju. Nous avons notre vie, et elle la sienne. Tu pourras l'aider d'ici, si tu veux. Lui envoyer de l'argent.

Elle. (*Silence.*)

Lui. Ne veux-tu pas comprendre ?

Elle. Comment peux-tu parler d'argent, comme s'il s'agissait d'une mendiante. C'est ma sœur, ma meilleure amie. J'ai besoin d'elle ici. Ne veux-tu pas comprendre ?

Lui. (*Silence.*)

Elle. (*Silence.*)

Deux dos tournés, deux escarpements. La colère va de l'un à l'autre, petite souris qui ronge. Dans mon lit pétrifié, Dayita gémit, frotte ses yeux fiévreux.

Aucun d'entre nous ne dormira cette nuit.

Le soleil vacille au-dessus de l'océan comme une orange trop mûre, prête à éclater. La route que nous avons prise sinue le long des dunes. On se croirait à l'extrémité du monde. Les joncs, très longs, ressemblent à des cheveux de vieilles femmes. Mais je regarde vers le haut, toujours plus intéressée par ce qui passe dans le ciel. De brillantes particules traînent, en suspens au-dessus de ma tête. Des cerfs-volants tirés par des géants. Je les montre à Anju.

Énormes, ils dérivent au-dessus de la baie. De toutes les couleurs possibles. Mais où sont les cordes ? Il me faut un certain temps pour repérer les gens qui pendouillent à leur bout.

« Ils doivent faire du deltaplane ! » Anju, tout excitée, se penche par la vitre ouverte, s'abritant les yeux de la main. « J'ai lu quelque chose sur eux dans *California Living* – ils adorent s'élancer des collines alentour à cause de la force des vents au large. »

L'un d'entre eux amorce son retour vers la terre. J'admire les mouvements ambidextres de son aile, plongeons suivis d'ascension. Leurs longs abandons. Comme dans l'amour. Il y a longtemps que je n'ai éprouvé une telle émotion.

Assise derrière Sunil, j'agrippe son siège et m'adresse à sa nuque. « S'il te plaît, pouvons-nous les voir atterrir ? Saurais-tu trouver l'endroit ? » La vibration de ma voix fait sursauter Anju. Surpris et oublieux du risque, Sunil tourne la tête, me jette un long regard, sort au premier embranchement qui se présente. Je n'aurais pas dû. Je n'aurais pas dû. Dans son rétroviseur, je remarque la légère pulsation qui fait battre sa tempe.

Ce battement désordonné m'effraie. Mais les regrets viendront plus tard. Pour le moment je m'abandonne au vent sauvage et entêtant. Je lui tends mes mains, le sens effleurer mes paumes, dont il dérange les lignes. Sunil a enveloppé Dayita dans son manteau. À pied, nous traversons l'emplacement réservé au parking – une simple bande de terre sur le versant d'une colline. Une sorte de promontoire où l'on peut se tenir. Les surfeurs de l'air volent autour de nos têtes, à la rencontre du soir.

Énormes créatures ailées, casquées et lunettées, qui n'ont rien d'humain. Mais délicates et ardentes aussi. De telles choses sont-elles possibles ? Peut-on échapper à ce point à l'attraction terrestre, être si délicieusement libre ?

« J'aimerais être là-haut », dit Anju. Elle se penche dangereusement par-dessus la rambarde, je l'agrippe par son sari. Des ombres pourpres l'environnent, des auréoles de désir. « Ça doit faire un tel effet de sentir le vent vous traverser, tous vos problèmes s'évanouir – il ne reste plus que soi, le ciel et les vagues si loin au-dessous qu'elles ont l'air peintes. Pouvoir peut-être continuer à s'enfoncer dans la lumière... » Elle laisse sa phrase en suspens, lourde de possibilités.

Sunil étend la main. Ses doigts minces ont le brillant du cuivre que les bijoutiers chez nous martèlent en bracelets. Ils encerclent le coude d'Anju, devenu si maigre. « Bon, tu les as vus, maintenant rentrons.

— Attends », dit-elle, en montrant quelque chose. Deux des hommes oiseaux sont en train d'atterrir à côté du promontoire. Jambes raidies à l'approche du sol, bouffées de poussière, chaussures raclant le gravier. Le souffle de leurs ailes soulève mes cheveux. Quelqu'un accourt les dégager, mais ils sont déjà en train de se débarrasser de leur harnachement, riant, bras levés et se claquant réciproquement dans les mains, arrachant leur casque, leurs cheveux – noirs, roux vif – libérés dégringolant sur les épaules.

« Mais ce sont des femmes ! Des femmes martins-pêcheurs ! » Perplexes, Anju et Sunil me regardent. « Des femmes martins-pêcheurs ? » interroge Anju. Je fais signe que oui.

Je les ai vus un jour, il y a bien longtemps. Près d'une gorge. Nous étions sur un pont, par une aube filigranée de brouillard. Des oiseaux au dos bleu et brillant. Au bec fin. Surgis de nulle part, ils tombaient en piqué, remontaient, se pourchassaient, plongeaient vers la rivière en quête de nourriture. Il me semblait qu'ils chantaient. Et s'embrassaient en vol. Ils n'avaient peur de rien. Même quand le train déboula en grondant, ils continuèrent à faire ce qu'ils aimaient.

« C'est une histoire vraie ou un de ces contes que tu inventais quand nous étions gamines ? demande Anju. Je ne me rappelle aucun pont de ce genre – ni semblables oiseaux. »

Je me rends compte que j'ai parlé tout haut. « Tu n'étais pas là », dis-je. Je voudrais m'abstenir d'en dire plus, mais ils en veulent davantage.

« J'étais avec Ramesh. » C'est la première fois que je prononce son nom depuis mon arrivée en Amérique. Les joues me brûlent. J'attends de ma voix qu'elle m'indique ce que je ressens. Est-elle poisseuse d'amertume ? Noire de goudron ? Non, elle est froide, objective. « La seule et unique fois que nous sommes allés quelque part sans sa mère. C'était pour l'inauguration d'un pont qu'il avait construit. On le disait très bon dans ce domaine. Les ouvriers l'aimaient parce qu'il était juste et charitable, qu'il leur donnait des primes. »

Cette partie de l'histoire, je ne la raconte pas : Il avait passé son bras autour de moi. M'avait demandé si j'avais froid, si je voulais qu'il aille chercher mon châle dans la voiture. Les oiseaux semblaient des éclairs de feu bleu. J'ai voulu savoir si c'étaient des martins-pêcheurs, il l'ignorait. Peut-être venaient-ils d'un autre monde. Je lui ai dit que j'aspirais à être comme eux, brillante et courageuse. Mais nous pouvons l'être, Sudha, nous pouvons l'être, a-t-il protesté. Pourquoi pas ? Il le croyait – je l'ai vu à sa bouche fervente et avide. Je l'ai presque aimé à ce moment-là. Mais ensuite, quand sa mère a décidé d'effacer ma fille de mon ventre comme s'il s'agissait d'une faute d'orthographe, il n'a pas eu la force de résister.

Sunil lâche un juron, expression américaine qui m'est peu familière, et s'écarte – comme s'il pouvait lire dans mes pensées. Il se tient droit, les épaules raides. Il tire le col de son manteau sur la tête de Dayita, lui cachant ainsi mon passé.

« Oublie-le ! » dit Anju. Sa main recouvre étroitement la mienne, geste protecteur qui remonte à notre enfance. « Tu as fait ce qu'il fallait faire. C'est la seule chose qui compte. Des tas de femmes dans ta situation auraient cédé. Tu es partie. Sans te soucier de tout ce que tu allais devoir abandonner... »

Elle ne connaît pas les mille et un visages de ma lâcheté. Mon ressentiment. Un jour je lui dirai que, si, je m'en suis souciée. Les vêtements, les bijoux, ma réputation. La légitimité de femme mariée que je m'étais donné tant de mal pour acquérir. Maintenant, les femmes oiseaux s'avancent vers nous. Elles nous saluent gaiement. Surprise, je remarque que ce ne sont pas des jeunes filles. Une force granuleuse émane d'elles, celle de rochers dans le désert. Leur peau, râpée par le vent, éclate de vie. Elles sont râblées, avec une taille épaisse.

« Quels beaux saris ! » s'exclame la rousse.

En un geste inopiné, Anju lui tend la main. Une main qui tremble un peu – elle a perdu l'habitude d'une telle ouverture aux autres –, les doigts recourbés témoignant de leur répugnance. Les ongles sont blancs, aussi mous que de la cire. Consternée, je remarque la minceur de sa ligne de vie. La femme serre la main d'Anju entre les siennes.

« Vous étiez belles », dit Anju.

La femme sourit. Ses cheveux sont enduits de henné, j'en sens l'odeur de plante sauvage. « Merci. Vous aimeriez essayer un jour ? Ce n'est pas si difficile que ça en a l'air – je suis monitrice. Si vous voulez, je peux vous donner une leçon. Nous pouvons partager un deltaplane, en tandem...

— Nous devons vraiment rentrer maintenant », intervient Sunil. Il jette à la femme un regard désapprobateur. Il se méfie des aventures spontanées. Ces femmes sont américaines de la pire des façons. Le contraire de la féminité. Il donne à Anju un petit coup de coude de propriétaire. « Avec tout ce vent, Dayita va attraper un rhume.

— Avez-vous une carte ? » demande Anju. La femme ouvre une poche, en tire un rectangle aux couleurs de l'arc-en-ciel, qu'elle tend à Anju. Sa compagne nous a rejoints et lui passe, insouciante, une main autour de la taille. Des semaines plus tard, au moment de m'endormir, je comprendrai brusquement, non sans un choc, qu'elles sont amantes.

Tandis que nous regagnons la voiture, je sens leurs yeux perplexes braqués sur nous. Se demandent-elles, considérant notre petit ménage, qui appartient à qui ? Peut-être pensent-elles que tous les Indiens vivent ainsi, l'homme marchant devant, courbé et frissonnant. L'enfant, l'air grave, regardant par-dessus son épaule. Les deux femmes trébuchant dans leurs saris fouettés par le vent.

Le retour à la maison s'effectue en silence. Des nuages de pluie s'accumulent derrière la vitre arrière. Nous sommes fatigués et grognons. Nous avons vu s'accomplir le rêve primordial de l'être humain : posséder des ailes. Et cela n'a pas changé notre vie.

Un jour en Inde j'ai effacé de mon front la couleur du mariage, croyant que j'en étais débarrassée. Mais elle revient. Certains matins mon oreiller semble légèrement poudré de rouge. Sur mes genoux, Dayita émet des bruits de succion, elle rêve de lait. J'essaie de penser à des objets – c'est encore ce qu'il y a de plus sûr. Une tranche de mangue Langra, à la douceur de feu. Une douche froide à la fin d'une journée poisseuse de Calcutta, l'eau fouettant légèrement de ses fils d'argent ma peau reconnaissante. Les courants d'air qui sillonnent la terre, l'encerclent, s'élèvent, rebroussent chemin. Des ailes cobalt sur un ciel cobalt.

— TROIS —

Sunil

Viens, mon bébé. Laisse-moi t'entourer de mes bras et poser mon visage contre ta poitrine. Délicats os d'oiseaux, ton rire, un plumage. Toute la journée j'ai attendu ce moment.

J'entends ton cœur battre comme un moteur emballé. Pendant la grossesse d'Anju, j'ai un jour demandé au docteur pourquoi le cœur des enfants bat à un tel rythme. Il m'a fourni une réponse très scientifique, mais je l'ai oubliée.

Je vais donc simplement croire que c'est parce que tu es heureuse de me voir.

Assieds-toi sur mes genoux, que je puisse plonger dans tes yeux, si semblables à ceux de ta mère.

Oublie ce que je viens de dire.

J'ai la sensation parfois d'être en train de me noyer – mais pas lorsque je te tiens contre moi.

On dit que, si dans les yeux des tout petits se lit une telle sagesse, c'est parce qu'ils se rappellent encore des faits de leurs vies antérieures. Si tu pouvais parler, je te demanderais ce que tu te rappelles. Est-ce vrai, comme on le raconte, te demanderais-je, que l'on ne peut échapper à sa destinée ?

Si tu répondais oui, j'aurais la permission.

Bébé, je suis si fatigué – et mon combat ne fait que commencer.

Suffit avec mes ennuis. C'est l'heure des histoires.

Imagine des pigeons – des volées et des volées de

pigeons, qui rendent l'écran blanc – oui, c'est un nouveau film que je te raconte. J'adore le cinéma, pas toi ? Si plat et rectangulaire, la vie simplifiée et dominée, ou du moins rendue supportable.

Imagine un homme en colère à qui un autre a pris son pigeon apprivoisé. Imagine la querelle, les insultes, de vieux incidents remis sur le tapis, l'honneur qu'il faut venger. Est-ce que cela évoque une époque différente, un pays différent ? Ou penses-tu que, ici aussi, cela se passe de la même manière ?

Donc, il convenait de prendre sa revanche. Alors l'un des hommes a volé la fille de l'autre et l'a emmenée dans une ville lointaine pour la vendre. On l'enferma dans une pièce sombre. Où se trouvait une autre fille, kidnappée elle aussi. Elles pleurèrent ensemble. Ayant perdu chacune leur famille, elles se considérèrent comme des sœurs.

Te demandes-tu pourquoi je te raconte une histoire de sœurs ?

Je ne le sais pas très bien moi-même.

Peut-être qu'en te la racontant, je comprendrai.

Les petites filles emprisonnées – elles avaient une douzaine d'années – étaient très dociles. Elles mangeaient ce que leur donnait la femme chargée de les surveiller. Elles répondaient à son appel. Ce qui mettait ta tante Anju très en colère. Elle aurait voulu les voir frapper la main qui leur apportait la nourriture. Les voir mordre et griffer. Comment pourraient-elles ? disais-je. On les a dressées toute leur vie à obéir sans poser de question. De plus, elles savaient qu'elles seraient battues si elles se révoltaient. Anju haletait d'émotion. Je peux quand même le vouloir, n'est-ce pas ?

Elle était ainsi, se passionnant pour toutes sortes de choses, même celles qui ne concernaient pas sa vie.

Quand je regardais un film avec Anju, même un film que j'avais déjà vu, j'en avais une vision toute différente. Elle m'obligeait à remarquer des choses qui m'avaient échappé. Parfois c'était pour le mieux, la plupart du temps cela démolissait le film, suscitant des questions que personne n'avait souhaité vous entendre poser.

Mais tout ceci est de l'histoire ancienne. Nous ne regardons plus de films ensemble.

Entre une acheteuse. Sa maîtresse veut une servante. Elle n'arrive pas à choisir entre les deux petites filles kidnappées – finalement elle opte pour la première arrivée parce que sa maîtresse désire n'avoir que des servantes à la peau claire. Et celle qui nous concerne, la fille de l'éleveur de pigeons, est vendue à un bordel de première catégorie.

Il y a des tas de bordels dans les films. D'après Anju, c'est à cause des fantasmes masculins.

On lui donne un nouveau nom, elle devient une chanteuse renommée, célèbre dans tout Lucknow. Beaucoup d'hommes la désirent. Comment s'appelle-t-elle ? J'ai oublié. D'ailleurs, un nom, quelle importance ? C'est le concept qui compte. Elle est la chanteuse avec qui tout le monde veut coucher mais que personne ne veut épouser, tout comme je suis le mari dépourvu de sens marital et toi l'enfant qui a échappé à la mort. Encore que, en fonction de l'observateur, je pourrais être l'homme qui a perdu sa voix et toi l'enfant qui la lui rapporte.

La chanteuse tombe amoureuse d'un riche et jeune nabab, qui l'aime aussi, mais doit obéir à sa mère mourante et épouser celle qu'elle lui choisit. Le cœur brisé, la chanteuse part avec un autre homme, bien qu'elle ne l'aime pas. Finalement, rien ne marche, et elle retourne au bordel.

Un jour, invitée à chanter pour une fête chez des gens, elle tombe sur son ancienne compagne de prison, tu te rappelles, celle qui est devenue servante ? Mariée au fils de sa maîtresse, mère d'un beau garçon, c'est elle maintenant qui dirige cette maison. Les deux amies rient et pleurent en évoquant leur destin – leurs positions auraient si facilement pu être inversées. À ce moment le mari revient de voyage – et devine ! tu as trouvé, c'est lui le nabab qu'a aimé la chanteuse. Son regard montre qu'il est toujours attiré par elle.

Oh, ces films, a dit Anju en voyant cette dernière partie. Ils sont toujours pleins des coïncidences les plus échevelées.

Le monde réel est-il si différent ? Combien d'amants se retrouvent-ils séparés par la volonté des autres, par les circonstances, ou par une mauvaise interprétation de ce qu'ils croient être leur devoir ? Combien de vies sont-elles détruites par le hasard ? Le sait-on ? Le fait est que lorsque cela vous arrive, vous n'en parlez à personne. C'est trop douloureux.

Ces réflexions, je ne les ai pas communiquées à Anju. Comment es-tu si calé sur le sujet, *toi*, monsieur Expérience ? aurait-elle demandé.

Par ailleurs, les années passées auprès de mon père m'avaient conditionné à garder mes idées pour moi, et je ne pouvais pas plus briser ce dressage que les fillettes kidnappées le leur.

(Même avec toi, je ravale les choses qui se pressent dans ma bouche, et qui supplient qu'on les entende. Ce soir au dîner, les doigts de ta mère incurvés autour de la louche pour servir le dal d'épinards. Son poignet mince et nu, fragile et fort à la fois. L'éclat de ses ongles non vernis. Je suivais des yeux la trajectoire argentée de son bras, plus haut, toujours plus haut, le coude frais et sec, avec ses fossettes. L'envie de le toucher m'a saisi si violemment que j'ai cru ne pas pouvoir résister. J'ai dû me lever et quitter la table. Quelque chose ne va pas ? a demandé Anju. Ta mère n'a rien dit. Je crois qu'elle savait.)

Pour quoi sommes-nous en train de te dresser, mon bébé, sans même nous en rendre compte ? Par quels conditionnements seras-tu bloquée, semblables à ces clôtures électriques invisibles dont les banlieusards entourent leurs maisons pour empêcher leurs chiens de s'échapper ?

La chanteuse se conduit correctement. Elle s'en va, la famille demeure intacte, jamais son amie ne saura qu'elle a été aimée de son mari.

Crois-tu qu'elle a eu raison ? ai-je demandé à Anju à la fin du film. Qu'aurais-tu fait à sa place ?

Grimace d'Anju : j'aurais commencé par ne pas me mettre dans un tel foutoir, a-t-elle dit.

Elle est allée se coucher, et j'ai ouvert mon ordinateur. J'étais censé essayer un nouveau logiciel. Au lieu de quoi, je suis resté à fixer l'écran, réfléchissant à des questions d'honneur. De combien de malheurs sont-elles responsables ? Et qui peut dire en quoi consiste l'honneur ? N'avons-nous pas le droit de chercher le bonheur ? N'est-ce pas le premier de nos droits ?

J'étais en train de commettre la même erreur qu'Anju, en posant des questions auxquelles le film n'avait jamais prétendu répondre.

Revenue dans sa chambre, la chanteuse se regarde dans un miroir, dont elle essuie la poussière. Que voit-elle dans l'image que lui renvoie la glace ? Elle se détourne à demi, comme pour nous le dire. Mais avant qu'elle ne puisse le faire, le film s'achève.

Cette idée me plaît, pas à toi ? Effrayante et magique à la fois. Un reflet dans une glace pour me montrer qui je suis réellement.

Mais si j'en trouve une, aurai-je le courage de m'y regarder ?

Excuse-moi, bébé. L'histoire m'a entraîné trop loin. Je t'ai fait veiller trop tard. Dors maintenant. Je vais te frotter le dos comme tu aimes, en petits cercles du bout des doigts, tout en marchant de long en large, ta tête blottie contre ma poitrine.

— QUATRE —

Plantée au bord de la route, cramponnée à sa sacoche, Anju attend le bus qui va la conduire à l'université. Elle est vêtue comme d'habitude d'un blue-jean et d'un T-shirt trop large, et malgré les nuages qui menacent à tout moment de se déchirer en averse, elle porte ses lunettes de soleil. La veille de la reprise des cours, Sudha et elle sont entrées dans un Wal-Mart, où elle a acheté la paire de lunettes la plus grande et la plus opaque qu'elle ait pu trouver. Derrière ces verres, elle se sent anonyme, invisible, presque en sécurité.

C'est l'année de la mort, l'année de la découverte. (Est-ce la règle que l'une précède l'autre ?) À Sarajevo, à Johannesburg, au Burundi, le sol n'est plus que boue sanglante. Chrétiens contre musulmans, Zoulous face à l'ANC, Hutus et Tutsis. En Éthiopie, on vient de déterrer le crâne du premier ancêtre de l'humanité. Aux États-Unis, les scientifiques sont sur le point de capturer l'insaisissable top quark, le chaînon manquant de l'atome.

Cela fait deux semaines que les cours ont commencé, mais Anju continue de se réveiller avec une douleur à l'estomac, la sensation de compression que doit éprouver une montre au ressort trop serré. Réveillée bien avant qu'il soit l'heure de se lever, elle reste au lit à observer les premières lueurs de l'aube se plaquer sur les murs. D'un gris délicat, elles se succèdent au rythme des vagues par un jour sans vent, ou de sa propre respiration. Dont, les yeux fermés, elle étudie la nature. Inspiration, expiration, la faible odeur antiseptique du bain de bouche Listerine. Elle se rappelle une phrase qu'elle a lue dans son enfance, elle ne sait plus où. *Chaque nouvelle respiration est un pas de plus vers la mort.* Quand elle ouvre les yeux, elle surprend le regard de Sunil posé sur elle. Il sourit et se penche pour l'embrasser sur la joue. Ses lèvres ont la douceur d'un fruit en cire. La lumière a pris la dureté du diamant. Ce qui continue de la stupéfier, comme si elle venait de découvrir le phénomène.

Dans le bus, Anju choisit soigneusement son siège. Elle veut la rangée du milieu, côté travée centrale, si possible sans voisin. Côté fenêtre, le paysage urbain qui défile sous ses yeux lui donne le vertige : immeubles de bureaux en verre au scintillement presque insoutenable, autoroutes en courbe qui superposent leurs cous de brontosaure. Les centres commerciaux qui se tapissent au milieu des espaces asphaltés, vaisseaux spatiaux tombés de leur orbite. Du coin des stations d'essence, les enseignes en forme de globe oculaire proéminent la suivent de leur regard fixe.

Un journal abandonné sur le siège voisin du sien annonce que Steven Spielberg vient de gagner son premier oscar avec *La Liste de Schindler*. Anju s'attarde un instant sur les mots, sur les espaces qui les séparent. Elle a entendu ses camarades de cours (mais le terme est trop intime) discuter du film. Pourrait-on qualifier de schindlérisme, à échelle minuscule, le sauvetage de Sudha qu'elle a accompli ? À moins que le sauveteur ne soit Sudha et elle la rescapée ?

Elle sort un manuel de son sac, en lisse la couverture rouge et noir. Elle suit un cours consacré à l'étude des correspondances et journaux intimes. Le professeur, une jeune femme enthousiaste, à côté de qui Anju se sent vieille et lente d'esprit, explique, en tapant ses mains l'une contre l'autre, pourquoi ce genre d'écrits a tellement séduit les femmes au long des siècles. Elle cite des noms. *Dorothy Wordsworth*, *Fanny Barney*, *Sarah Kemble Knight*. Toutes talentueuses et ne pouvant s'exprimer que dans ces pages lues par une seule personne – voire par aucune. Une situation vraiment navrante, déplore l'enseignante.

Imaginez le nombre de lettres qui ont été perdues, a-t-elle dit la semaine dernière. *Tous ces journaux intimes jetés sans avoir été lus. Quel gâchis !* Elle s'exprimait d'une voix passionnée, saupoudrée de sucre glace. Assise au fond de la classe, Anju comprenait sa révolte. Et pourtant – quel sentiment de liberté avaient dû éprouver ces femmes ! Quelle délicieuse solitude ! Jeter des mots sur une feuille de papier à destination d'un esprit éloigné du vôtre. Noircir une page pour soi tout seul, exprimer toute sa vérité, pour autant qu'on ose l'affronter.

Le bus freine et s'arrête. Les étudiants en descendent, trébuchant pour sortir dans l'air saturé de gaz d'échappement. Anju a décidé qu'elle aussi allait écrire une lettre. Une lettre à son père décédé.

Sudha s'adosse à la porte qu'elle vient de refermer derrière Anju. Huit heures du matin, et elle est déjà fatiguée. Tant d'efforts pour éviter de croiser Sunil jusqu'à ce qu'il parte travailler, puis pour aider Anju à se préparer dans le court laps de temps qui leur est imparti. Presque chaque jour elle doit la tirer du lit. Après sa douche, Anju s'attarde dans la salle de bains, la serviette mouillée autour des reins, et Sudha doit la menacer de venir l'habiller comme elle le fait avec Dayita. Dans son bol, Anju pourchasse les flocons de maïs, qui finissent par devenir flasques. Elle laisse la masse trempée de ses cheveux dégouliner sur sa chemise.

« Vraiment, Anju, dit Sudha d'une voix exaspérée,

tout en lui séchant les cheveux et en les démêlant. Tout ce cinéma pour aller à tes cours ! On croirait que tu as cinq ans. Je me demande à quoi ça rime. Tu sais très bien que je te forcerai à y aller.

— Oui, m'man ! » lance Anju, qui attrape sa sacoche et met ses lunettes noires. Elle tente un sourire moqueur mais n'en dépasse pas l'esquisse. La nausée lui monte à la gorge. Seule la pensée de ce qui l'attend après quatre heures de l'après-midi lui permet de se sentir mieux. Elle rentrera le plus vite possible à la maison, Sudha lui aura préparé un en-cas, un khichuri fait de riz et de dal, un des plats favoris de leur enfance, accompagné d'une tranche de citron. Après quoi, recroquevillées sur le lit, Dayita endormie entre elles deux, elles parleront jusqu'à ce qu'arrive l'heure, pour Anju de faire ses devoirs, pour Sudha de préparer le dîner. Non. Aujourd'hui elles iront plutôt au centre commercial. Elles le font souvent, mimant le comportement des autres clientes, oisives et extravagantes. Mais elles ont un projet secret. « Prends des notes, chuchote Anju. Nous sommes au cœur de l'Amérique.

— Allez, file, Anju », dit Sudha, en lui flanquant une bourrade affectueuse entre les omoplates.

Elle resterait bien ainsi une éternité, adossée à la porte, mais Dayita arrive à quatre pattes et la tire par son sari. Elle la prend dans ses bras et, la bouche contre sa joue, lui murmure : « Oh, Dayita, nous voici en Amérique – et maintenant qu'allons-nous faire ? »

C'est l'après-midi. Sunil ne parvient pas à se concentrer sur le rapport que sa secrétaire lui a préparé. Les chiffres n'ont pas de sens, et les mots – *interface client*, *développement du produit*, *nouvelle alerte virus* – lui sont devenus étrangers, surréalistes. Des bribes de conversations, de rires, volettent par-dessus la cloison de son box et retombent sur ses cheveux comme de la cendre. Il passe la main sur la surface immaculée de sa table où règne un ordre parfait, mais n'en tire aucun plaisir. Le voyant « messages » de son téléphone, œil de cyclope rouge, clignote. Il doit prendre contact avec des consultants, vérifier le travail de programmeurs, apaiser des clients mécontents. Son patron attend les dernières nouvelles d'un projet qu'il dirige, un projet qui pourrait générer des profits importants, et du coup la promotion de Sunil, son installation dans un véritable bureau avec une porte en chêne à laquelle devraient frapper tous ceux qui voudraient lui parler. Il se remet à son ordinateur, pose les doigts sur les touches concaves, fraîches et légères, aussi familières que la fossette d'une amante. Mais sa cravate le serre. Il veut en desserrer le nœud, sa main ne rencontre que le vide : il n'a pas mis de cravate ce matin. Il va à la fenêtre, qu'il entrouvre... Le vent, espiègle, se glisse par l'entrebâillement et ébouriffe le rapport. Des feuilles s'éparpillent sur le sol, mais Sunil ne se retourne pas. Il observe le ciel gris, comme pour y lire un signe. Est-ce vraiment le même ciel que celui sous lequel il courait enfant, hurlant après son cerf-volant qu'il avait laissé échapper ? Car il a dû faire cela. Tous les enfants le font, non ? Mais on aurait du mal à en trouver la trace – du ciel ou de son enfance – sur son visage.

Son visage, il l'a éduqué à ne montrer qu'amabilité, si bien que les secrétaires – spécialement les plus âgées, entre une retouche de rouge à lèvres et un petit coup de peigne dans les toilettes – disent souvent, *Ce charmant Mr Majumdar*. Mais aujourd'hui, seul dans son box, il affiche un visage aussi variable qu'un ciel traversé par des nuages d'orage. Y aura-t-il une tempête ? Ses yeux volettent comme des papillons de nuit attirés par une flamme.

Il respire à fond, s'emplit les poumons de ce vent libertin, consulte sa montre. Deux heures de l'après-midi. Se dit-il qu'il reste deux bonnes heures avant qu'Anju revienne de la fac ? Deux heures dangereuses, et de penser à l'usage qu'il pourrait en faire accélère les battements de son cœur. Il y a de la témérité dans le mouvement du bras qui attrape le manteau. Laissant le sol jonché des pages du rapport qu'il n'a pas lu, Sunil fonce, ne s'arrêtant qu'un instant pour dire à la secrétaire qu'il doit rentrer chez lui.

Toute la journée Sudha travaille à la façon d'un nageur progressant en haute mer : sans s'arrêter, sous peine de se noyer. Elle fait la cuisine, passe l'aspirateur, époussette les quelques bibelots du living-room. « Qui pourrait imaginer qu'avant ce voyage en Amérique je n'avais jamais manié un balai ! » dit-elle à Dayita, qu'elle s'efforce de ne pas quitter des yeux. « Cette gosse se fourre n'importe où, se plaint-elle à Anju. Je ne peux pas la laisser une seconde ! » Anju devine-t-elle que Sudha a peur de la solitude ? Quand Dayita dort, Sudha se parle à elle-même.

Elle camoufle ce débordement d'activités ménagères en laissant traîner des journaux ici et là. Afin de ne pas encourir la colère d'Anju. (« T'ai-je fait venir pour que tu me serves de bonne ? Je jure que je n'irai plus à la fac si tout ce que tu sais faire en mon absence c'est nettoyer, nettoyer, nettoyer. ») Elle nourrit Dayita, avale un peu du khichuri qu'elle a préparé pour Anju. « Ça me paraît bizarre de manger toute seule, marmonne-t-elle. Les gens civilisés ne sont pas destinés à vivre ainsi, tu ne crois pas ? » Elle mâchonne distraitement un clou de girofle. Une habitude qui remonte à son enfance.

« Oh, Sudha, ne me dis pas que tu continues à mâcher des clous de girofle, comme ta mère nous obligeait à le faire ! s'est exclamée Anju le premier soir. Tu te rappelles ce qu'elle nous disait : *Cela vous donnera une bouche plus douce – et un mari apprécie toujours que sa femme ait une bouche douce.* »

Sudha a souri, un peu tristement cependant. « Ça va, Anju ! Ce n'est pas parce que je suis divorcée que tu peux dire n'importe quoi sur le mariage. Sinon nous ne pourrons jamais évoquer notre adolescence – car c'est cela qu'ont été ces années, une répétition ininterrompue de ce que serait notre vie de femmes mariées ! » Puis elle a ajouté : « Tu te souviens ? Je t'ai dit un jour que, lorsque je serais mariée et hors du contrôle de maman, je ne toucherais plus un clou de girofle. Eh bien, ce jour venu, je me suis aperçue que je ne pouvais pas m'en passer.

— Nos tortures finissent par devenir des drogues ! » dit Anju.

Sunil lui a jeté un regard en biais. Peut-être se demandait-il si ces paroles avaient un double sens. Il aurait pourtant dû savoir qu'Anju n'était pas du genre à camoufler ses pensées. Qu'elle décochait ses mots comme des flèches – puisqu'elle ne savait comment les utiliser autrement.

À présent, obéissante, Sudha allume la télé. Elle doit le faire, lui a dit Anju, pour mieux comprendre les Américains. Elle regarde donc un bulletin météo, qui estime à 70 sur 100 le risque de pluie ; une publicité pour des serviettes de toilette en papier, qui montre un mâle géant, un carrelage sale, et une femme minuscule, en pleine agitation ; et la rediffusion d'un jeu. Mais quand une femme rondouillarde, qui a correctement deviné le prix d'un mixeur, se met à glapir de joie, à sauter sur place et, se jetant au cou du meneur de jeu, à l'embrasser, Sudha ferme le poste.

« C'est dégoûtant ! dit-elle à Dayita. Je suis sûre que, comme toute femme qui se respecte, tu seras d'accord avec moi. » Elle joue avec elle, à faire des marionnettes avec ses doigts, mais elle est distraite. On s'en aperçoit à sa façon de tourner brusquement la tête, comme si elle espérait capter l'image de quelque chose qui se tient juste à la limite de son angle de vue. Elle ouvre tout grand la fenêtre. Dehors le vent souffle en piqué, éparpillant feuilles d'arbres et débris. Il lui envoie des grains de sable dans les yeux pour la faire pleurer. Elle se les frotte, en un geste enfantin inattendu chez une femme qui a trouvé la force de briser les chaînes du mariage – et soupire en consultant l'horloge. Il n'est que trois heures. « Allons nettoyer la chambre d'Anju Ma, d'accord ? » dit-elle.

Une décision surprenante. Car son souci du ménage s'arrête à la porte de la chambre d'Anju (qu'en esprit, d'ailleurs, elle appelle sa chambre *à lui*), où elle ne pénètre jamais seule. Certains jours, une fois Anju revenue, elles s'allongent sur le lit pour bavarder, mais c'est sur l'insistance d'Anju qui trouve ridicule de se serrer sur le petit lit de Sudha alors que le sien leur tend les bras. Après quoi, Sudha veille à effacer le moindre pli du couvre-lit, qui risquerait de trahir sa présence. Longtemps avant le retour de Sunil, elle gagne la cuisine, à l'abri derrière une barricade de casseroles, voilée de vapeurs odorantes.

Armée d'une éponge et de divers produits, Sudha entre dans la chambre, du pas hésitant de qui viole un espace interdit. « Oh, quel fouillis ! » s'exclame-t-elle à l'adresse de Dayita, comme pour se justifier – et c'est exact. Sur la commode s'entassent médicaments, livres de cours et un petit poste de télévision avec magnétoscope. Les couvertures sont en boule au pied du lit, la chemise de nuit d'Anju et sa serviette forment un tas sur le sol de la salle de bains, du tube de pâte dentifrice resté ouvert a coulé un gel bleu. Voilà pourquoi elle est venue en Amérique, se dit Sudha, qui s'attelle au nettoyage : pour mettre de l'ordre dans la vie de sa cousine. Et tant que son propre corps s'absorbe dans des tâches si utiles, elle peut ne pas penser au vide sur lequel ouvre son avenir.

Pendant un moment l'enfant suit des yeux les mouvements de bras de sa mère, observe les bulles de produit qui éclatent à l'extrémité des poils de la brosse à récurer.

Mais elle n'aime pas ce qu'elle voit sur le visage de sa mère, cet air lointain, comme si elle, Dayita, n'existait pas. Elle la tire par le bras, grogne en signe de protestation.

« Une minute, dit sa mère. Je te donnerai à manger dès que j'aurai fini de nettoyer la baignoire, d'accord ? »

Mais non, l'enfant n'est pas d'accord. Elle sait bien qu'elle est beaucoup plus importante qu'une stupide baignoire, et elle le manifeste par un long hurlement indigné.

« Bon, bon, j'ai compris ! » dit sa mère en déboutonnant son corsage. L'enfant aurait préféré quelque chose de plus excitant, peut-être ces petites boules de céréales croustillantes que l'homme lui laisse manger dans son bol le matin. Mais elle s'incline de bonne grâce. De fait, elle aime bien cette position familière de sa tête au creux du bras de sa mère, la chaleur du lait qui jaillit dans sa bouche, son odeur réconfortante, qui est aussi celle de sa mère, une odeur qu'elle reconnaîtrait sur-le-champ, même dans une pièce sombre remplie d'étrangers. Approbatrice, elle martèle les seins de sa mère.

« Aïe ! dit la mère. Suffit ! Il est temps de retourner dans ton berceau. »

L'enfant est d'un autre avis. Elle s'accroche à sa mère qui tente de la coucher dans son lit, et émet une série de cris aigus, chacun plus fort que le précédent. Non qu'elle aime vraiment cet exercice – le son blesse aussi ses oreilles. Mais a-t-elle un autre choix puisque sa mère refuse de se laisser persuader par la manière douce ? Cette stratégie a souvent prouvé son efficacité, surtout quand tante Anju est dans les parages.

Et la stratégie marche aujourd'hui aussi. « Bon, très bien ! » jappe sa mère, qui la ramène dans la chambre de tante Anju et, plouf, la lâche – peu aimablement, estime l'enfant – sur le lit. « Enfant gâtée ! » La sueur ourle son front. « Je devrais te donner une fessée. » Elle plisse les yeux et lève le bras.

L'enfant s'arrête de crier. Ça n'est plus nécessaire, et elle n'est pas du genre à dépenser son énergie pour rien. Elle observe sa mère avec curiosité – jamais jusqu'à présent on n'a menacé de la frapper. Mais il passe autre chose que de la curiosité dans son regard : du sérieux, du calcul. Elle sait qu'elles sont engagées dans une sorte de bataille – à qui fera baisser les yeux de l'autre, peut-être, et elle n'a pas l'intention de perdre. Sa mère recule son bras, le plat de la main comme le tranchant d'une épée. Peut-être est-il temps de pousser un autre hurlement ?

Mais, voyez : elle se mord les lèvres, se retourne et chancelle en direction de la télé, fourrage dans une pile de vidéocassettes que l'homme a achetées pour l'enfant. Elle en flanque une dans le magnétoscope, dernière manifestation de colère. L'enfant se demande si elle ne va pas la réprimander par un ou deux sanglots de son ample répertoire, mais une grenouille vient d'apparaître sur l'écran. La marionnette commence une chanson que l'enfant connaît, et qu'elle accompagne en rythme, en se balançant d'un côté sur l'autre. *Key Largo, Montego... c'est là qu'on veut aller.* Tout le reste disparaît : broutilles, pas la peine de se faire de la bile. Quelque part dans le fond de sa tête, elle entend sa mère claquer la porte de la salle de bains. *Bermuda, Bahama, viens jolie mama.* L'enfant sait qu'enfermée là-dedans maman va pleurer. Et de le savoir la rend triste soudain. Elle s'enroule sur elle-même, pouce dans la bouche.

Lorsque la mère revient, laissant derrière elle une salle de bains rutilante, ce qui lui vaudra à coup sûr les foudres de tante Anju, l'enfant s'est endormie. Dans son sommeil, elle voit les yeux rougis de sa mère, elle perçoit le négligé du vêtement, l'extrémité du sari bleu nouée n'importe comment autour de la taille. Même ainsi, elle est belle, de cette sorte de beauté naturelle qui donne l'envie aux gens de lui servir de bouclier contre le monde. L'enfant sait cela, car l'homme le lui a dit.

La mère sourit, d'un sourire mouillé, à l'enfant qui lui ressemble tant avec sa fossette au menton et un petit grain de beauté haut perché sur la pommette – à quoi il faut ajouter l'expression têtue de la bouche, qui fait la moue. La mère secoue la tête. En Inde cette obstination aurait constitué un désavantage, quelque chose qu'il convenait d'extirper – par les coups au besoin – d'une fille. Ici, ce n'est pas sûr. Les règles sont différentes en Amérique, et la mère n'est pas certaine de les connaître toutes.

Elle se penche pour la soulever, mais s'interrompt.

« J'ai peur que tu te réveilles, lui chuchote-t-elle. Et nous savons tous la terreur que tu peux devenir quand on t'interrompt dans ton sommeil ! » Elle sourit, un sourire épuisé cette fois-ci. Tant d'agitation, de pleurs aussi, cela se paye. Est-ce la raison pour laquelle elle s'allonge, avec un délicat bâillement de chatte, et se love autour de son enfant ? Ou est-ce simplement pour satisfaire la volonté animale du bébé, qui se blottit dans cette odeur qu'elle connaît si bien ? Elle rêve de nouveau au garçon. Celui que, certains jours, elle appelle garçon nuage. Garçon tempête qui la dévore des yeux. Aujourd'hui, il volette au-dessus d'eux avec des ailes de pigeon. *Non, non. Pas ici.* Elle veut lui dire de ne pas avoir peur. Ce qui sera, sera. Mais elle se laisse distraire par le vent insistant qui se presse contre la vitre, à la recherche d'une fissure pour pouvoir entrer.

« Ah, les mères et les filles, entend-elle sa mère soupirer. Cette façon que nous avons de nous épuiser mutuellement ! Tant pis. Anju Ma sera là dans une heure, et elle nous réveillera. »

Quatre heures de l'après-midi. Son dernier cours terminé, Anju, plantée sur le terrain du campus, joue avec ses lunettes de soleil, qu'elle porte même en classe. Elle tente de prendre une décision. Une partie d'elle-même aspire à rentrer à la maison, mais il y a la question de la lettre à son père. Elle sait qu'elle ne peut pas l'écrire dans l'appartement, dans cette atmosphère lourde, explosive. Il lui faut un espace vide d'histoire et du cortège d'espoirs qui l'accompagne.

C'est l'année des disparitions : Ionesco et Kojak, Jackie Onassis de son cancer. Sont-ils censés partager le même espace ? se demande Anju. Elle le craint. Mais peut-être cette crainte est-elle sans fondement, peut-être les morts ne se soucient-ils pas de telles questions. Elle pense à Prem, une infime fraction de seconde, comme lorsqu'on pose un doigt sur un brûleur de cuisinière encore chaud et qu'on le retire brusquement. *La mort est la grande égalisatrice*. Cette phrase, vient-elle de la créer, ou l'a-t-elle lue quelque part ? Impossible de s'en souvenir. Un vent noir lui ébouriffe les cheveux, charriant une odeur de terre mouillée qui s'insinue entre les lunettes et ses yeux. Il pousse un emballage de hamburger, papier d'alu tout froissé, qui dévale un chemin menant à un petit bâtiment de béton sur le mur duquel la pluie commence à ciseler son alphabet éphémère. Il y a quelque chose de joyeux dans cette dégringolade, le genre je-me-fiche-de-ce-qui-peut-arriver, auquel Anju n'a pas été sensible depuis des années. Elle suit le parcours de l'emballage – d'abord des yeux, puis en l'empruntant elle-même – et se retrouve devant la médiathèque, dont elle ignorait l'existence jusqu'à cet instant. Est-ce un nouveau présage ? Les portes automatiques s'ouvrent aussitôt, comme les bras d'un ami depuis longtemps perdu de vue. Elle avance et tombe sur une pièce aussi blanche que l'intérieur d'un œuf, circulaire et sans fenêtres. Elle aime cela. Elle a toujours pensé que les fenêtres sont une distraction, qu'elles attirent les gens hors d'eux-mêmes. Or, en ce moment, elle a besoin de rentrer en elle-même, de déterrer les vieux tessons de sa vie.

Dans ce lieu amniotique, Anju remonte ses lunettes sur son front, prend une feuille de papier et un stylo à plume que, preuve d'une nostalgie dont elle ne se savait pas habitée, elle traîne avec elle depuis l'Inde.

Cher père inconnu, écrit-elle.

À la radio, dans sa voiture, une voix informe Sunil que le Pentagone a abandonné son projet Jugement dernier de huit milliards de dollars, que de nouveaux avions serbes ont été abattus dans une zone aérienne interdite, que les Allemands viennent de ravir aux Français leur spécificité de plus grands consommateurs d'alcool au monde.

« Quel exploit ! » dit-il.

La voix l'informe maintenant d'un accident – déversement de produits chimiques sur la chaussée – à l'embranchement de la 101 et de Montague, bouchon depuis Mathilda Avenue.

« Merde ! » dit Sunil. Il ressemble à un animal dont la crinière, caressée à contresens par une main insouciante, se hérisse en piquants. Dont la peau n'aime pas être exposée. Sentez-vous ce désir de vitesse qui l'habite, et qui enfle, prêt à exploser ? Mais la circulation du milieu de l'après-midi le tient prisonnier et n'a pas l'intention de le lâcher. Des gouttes de pluie bien grasse s'écrasent contre le pare-brise et dégoulinent paresseusement. Il les chasse avec l'essuie-glace, qui fonctionne, inutilement, à sa vitesse maximum. De contrariété, ses belles lèvres (les lèvres de Mel Gibson, lui a dit un jour une femme qui connaissait l'acteur) se serrent à n'être plus qu'un trait, ses doigts tapent staccato sur le volant. Il s'est forcé à attendre dans un café, buvant cappuccino après cappuccino, que ce soit l'heure pour Anju de rentrer à la maison. Comportement honorable ou stupide, qu'en pense-t-il ? Il n'a pas déjeuné, et sous l'effet de la caféine, nauséeux et énervé, il vire sans prévenir, fait un bras d'honneur aux automobilistes qui klaxonnent, et, enfin, pénètre en trombe sur le parking de son immeuble.

Qu'espère-t-il, Sunil, en grimpant l'escalier quatre à quatre ? Il sonne. Pas de réponse. « Encore au supermarché, je parie », grommelle-t-il, en ouvrant avec sa clef. Il lâche sa serviette sur le divan, déboutonne sa chemise – il est à bout de souffle, tout le serre aujourd'hui –, entre dans sa chambre. Et les voit.

Cher père inconnu,

Cela me fait un effet bizarre, comme tu peux l'imaginer, d'écrire à une personne morte avant ma naissance. Un homme que j'ai haï pendant toute mon adolescence parce qu'il avait détruit sa famille. Oui, père, tu nous as détruits en mourant – une mort que tu t'es attirée toi-même en courant après un trésor –, une entreprise stupide, qui n'aurait jamais dû quitter le domaine auquel elle appartenait, les pages d'un livre d'aventures pour enfant.

Mais je n'ai pas l'intention, aujourd'hui, de te faire des reproches. Maintenant que je suis engluée dans ma propre vie, je trouve ma haine passée aussi inutile que l'aventure dans laquelle tu t'es lancé. J'ai besoin, en revanche (comme on a besoin de connaître les malformations génétiques qui ont tué vos parents), de savoir ce qui t'a poussé. Peut-être le même désespoir est-il en train de m'atteindre. J'ai besoin de savoir ce qui t'effrayait le plus dans la vie. Parce qu'on connaît mieux les gens par leurs peurs – celles qu'ils surmontent, et celles qui ont raison d'eux.

Voici ce dont mes proches ont le plus peur : Sunil, des tremblements de terre, des insectes volants, du ciel au crépuscule, et de la perte de contrôle de soi ; Sudha, du silence qui émane des meubles dans une pièce vide à midi, des catastrophes culinaires, de la résurrection des désirs qu'elle a déclarés morts ; Prem (oui, Prem), de la dissolution, du cri des chauves-souris et des bébés avortés, et de mon désespoir. Dayita est la seule d'entre nous à n'avoir peur de rien.

Quant à moi – te dresser la liste de tout ce qui me fait peur nécessiterait une éternité. Je ne citerai qu'une chose : l'amour. L'amour qui s'offre en avant-goût et vous rend ensuite insatiable. Que vous retenez dans vos mains avides, terrifié par sa fragilité. Qui vous oblige à mentir constamment. Vous pourriez tuer n'importe qui – y compris vous-même – pour l'empêcher de se briser. Et de toute façon il se brisera.

Tous les amours que j'ai chéris, je les ai perdus – sauf un. Et celui-ci aussi – je crois l'entendre se craqueler sous mes pieds, comme la glace d'un lac par un hiver peu rigoureux.

Père, qu'as-tu tant aimé qu'il t'a fallu nous quitter ?

Anju.

Il se tient parfaitement immobile au milieu de la chambre, le torse nu. Sa poitrine ne se soulève ni ne retombe. Il a oublié de respirer au spectacle de la femme et de l'enfant sur son lit – qui, pour le moment, lui appartiennent. Il ressemble à un homme qu'un miracle vient de terrasser.

La cassette vidéo s'est arrêtée, la télévision émet un léger ronronnement. Sunil s'avance vers le lit. Il regarde Sudha, ses paupières légèrement gonflées, ses cheveux qui bouclent sur l'oreiller, ses hanches qui soudain tressautent. Il regarde l'enfant endormie, dont la main enserre un doigt de sa mère.

Il s'agenouille à côté du lit. Il l'embrasse. Un baiser léger comme une plume sur la pommette, un souffle de baiser sur l'œil gauche, sur le droit, et il ne peut plus s'arrêter. Ses lèvres dévorent celles de Sudha, il prend son visage dans ses mains. Il va la broyer, l'avaler, si c'est le seul moyen qu'ils aient d'être réunis. Ce baiser qu'il a imaginé au long de centaines de nuits de frustration. Il s'insinue dans les rêves de Sudha, désormais les siens, en inspire la senteur de clou de girofle. Il la broie contre lui, ivre de la douceur soyeuse de sa peau. Il caresse les épaules, la courbe des vertèbres, enchaînées l'une à l'autre comme des perles sur un fil. Ses lèvres descendent jusqu'à la naissance des seins. Sent-il son corps se cabrer, complaisant ? Si seulement il pouvait se contenter de cet instant parfait, sans chercher d'avant ni d'après.

Mais elle se met à crier, le repousse, il ne peut lire ce qu'exprime son visage, il voudrait croire à une joie ambiguë, à du désir tout au moins, mais ce qu'elle dit n'a rien d'ambigu : *Lâche-moi, lâche-moi tout de suite*. Elle se débat. Pour éviter de tomber, il doit se rétablir sur les talons. Elle se redresse, presse son sari contre son visage. Le tissu bouchonné ne laisse paraître que les yeux, écarquillés de stupeur. Ceux de l'enfant, réveillée à présent, les fixent – lui puis elle. Convient-il ou non de sourire ? La respiration de l'homme produit un sifflement fou qui se propage dans la trachée, dans le corps maigre et brun, pour rebondir contre la boucle de ceinture. Son torse est couvert de poils noirs et frisés. L'enfant rit et tend la main pour les toucher. Ce rire, ce toucher. Ils renferment Sunil dans la réalité, comme le piège se referme sur le tigre.

Dans le bus de dix-neuf heures trente, Anju caresse du doigt l'accoudoir métallique de son siège, au poli doux et bleuté. Elle éprouve un merveilleux sentiment de légèreté, l'impression d'être un ballon prêt à s'envoler vers le plafond du véhicule. La lettre qu'elle a écrite se cache en sécurité entre les pages du plus épais de ses cahiers.

Dès qu'elle sort du bus, des rafales de pluie la fouettent sauvagement. La route s'est transformée en rivière, couleur nickel terne. Trempée, frissonnante, l'eau qui tombe sur les verres de ses lunettes de soleil assombrit encore plus sa vision. Cette cécité l'exalte, et aussi le risque des flaques inattendues.

Sur le terrain de parking, Sunil ouvre brutalement la portière de la voiture dans laquelle il attendait, et la hèle. Elle sursaute.

« Tu m'as fait peur ! dit-elle. Je ne t'avais pas vu dans le noir.

— Tu y verrais infiniment mieux si tu enlevais ces foutues lunettes. Comment se fait-il que tu rentres si tard ? »

Anju est sidérée par tant de véhémence. Elle plisse les yeux et se penche pour mieux le dévisager, mais garde ses lunettes.

« Alors ?

— J'ai... J'ai eu quelque chose à faire à la bibliothèque. J'ai perdu le sens du temps. Pourquoi es-tu si furieux ?

— Je m'inquiétais, c'est tout. » Sunil sort de la voiture, sa chemise noire sous la pluie. L'eau lui dégouline sur le visage dont elle obscurcit l'expression. « Regarde-toi, trempée comme une soupe. Et si tu retombes malade ? Ne pourrais-tu au moins avoir un parapluie ? Passe-moi tes livres, que je les porte.

— Non, non, ça va. Tu as ta serviette à porter.

— Anju ! dit Sunil, exaspéré. Pourquoi faut-il toujours que tu m'envoies balader quand j'essaie de faire quelque chose pour toi ? »

À contrecœur Anju lui cède sa sacoche, qu'il balance cavalièrement sur son épaule. Histoire de parler, elle interroge : « La circulation était mauvaise ? Tu viens juste d'arriver, toi aussi ?

— La circulation est toujours mauvaise », répond-il.

Dans l'appartement, Sudha est en train de hacher des oignons pour un curry. Elle ne sait quel curry choisir – certains morceaux d'oignons, longs et courbes, conviendraient pour un kurma, d'autres plutôt gros, pour un cho-

chori. Les bords en sont abîmés parce que Sudha, habituellement méticuleuse en la matière, s'est trompée de couteau. Lame grande et épaisse, faite pour couper la viande, c'est le premier qui lui est tombé sous la main quand elle a ouvert le tiroir. De temps en temps elle s'arrête de hacher et le tient dans son poing comme une arme. Mais elle ne le voit pas – ni les oignons ni le dal qui est sur le point de déborder, pas non plus Dayita, qui s'amuse dans le living avec un presse-papiers en métal qu'on lui a interdit de toucher. Elle hoche la tête, à la manière de qui écouterait d'une oreille consternée le silence d'une montre très coûteuse qui s'est arrêtée de fonctionner, bien qu'encore sous garantie.

Dayita cogne le presse-papiers contre la table. Le bruit lui plaît, un bon gros boum, suivi d'une vibration qui stagne dans l'air, elle décide d'en faire un jeu. Bang ! Bang ! Bang ! Jusqu'à ce que Sudha finisse par sortir de sa transe. Mais alors qu'en toute autre circonstance elle lui aurait arraché le presse-papiers des mains et lui aurait peut-être même donné une tape sur le derrière, aujourd'hui elle lui jette un regard distrait. Y a-t-il, dans l'expression de Dayita, un signe témoignant de cette prise de conscience qui, chez l'enfant, amorce sa première séparation d'avec ses parents ? Abandonnant oignons et dal, qui s'est à présent répandu, bouillie jaunâtre, sur la cuisinière, Sudha va dans la salle de bains. L'image que lui renvoie le miroir porte-t-elle des traces des émotions de l'après-midi ? Mais le lien entre la cause et les effets n'est pas toujours aussi direct. Son visage, aussi beau que d'habitude, ne présente pas la moindre ride supplémentaire, n'a rien perdu de sa luminosité. Seul le regard le plus perçant décèlerait le léger gonflement de ses lèvres, qu'elle a frottées encore et encore, après que Sunil s'est enfui, quittant en trombe l'appartement, sa chemise dans une main, sa serviette dans l'autre. Anju, absorbée par ses propres problèmes, sera incapable de le remarquer.

Un jour – Sudha et Anju étaient encore des adolescentes – Pishi leur avait raconté l'histoire de Damayanti, une reine si belle que les dieux étaient devenus jaloux de son époux. Ils l'avaient dépossédée de tous ses biens et obligée à errer dans le désert pendant des années. « Faites attention, avait conclu Pishi. La beauté d'une femme peut signifier malédiction autant que richesse. »

Anju avait plissé le nez, tristement : « Dans ces conditions, je n'ai pas à m'en faire ! » Et Sudha, qui, d'habitude, en de semblables occasions, se hâtait de protester qu'Anju était non seulement belle, elle aussi, mais intelligente, ce qui importait beaucoup plus, avait été trop plongée dans ses propres pensées pour dire quoi que ce soit.

À présent, Sudha porte les mains à son visage et en suit les contours. La beauté peut-elle vraiment être une malédiction ? Ses doigts progressent lentement, avec précaution, à la façon dont la main d'un médecin palperait la victime d'un accident, pour déceler une éventuelle fracture. Dont un amant soulignerait les traits adorés de sa maîtresse. Dont Sunil l'a touchée.

Avant le dîner, questions, exclamations, autant de dérobades, fusent autour de la table, renvoient à d'autres questions.

Elle : Seigneur, Anju ! Quel retard ! J'étais morte d'inquiétude ! Pourquoi n'as-tu pas téléphoné ? Où étais-tu pendant tout ce temps ?

Elle : Je vous en prie. On dirait à vous entendre tous les deux que j'ai disparu depuis un mois. Je suis une grande fille, non ? Parfois j'ai besoin de rester à la fac pour rattraper. Maintenant parlons d'autre chose, par exemple de ce qu'il y a à manger. Je meurs de faim.

Lui : Ta cousine a raison – la prochaine fois, préviens au moins l'un de nous deux.

Elle : Il y a du dal et un curry de brinjal qui n'est pas

encore tout à fait cuit – désolée, j'ai perdu du temps aujourd'hui.

Elle : *Toi,* tu me dis d'appeler ! Combien de fois es-tu rentré en retard sans me prévenir ? Rappelle-toi la fois où...

Lui : Nous parlons de maintenant. Pourquoi faut-il toujours que tu ramènes de vieilles histoires ?

Elle : Anju, peux-tu venir me donner un coup de main dans la cuisine ? Allez, viens, Anju.

Elle : C'est toujours la même chose, ce qui est bon pour toi n'est pas bon pour moi. Pourquoi ?

Lui : (*Silence.*)

Elle : (*Silence.*)

Elle : (*Silence.*)

Ils mangent à petits gestes saccadés, repoussant les aliments sur le rebord de l'assiette, sans goût. Sudha a oublié de saler le curry, mais personne n'y fait attention. Le vent, content de lui, s'enroule en spirales contre les vitres. Dayita, étrangement calme, glisse des bras de Sunil sur le sol, et, pour une fois, il ne la rappelle pas.

Un tableau de silence : trois personnes, chacune une petite boîte noire à l'intérieur de sa poitrine, chaque boîte en contenant une autre, encore plus noire et plus petite. Secrets empaquetés dans des secrets : bouts de velours, boulettes d'écume, sciure de bois, cheveux noirs de bébé. Certains qu'ils connaissent, d'autres qu'ils devinent. D'autres qui les démangent, comme un début d'infection. Au centre même de la poitrine, le secret de l'existence, dont ils ignorent tout. Le secret de leur être, déjà pollennisé par les spores du temps, prêt à exploser au moment où ils y seront le moins préparés.

— CINQ —

Lettres

Calcutta
Avril 1994

Ma chère Anju,

Que la déesse Kali vous bénisse tous.

Tu me manques plus que je ne peux l'exprimer dans une lettre. La maison est vide sans les rires et les espiègleries de la petite. Les vieilles femmes que nous sommes se sentent encore plus vieilles. Nous avons pris l'habitude de déambuler dans les rues, à marchander des choses dont nous n'avons pas besoin, tant nous avons peur de retrouver le silence de la maison. Égoïstement nous regrettons de ne pas t'avoir mariée à un garçon de Calcutta. Ainsi notre famille ne serait pas dispersée comme elle l'est aujourd'hui. Mais je me dis que la vie que tu mènes dans un pays non entravé par de vieilles coutumes te donnera peut-être les occasions que je n'ai pas pu t'offrir. Je suis très contente que Sudha et toi soyez de nouveau ensemble.

Je suis aussi très heureuse que tu aies recommencé à étudier. Je me sens ainsi moins coupable de t'avoir empêchée, par ce mariage, d'aller à l'université. Peut-être me suis-je trop précipitée. Mais j'ai fait un bon choix, n'est-ce pas ? Combien d'époux t'auraient autant soutenue que Sunil dans ton désir de poursuivre ton éducation ? Et de quelle générosité fait-il preuve en accueillant chez lui Sudha et Dayita ! Oui, je sais ce que tu penses, narines dilatées en signe de contrariété (je me souviens si bien de chacune de tes mimiques !) : c'est aussi ta maison. Mais s'il avait refusé, que de problèmes cela aurait créés !

Il est bon que tes études te fournissent une occupation. Une occupation est le meilleur remède au chagrin, cela aussi je le sais. Mais ne répète pas mon erreur et n'élève pas un mur de travail entre toi et ceux que tu aimes. Passe un peu de temps seule avec Sunil. Dans cette terre d'étrangers, sur qui d'autre peut-il compter pour l'aimer et le réconforter que sa femme ?

Pishi espère que Sudha et toi racontez nos légendes à Dayita. Ces histoires, dit-elle, contiennent beaucoup de sagesse. Nalini demande si vous avez installé le calendrier indien qu'elle a donné à Sudha. Il est important de ne pas oublier nos fêtes sacrées et de les célébrer, même d'une façon simple. Comment sinon transmettrez-vous notre héritage à Dayita et aux autres petits qui, bientôt, je l'espère, viendront éclairer ton foyer ? Vous devez, dit Nalini, spécialement faire attention aux heures néfastes qu'elle a demandé à l'astrologue de préciser pour chaque journée (bien que je te soupçonne de ne pas croire à ces choses-là).

Tu vas être triste d'apprendre que Singhji, notre vieux chauffeur, est mort. Il est parti tranquillement, dans son sommeil. Le propriétaire l'a découvert au bout de vingt-quatre heures et nous a appelées. Nous avons cherché dans sa chambre des informations concernant sa famille, afin de la prévenir, mais nous n'avons rien trouvé. Nous avons donc nous-mêmes mené les funérailles la semaine dernière. Puisse la Déesse être avec lui. Il nous a servis fidèlement toute sa vie, même après que nous n'avons plus eu les moyens de le payer, et il aimait beaucoup notre Dayita.

As-tu l'intention de venir bientôt ? Il y a si longtemps que je ne t'ai pas vue. Nos prières vous accompagnent tous. Chaque mois nous faisons faire une puja au Kalighat pour notre Prem, afin que son esprit demeure en paix.

Ta mère.

San Jose
Avril 1994

Chère Mère,

En lisant ta lettre, je pleurais sans pouvoir m'arrêter, tu me manques tant. Comme je regrette moi aussi que tu ne m'aies pas mariée à un garçon de Calcutta, ainsi je pourrais prendre le bus 37 et venir chez toi poser ma tête, avec tous ses soucis, sur tes genoux.

Maman, j'ai besoin de conseils. Les choses vont mal ici, ça ne se passe pas du tout comme tu l'imagines. Sunil est si tendu, on croirait un élastique prêt à se rompre – comme s'il renfermait quelque chose de menaçant, quelque chose que je dois connaître. Mais quand je trouve le courage de l'interroger, il se contente de dire tout va bien, tu te fais des idées. Et Sudha – j'étais si impatiente de l'avoir ici, mais ce n'est plus comme lorsque nous étions jeunes. Tu te rappelles, chacune savait toujours ce que l'autre pensait ? Eh bien, c'est fini. Ce que je sens, uniquement, c'est qu'elle n'est pas heureuse de vivre avec nous – et moi de vivre avec elle. Je crois que j'ai agi avec trop d'impulsivité en l'invitant en Amérique... Je désirais tant de choses pour elle – qu'elle puisse étudier, qu'elle gagne son indépendance et crée son affaire. Mais nous n'avons pas l'argent nécessaire. Sunil avait peut-être raison de ne pas vouloir qu'elle vienne. Il se montre si cassant avec elle – autre cause d'inquiétude. Est-ce parce qu'il ne veut pas de sa présence, ou pour une raison toute différente ? Parfois je regarde Sudha et je me demande ce qu'elle désire. Je l'aime, vraiment, mais quand je regarde son visage, tellement plus beau que le mien, tellement plus désirable – Oh maman, j'ai si peur, je ne sais pas quoi

San Jose
Avril 1994

Chères Mère, Pishi et tante Nalini,

Nous allons tous bien et sommes très heureux. Dayita est un amour et nous amuse constamment. Elle rampe partout et tente même de se tenir debout. Je crois qu'elle va bientôt avoir des dents. Ses mâchoires sont gonflées et elle mâchonne tout ce qu'elle réussit à attraper. C'est pire que d'avoir un petit chien ! Sudha est meilleure cuisinière qu'elle l'a jamais été – j'ai dû prendre cinq kilos depuis qu'elle est arrivée rien qu'à manger ses curries de poisson. Sunil réussit très bien dans son travail, il pense qu'il va avoir une promotion. Étant donné tout ce que nous avons à faire, je doute que nous puissions aller vous voir bientôt. Pour moi l'université est une sorte de gageure, mais j'aime beaucoup cela. C'est merveilleux d'avoir de vos nouvelles. Ne vous inquiétez pas pour nous – comme je vous l'ai dit, nous allons bien. Sudha et moi vous remercions pour vos bénédictions, Sunil vous salue chaleureusement, et Dayita vous donne plein de baisers mouillés et baveux.

Anju.

Calcutta
Avril 1994

Cher chiranjibi Sunil,

Mon fils, je n'ai pas eu de tes nouvelles depuis des mois, depuis la malheureuse fausse couche d'Anju, qui, ainsi que je te l'ai écrit, m'a fait beaucoup de peine. Mais c'est la volonté de Dieu. S'il te plaît, écris, que je puisse lire de ta propre main que vous allez tous bien, même si j'ai de vos nouvelles par Gouri ta belle-mère. C'est ainsi que je sais que ta belle-sœur Sudha et sa pauvre petite fille sont avec vous. Je suis fière de ta bonté. En les accueillant tu as agi avec honneur. En dehors de toi, elles n'ont pas d'homme pour s'occuper d'elles.

Ici nous allons bien, sauf que ton père souffre d'hypertension. Il ne veut cependant pas aller chez le médecin, et m'attrape quand je lui en parle. Je n'aime pas me plaindre, mais depuis qu'il a pris sa retraite, il est devenu encore plus irritable et nerveux. Si, en lisant le journal, il tombe sur une histoire d'émeute, de meurtre, ou même de ministre pris à frauder le fisc, ce qui, tu le sais, arrive tout le temps, il se met à hurler et à jurer. J'ai beaucoup de mal à garder des serviteurs tant il les insulte, je suis sûre que, le connaissant, tu imagines les mots qu'il emploie, et, de nos jours, avec toutes ces usines qui embauchent, qui, excepté une épouse, supporterait un tel comportement ? Même Nitin, notre vieux garçon de cuisine, est parti le mois dernier, et maintenant je dois laver moi-même tous les plats.

La semaine dernière ton père est tombé en montant l'escalier et j'ai cru mourir de frayeur. Je lui ai demandé si je pouvais te téléphoner, et il m'a de nouveau crié après. Il est devenu tout rouge, j'ai eu peur qu'il se fasse du mal, et je n'ai pas insisté. Crois-tu que tu pourrais venir nous voir ? Peut-être t'écoutera-t-il si tu lui parles. Je n'ai pas oublié cette malheureuse bagarre entre vous deux avant ton départ, mais c'était il y a des années, et, bien qu'il soit trop vieux et trop entêté pour te faire signe, je crois que dans son cœur il regrette cette querelle. J'espère que, de ton côté, tu lui as pardonné, comme c'est du devoir d'un fils.

Encore une chose que je te demande – je t'en prie, ne nous envoie plus d'argent. J'ai été choquée en découvrant la somme que tu as envoyée. (Ton père, bien sûr, ne me dit rien, mais j'ai regardé dans son bureau il y a quelques jours, il avait oublié de le fermer à clef, et j'ai vu une pile de mandats en dollars non encaissés.) Je suis épouvantée à la pensée de tous les problèmes que cela doit te créer, surtout maintenant que ta maisonnée a doublé de taille.

Tu me manques, mon fils. Écris-moi vite. Le mieux est d'écrire à l'adresse de Gouri, et elle s'arrangera pour me faire parvenir la lettre sans que ton père le sache. Sinon ça déclenchera une scène. (Il guette le facteur comme un faucon, bien que nous ne recevions que des factures et des catalogues.) Je suis pleine de gratitude envers Gouri, qui se montre une si bonne parente. Parfois, pendant que ton père joue au bridge à son club, je prends le bus jusque chez elle. Même quelques minutes de conversation avec elle m'apportent un peu de paix.

Ma bénédiction à Anju. Dis-lui que je n'ai pas oublié sa douceur envers moi, quand elle vivait chez nous. Je prie le Seigneur Ganesh et Shashti pour qu'ils vous donnent santé et bonheur, et, si Dieu le veut, un nouveau bébé sur qui veiller.

Ta mère.

San Jose
Avril 1994

Chère mère respectée,

Je suis furieux d'avoir à agir ainsi dans le dos de Père. Que doit penser Gouri Ma de notre famille ! Je ne le fais que pour t'éviter des ennuis.

Ne me demande pas de ne plus envoyer d'argent. Je rembourse Père de tout ce qu'il a dépensé pour mon éducation, de sorte qu'il ne puisse plus jamais se plaindre de ce que je lui ai coûté. C'est une façon pour moi de racheter ma liberté.

Pour ce qui concerne sa santé, je suis incapable de compatir. Il en est responsable. Je suis simplement désolé que tu doives supporter tous ces embêtements. Essaie de lui tenir un peu tête. Souviens-toi qu'il a plus besoin de toi que toi de lui.

Je t'envoie de l'argent, ci-joint. Pour toi seule. Dépense-le pour quelque chose qui te plaît – peut-être une séance de cinéma en son absence, ou un sari neuf. Peut-être un voyage vers un lieu saint, si Gouri Ma y allait. J'aimerais pouvoir faire plus... mais ton autre souhait – que je vienne parler à Père – est irréalisable. Je crains que tu n'aies une trop haute opinion de moi – je ne suis ni dévoué, ni particulièrement honorable. Grâce à tes prières, je finirai peut-être par m'améliorer !

Ton fils,
Sunil.

— SIX —

Sudha

Chaque après-midi j'arpente les trottoirs de la ville, d'un pas lourd et triste, avec Dayita dans sa poussette. Elle suce son pouce et promène son regard couleur réglisse sur tout ce qui l'entoure. L'auvent bleu fané d'un traiteur chinois. Une épicerie indienne qui expose à même le trottoir ses cartons pleins de gombos et de melons amers. Un institut de beauté qui affiche en lettres géantes ONGLES ! 19,95 $ SEULEMENT ! La devanture d'un Kmart à laquelle se pressent des adolescents avachis, l'air boudeur, les cheveux en brosse et le pantalon trop grand pour eux. Dayita ne s'endormira pas tant que nous ne serons pas rentrées. Et, une fois à la maison, elle plongera dans des rêves épais, épuisants, d'où elle ne voudra pas sortir pour manger. Je crains qu'elle maigrisse. Je me sens terriblement coupable. Pourtant il m'est impossible de demeurer dans l'appartement passé midi. Est-ce la peur qui me talonne ou le désir ?

Je pense de temps en temps avec remords à Singhji, dont Gouri Ma nous a appris la mort. La frayeur que me causait son visage de grand brûlé quand j'étais petite, une laideur qui lui servait de déguisement. Toutes ces années qu'il a passées à notre service – et personne n'a su qui il était. Il nous a aimées – sans dire un mot. M'a aimée moi plus que je ne le méritais. Il n'a cessé de prendre des risques pour nous réunir, Ashok et moi. Il savait, mieux que moi, que j'aurais dû me marier selon mon cœur. Je pense à la lettre qu'il a glissée dans mon sac au moment de mon départ pour l'Amérique, expliquant qu'il était mon père, décrété mort depuis longtemps, me suppliant de garder le secret. J'aurais dû lui répondre, lui dire que je l'aimais moi aussi. Mais j'étais trop peu sûre de moi, vacillante au seuil de ma nouvelle vie. Il me semblait que je devais garder les yeux fixés droit devant. Un seul regard en arrière, et je basculerais, je me fracasserais dans le vide. Comment pouvais-je prendre ce risque ? Et maintenant c'est trop tard.

Les minutes s'égrènent. Continue, continue ! Je dois avoir regagné notre rue à temps pour me trouver à l'arrêt du bus, quand il se range le long du trottoir et que s'ouvrent ses portes. Pour accueillir Anju. Je lui redirai, volubile, le plaisir que j'éprouve à me promener ainsi chaque jour. Je lui raconterai les jonquilles jaune d'or à l'entrée de la bibliothèque. Les premières feuilles, aux doigts palmés. Anju se penchera sur Dayita. Pendant un instant, leurs cheveux se mêleront en une frange soyeuse, visages cousus dans une même tapisserie. Elle chuchotera à l'oreille de ma fille des secrets qui la feront glousser de rire, et qu'elle ne me dit jamais. Brusquement, j'aurai l'impression que mes extrémités s'engourdissent, comme saisies par le gel. Stupide jalousie ! Cette proximité entre elles – n'est-ce pas le seul cadeau que je puisse faire à Anju ?

Mais, en arrière-plan de tout cela, je ne cesserai de penser au baiser.

Je ne crois plus aux légendes, ma vie a pris un tournant trop différent de celui qu'elles proposaient et dont je rêvais. Mais de temps à autre, me rappelant la prière de Pishi, je raconte à Dayita des histoires du Ramayana. Cela lui plaît, me semble-t-il – un des rares moments où je ne râle pas. Comprend-elle ? Je l'ignore. Quoi qu'il en soit, je me sens bonne et maternelle, ce qui est rare.

L'histoire que je lui raconte aujourd'hui en marchant est celle du rapt de Sita par le démon Ravan.

Quand Sita aperçut la biche d'or devant sa cabane

dans la forêt, elle la désira plus que toute autre chose au monde. Elle dit à son mari Ram : « J'ai abandonné le palais et suis venue vivre dans la forêt par amour de toi. Si tu m'aimais autant, tu attraperais cette biche pour qu'elle devienne mon animal de compagnie. »

Ram soupçonna que cette biche était un leurre, une ruse du démon, et il le dit à Sita. Qui refusa de l'écouter.

« Maintenant je sais le peu d'amour que tu me portes », s'écria-t-elle.

Alors Ram prit son arc et ses flèches et partit à la recherche de la biche. Il dit à son frère Lakshman de ne pas le suivre et de rester à garder Sita. Au bout d'un certain temps, ils entendirent une voix dans le lointain qui ressemblait à celle de Ram appelant à l'aide. Bouleversée, Sita demanda à Lakshman d'aller au secours de son frère.

Lakshman dit : « Je crois que c'est une nouvelle ruse du démon. Ram est un grand guerrier et il n'éprouverait jamais le besoin de demander de l'aide. »

Mais Sita lui fit des reproches amers. « Tu es un frère dénaturé, lui dit-elle. Selon moi, tu veux que Ram meure afin de me forcer à t'appartenir. »

Piqué au vif, le fidèle Lakshman partit à la recherche de Ram, mais, avant, il traça un cercle par terre autour de la cabane. « Ne franchis pas cette limite, dit-il à Sita. Tant que tu resteras à l'intérieur du cercle, rien ne pourra te faire de mal. »

À peine s'était-il éloigné que le démon Ravan, déguisé en sannyasi, s'approcha de la cabane et mendia une aumône. Il attira Sita hors du cercle, la captura et l'emmena dans son royaume, l'île de Lanka. Il allait s'écouler de nombreuses années de chagrin et de quête, de guerres et de morts, avant que Ram et Sita ne se trouvent de nouveau réunis.

Il y a une chose que je ne dis pas à Dayita : toute vie est entourée d'un cercle magique que l'on ne doit pas franchir. C'est le chaos qui règne de l'autre côté. Peut-être qu'en quittant Ramesh, je suis déjà sortie de mon cercle. En m'embrassant, Sunil a franchi la ligne que son mariage avait tracée autour de lui. Sur quoi pouvons-nous compter maintenant pour nous préserver de nos démons ?

Je suis furieuse contre Sunil, mais encore plus contre moi-même. Quand il m'a embrassée, j'ai cru sentir une lance me transpercer, me frapper dans mes endroits les plus secrets. Sa langue bougeait dans ma bouche. Il émanait de lui une odeur aigre et entêtante, une odeur de prunes macérées. Mes lèvres traîtresses ne voulaient pas qu'il s'arrête. Je l'ai repoussé, oui. Mais mes seins réclamaient sa caresse. *Le mari de ma sœur*, disait mon cerveau. *Je m'en fiche*, attestait le tremblement dans mes jambes.

Je redoute mon corps. Je redoute le sien. Parce que les corps peuvent nous entraîner dans leur murmure.

Pourquoi pas.

Je mérite mieux.

Je suis jeune, et la vie passe.

Que feront nos corps, la prochaine fois qu'ils seront seuls ?

Toute à l'histoire que je raconte à Dayita, j'ai changé d'itinéraire, et je me retrouve dans un parc.

Je me suis déjà promenée dans des parcs américains. Mais, cette fois-ci, je remarque beaucoup plus de choses. Il en est toujours ainsi. Quand je suis seule, je vois mieux, comme si l'on m'avait opérée d'une cataracte.

Pourquoi alors cette crainte de la solitude ?

Un joli parc, propre, avec des équipements neufs. Ce quartier doit être plus aisé que le nôtre. Si pimpant, si gai, si aéré. Dans un parc indien, les gens se bousculeraient pour une petite place à l'ombre des rares banyans. Les marchands de pois cuits et les vendeurs de glaces se faufileraient en chantonnant au milieu des familles encombrées de trop d'enfants. Des chiens pie les suivraient, la langue pendante. Exhalaisons d'essence des autobus, odeurs épicées des pakoras, senteur douceâtre des monticules de sucre filé, gourmandise des vieilles femmes. Fragrance des lauriers-roses écrasés sous des petits pieds éperdus. Anju et moi rentrions toujours épuisées de ces séances, écœurées de tant d'abondance.

Les coquilles rouges des balançoires de bébés fendent l'air. Coquettes. Allègres. Sur leurs ressorts en forme de gigantesques tire-bouchons, les chevaux à bascule hochent leurs têtes synchrones. Pourquoi le spectacle d'un monde si ordonné devrait-il me rendre triste ? Les enfants s'aspergent de sable, mais leurs cheveux blonds n'en laissent rien paraître. Des mères blondes vêtues d'ensembles coordonnés bavardent avec animation. Je hasarde un sourire, elles ne me voient pas. Est-ce leur méconnaissance du monde auquel j'appartiens qui me rend invisible, ou leur méfiance ? Si j'avais été à leur place, je n'aurais pas non plus souri à une femme à la peau brune, en sari et anorak.

Dans sa poussette Dayita gigote et piaille. Quand je la sors de là, elle crie plus fort et se débat. Ces derniers temps, elle refuse que je la tienne dans mes bras. Quand cela a-t-il commencé ? Après le baiser ? Je deviens paranoïaque. Comment un enfant de son âge pourrait-il comprendre ? Elle a arrêté de téter deux soirs plus tard. Cela faisait des semaines que j'essayais de la sevrer. Néanmoins, quand elle a repoussé mon sein, la condamnation qu'exprimaient ses doigts m'a flagellé la peau. Toute la nuit j'ai eu la bouche sèche de honte.

J'installe Dayita sur le sol spongieux de l'aire de jeux au bord du bac à sable. En Amérique, même les chutes ne sont pas douloureuses. Des générations entières d'enfants grandissent dans l'ignorance de la douleur. Il y a là quelque chose qui ne va pas, me semble-t-il.

Mais pourquoi cette idée ? J'ai eu mon comptant de peines. Quel bien cela m'a-t-il fait ?

C'est alors que je remarque la fillette. Sur les balançoires des plus grands. Elle porte un jean tailladé, pousse sa balançoire au-delà de la zone de sécurité. Non, c'est une adulte. À chaque poussée de l'engin, ses cheveux, luisants comme du poil de phoque, flottent derrière elle. Elle porte son tee-shirt violet, moulant, avec une nonchalance que je lui envie. Ses pieds bruns sont nus, les ongles noir irisé. Plumes de mainate. À côté, un petit garçon ceinturé dans sa poussette rit aux éclats et bat des mains.

En haut, en bas, encore plus haut dans le ciel. L'abandon sauvage d'un tel mouvement, notre première façon d'apprendre à voler. Cet instant d'apesanteur lorsqu'on parvient au sommet de la courbe, cette quiétude parfaite avant la retombée. Je croyais avoir oublié, comme j'oublie mon enfance.

Je m'avance vers elle et demande : « Êtes-vous indienne ? » Je ne peux pas m'empêcher, bien qu'Anju m'ait prévenue qu'ici les gens n'adressent pas ainsi la parole à des étrangers. Même des Indiens. Un souffle d'air dans le sillage de la balançoire emporte mes paroles. Je dois les répéter en criant. Les yeux plissés, elle fixe les ondulations de l'horizon. Un marin en quête d'une nouvelle géographie. Le petit garçon me regarde, curieux. Il a des yeux bleus et marron. Son fils ? Elle ne me répond pas. Ses lèvres, le rouge juteux de pamplemousses mûrs, se retroussent sur une plaisanterie qu'elle garde pour elle.

Mortifiée, je vais pour m'éloigner.

« Attendez », me dit-elle alors.

Je retourne tous les jours au parc pour la voir. Elle est si différente de toutes les femmes que j'ai connues jusqu'à présent. Et je suis si affamée.

Chaque fois, elle me livre une parcelle d'elle-même.

Elle s'appelle Sara. En Inde, c'était autre chose. Saraswati ? Sarayu ? Sarojini ? Elle ne me le dit pas. Ça n'a pas d'importance, au stade actuel de sa vie. Croit-elle que son prénom va l'attendre, comme une broche que l'on met de côté parce que démodée, jusqu'à ce qu'on ait envie de la porter à nouveau ?

« Je suis venue ici au titre des échanges universitaires, dit-elle. C'était prévu pour un an. Après quoi je rentrais pour épouser un garçon que j'avais rencontré à la fac à Bombay. Et puis, un mois avant mon retour, l'idée m'a frappée que jusqu'à la fin de mes jours je n'aurais plus jamais l'occasion d'être seule. Belle-famille, gosses, domestiques, tu connais l'Inde. Terrifiant. Alors j'ai acheté un ticket de bus pour la Californie. Un ultime petit bout d'aventure, me suis-je dit. Disneyland, les Studios Universal, le Golden Gate – le merdier touristique habituel. Le voyage devait durer une semaine, mais le Greyhound est tombé en panne à mi-chemin entre L.A. et San Francisco. Comme si c'était le destin. »

Elle était descendue du bus et avait marché dans les dunes. Avait fait du stop sur la Highway 1, en apprenant le nom des arbres au passage. Les différentes espèces d'eucalyptus. Un jour, quelque part entre un bosquet de cyprès et un rocher sur lequel des phoques se doraient au soleil, elle était devenue accro.

Toutes ces années de Lotion pour une Peau Belle et Claire et d'Arnica Revitalisant pour Cheveux ! Elle laissa sa peau foncer au soleil. Ses cheveux tortiller en tresses, avant de tout couper. Elle se perça le nez, les sourcils, mais finit par laisser les trous se refermer. À l'expiration de son visa, avec tout l'argent qui lui restait elle s'acheta une voiture d'occasion. Dans laquelle il lui arrive de dormir.

L'expression de mon visage la fait rire. « Ne prends pas cet air scandalisé ! Ce n'est pas dur ! J'adore la liberté, le risque. C'est comme jouer au théâtre.

— Et tes parents ? »

Elle hausse les épaules. « Je leur envoie des cartes postales. Comme ça ils savent que je vais bien, mais ne peuvent me joindre ! Quand je me sentirai prête à rentrer, je les appellerai et ils m'enverront un billet. »

Je voudrais détester son égoïsme, cette confiance en soi arrogante qui lui fait croire qu'on l'aimera toujours. Je voudrais lui demander : *Et s'ils refusent ?* Mais je suis prise dans l'écheveau de ses histoires.

« Il faut que tu sortes d'ici, ma fille, dit-elle. Que tu ailles voir les autres Amériques. Il y a trop d'hommes dans ce coin qui courent après le sexe et l'argent, qui croient que le mot *non* ne les concerne pas. »

Sortir d'ici. Que ces mots sont doux à entendre. Je voudrais qu'elle m'en donne la recette. Mais elle est déjà en train de me raconter ce soir où, dans le parc de Yellowstone, le rayon de sa lampe de poche a frappé l'œil d'ambre d'un ours noir. Est-ce que je sais que, dans le Yosemite, on peut voir des arcs-en-ciel se former au-dessus des cascades par les nuits de pleine lune ? Qu'à Las Vegas, de faux palais grecs surgissent de la terre plate du Nevada, aux colonnes aussi blanches que celles d'un mirage dans l'air sec du désert ? Elle a vu des spectacles inouïs dans des hôtels aussi grands que des petites villes, une scène au sol constitué d'un treillage métallique, par exemple, s'enfoncer pour laisser la place à une piscine de trente pieds de profondeur. Mais, chaque fois, elle s'est laissé de nouveau embobiner par le charme de la Baie.

Elle me raconte le mois qu'elle a passé dans le Haight avec un homme. Ils faisaient l'amour sous un édredon de plumes d'oie dans une chambre sans chauffage et mangeaient de la cuisine thaï de chez le traiteur. Parfois ils allaient à Napa acheter une bouteille de vin, qu'ils buvaient dans la voiture en rentrant. L'homme avait la peau couleur poudre de cumin. Les cheveux noirs et drus comme la laine d'un animal des ténèbres. Elle enfonçait ses doigts dedans quand elle avait froid.

Où cette Indienne a-t-elle acquis une telle insouciance ? Qui lui a appris à faire si peu de cas de l'opinion des gens ?

À voir ma mine, elle s'esclaffe encore plus. Aujourd'hui, elle porte tee-shirt et jean noirs. Bottines noires. Ce qui lui donne l'aspect séduisant et dangereux d'une reine de brigands.

« Comment fais-tu pour l'argent ?

— Quand je suis fauchée, je vais à San Jose. J'y connais une femme – elle me trouve des boulots. »

Mon cœur s'accélère. « Quel genre de boulots ?

— Ça dépend de ce que tu sais faire et de ce que tu es prête à faire ! Lupe peut te trouver presque n'importe quoi. C'est une femme d'entregent, comme on dit. Parfois je suis pressée de gagner un peu de fric et de repartir, mais cette fois-ci j'ai voulu changer. Me poser. Un boulot respectable. Je suis donc la nanny de Joshua. » Elle détache le petit garçon dans la poussette. « Va manger du sable », dit-elle en lui tendant une pelle et un seau en plastique, et en gratifiant son derrière rembourré de couches d'une tape non dénuée d'affection. Chancelant sur ses pattes, il obéit placidement.

« Tu crois qu'elle pourrait me trouver quelque chose ? » Rien que de prononcer ces quelques mots me met le feu aux joues. Si Anju m'entendait...

Elle me jette un regard approbateur. « Ainsi, tu veux travailler. » Je me prépare à affronter les questions qui ne vont pas manquer de suivre. *Pourquoi as-tu besoin de travailler ? N'as-tu pas un mari pour s'occuper de toi ?* Mais peut-être Sara s'est-elle libérée de cette mentalité indienne. « Laisse-moi en parler avec Lupe », dit-elle simplement.

Du bac à sable derrière moi fusent des hurlements. Dayita ! Elle agrippe à deux mains le seau de Joshua, bien déterminée à le lui arracher. Comme il résiste, elle baisse la tête et – avant que j'aie le temps de bouger – lui mord le bras. Joshua lâche le seau et contemple incrédule la marque des dents sur son bras. Puis il se met à sangloter. Dayita profite de l'occasion pour lui arracher le seau et déguerpir avec.

J'en reste médusée. De qui ma fille a-t-elle hérité cette férocité ? Sûrement pas de moi. Ni de son père. Dont le défaut était exactement l'inverse. L'héritage viendrait donc de la grand-mère, la mère de Ramesh, transmis à sa petite-fille qu'elle voulait empêcher de naître ?

« Eh, dit Sara, pas de quoi en faire un plat. Tous les gosses sont des sauvages à un moment ou un autre. » Elle berce Joshua jusqu'à ce qu'il se calme, puis lui donne son biberon. « Ne prends pas cela si à cœur, ajoute-t-elle à mon intention. Tu n'es pas responsable de tout ce que fait ton gosse. Ma pauvre mère a fait tout ce qu'elle a pu pour m'élever en bonne petite fille indienne. Leçons de bharatnatyam[1], cours d'élocution, éducation chez les nonnes. Et regarde-moi ! Ne gronde pas trop fort la petite, ce n'est qu'un bébé. D'accord ? Bon, je vais appeler Lupe pendant le week-end. Donne-moi ton numéro, je te tiendrai au courant. »

Elle note le numéro d'Anju au Bic rouge sur le dos de sa main. « S'il te plaît, n'appelle qu'entre neuf heures du matin et quatre heures de l'après-midi en semaine », dis-je. Je lui suis reconnaissante de ne pas m'en demander la raison. Je regarde s'éloigner la silhouette noire.

Vivre comme Sara, dans le présent, dans l'aventure. Ne pas se soucier de ce que recèle l'avenir. Est-ce possible quand on a un enfant ?

Dans mon cas, ce n'est pas la maternité qui est en cause. Je n'ai cessé de me créer des soucis depuis que je suis née.

Contrairement à la promesse que j'ai faite à Sara, je gronde Dayita pendant tout le trajet du retour. Je ne peux m'en empêcher. Comment Sara, qui n'a pas d'enfant,

1. Danse religieuse classique (*NdT*).

pourrait-elle savoir à quel point c'est effrayant d'être responsable de la vie d'un autre ?

Mes paroles n'ont aucun effet. Renversée contre le dossier de sa poussette, Dayita observe les zigzags de lumières dans les vitrines. S'intéresse à l'arche jaune d'un McDonald devant lequel nous passons. Les premiers lampadaires sont en forme d'œil de chat, ce qui la fait sourire. De temps en temps elle se chantonne des choses. Elle a déjà parfaitement appris l'art de ne pas tenir compte de sa mère.

Ce soir, Anju a demandé si elle pouvait prendre Dayita dans son lit, ne serait-ce qu'un moment.

« Si elle se réveille et réclame le sein, je te la ramènerai, promis !

— Elle ne tète plus.

— Génial ! Maintenant elle pourra dormir avec Sunil et moi, à mi-temps. Comme ça tu pourras te reposer. »

J'avais envie de dire que ce n'est pas de ce genre de repos que j'ai besoin. Je brûlais de dire à ma cousine, que j'ai aimée naguère plus que moi-même : ne la touche pas, elle est à moi.

Anju a tendu les bras et Dayita s'y est précipitée, sans un regard en arrière. Anju l'a fait tournoyer jusqu'à ce qu'elle se mette à hurler d'excitation. Elles riaient à n'en plus finir.

Il est plus de minuit. Allongée dans mon lit, il me semble les entendre rire encore. La voix grave de Sunil se joint à la leur. Mais bien entendu ils dorment. Un petit rayon de lune, pâle et maladif, filtre dans cette chambre pleine de l'absence de ma fille. Son odeur âcre d'herbe sauvage. Je prends une couverture de bébé et y enfouis mon visage. Jusqu'à mes dents que la solitude fait souffrir. Mon esprit bat la campagne. D'est en ouest, d'est en ouest. Je veux que Sunil et Anju aiment Dayita. Je la veux pour moi toute seule. Je veux aider Anju à redevenir la fille forte qu'elle était. Je veux que Lupe m'aide à trouver du travail de sorte que je me sauve de cet appartement. Je sens ma vie courir à l'abîme. Je veux une existence aux reflets irisés de laque. Je veux dormir. Je veux mordre dans la pomme Amérique. Je veux retrouver l'Inde, les senteurs perroquet vert de l'enfance. Je veux les bras d'une mère dans lesquels pleurer. Je veux que mon esprit girouette arrête de tournoyer comme un fou. Je veux Sunil.

— SEPT —

Passé l'ouverture de la baie, au-delà du pont qui, dans un rare silence, balance ses arches sveltes couleur rouille, le brouillard se lève avant l'aube. À cet endroit l'eau est plus profonde et plus froide. Sous la surface il se passe des choses – la collision obstinée des courants qui veulent vous entraîner loin dans l'inconnu, le sourire invisible de créatures marines qui s'enroulent et se déroulent.

Le brouillard se lève en une longue exhalaison et entame son voyage. Au-dessus de la ville blanche éclairée par les derniers rayons de lune, teintant les immeubles d'argent terne au fur et à mesure de sa progression. Longeant l'écheveau de la 280 et de la 101, où les voitures solitaires tracent des sillages de lumières en accélérant d'un rêve à l'autre. Dérivant vers le sud, les voies de chemin de fer, les ruelles jouxtant Palo Alto et Menlo Park, où des hommes et des femmes s'abritent sous de vieux sacs de jute à cent mètres des restaurants cinq étoiles au nom français. Le brouillard effleure leurs cheveux, y laissant des lanières blanches. Il dépasse les rectangles de verre noir, immeubles de bureaux où l'électricité ne s'éteint jamais, surprend par les fenêtres les programmeurs allongés sous leurs bureaux, terrassés par l'épuisement nerveux, la tête pleine de mots fluorescents : *ange, beta, IPO.* À San Jose, il traverse les parcs du centre ville jonchés de journaux et de seringues souillées, produits dérivés de la frénésie de la Silicon. Dans les passages souterrains, chariots de supermarchés abandonnés, urine, une odeur de sucre brûlé. Le brouillard contourne les banderoles tapageuses des petites boutiques du quartier vietnamien ; il balaye, bénit en quelque sorte, les immeubles locatifs, pucerons agglomérés le long de l'autoroute.

C'est l'année de la méchanceté gratuite, l'année où le virus W4 va se propager autour du globe et faire basculer les réseaux l'un après l'autre comme des dominos, l'année où l'Amérique comptera cent vingt-neuf morts du fait de tireurs opérant au hasard depuis leur voiture.

Maintenant le soleil titube dans le ciel, laissant derrière lui des barbouillages jaunâtres. Bus et bennes à ordures grondent et vibrent, yeux papillotant, les gens se regardent incrédules dans le miroir de leur salle de bains. Pour Anju et Sunil, aussi, pour Dayita et Sudha, l'heure est venue de se lancer dans leur maladroit ballet matinal. KCBS annonce que la 237 Est bouchonne jusqu'à Montague, et conseille aux banlieusards de prendre un autre itinéraire. Sunil jure, en mangeant ses flocons d'avoine. Les autres itinéraires, il le sait, seront tout aussi bouchés. Il rince son bol, l'essuie avec un torchon, sort et sans bruit referme la porte derrière lui. Ça ne sert à rien de reporter sa frustration sur les objets indispensables de la vie quotidienne. Dans la salle de bains, sous le jet d'eau chaude, Anju imagine une douche qui ne s'arrêterait jamais. Sudha tambourine à la porte, *An-ju, An-ju*, d'inquiétude ou d'impatience. Dayita écoute et glisse son pouce dans sa bouche. Ses yeux sont aussi noirs que ceux d'une abeille.

Le brouillard observe tout cela. Il est en train de se fissurer, comme le souvenir d'une promesse que l'on sait avoir faite sans plus savoir pourquoi. Ses derniers filaments s'étirent et se faufilent dans les fentes des boîtes aux lettres alignées dans les halls d'entrée. Plus tard, Sudha trouvera deux lettres dans la leur.

L'une est une invitation sur épais parchemin ivoire, adressée à Sunil Majumdar et Famille. L'autre, un aérogramme bleu pâle, avec la grosse tache du cachet noir de la poste de Calcutta imprimée sur un timbre à l'effigie, profil arrogant et étonné, d'Indira Gandhi. Le nom de Sudha en lettres carrées, masculines, une écriture dont la vue la suffoque un court instant. Au dos, rien qu'un nom : *Ashok*. À la façon dont elle tient la missive, elle semble hésiter entre la presser contre son cœur ou la balancer dans la grosse benne à ordures qui trône sur l'aire de parking. Finalement, elle ne fait ni l'un ni l'autre. Ces derniers temps, elle est devenue une femme aux gestes mesurés, aux mouvements qui ne trahissent rien. Elle bascule sur ses talons et d'un pas assuré regagne l'appartement.

Nous voulons que Sudha ouvre sa lettre, mais elle effectue ses tâches quotidiennes avec une méticulosité exaspérante. Mesure le riz : deux tasses. Le met à tremper dans trois tasses et demie d'eau chaude. Sort le poulet pour qu'il décongèle. Passe au mixer six clous de girofle, deux cuillers à thé de coriandre et de graines de cumin, le contenu, en grains de poivre, du couvercle du pot, trois piments rouges et un bâtonnet de cannelle. Change la couche de Dayita. Lui donne un petit en-cas : jus de pomme dans une tasse qui ne se renverse pas, fruits secs dans un bol en plastique.

Les deux lettres reposent sur la paillasse de la cuisine, côte à côte, ivoire calme, bleu calme, comme un vieux couple.

De quels filaments d'acier est trempée la volonté de Sudha, qui lui permet de continuer à travailler ainsi, sans céder au désir de savoir ?

Elle descend un paquet de vêtements à laver au sous-sol. Époussette les meubles. Fait un massage à l'huile à Dayita puis lui donne son bain. Hache les légumes et les fait revenir avec des graines de moutarde – si on les laisse trop longtemps sur le feu, ils se réduisent en purée. Dayita réclame un biberon. Baisse le feu, réchauffe le lait, ajoute une pincée de sucre – une vieille habitude indienne, l'espoir que la vie de l'enfant sera pleine de douceur. La dépose dans son lit, se précipite au sous-sol sortir le linge de la machine et le mettre dans le séchoir. Fait mariner le poulet dans un mélange de yaourt, curcuma et sel.

Peut-être n'est-ce pas la force de sa volonté qui la retient d'ouvrir la lettre. Peut-être la lettre d'Ashok constitue-t-elle un rappel douloureux de tout ce qu'elle a abandonné pour venir ici et basculer dans cette existence décevante et perturbante. Ou bien la met-elle de côté, délice différé, comme les enfants cachent des bonbons dans leurs poches pour les savourer dans le secret de leur chambre ?

Le poulet grésille dans la cocotte, remplissant la pièce de l'odeur multicentenaire du garam masala. Sudha ferme son anorak, lisse ses cheveux, les plis de son sari. Dans le miroir, son reflet semble mécontent.

« Si seulement j'avais un jean, dit-elle à Dayita, qui tente de grimper dans sa poussette. La prochaine personne qui vient me dire comme elle adore mes vêtements indiens, je lui crache à la figure. Je devrais peut-être emprunter des trucs à Anju. » Mais sa voix n'est pas convaincue. « Non, ne grimpe pas. Attends que nous soyons en bas. NON, Dayita ! Tu entends ce que je dis ? »

Elle éteint sous le poulet, vérifie les fermetures des fenêtres. La semaine dernière, quelqu'un est entré par effraction dans l'appartement du dessous et l'a dévasté. La police pense qu'il s'agit de l'ex-petit ami de la locataire, mais Sunil grogne que tout le quartier se dégrade. Elle empoigne d'une main Dayita qui proteste, de l'autre la poussette. Arrivée à la porte elle s'arrête et retourne chercher la lettre.

Dans le parc Sudha s'arrête comme elle le fait chaque

jour désormais, et inspecte les environs. Elle attend, elle cherche Sara au jean troué, Sara l'aventureuse, qui lui a promis de la faire entrer dans la vraie vie américaine, et – plus important – de l'aider à s'échapper d'elle-même. Mais on dirait que la femme a disparu, qu'elle n'a été qu'un produit du désir de Sudha. Elle se mord les lèvres et dépose Dayita près des toboggans. Dayita qui lui tend une poignée de sable.

« Mamma ! Mamma !

— Oui, mon bijou, je vois. C'est très bien. Fais attention de ne pas t'en mettre dans les yeux. » Elle hoche la tête, mais elle pense à autre chose, à une autre vie. Celle que l'aérogramme bleu vient lui rappeler.

Sudha sort la lettre de sa poche, la tourne et la retourne.

Cela faisait deux semaines qu'elle vivait en Amérique quand Anju lui avait enfin posé la question à laquelle elle s'attendait. *Pourquoi as-tu repoussé Ashok ?*

Sudha a haussé les épaules, geste qu'elle avait répété en même temps qu'elle préparait la réponse.

« À quoi bon revenir sur ce qui est fait, terminé ? Nous avons besoin d'enterrer le passé, toi et moi.

— Moi je n'y arrive pas, a dit Anju. Je ne cesse de penser que tu as repoussé Ashok à cause de moi, parce que tu avais promis d'être à mes côtés. Je m'en veux terriblement, j'ai le sentiment d'avoir gâché ta vie, encore une fois. Que tu t'es sacrifiée pour moi.

— J'ai arrêté de sacrifier ma vie aux autres. Ça vous file la pire des gueules de bois.

— Cesse de plaisanter.

— Je l'ai repoussé parce que je ne voulais pas qu'il ait à s'occuper de moi. Je voulais être indépendante. Et l'Amérique semblait être le meilleur endroit pour y parvenir.

— Mais tu ne l'aimes plus ? »

Sudha a feint de ne pas entendre. « Donc, tu vois, ma décision a été purement égoïste.

— Je ne te crois pas, a rétorqué Anju. En tout cas pas pour ce qui concerne l'égoïsme.

— Anju chérie, tout le monde est égoïste au bout du compte ! »

Anju avait eu un rire gêné. Elle découvrait une dureté dans les yeux de sa cousine, qui n'y figurait pas auparavant. Une opacité, comme si elle ne lui disait pas toute la vérité. Pour survivre, Sudha avait dû apprendre beaucoup de choses. L'égoïsme était-il du nombre ?

« L'homme que j'ai aimé », pense Sudha en fixant la lettre d'Ashok. Mais l'amour est un code dessiné dans la poussière. Un instant d'inattention, le vent souffle, le dessin bouge, et quand on revient à lui, on découvre qu'il signifie autre chose. Elle glisse un doigt sous le rabat, l'aérogramme se déchire le long de la pliure.

Très chère Sudha,

Cela fait des mois que j'attends avec impatience une lettre de toi. Au début je me suis dit que c'était parce qu'il te fallait t'habituer à un environnement étranger. Que tu étais très sollicitée, que tu ne t'appartenais plus. Que, en vous retrouvant après si longtemps, Anju et toi aviez des tas de choses à rattraper. N'importe qui dans ces conditions serait débordé.

Mais maintenant, après trois mois bien sonnés, je commence à m'inquiéter. Sudha, pourquoi ce silence ? Tout ce que je t'ai dit, assis au bord du Gange, l'as-tu oublié ? Te laisses-tu séduire par les paillettes de l'Amérique ? Et surtout – j'ai peur de poser la question – y a-t-il quelqu'un d'autre ?

Pour moi, il n'y a personne. Il n'y aura jamais personne. Malgré les obstacles que le destin a placés sur notre chemin, je suis convaincu que nous sommes faits pour vivre ensemble. Qui te connaît mieux que moi ? Qui d'autre a souffert ces dix années de désir sans espoir qui t'ont vue l'épouse d'un autre ? Cela doit sûrement signifier quelque chose pour toi, même en Amérique ?

Écris vite. Ou plutôt reviens vite, de façon que ta petite fille, toi et moi puissions enfin former une famille.

Je t'aime,
Ashok.

Dayita en a assez du sable. Elle repère le toboggan, à quoi jouent les enfants plus âgés. Elle rampe vers lui, puis tente de se mettre debout. La voilà sur ses pieds, qui tangue dangereusement sur le sable irrégulier. Elle fait un pas, un autre. Elle marche – pour la première fois –, le visage illuminé par l'aventure qui l'éloigne de la toute petite enfance. Puis elle perd l'équilibre et s'assoit avec un bruit sourd.

Perdue dans les mots d'Ashok, Sudha ne voit rien.

Dayita va remarcher très vite – peut-être même ce soir. Ils la verront alors, et s'exclameront à qui mieux mieux. Mais cet instant particulier dans sa vie s'est déroulé sans le moindre témoin.

Petites tragédies, fêlures dans nos relations.

Debout de nouveau, elle essaie d'escalader les barreaux de fer de l'échelle qui mène au sommet du toboggan, beaucoup trop haut pour elle. Elle se cramponne au premier barreau, attrape le second. La voici sur le troisième, mue par la simple force de son obstination. Encore, encore, jusqu'à ce qu'elle atteigne le petit palier du sommet. Elle découvre alors la pente du toboggan, et pousse un hurlement. D'autres suivent, méthodiques, perçants – pas question de dépenser son énergie à pleurer – qui finissent par tirer Sudha de sa rêverie.

« Oh, Seigneur ! Comment es-tu arrivée là ? s'écrie-t-elle en courant vers le toboggan. Descends, mon bébé. Descends, maman va t'attraper. » Dayita continue à pousser ses hurlements mécaniques. À présent une petite foule s'est rassemblée autour d'elles – d'autres enfants veulent monter au toboggan, dont les parents lancent à

Sudha des regards accusateurs. Finalement, elle se débarrasse de son anorak, retrousse son sari, grimpe à l'échelle, pose Dayita sur ses genoux et dévale le toboggan avec elle.

Gardons en mémoire cette image de Sudha, sans tenir compte de ce qui arrivera ensuite : une femme mince, rayonnante de rire et de vitesse, le chignon dénoué qui la fait paraître encore plus jeune qu'elle ne l'est. La femme qu'elle aurait dû être si le monde l'avait traitée plus gentiment. Sous le vent, le pan de son sari vole comme une bannière de victoire. L'enfant sur ses genoux tape des mains de ravissement, la femme presse sa joue contre la tête de l'enfant. Ses boucles brillantes lui font un halo innocent. Vierge de soucis et de désirs, elle appartient l'espace d'un instant au monde du mythe. Elle est la belle princesse qui vivait dans le palais des serpents.

C'est un conte d'avant la naissance et la mort, quand Anju s'asseyait sous le feuillage rouge et fragile d'un érable, les mains croisées sur le monticule de son ventre.

« Il y avait une fois une princesse, dit Anju à Prem. Elle vivait dans un beau palais sous un lac – un palais fait de serpents. Colonnes de serpents, sols de serpents, une couverture de serpents qui chantaient toutes les nuits pour l'endormir. Tant qu'elle ne quitterait pas le palais, lui disait-on, elle serait heureuse.

« Alors, évidemment, poursuivait Anju, un jour la princesse quitta le palais et entreprit de remonter à la surface. Un escalier de perles apparut, qui menait jusqu'au monde des hommes, un monde qu'elle trouva très beau. Comme on peut s'y attendre, sur le rivage il y avait un jeune homme. Il tendit la main pour l'aider à sortir de l'eau, et elle la prit. Quand il l'embrassa, elle entendit comme un bruit de tonnerre. Elle se retourna et vit que l'escalier avait disparu.

« La princesse ne s'en inquiéta pas trop. Elle était amoureuse. Elle suivit le jeune homme jusqu'à sa demeure, mais la mère du garçon la traita de sorcière et refusa de la laisser s'installer. Le jeune homme construisit une cabane pour la princesse dans la forêt. Ils y vécurent heureux, quand bien même le jeune homme allait de temps en temps rendre visite à sa mère. Les années passèrent. La princesse donna naissance à une petite fille. Les visites de l'homme à sa mère duraient de plus en plus longtemps, et un jour il ne revint pas. Quand la princesse se mit à sa recherche au village, elle croisa une noce : le jeune homme épousait une riche jeune fille que sa mère lui avait choisie.

« La princesse ne voulut pas affronter son amant – à quoi cela aurait-il servi ? Elle prit sa fille et partit vers le lac aux serpents. Elle espérait que l'escalier s'y trouverait cette fois-ci. Mais il n'y avait rien. Peut-être s'agissait-il d'un autre lac – elle était incapable de le dire. Ainsi commença son voyage, avec sa fille, de lac en lac. Partout où elle allait, les hommes étaient fascinés par elle et ne pouvaient s'en écarter. Certains l'aimaient, d'autres tiraient profit d'elle méchamment, certains abandonnaient leur foyer pour la suivre. Aucun ne restait. Ils se fatiguaient d'elle ou en avaient peur. Ou peut-être était-ce elle qui les renvoyait pour continuer son voyage. Mais elle ne retrouva jamais l'escalier de perles menant au palais sous les eaux.

« Si on lève les yeux, juste avant l'aube, quand il ne reste que deux étoiles dans le ciel, on peut la voir passer avec sa fille, poursuivant sa recherche. Ce sont les bords déchiquetés de son sari qui forment le brouillard. Les étoiles sont ses yeux, qui ont appris qu'il ne sert à rien de pleurer. »

Il existe plusieurs versions d'une même légende. La version que le conteur choisit en révèle plus sur lui-même que sur le conte. Que raconte donc sur Anju cette histoire de la princesse abandonnée devenue briseuse de ménages ? Que dit-elle de ses sentiments pour sa cousine – sentiments qu'elle n'approche vraiment que camouflés dans la fiction ?

En revenant vers l'appartement, Sudha s'arrête sur un pont routier. Au-dessous d'elle, les voitures filent, éclairs métalliques zébrant l'asphalte de l'autoroute. Elle sort la lettre de sa poche et la déchire en menus morceaux. Elle passe la main à travers le filet grillagé érigé par la ville pour la sécurité des citoyens – comme si la sécurité s'obtenait si facilement – et laisse tomber les morceaux. « Le passé est le passé », murmure-t-elle. Mais peut-être avons-nous mal entendu, peut-être dit-elle quelque chose de tout différent, *éternel*, ou *passe vite*. C'est l'année des pertes incompréhensibles, ou des gains incroyables. La mort au Rwanda a prélevé son demi-million de victimes. Après vingt-sept ans de prison, Mandela est devenu le premier président noir d'Afrique du Sud. Est-ce la loi de l'univers qui veut que pour avancer il faut d'abord reculer ? La voix de Sudha se perd dans le vrombissement des Harley, BMW et autres Benz, qui se disputent la maîtrise de la route. Les morceaux de papier déchirés flottent dans l'air argenté du soir. Fragments de phrases (que ne contenait sûrement pas la lettre) : *mienne*, *bonheur*, *pourquoi*. Qui finissent par disparaître.

— HUIT —

Dissertation

Étudiez les effets de la culture et de l'hérédité sur l'individu. Pensez-vous qu'ils aient une plus grande influence sur le comportement d'un individu que les traits de caractère ? Vous pouvez enrichir votre analyse d'exemples personnels aussi bien que socio-historiques. (Environ mille cinq cents mots.)

Perte : Essai
de
Anju Majumdar
pour
examen blanc d'anglais
Prof. P. Gossen

À l'âge de vingt-cinq ans, alors qu'elle commençait à peine sa vie d'adulte, ma mère est devenue veuve. Non. C'est ma façon de penser que j'exprime, pas la sienne. Elle était devenue adulte à l'âge de seize ans, l'année où ses parents l'avaient mariée à mon père – ou, plus précisément, à l'illustre famille Chatterjee de Calcutta.

Tu pourras pleurer tout ton saoul dans le train pour Calcutta, lui avait dit sa mère en bénissant la jeune mariée. Mais quand tu franchiras le seuil de ton nouveau foyer, tu devras avoir les yeux secs. Ma mère obéit, comme son éducation le lui avait appris. Le flot de ses larmes dans ce train emporta son adolescence. Et quand elle arriva devant l'immense demeure de marbre de sa belle-famille, elle avait les yeux secs et était devenue une adulte. Peut-être est-ce la raison pour laquelle, lorsque lui parvint la nouvelle de la mort de mon père – elle était enceinte de moi à ce moment-là –, elle ne versa pas une seule larme. En tout cas pas en public.

Le public, c'est tout ce que je connais de ma mère, parce qu'elle ne parlait jamais de ses sentiments. Cela aussi le lui avait-on enseigné ?

Confession : ce devoir est entièrement basé sur des on-dit et des suppositions.

Pour ma mère, la mort de mon père a constitué la plus grande perte de son existence. Je pense que, là-dessus, tout le monde est d'accord. D'épouse elle en a fait une veuve. Dans une société où propriété et destinée sont aux mains des hommes, ce n'est pas une bonne situation.

Voici tout ce à quoi ma mère a renoncé après la mort de mon père : saris luxueux, bijoux, pensées romantiques. Elle n'a plus jamais mangé d'alose ni lu de poésie, deux des passions de mon père. Pour une femme bengalie, cela représente de sérieux sacrifices.

Voici ce qu'elle s'est efforcée d'oublier : la peur, sa qualité d'être sexué, le besoin salvateur des larmes.

Voilà ce dont elle a toujours voulu se souvenir : elle avait fait une promesse à mon père et elle la tiendrait.

Ma tante Pishi nous a raconté que, dans les semaines qui ont suivi la disparition de mon père, trente-huit mâles de la famille sont venus proposer d'assumer la charge de la veuve (ma mère), de son enfant à naître (moi) et de ses biens (qui se révélèrent beaucoup moins importants que les trente-huit parents mâles ne se l'étaient imaginé.) À tous ma mère a dit non – très poliment, comme on le lui avait enseigné. A dit qu'elle se chargerait elle-même des trois. En réalité, il y en a eu beaucoup plus que trois : Pishi, tante Nalini, Sudha, les employés de la librairie familiale, et plus tard, pour quelque temps seulement, Dayita. Mais ce n'était pas un problème.

Ce n'était pas un problème parce que, afin de pouvoir

supporter sa perte, ma mère s'était transformée en homme.

Un homme très actif et efficace, plus que mon père, dont la bonté s'accompagnait d'un tempérament rêveur et généreux jusqu'à la faute. Qui avait aussi tendance à accorder sa confiance à ceux qui ne la méritaient pas. (D'où le faible montant de nos biens.) Il aimait s'asseoir dans sa chaise longue le soir et observer les étoiles, montrant avec enthousiasme, sinon avec exactitude, les constellations. Parfois il mettait un disque du vieux Pankaj Mallik et chantait pour lui-même. Ma mère, en revanche, ne s'assit jamais dans une chaise longue, n'écouta jamais de musique, surtout sentimentale, et ne fit jamais confiance à quiconque sauf à Pishi. Quant aux étoiles, elles étaient au ciel, et elle sur terre, point final. Elle travaillait dix-huit heures par jour, sept jours par semaine, pour nous permettre de continuer à vivre dans la demeure de marbre, qui menaçait sérieusement ruine, d'une façon digne des descendants Chatterjee. Comme elle l'avait promis à mon père.

À cause de cette promesse, ma mère a toujours su ce qu'il fallait faire, même si (comme pour mon mariage), à l'usage, cela devait se révéler erroné.

Ma mère ne m'a jamais fait promettre quoi que ce soit.

En grandissant, je l'ai aimée plus que quiconque au monde. Je l'admirais sans réserve. Quand elle me serrait dans ses bras ou, rarement, me complimentait, je croyais me trouver au Paradis.

J'ai appris le plus possible de ma mère.

Mais, quelque part en cours de route, j'ai commis une erreur...

Comment je le sais ?

Parce que je ne sais pas dominer ma perte. La perte de mon fils, qui a déjà eu lieu. Et la perte de mon mari, qui a déjà commencé, et que je ne peux endiguer.

Mrs. Majumdar,

Texte intéressant, bien que ne traitant pas directement le sujet. Pouvez-vous nous donner, au début, des exemples précis qui nous aideraient à visualiser la vie de votre mère et son époque ?

Votre style est vif, en dépit d'une structure de paragraphes peu orthodoxe. Attention à des hardiesses du genre « Le public, c'est tout ce que je connais de la vie de ma mère... » Vous morcelez beaucoup votre copie. Je ne suis pas convaincue que ce soit nécessaire. Vous citez plusieurs personnages sans expliquer qui ils sont. On s'y perd. Essayez de passer du point de vue de l'écrivain à celui du lecteur.

À la fin, vous dérivez du sujet pour devenir d'un sentimentalisme outrancier. Il faut vous garder de cette tendance. Peut-être pourriez-vous reprendre depuis : « Ma mère ne m'a jamais fait promettre quoi que ce soit. » La phrase sur le paradis sent son cliché.

Dans l'ensemble, vous vous en sortez bien pour un premier essai. Il faut maintenant pousser dans les détails. Souvenez-vous : je demandais un minimum de six pages. Donc, reprenez votre copie et rendez-la-moi pour le 15 mai.

P. Gossen.

P.S. Ce que vous mentionnez à la fin me paraît inquiétant. Je vous suggère d'aller consulter un conseiller (312 Herne Hall).

— NEUF —

Sudha

Le bus arrive et repart, son ruban de fumée imbibe de gris plus sombre la lumière du soir. Pas d'Anju. Où est-elle ? Ces derniers temps, toutefois, elle vagabonde souvent, aussi je ne m'inquiète pas. En tout cas pas pour elle.

Il fait froid maintenant. La lumière se retire. Le brouillard descend. Il m'enveloppe, insistant, jusqu'à ce que je sois obligée de le respirer. De minuscules gouttes d'eau couvrent les parois de mes poumons. On a l'impression de se noyer, petit à petit.

Sur l'aire de parking de l'immeuble, je cherche à repérer la voiture de Sunil. Si je la vois, je n'y monterai pas, malgré le froid. J'enroulerai Dayita dans mon anorak, et...

Mais, grâce au ciel, la voiture n'est pas là.

Je me reproche parfois mon attitude mélodramatique. Il ne va tout de même pas se jeter sur moi. Ce n'est pas le genre. Mais si nos yeux se croisaient dans une pièce vide d'autres occupants, si nous respirions le même air, simultanément, je ne sais pas ce qui pourrait arriver.

Chaque jour, la faiblesse gagne du terrain. Dans chaque doigt, sous mes seins qui me font un peu mal, dans les veines de mes bras. Le lendemain du jour où j'avais signé les papiers du divorce, Ashok m'embrassa la veine du poignet. Chaque baiser, pénétrant, précis, semblait m'infuser du sang. La vie que j'avais menée avant m'avait paru si inutile. Nous étions assis au bord du Gange, sur le Ghat Outram. L'eau avait la teinte marron de la vase et de la patience. Il murmura quelque chose contre ma peau. Je n'entendis pas les mots. Mais leur son opéra à la manière d'un charme récité par une guérisseuse dans les oreilles d'une personne dont l'esprit s'est égaré. Je plongeai mon autre main dans l'eau. Le courant, lourd de tant d'années, s'appesantit contre mes doigts. Me rappelant que la vie passe.

Je tournai la tête et embrassai Ashok sur les lèvres, ce qui le choqua.

Pourquoi ces souvenirs me viennent-ils après que j'ai déchiré sa lettre ? Pourquoi penser à Sunil ? Qu'est-ce que je veux ?

L'appartement est si sombre. Allumer les lampes, une, deux, trois. Pourtant un halo brun continue d'obscurcir les ampoules. Le brouillard s'est-il immiscé ici aussi ?

Quand j'ai vu la lettre d'Ashok, mon corps est rentré en lui-même comme une tortue. Dureté de la carapace et de la pierre. Raideur des muscles. J'aurais dû être heureuse, mais mon corps disait le contraire. Le corps, indicateur de nos vrais désirs.

Je ne peux retourner en Inde, à la situation qui était la mienne. Impuissante, dépendante – il m'est impossible d'aimer dans ces conditions. Je n'élèverai pas ma fille dans l'idée que les femmes ont besoin de vivre ainsi.

Je crois qu'il existe des moyens de vivre autrement en Inde, mais je ne sais pas lesquels.

Je ne peux rester chez ma cousine. Ma présence scie la corde effilochée qui relie encore Anju et Sunil. Elle se romprait peut-être de toute façon – mais je ne peux accepter d'en être la cause. Et mes rêves. Enfiévrés, bouffis de péché – il n'y pas d'autre mot. La clavicule anguleuse de Sunil, un peu de sueur qui me colle au bout des doigts. Le goût salé, grisant de sa poitrine, qui halète contre ma langue. Je veux chasser les images imprimées sous mes paupières chaque matin, la moiteur entre mes jambes quand je me réveille.

Enfermée entre les murs de cet appartement, je n'ai aucun moyen de faire taire les clameurs de mon corps.

Une clef tourne dans la serrure. De la tête aux pieds, je ne suis que tension.

Sudha, où vas-tu aller maintenant ?

« Assez ! Assez ! dit Anju, à qui je verse du thé. Pas de sucre ! »

Je la questionne du regard. D'habitude, elle en met une pleine cuiller. Les jours où elle n'a pas le moral, elle va jusqu'à une cuiller et demie.

« Sais-tu à quel point le sucre est mauvais ? dit-elle. Toutes ces calories qui nous surexcitent et qui causent plein de maladies. »

Je fais la grimace. « D'où te vient cette soudaine sagesse ? » Mais je le sais. Chaque jour, à la fac, elle pique un truc ou l'autre, tout ce qui traîne, sur le perfectionnement de soi.

« Je suis sérieuse. Je pense que toi aussi, tu devrais arrêter. »

En jean, assise jambes croisées sur le canapé, la tasse de thé à la main, elle rayonne de zèle.

« Pas moi, dis-je. Je tiens à mes vices, merci beaucoup.

— Vraiment, Sudha ! Ce n'est qu'une habitude. Nous nous formons des habitudes, donc on peut les changer en plus positives. » Elle grimace un sourire. « Je sais, je sais, je parle comme une mauvaise copie d'une cassette de Stephen Covey ! »

J'ignore qui est ce Covey, mais je n'ai pas envie de le lui avouer.

Elle raconte sa journée. Zora Neale Hurston, dit-elle. Kate Chopin. D'autres noms qui ne signifient rien pour moi. Elle brasse l'air à grands gestes. Sur son bras, des bracelets de verre, couleur givre bleuté. J'ai dû l'aider à les mettre dans sa valise de mariée, mais je ne m'en souviens pas. Ils tintinnabulent, une musique d'eau. Quand a-t-elle recommencé à les porter ?

« L'horrible professeur Gossen, qui corrige toujours ma grammaire et ne voit pas que j'essaie de faire quelque chose de différent, n'était pas là aujourd'hui – une conférence quelconque, probablement sur l'épissure de la virgule –, à la place il y avait l'autre, la professeur invitée. Elle lit tout haut les copies qui lui plaisent parce qu'elle dit qu'on apprend des tas de choses à écouter ce qu'ont écrit les autres. Et la voilà qui se met à lire la mienne ! J'ai cru mourir ! Tu te rappelles, cette dissertation sur ma mère qui m'a donné tant de mal, celle que Gossen trouvait trop ambiguë et hors sujet ? Ces commentaires m'avaient tellement déprimée que je ne l'ai même pas revue, je l'ai rendue telle quelle, m'attendant au pire. Et ce nouveau prof qui dit que c'est une des meilleures de la classe ! Originalité, un Ton, a-t-elle noté en marge !

— Un ton », dis-je, comme si j'entendais le mot tous les jours. Je suis contente que ça rende Anju heureuse, quoi que cela signifie.

« Je parie que Gossen va avoir une attaque quand elle le découvrira ! Et, attends, c'est pas fini ! Après le cours deux femmes sont venues me dire qu'elles trouvaient mon écriture vraiment forte – elles risquaient pas de le savoir parce que Gossen préférerait chier dans son froc que de faire l'éloge de mon travail. »

Chier dans son froc ! Je m'efforce de ne pas afficher ma consternation. Mais, intérieurement, je constate que je n'ai plus grand-chose en commun avec cette nouvelle Anju.

« ... et elles me demandent de me joindre à leur groupe d'écriture », conclut-elle triomphale.

« Groupe d'écriture », dis-je, essayant de comprendre. Mais je ne peux pas. J'ai la tête lourde, comme si je couvais un rhume. Un groupe d'écriture ? À quoi ça sert ?

« Elles se réunissent chaque mardi, dit Anju, pendant deux heures après les cours, et chacune lit quelque chose et attend la réponse des autres... »

Je voudrais l'interrompre. Est-ce qu'elle aime son thé sans sucre ? Est-elle trop fatiguée pour aller marcher ? A-t-elle répondu à la lettre de sa mère ? Ces choses-là, je comprends. J'ai fait du ghugni avec des pois chiches et des flocons de noix de coco, en veut-elle un peu ? Quand elle me parle d'écriture, je vois la signature de Ramesh sur les papiers du divorce. Les lettres pointues et meurtrières. Il y avait un scintillement dans l'encre bleue, comme une substance sécrétée par un insecte venimeux. Je n'avais jamais vu sa signature auparavant, car il ne m'avait jamais écrit.

Que vais-je devenir les mardis ?

« Tu ne m'en veux pas, Sudha chérie ? » demande Anju. Elle implore, un fait rare de sa part. « La journée sera longue pour toi, ici toute seule – mais c'est si excitant ! Rien de comparable ne m'est jamais arrivé. Cette femme m'a vraiment beaucoup plu – elle est si passionnée. Si sûre d'elle. Si différente de toutes celles que j'ai connues. »

Différente de moi, veut-elle dire. La jalousie me dévore les entrailles.

« Elle vient d'Iran », dit Anju qui ne remarque rien. Remarque-t-elle quoi que ce soit qui me concerne ces derniers temps ? « Sa famille a fui le pays durant le règne de Khomeini. Elle écrit un texte sur cette période, particulièrement sur le sort des femmes. Je n'imagine pas être capable d'écrire quelque chose comme ça ! Elle m'a dit que j'ai un véritable talent et que je me dois de le développer. »

Je me dois. Ce n'est pas une idée qui nous serait venue à l'esprit à Calcutta. Je le dois à mes parents, oui. À mes ancêtres. Mes beaux-parents. Mes enfants. Les professeurs, la société, Dieu. Mais *à moi-même* ? Pourtant, avec quelle facilité Anju prononce-t-elle ces mots !

Et moi, qu'est-ce que je me dois ?

« Crois-tu que ce soit vrai, Sudha ? » Anju m'agrippe le poignet. « Crois-tu que je pourrais vraiment être un écrivain ? »

Ses doigts sont forts, chauds encore de la tasse de thé. Quand nous étions petites, elle m'agrippait ainsi, et son excitation accélérait les battements de mon cœur. Même une fois mariées, elle à San Jose et moi murée à Bardhaman, nous devinions nos manques sans avoir besoin de parler. Si l'une avait un secret, l'autre en éprouvait le goût, granuleux et amer comme celui des pépins de grenade dans lesquels on mord par accident.

Aujourd'hui, rien que la pesanteur.

J'ai fait ce que je n'aurais pas dû faire, lui dis-je mentalement, souhaitant qu'elle l'entende. *J'ai embrassé ton mari et j'ai aimé ça.*

« Qu'est-ce que tu en penses, Sudha ? Est-ce que je dois me joindre au groupe ? »

Ne me laisse pas seule avec lui.

« Sudha ! Tu m'écoutes ?

— Comment pourrais-je te dire ce que tu dois faire ? » La déception aiguise ma voix. « Je ne suis jamais allée à l'université.

— Ne sois pas comme ça ! Tu es la personne la plus proche de moi, celle qui me comprend le mieux. Celle en qui j'ai le plus confiance. »

Un sifflement me transperce les oreilles. Je fais semblant de ramasser quelque chose sur le tapis afin de libérer mes mains des siennes.

« Essaye, dis-je. On ne peut pas savoir ce qui est bon pour soi tant qu'on n'a pas essayé. » À peine m'ont-ils échappé, les mots me paraissent dangereux, chargés d'une signification que je ne voulais pas leur donner. Une signification qui s'applique aussi à ma vie.

Anju se penche et m'enlace. « Merci de m'encourager. »

Oh, Anju ! Même mon chagrin, elle ne le devinera pas.

« Tu as besoin d'aide pour le dîner ? demande-t-elle. Oh, j'allais oublier. Il y a du courrier ? »

Je lui tends l'enveloppe ivoire.

« Sunil Majumdar et Famille ! lit-elle. N'est-ce pas délicieusement chauvin ! » Elle retourne l'enveloppe, regarde le nom imprimé en relief au dos. Hausse les épaules. « Connais pas. » Elle laisse l'enveloppe sur la table basse, à l'intention de Sunil.

Maintenant seulement, alors que c'est en train de disparaître, je reconnais la valeur de ce que nous possédions elle et moi. Un brouillard métallique s'est enroulé autour de moi. Est-ce ainsi que les gens traversent la vie ? Oreilles et cœur bouchés ? Ils tendent les bras, espérant se raccorder aux autres, mais le métal étincelle, aussi brutal qu'un miroir. Ils ne voient que leur propre visage. Ils ouvrent – nous ouvrons — la bouche pour appeler, et le brouillard la remplit comme de la barbe à papa. De la mélasse de solitude, qui fond en laissant un goût si douceâtre qu'on ne le distingue pas de l'amertume.

« Vous avez entendu la nouvelle ? interroge Sunil, la porte d'entrée à peine refermée. Nicole Brown, la femme de O.J. Simpson, a été assassinée. »

Un autre nom à ajouter à ma liste des inconnus. Mais Anju demande : « O.J. l'athlète ?

— Lui-même », crie-t-il depuis la chambre. Pourquoi est-il si agité ? Il apporte le poste de télé et l'installe sur la paillasse de façon que nous puissions regarder tout en dînant.

Un jeune présentateur, cheveux clairs et costume bleu, nous observe. Un beau visage vide. « Le corps de Nicole Brown a été découvert dans sa maison de Bundy Drive à Brentwood, ainsi que celui d'un homme non identifié, récite-t-il. La police essaye de localiser son ex-époux, le champion de football et acteur O.J. Simpson, afin de l'interroger. »

Je verse le dal et le curry de brinjal dans les assiettes et sors le poisson frit du four, où je l'ai laissé pour qu'il ne perde pas son croustillant.

« Ce poisson croquant, miam ! dit Anju. Sudha, tu es en train de me pourrir ! »

Sunil lui jette un regard réprobateur, puis s'absorbe à nouveau dans la télé. Ses joues sont du rouge poussiéreux des briques trop cuites. Il n'a pas touché à son assiette, bien que lui aussi soit friand de poisson frit. Des images d'une maison de style vaguement européen, ceinturée du cordon jaune de la police, apparaissent sur l'écran. Puis la photo d'une femme blonde, à la beauté glacée des stars de cinéma. La caméra zoome sur les taches sombres, sur les marches. Grâce au ciel, on a enlevé les corps. « Arnelle Simpson, la fille de O.J., a dit à la police que son père a pris l'avion pour Chicago tard la nuit dernière, récite le présentateur d'un ton lugubre. Brian Kaelin, un ami d'O.J. qui séjourne dans sa propriété de Rockingham Drive, affirme... » L'image se brouille – c'est un vieux poste –, les mots se perdent dans un grésillement. Sunil bondit pour ajuster l'antenne, mais le jeune homme est déjà passé au sujet suivant, un nouvel incendie dans les collines d'Oakland.

« Merde ! »

Le mot me stupéfie, la façon dont ses lèvres, tendues comme un élastique neuf, l'ont craché. Un meurtre est une chose terrible, certes, mais des meurtres il s'en commet tous les jours. Pourquoi accorde-t-il une telle importance à celui-ci ?

Nous mangeons en silence. La télé nous procure une raison de ne pas parler. La façon dont les informations sont orchestrées leur donne un côté irréel, si bien que j'ai du mal à y croire. Comment se fait-il que tant de gens trouvent des événements qui touchent des personnes qu'ils ne connaissent pas, dans des villes où ils ne mettront jamais les pieds, plus captivants que leurs propres problèmes ? Même Anju. Dans sa jeunesse, elle jouait pendant des heures avec les boutons du transistor qu'elle avait supplié Gouri Ma de lui acheter. Assise sur le rebord de la fenêtre de notre chambre, elle écoutait en transe les crachotements de All India ou de Akashbani Kalikata. Tard dans la nuit, la BBC. Toutes ces vies si lointaines, si différentes de la nôtre. Dépassant notre entendement. Pour lesquelles on ne peut rien. À quoi bon nous remplir la tête de leurs ennuis ?

On ne peut pas vraiment connaître les gens par ce biais, ai-je dit un jour à Anju.

Ce qui me fascinait, c'étaient les histoires que j'entendais les tantes se chuchoter pendant leurs thés de l'après-midi. Histoires interdites concernant des gens qui vivaient dans notre rue. Secrets que, à les voir, je n'aurais jamais devinés. Des gens comme Mangala, la bonne de Rai Bahadur. Encore que, lorsque j'ai appris son histoire, on ne pouvait plus rien pour elle.

C'est son visage qui m'a traversé l'esprit quand je regardais celui, mort, de Nicole, sur l'écran. Mangala.

Je devrais me calquer davantage sur Anju, je le sais. Il faut que j'apprenne à connaître ce pays. La télé, malgré tous ses défauts, m'offre des images. Des noms. Des accents. Mais je m'embrouille. Images d'un accident d'avion, les 262 passagers tués, pendant une minute. Puis on enchaîne sur une femme qui a eu des quintuplés, ou un chien qui a sauvé un enfant. Une minute également. Tout a-t-il la même importance en Amérique ? À moins que rien n'ait suffisamment d'importance ? Je soupçonne des codes enfouis dans les replis des histoires, dans la courbe des sourcils de la présentatrice. Sara aurait su les déchiffrer.

Pourquoi est-ce que je parle d'elle au passé, comme si je ne devais jamais la revoir ?

Nous mangeons. Le meurtre de Nicole fait l'objet de

flashes intermittents, entre des discussions sur la montée de la Bourse et les risques de pluie. Sunil s'est remis, assez pour me complimenter sur le curry de brinjal. C'est sa deuxième phrase. Chaque soir, il s'autorise trois phrases à mon intention. La première, une question sur ma journée. La deuxième sur la nourriture. La troisième sur Dayita. Chacune ne requiert qu'un mot de réponse.

Un jour viendra dans ma vie où, repensant à ces soirées, je rirai. Je dois le croire. Je dois le croire.

Anju bondit de sa chaise. « J'avais oublié – c'est arrivé aujourd'hui. » Elle tend l'enveloppe à Sunil. « Qui est-ce ?

— Chopra ? Un de mes clients. Sa société est entrée en Bourse l'année dernière. Il a gagné un paquet de fric, s'est construit une énorme maison sur Altos Hills. » Sunil caresse le lourd parchemin d'un doigt appréciatif. Ou serait-ce de l'envie ? Il ouvre le carton. « C'est une invitation à son vingt-cinquième anniversaire de mariage.

— Quand ? demande Anju.

— Le week-end prochain. À l'évidence, nous sommes un rattrapage. » Pendant un instant, la colère se peint sur son visage.

« On devrait peut-être ne pas y aller. D'autant qu'il va falloir acheter un cadeau... »

Anju ne répond pas. Elle ne veut pas parler finances devant moi. Ne veut pas que je me sente mal à l'aise. Mais je suis au courant.

Je les ai entendus un soir, pendant que je nourrissais Dayita dans la pièce du fond. Des murmures furieux.

Elle : Il ne reste que cent cinquante dollars au compte.

Lui : Tu devras t'en contenter jusqu'à ce que je touche mon salaire, le 15.

Elle : Je ne vois pas comment. Il y a l'épicerie, les couches, les vitamines du bébé. Ne pourrais-tu envoyer un peu moins chaque mois à tes parents ?

Lui : C'est impossible.

Elle : Pourquoi ? Ton père ne court pas après l'argent. Est-ce qu'il n'est pas propriétaire de – comment dit-on – deux immeubles locatifs ? Pendant ce temps-là, nous ici, dans ce trou...

Lui : Nous avons déjà parlé de ça, des centaines de fois. Je refuse d'en discuter à nouveau. Tu savais que nous n'avions pas beaucoup de moyens. Tu aurais dû y penser avant d'inviter ta cousine.

Elle : Comment peux-tu comparer la situation de ton père et celle de Sudha ? Elle avait absolument besoin de s'éloigner, de prendre un nouveau départ. Et moi j'avais besoin d'elle. Comment peux-tu m'en vouloir ? T'ai-je jamais demandé autre chose ? M'as-tu jamais donné autre chose ?

Lui : (*Silence.*)

Elle : (*Silence.*)

Sunil examine l'invitation. Pense-t-il à son propre couple, au nombre d'années qu'il a tenu, à celles qui lui restent à tenir ?

« Nous irons, dit-il finalement. Nous irons voir comment vivent les riches. Pourquoi pas ? » Il me regarde. Un de ses rares coups d'œil directs. Il y brille un défi. « Toi aussi. Après tout, tu fais partie de la Famille Sunil Majumdar, non ? »

Nous sommes assises par terre au milieu d'une pile de vêtements. Anju a tiré nos valises de dessous le lit, et nous essayons de choisir ceux que nous allons porter. Le contenu de la mienne est vite expédié – elle ne contient que quelques saris de coton. J'ai dû laisser tous mes beaux saris chez Ramesh, quand je me suis enfuie. La valise d'Anju en revanche contient tout son trousseau. Nuages crémeux de mousseline de soie. Fragiles cotonnades de Dhakai aux couleurs de mousson. Saris royaux de Bénarès, en brocart raide. Leur toucher m'évoque une autre vie, qui ne reviendra jamais.

« Regarde, il est toujours aussi beau », dis-je, en sortant le sari de mariage d'Anju. Bouquets de fleurs d'or sur rouge royal. Si déplacé dans ce petit appartement, avec sa moquette élimée que mes coups d'aspirateur enthousiastes achèvent de peler.

« Rien ne se compare à nos tissus indiens, dit Anju. Pas étonnant que tu voulais devenir modéliste ! »

Je grimace. Rien n'est plus douloureux que le rappel de rêves qui n'ont pas abouti. « Arrête ! » dis-je à Dayita, qui s'enfouit dans la valise, emmêlant gazes et satins. Sourde à mes cris, elle frotte sa figure contre une soie de Kanchipuran, d'une valeur inestimable. Hume-t-elle notre jeunesse dans l'odeur de poudre de bois de santal ? Quand je veux la saisir, elle se cache derrière Anju.

« Oh, suffit ! dit Anju. Tu es toujours en train de t'en prendre à ma Dayu. » Attirant l'enfant à elle, elle lui drape un voile brodé sur la tête. « N'est-elle pas jolie ! Sunil, Sunil, viens voir notre petite mariée ! »

Demain, Anju passera à la banque retirer ses bijoux de mariage, que nous nous partagerons. Les miens sont toujours dans le coffre de mon ex-belle-famille – ou portés par la nouvelle épouse de Ramesh. Parfois, parce que je crois que je le devrais, je m'efforce de me prétendre outragée. Mais l'image de la jeune femme est trop lointaine, un minuscule reflet au fond d'un puits. Comment pourrais-je l'envier ? Dans mon imagination, elle a le même regard de chien battu que Ramesh.

« Fais-leur un procès », dit Anju, le premier jour de mon arrivée, en bonne Américaine qu'elle est en train de devenir. Une sueur de colère ourle sa lèvre supérieure. Ses sourcils épais se rapprochent. Elle a oublié comment vont les choses en Inde. Qu'une épouse enfuie n'a aucun droit.

« C'est le prix de la vie de ma fille, dis-je.

— Le salaud. » Elle en a toujours plus voulu à Ramesh qu'à ma belle-mère. « Peu importe. Tout ce qui m'appartient t'appartient. »

Les autres sont-ils aussi obsédés par les mots que moi ? Des picotements sur ma peau me font frissonner. *Tout* ?

Je ne devrais pas aller à cette fête. La sagesse voudrait que je me prétende malade ce jour-là. Mais je ne veux pas être sage.

Je choisis un sari gris à fine bordure d'argent, qui convient à une femme dans ma situation, ni veuve ni épouse. Mais Anju ne veut rien entendre.

« C'est un anniversaire de mariage, bon sang, pas un enterrement ! » dit-elle. Elle m'impose une soie magnifique couleur gorge de paon, entièrement brodée de petites lunes d'or. « Cette couleur est géniale sur toi. » Elle interroge Sunil, qui est venu regarder Dayita : « N'est-ce pas ?

— Oui », dit-il, laconiquement. Il veut soulever Dayita, qui refuse de se laisser faire, jusqu'à ce qu'il lui tende ses clefs. Il y a un Mickey Mouse accroché à la chaîne, qui piaille quand on lui appuie sur le ventre, d'où les grands rires de ma fille. « Temps d'aller dormir », dit Sunil, qui la prend dans ses bras. Je le regarde, admirative malgré moi. Combien d'hommes accrocheraient un Mickey Mouse à leur trousseau de clefs juste pour faire plaisir à une petite fille ?

« J'ai aussi le collier avec un paon en pendentif et les boucles d'oreilles, tu te les rappelles, assortis au sari. Tu seras stupéfiante », dit Anju.

Anju, ne sens-tu pas venir l'orage ?

Je choisis pour elle une soie pêche, couleur de ciel matinal, couleur de l'innocence. Je lui dis de la porter avec la parure que Gouri Ma lui a donnée à la cérémonie de bénédiction qui a précédé le mariage – de tout petits diamants incrustés dans de l'or filigrané.

Anju hésite. « Tu ne trouves pas ça un peu trop m'as-tu-vu ?

— C'est un anniversaire de mariage, bon sang, pas un enterrement ! »

Nous éclatons de rire, soudain prises d'une excitation de gamines.

Mais plus tard au lit, je repense à ce qu'il a dit. « *Tu fais partie de la Famille Sunil Majumdar, n'est-ce pas ?* »

« Bien sûr, qu'elle en fait partie, a répliqué Anju. Et Dayu également. Nous devons l'emmener elle aussi. » Elle regardait l'invitation, elle n'a pas vu les yeux de Sunil. Ils me possédaient, m'enserraient dans un fil de nylon, impossible à rompre.

J'aurais dû refuser, sur-le-champ.

Dans le noir de ma chambre, j'invoque le souvenir du collier d'Anju, avec sa pluie d'étoiles. Me revoici dans la tente où s'est déroulé le mariage, l'air lourd et humide sentant la sueur et l'encens, et les œillets flétris. Les doigts de Gouri Ma qui ont du mal à trouver le fermoir, la caresse de ses mains ensuite sur les cheveux d'Anju tandis que, sans qu'aucun son n'en sorte, ses lèvres implorent la divine protection.

Prie fort, je t'en supplie, Gouri Ma. Prie assez fort pour faire dévier le destin.

— DIX —

Sunil

Aujourd'hui je ne te parlerai pas de ta mère, mon enfant. Pas un mot. C'est une tout autre histoire que je vais te raconter. Une histoire d'il y a longtemps, quand j'avais dix ans, peut-être onze, et que j'allais à l'école à Calcutta. J'ai oublié beaucoup de choses de cette histoire, mais tant pis je laisse les trous. Je ne veux rien inventer. Entre toi et moi, ma petite, ce sera toujours la vérité.

Et si, un jour, je ne suis pas en mesure de te la donner, je me tairai.

Donc, imagine-moi, mon bébé : un gamin merdique, bras et jambes maigres comme des barreaux de chaise, short long kaki et chemise blanche – l'uniforme de l'école de garçons Deshbandhu, sauf que ma chemise est toujours déchirée et tachée de la boue du terrain de football, ma mère ne cessant de raccommoder, laver et repasser en secret afin que mon père ne se lance pas dans un de ses longs et mortels discours sur l'insouciance et le manque d'égards, est-ce que je crois que l'argent pousse sur les arbres. Je viens juste de descendre du bus scolaire, je cours vers la maison aussi vite que je peux, à la main une petite notice rose que le maître m'a remise et que je tends à ma mère. Elle la lit, et une expression d'inquiétude remplace son sourire, car la notice explique que les professeurs de Deshbandhu projettent d'emmener les garçons au théâtre la semaine suivante pour une représentation en matinée de *Purohit O Pradip*, spectacle promouvant d'excellentes valeurs morales, et que les parents sont priés de faire remettre, après-demain, par l'entremise de leurs enfants, dix roupies et cinquante paise pour les billets et le transport.

Ce sont dix roupies et cinquante paise de plus que ce que ma mère possède, parce que chez nous, c'est mon père qui gère les finances du ménage, qui, chaque matin avant de partir au bureau, donne à Manik, notre domestique, l'argent des courses, et le soir récupère la monnaie ainsi que le compte des dépenses à la dernière paisa près. Et qui n'accueille jamais favorablement une demande un peu futile de ma mère, genre auquel doit appartenir une sortie au théâtre.

Je suis tenté d'insérer ici une scène où l'on verrait ma mère supplier mon père de donner l'argent, lui vociférant, vitupérant et refusant, et ma mère se résoudre à aller en secret, comme elle le fait quelquefois, emprunter de l'argent à sa cousine de Belgachia. Elle était très gentille, la cousine de Belgachia. Chaque fois que nous allions la voir, elle nous servait un gâteau de jaggery et de noix de coco, et de l'eau froide dans des gobelets de fer aux parois desquels adhéraient des perles de condensation. Et elle faisait toujours mine de croire ma mère qui affirmait être à même de lui rendre l'argent très vite. À l'occasion de mon mariage, je lui ai offert un très élégant sari de soie, ce qui a mis mon père en rage. Mais je m'égare.

La vérité, c'est que je ne me rappelle plus comment ma mère a réussi à se procurer l'argent du théâtre. À l'époque, je ne prêtais pas attention à ce genre de choses. À la façon égocentriste des enfants, je tenais pour acquis qu'elle pourvoirait à mes besoins.

Ce que je me rappelle, c'est le théâtre.

J'aimerais que tu puisses le voir, bébé. C'est la plus grande salle où je me sois jamais trouvé, pleine de sièges de velours marron si moelleux que l'on s'y enfonçait jusqu'aux hanches. Un rideau de velours marron, bordé d'épaisses tresses de glands dorés, cachait la scène. Un immense lotus blanc et or décorait le centre du plafond, d'où pendait un lustre tout aussi immense qui projetait sur nous des ombres mystérieuses, on se serait cru dans une caverne enchantée. Tout le long des corniches, des petites lumières vacillaient comme des flammes. Elles se sont éteintes quand une flûte s'est mise à jouer, et nous avons été plongés dans un noir peuplé de chuchotements étouffés.

Je suis retourné sur les lieux, plus tard, alors que j'étais étudiant, mais la salle avait disparu, remplacée par une sorte de halle climatisée. J'en ai été triste, mais d'une certaine façon soulagé. Jusqu'à la fin de ma vie, désormais, je pourrais continuer de voir ce théâtre tel que ma mémoire me le dépeignait, sans que mon œil critique d'adulte ne brise le charme.

Et les personnages, quand ils sont apparus – comment puis-je te les décrire ! Au petit garçon que j'étais, qui n'avait jamais mis les pieds au cinéma, ils ont semblé des dieux. Leurs gestes, amples et justes, touchaient quelque chose en moi que je ne savais même pas exister. Le prêtre portait un dhoti blanc et des anneaux aux oreilles. Sa tête chauve brillait d'une lumière divine, et ses socques de bois claquaient avec une autorité qui me figeait dans une immobilité totale. Les soldats défilaient en brandissant tous ensemble leurs épées mortelles ; les boucliers étaient décorés de clous de bronze étincelants ; le commandant arborait un plastron en or et leur hurlait d'une voix terrifiante de courir après le voleur. Le voleur lui-même, vêtu d'une longue tunique en loques, ses yeux fous soulignés de profonds cernes noirs et les chevilles enchaînées, était une créature mythique.

Pendant des mois ensuite, j'ai mimé l'histoire, parfois pour ma mère, la plupart du temps pour moi seul. J'interprétais chaque personnage tour à tour : le saint prêtre qui abrite le voleur évadé, arrivé chez lui par une nuit de tempête ; la sœur du prêtre qui, pleine de méfiance, lui dit qu'il ne faut pas faire confiance à un étranger, surtout lorsqu'il a l'air si désespéré. Les soldats qui épient le voleur et qui criaient hourra en sautant pardessus le canapé de notre salon. J'améliorai les dialogues au fur et à mesure, ajoutant de longues tirades pleines d'émotion. J'ai trouvé ma vocation, ai-je dit à ma mère. Je serai acteur. Elle a souri tristement. (Mais j'en avais l'habitude.)

Le rôle que j'aimais le mieux était celui du voleur. Au milieu de la nuit, quand le prêtre et sa sœur dormaient, je me levais de ma couche et, sur la pointe des pieds, allais prendre la lampe en or dans l'alcôve. L'air d'un forcené, le visage d'un homme rendu impitoyable par les cruautés du monde. Que m'importait que la lampe fût l'unique objet de valeur du prêtre ? Imbécile, ricanais-je, en l'enfouissant dans mon sac et en m'enfuyant par la fenêtre. Quand le commandant m'eut attrapé et ramené au prêtre pour identification, je n'exprimai aucun repentir. Je croisai les bras sur ma poitrine et m'appuyai au mur. Allez-y, frappez, dis-je en les défiant. Ce n'est que lorsque le prêtre déclara qu'il m'avait fait cadeau de cette lampe que l'incertitude se peignit sur mes traits et que mes mains se mirent à trembler. Pris de faiblesse, les genoux ne me soutenant plus, je m'effondrai comme un vulgaire sac de jute sur le tapis du salon. Je baissai la tête en signe de respect et dis au prêtre : Pardonnez-moi, je serai désormais votre serviteur. Des applaudissements éclatèrent, venant de ma mère et de Manik. Je gardai la tête baissée aussi longtemps que je le pus. Je ne voulais pas revenir à la réalité.

J'ai souvent repensé à la pièce au cours des années suivantes, même après que j'eus troqué mon rêve de jouer la comédie contre celui d'administrer la justice, d'être le juge qui présidait les procès criminels, condamnant des hommes à la mort – ou à la vie. Quelque chose dans la pièce continuait de me perturber. Ce n'est que plus tard, après avoir vu une autre pièce d'un tout autre genre, que je compris de quoi il s'agissait. J'aimais vraiment le type qui volait la lampe, je voulais vraiment qu'il se transforme à la fin et devienne un homme bon – mais je n'y croyais pas. Et le fait que la pièce fût tirée du roman d'un célèbre écrivain français, comme nous l'apprit notre professeur, n'y changeait rien. Les gens ne passent pas du mal au bien comme ça – d'un coup ! (Chaque soir m'en fournissait la preuve avec le retour de mon père à la maison.)

Je parie que tu te demandes quelle était cette autre pièce. C'était *Macbeth*. Nous la lisions en classe d'anglais. Je te la raconterai un autre jour. Mais il y a une scène où Lady Macbeth essaye de persuader Macbeth de tuer le roi – auquel il était jusque-là très fidèle –, le soir où ils l'accueilleront dans leur château. Finalement, surmontant sa répulsion, Macbeth accepte – son destin est scellé.

Parfois, la nuit, j'y pensais. Pourquoi Macbeth ne comprenait-il pas dans quel piège il se jetait ? C'était un homme intelligent, et sacrément courageux. Pourquoi ne pouvait-il s'arrêter à ce moment-là, ou du moins plus tard, quand il se mettait à tuer toutes sortes de gens – amis, femmes, bébés comme toi ?

Ne te méprends pas, je ne lui ressemblais pas du tout – j'étais le genre de garçon débordant d'activité et d'amis, qui s'endort dès qu'il s'effondre sur son lit. S'il m'arrivait de réfléchir, c'était à des choses plaisantes, bien concrètes : le football, ce que Ma préparerait pour mon déjeuner du lendemain, la fille d'en face qui sortait sur son balcon pour se coiffer. Mais ce qui arrivait à Macbeth m'effrayait. Plusieurs fois cette année-là, j'ai rêvé d'un homme – inconnu de moi – qui traverse un marécage. Mais il ne sait pas que c'est un marécage – cela ressemble à un splendide jardin tropical, les vignes lourdes de raisins, des oiseaux qui chantent, des singes qui se balancent aux branches – et juste au moment où il va saisir une mangue mûre, il glisse et, avant même de s'en rendre compte, il se retrouve avec de la boue jusqu'à la taille, aspiré vers le fond. Plus bas, toujours plus bas, c'est sa poitrine qui disparaît maintenant, il appelle à l'aide, il allonge le cou, la boue emplit sa bouche, ses yeux, et finalement, comme dans les films d'aventure (je séchais les cours à l'époque avec mes amis, et j'en avais vu plusieurs), ses doigts se referment sur le vide et il disparaît. J'émergeais de ces rêves en sueur, dans la bouche le goût crayeux de l'argile.

La leçon était importante. Dommage que je ne l'aie pas apprise.

Les bons deviennent méchants. Je l'ai cru alors. Je le sais aujourd'hui. Oui, bébé, maintenant que tu t'es endormie – la tête lourde contre mon épaule, ton souffle qui me chatouille le menton, une telle confiance que je ne mérite pas –, je peux le dire. Ma propre vie me l'a enseigné.

Je suppose qu'il y a des choses à faire pour s'empêcher de tomber dans le marécage. Mais la plupart d'entre nous ne les découvrent qu'une fois enfoncés jusqu'au cou. C'est peut-être ce qui est arrivé à J.O.

Je voudrais savoir, avant de sombrer encore plus bas, avant que mes mains ne disparaissent, s'il existe quelque chose à quoi m'agripper qui me tirerait de là. Ou bien est-il vrai que, à l'exemple de Macbeth, lorsqu'on commence à faire le mal, on ne peut plus revenir en arrière ?

— ONZE —

Le temps passe. Les heures gonflent et dégonflent, une houle semblable à celle des vagues du Pacifique – qui n'est qu'à quatre-vingts kilomètres à l'ouest, même si personne, au vu de cet immeuble coincé au milieu d'une douzaine d'autres et souillé par les crachats de l'autoroute, ne serait prêt à le croire. Les heures sont traîtresses. Elles guettent l'occasion de balayer des vies, à la façon dont la marée chasse vers le large les bateaux non ancrés. Déjà elles clapotent aux pieds d'Anju.

Anju qui reste de plus en plus longtemps sur le campus. Je ne sais jamais quand je vais rentrer, a-t-elle dit à Sudha. Ne m'attends pas à l'arrêt du bus. Sudha a froncé les sourcils, mais Anju ne lui a fourni aucune excuse ni explication.

Certains jours elle va prendre un café avec ses compagnes du groupe d'écriture. Elle les écoute et ne dit pas grand-chose. La plupart du temps elle s'efforce de dissimuler sa stupéfaction. Elles parlent de drogue dans les quartiers défavorisés, d'enfants livrés à eux-mêmes, de marches nocturnes en faveur des victimes de violences domestiques. Elles organisent des manifestations, rédigent les textes des pancartes qu'elles brandiront. Qui sont ces femmes ? se demande Anju. Comment ai-je pu vivre dans une telle ignorance ? Même leurs conversations banales – devoirs, petits amis, recettes végétariennes, films d'art, un nouveau salon de coiffure qui emploie des teintures naturelles – lui paraissent extraordinaires, sa langue voudrait bien s'y essayer. Pourtant, elles accentuent son sentiment de solitude. Des pans entiers de sa personnalité demeureront à jamais incompréhensibles à ces femmes : la famille élargie dans laquelle elle a grandi, son mariage arrangé, la façon dont elle est tombée amoureuse de son mari, la tension dans son foyer, ce ménage à trois, pur style indien. Sudha est la seule, pense-t-elle avec chagrin, à pouvoir comprendre.

D'autres jours, elle reste assise à l'écart, et observe les allées et venues. Un garçon, coiffure punk, une lame de rasoir en pendant d'oreille, qui file sur sa planche à roulettes, une jeune femme en pantalon et voile marron sur la tête, un vieil homme avec un chat sous le bras, qui soliloque à voix haute, un couple asiatique, qui discute dans sa langue à grand renfort de gestes. À force de regarder, elle en oublie de respirer. Elle veut glaner tant de choses – que font tous ces gens quand ils sont seuls, quels souhaits expriment-ils quand ils jettent une pièce dans une fontaine, où ont-ils peur d'aller dans leurs rêves. Elle est convaincue que leur vie est plus intéressante que la sienne. Mais peut-être que tous les aspirants écrivains pensent la même chose ? Elle les tourne mentalement sous toutes leurs faces, comme des Rubicubes. Elle voit leurs problèmes sous des couleurs scintillantes, rien de comparable à ses propres soucis, d'une banalité épuisante. Dans un carnet qui se remplit vite, elle écrit à son père. *J'adore les problèmes des étrangers parce qu'il ne m'incombe pas de les résoudre.*

Le soir, en rentrant, elle s'immobilise quelques secondes sur le palier avant d'engager sa clef dans la serrure. Elle doit faire un effort pour obliger ses yeux à converger sur la porte, en faux bois. Pour confiner ses pensées aux sujets de conversations qui l'attendent de l'autre côté de cette porte. Elle a l'impression de se réveiller – ou peut-être d'entrer dans un rêve désagréable et récuse cette vie qui a pris un tour si différent de celui qu'elle espérait. Et pourtant, *c'est* sa vie – tout comme la femme à l'intérieur de l'appartement est sa cousine bien-aimée, même si ces temps derniers leurs esprits se repoussent à la manière de deux pôles contraires et aimantés. La femme qu'elle a fait venir en Amérique (mais pourquoi ? elle ne s'en souvient plus très bien) et par qui son mari est (encore ? de nouveau ?) attiré. S'imaginent-ils qu'elle ne voit rien ? Elle voit tout. Ce dont elle n'est pas très sûre, c'est de l'effet que cela lui fait.

Sa vie, *sa* cousine, *son* mari. *Son* fils. (Car elle continue de penser à Prem, même en cet instant où elle glisse à l'autre bout du lit, loin du contact de Sunil le triton.) Tous ces possessifs qui s'accrochent à elle comme des ancres. Anju voudrait bien s'en libérer, car elle sent les heures séduisantes clapoter à ses pieds, mais elle ne sait pas comment.

C'est le soir de la fête d'anniversaire, les deux femmes s'habillent dans la chambre d'Anju. Elles ont confié Dayita, friandise de dentelle blanche avec des nœuds de satin, à Sunil, d'une beauté sévère dans son unique costume chic. Il jette des regards impatients à sa montre, mais sans plus. Tout en suivant les informations à la télé – enquêteurs, déclarations de la police, une poursuite en voiture aussi excitante que dans un James Bond, vieilles photos d'O.J., les parents désespérés du jeune homme dont le corps reposait à côté de celui de Nicole –, il écoute les éclats de rire qui fusent de la chambre. Peut-être est-il excité lui aussi. Il y a longtemps qu'il n'a pas assisté à une soirée aussi élégante que celle-ci.

Sudha et Anju s'entraident à mettre leur sari, veillant à l'égalité des plis, épinglant l'anchal à l'épaule de façon que le motif doré de la bordure se voie bien. Mouvements assurés et fluides, danse intime de leur jeunesse qu'elles exécutent à nouveau, ravies de s'apercevoir qu'elles ne l'ont pas oubliée. À l'aide d'un pinceau, chacune étale une poudre odorante sur la nuque de l'autre, lui pose au milieu du front un bindi étincelant. Avec une intense concentration elles s'enduisent mutuellement les cils de mascara, qu'elles sèchent en soufflant délicatement dessus. Sudha veut nouer ses cheveux en chignon, mais Anju refuse. Elle brosse la masse brillante, qui tombe jusqu'à la taille. Chacune ferme le collier de l'autre, elles se regardent dans l'étroit miroir de la salle de bains et sourient. Un sourire empreint de tristesse. Ce qu'elles ont fait revivre, elles le savent, n'est qu'une illusion. Dès demain, il n'en restera plus que de la poussière.

« Tu ressembles à un esprit des eaux surgi à l'aube d'un lac de forêt, dit Sudha, en caressant les diamants qui clignotent sur la gorge d'Anju.

— Et toi à une des asparas qui dansent à la cour des dieux, pour la conquête de laquelle ils abandonneraient volontiers leur statut divin ! »

Elles rient de l'exagération de leurs comparaisons. « Tous ces contes romantiques dont Pishi nous a rempli la cervelle, ils ne collent plus avec notre vie actuelle, dit Sudha. Ils ne collaient d'ailleurs pas non plus avec l'ancienne.

— Ouais, nous sommes plutôt le genre Cendrillon, à redevenir servantes sur le coup de minuit !

— À propos de servante – Sudha hésite, puis se lance –, tu te rappelles Mangala ? »

Surprise par le soudain changement de sujet, Anju plisse le front. « Mangala ? Mangala qui ? Oh, j'y suis... À Calcutta, c'est ça ? Cette pauvre femme...

— Mesdames ! » crie Sunil, en grattant à la porte de la chambre. « Il est déjà sept heures et demie. Si vous souhaitez arriver à la fête avant la fin...

— Nous sommes prêtes », répond Anju. Elle tend la

main à Sudha. « Et quand tu nous verras, tu seras obligé de reconnaître que ça valait la peine d'attendre !

— Vas-y, dit Sudha. Je vous rejoins dans un instant. » Elle referme la porte de la salle de bains derrière Anju et se contemple, yeux plissés, dans le miroir. Que voit-elle ?

C'est l'année des risques à prendre, des conséquences à affronter. Au Bangladesh une femme écrivain critique le Coran et doit se cacher pour échapper à une fatwa. À Abidjan, on lève l'interdiction, vieille de vingt ans, de chasser le gros gibier, dans l'espoir d'attirer l'argent des touristes. Et ici, dans une maison qui n'est pas la sienne, Sudha, servante devenue apsara l'espace d'une nuit, beauté que se disputent les dieux, passe un doigt sur l'endroit du miroir où se reflétait Anju.

« Chasse-moi, Anju, dit-elle. Chasse-moi avant qu'il ne soit trop tard. »

La maison des Chopra est immense et rose, on dirait un gâteau géant illuminé posé sur le versant chauve d'une colline. Au portail se tient un gardien blanc en uniforme, à qui l'on doit montrer son invitation, puis on suit une allée circulaire agrémentée d'une fontaine éclairée et de statues de style grec, pour la plupart des nymphes à différents stades de nudité, ou des chérubins potelés en train d'uriner.

« J'ai l'impression de me trouver dans la propriété du méchant, dans un mauvais film hindi, dit Anju.

— Pour ce qui concerne le méchant, tu as raison », dit Sunil.

D'autres uniformes s'activent autour de Mercedes et de Jaguar. L'un d'eux demande à Sunil ses clefs de voiture. Un autre ouvre la portière aux femmes. Sunil regarde sa vieille Ford disparaître dans le tournant. « Allez, hop, bébé, dit-il à Dayita, en la hissant sur ses épaules. Allons les dévaliser. »

L'intérieur de la maison est un assemblage éblouissant de surfaces miroitantes – sols de marbre, murs en glaces, lustres de cristal, éclats de verre enchâssés dans des coussins criards posés sur des canapés surrembourrés, tableaux émaillés de rubis et d'émeraudes, qu'on soupçonne vrais. Et, partout, des ballons multicolores clament qu'il s'agit d'un « Heureux Anniversaire ».

« J'adore ça, chuchote Anju. C'est d'un mauvais goût tellement splendide !

— Pour un peu, on en prononcerait des vœux de pauvreté, lui répond Sunil sur le même ton.

— Je croyais que, en ce qui nous concerne, c'était déjà fait, rétorque Anju. Je blaguais ! » corrige-t-elle en lui donnant un coup de coude.

Sudha ne se joint pas à leur conversation. Elle examine un tableau, une miniature, la tête d'une princesse couverte à la mode médiévale d'un voile diaphane au travers duquel resplendissent les joyaux des narines et des oreilles. C'est très beau, ou cela le serait n'était, accroché juste à côté, un ignoble batik orange où figurent une mère éléphante avec son petit. Qu'éprouve-t-elle, confrontée pour la première fois à l'étalage de la richesse américaine ? Admiration ? Dégoût ? Envie ? Se demande-t-elle pourquoi Sunil habite toujours un appartement de trois pièces alors que Chopra se vautre dans le luxe ? Imagine-t-elle ce qu'elle ferait de tant d'argent, si elle en disposait ?

« Ah, je vois que vous regardez notre Tanjore », dit une voix à côté d'elle. Qui émane d'une toute petite femme rondouillarde, aux lèvres très roses, les paupières ombrées d'un fard nacré, les bras chargés de bracelets rutilants à l'égal du mobilier. « Chopra en a acheté une dizaine lors de notre dernier voyage en Inde. Il est fou d'art, comme vous pouvez le voir. » Elle indique ce qui les entoure d'une main baguée de diamants, ajuste les plis de son sari de mousseline de soie rose incrustée d'or, puis semble prise d'un soupçon. « Nous ne nous sommes encore jamais rencontrées, n'est-ce pas ? Je suis Mrs Pinky Chopra. Et vous, qui pouvez-vous bien être ? »

Sudha devrait être désarçonnée par la grossièreté de la question, appeler Anju et Sunil à la rescousse. Mais non. « Je suis Sudha Chatterjee, dit-elle calmement. J'arrive de Calcutta. Votre mari est un client de mon beau-frère. » Elle s'exprime d'une voix froide, détachant ses mots qui tombent avec le bruit métallique de pièces de monnaie. Son sourire assuré signifie que Mrs Chopra possède peut-être toute la richesse du monde, mais qu'elle, Sudha, possède quelque chose de beaucoup plus important. Elle joint les mains pour le plus bref des namaskars, geste qui décourage toute familiarité, tandis que Mrs Chopra, faisant machine arrière, proteste de l'immense plaisir qu'elle a eu de la rencontrer.

Avons-nous sous-estimé Sudha ? Influencés par l'image qu'Anju a de sa cousine, en qui elle continue à voir la fillette avec qui elle a grandi, toujours en quête d'impossible, ayant toujours besoin qu'on la protège de la réalité ? Mais ce menton levé, ce visage lustré, cette courbe du cou qui défient : *je ne me laisserai pas étouffer* – ce doit être ainsi qu'elle a réussi à survivre dans une société qui l'avait reléguée au rang de cousine pauvre. Elle traverse la pièce, le dos bien droit. En femme qui a su échapper à la belle-mère qui prétendait contrôler sa fécondité. Qui, renonçant au statut de femme mariée, a choisi celui de mère célibataire, dans un pays où un tel comportement vous couvre d'opprobre. Qui a bravé l'inconnu, les règles d'un pays dont elle ignorait tout, parce qu'elle réclamait plus de la vie que d'être une femme prise en charge par un homme.

Quelle est la véritable Sudha ? Autant demander quelle est la véritable tortue : la chair tendre dont sont avides ses prédateurs, ou la carapace qui l'en protège ?

Elle fend la foule des invités ; elle accepte le verre de vin qui s'offre sur un plateau ; elle aperçoit Anju, Sunil et Dayita, mais se contente de leur faire signe. Ils forment un tel bloc sans elle, l'homme et la femme serrés l'un contre l'autre, résistant au flot des étrangers, l'enfant, dans les bras de l'homme, qui la voit et pourtant ne tend pas la main vers elle. Sudha en est-elle blessée ? Ses joues sont plus colorées que d'habitude, mais peut-être pour plusieurs raisons.

Drapé de soie chatoyante, le corps de Sudha vacille comme une flamme bleue. Attirés par ce quelque chose qui brûle en elle, les hommes se retournent à son passage. Les femmes se surprennent à poser une main vigilante sur le bras de leur compagnon. Sudha semble ne pas s'en rendre compte – à moins que cela ne lui soit égal ? Elle franchit la porte-fenêtre vers le jardin. Au-delà de l'auréole lapis-lazuli de la piscine, les lumières de la vallée paraissent lancer un défi. Elle plisse les yeux : elle est prête à le relever. Elle va jusqu'au bout de la propriété, à l'extrémité de la colline qui s'éboule sous ses pieds. Elle presse le verre de vin frais contre ses joues et frissonne. Quand la nuit est-elle devenue si froide ? Mais elle ne veut pas rentrer. Elle boit une gorgée de vin, dont le goût peu familier lui arrache une légère grimace, et contemple les constellations, les comparant à celles de son enfance – le Verseau, le Crocodile, Kalpurush avec son épée. Elle les contemple jusqu'à ce que, comme une réponse, une étoile se détache des autres et tombe. Elle la suit de la tête – la voici qui se rapproche, le point incandescent n'est plus qu'à une longueur de bras, non, c'est le bout d'une cigarette.

C'est ainsi qu'elle fait la connaissance de Lalit.

« Eh, bonsoir ! »

La voix, si naturellement californienne, laisse Sudha muette. Mais seulement une seconde.

« Bonsoir à vous », dit-elle. C'est ce qu'elle a entendu les femmes dire à la télé quand elles veulent marquer une certaine distance. Elle balaye la haute silhouette d'un regard froid, remarque le costume sombre bien coupé, les cheveux courts figés au gel, très mode. C'est quoi, cet éclair : un diamant d'oreille ? En une pose étudiée, elle se concentre sur le paysage.

« Superbe mais froid. » À quoi fait-il allusion ? « La nuit, je veux dire. » Il sourit. « Vous devez être gelée. Vous n'avez pas de châle ? À moins que votre mari soit déjà allé vous le chercher... ? »

Elle serre les dents pour les empêcher de claquer. « Je n'ai pas froid.

— Ni châle ni mari, poursuit-il. Eh bien, pour un au moins de ces problèmes, je peux vous aider. » Il s'incline légèrement et disparaît vers l'intérieur de la maison avant que Sudha n'ait le temps de dire qu'elle n'a pas besoin d'aide, merci beaucoup.

Il revient avec un châle noir, épais, qu'il lui tend.

Elle ne le prend pas. « Comment l'avez-vous trouvé si rapidement ? Ou bien en avez-vous toujours un de prêt, pour le cas où ?

— Ça, c'est cruel. Le châle est à Pinky – je sais où elle les range. » Une pause. Il attend. « Voulez-vous me faire passer un contre-interrogatoire pour savoir comment j'ai obtenu une information si confidentielle ?

— Je le réserve pour la prochaine fois. » Elle s'enveloppe dans le châle, un peu médusée : elle n'a jamais parlé ainsi à un homme. Cela lui plaît, d'ailleurs, ce jeu de ping-pong, du tac au tac. « À mon tour de vous livrer une information confidentielle, dit-elle. Ne pas avoir de mari n'est pas toujours un problème.

— Vous avez tout à fait raison ! Dans votre cas, particulièrement, c'est un atout formidable. Et maintenant que je vous ai rendu des points sur ce sujet, ma belle étrangère sans époux, puis-je vous emmener dîner ? Je promets de vous ramener plus tard observer le paysage. » Il lui offre son bras exactement comme Rhett Butler dans *Autant en emporte le vent*, qu'il a vu la semaine dernière à la télé. Sudha pose deux doigts sur la manche à la coupe impeccable, exactement comme Vivien Leigh (elle aussi a vu le film), et tous deux entrent dans la maison.

Sa mère s'avance vers elle, accrochée au bras d'un homme qu'elle ne connaît pas. L'enfant examine l'homme, regarde l'autre (celui que parfois elle appelle Baba, quand ils sont seuls), qui observe le couple, lui aussi. Elle sent l'impatience monter en lui, des vibrations de chaleur. L'homme nouveau chuchote quelque chose qui fait sourire sa mère. L'enfant voudrait bien savoir ce qui fait courir un tel sourire sur le paysage facial de sa mère, le transformant en une contrée joyeuse. Il leur faut du temps pour traverser la pièce. L'homme s'arrête des tas de fois pour répondre aux salutations. Quand il présente sa mère à ses amis, il lui donne une légère tape sur le coude et la pousse en avant. L'enfant voit la mâchoire de l'homme ancien se serrer.

« Ah, monsieur Reddy », dit-il, quand la mère de l'enfant les présente, donnant au jeune homme la plus molle des poignées de main. « Et que faites-vous dans la vie ?

— Je découpe les gens quand ils sont inconscients. Je suis même payé pour ça. Et vous-même ? »

L'enfant sent monter la détestation chez l'homme ancien. Il ne fait pas confiance aux gens qui plaisantent ainsi. Mais tante Anju éclate de rire. « C'est la meilleure définition de la chirurgie que j'aie jamais entendue.

— Voilà une femme intelligente, dit le jeune homme. Qui sait apprécier les derniers beaux esprits en date, tout comme sa sœur.

— Puisque nous en sommes aux présentations, dit l'homme ancien en montrant l'enfant, voici Dayita.

— Lalit, à votre service », dit le jeune homme en s'inclinant élégamment. Il prend la main de l'enfant. « Doigts de bébé, miammm, mon plat favori. » Il fait mine de les dévorer. L'enfant décide qu'elle va l'aimer. Elle le récompense d'un gloussement étouffé. « Encore plus charmante que sa mère », dit-il en souriant à tante Anju.

Tante Anju a l'air bizarre. La satisfaction rayonne sur le visage de l'homme ancien.

« En réalité, elle est à moi », dit sa mère.

Le sourire de Lalit ne faiblit pas. « Dans ce cas, je corrige – presque aussi charmante que sa mère. Me ferez-vous le plaisir ? » Il ouvre les bras et l'enfant tombe de ceux de Sunil dans les siens. Elle sait qu'elle est volage, mais elle s'en fiche. Quelque chose brille à l'oreille de Lalit. Elle n'a jamais vu ça chez un homme. Elle lui tire l'oreille.

« C'est toute l'histoire de ma vie », soupire Lalit en guidant sa mère vers le buffet dînatoire, livré avec serveurs en smoking. « Elles n'en veulent qu'à mon corps. »

Dans le hall, deux spots à lumière pulsée genre disco remplacent l'éclairage habituel. Le DJ engagé par les Chopra envoie la musique. « Célébration ! » La première chanson déferle, transmise par les haut-parleurs de la chaîne surdimensionnée poussés à fond. Deux sortes de danseurs se pressent sur la piste – ceux de la génération des Chopra, caractérisés par plus d'enthousiasme que de savoir-faire, ceux de la génération de leurs enfants, qui savent, et s'amusent des efforts de leurs oncles et tantes. Quelques-uns, rares, comme Sunil et Anju, se trémoussent à l'extérieur de la piste, spectateurs conscients de ne pas appartenir à ce monde. Lalit, lui, semble être partout à sa place. Il discute d'un récent concert de hip-hop avec deux jeunes femmes en minijupe de cuir noir et gigantesques cils papillotants. Il s'arrête pour parler bourse avec un groupe de médecins plus âgés, qui l'écoutent gravement. À une matrone bien en chair trop serrée dans son lehnga, qui veut à tout prix savoir qui est Dayita, il glisse : « la modestie m'empêche de l'avouer, mais vous voyez sûrement comme elle me ressemble.

— Oh vous, dit-elle en secouant la tête. Vous ne prenez jamais rien au sérieux ! »

« Faisons la fête et amusons-nous ! » chante-t-il maintenant en chœur avec le disque et se dirigeant vers la piste, Dayita toujours dans ses bras. Il bouge avec la facilité et la grâce des jeunes, et fait signe à Sudha de le rejoindre. Son sourire est contagieux, désarmant. Il chante mal, mais a l'air de s'en soucier comme d'une guigne. Peut-être est-ce cette caractéristique, si étrangère à Sudha, conditionnée par son éducation à se préoccuper constamment du qu'en-dira-t-on, qui l'incite à lui obéir. Ou est-ce parce qu'elle sent peser sur elle le regard réprobateur de Sunil ? Pour une femme qui n'a jamais foulé une piste de danse auparavant, ses mouvements sont souples, elle semble à l'aise avec son corps. D'autres chansons suivent, les tubes de films hindis, *Choli Ke Peeche* et *Jhumma Chumma De De.* Elle ferme les yeux, se balance en rythme. Parfois elle claque des doigts et fredonne les paroles. Où, dans sa vie de séquestrée chez Ramesh, les a-t-elle ramassées ?

Voici venu le moment des toasts. Chopra, petit homme chauve, plutôt le brave oncle des films que le méchant, raconte à l'assemblée comment, au début de leur mariage, quand ils vivaient dans un appartement de deux pièces infesté de cafards, Mrs Chopra a mis ses bijoux en gage pour l'aider à monter sa première affaire. « Elle a toujours été ma meilleure amie », conclut-il en la serrant contre lui, et elle rougit.

« Vous semblez étonnée, dit Lalit à Sudha.

— J'ai honte, en fait. J'aurais dû me rappeler que les gens peuvent être différents de ce dont ils ont l'air. »

Lalit devine une histoire derrière tout cela, mais il se contente de dire : « Je parie que vous preniez Pinky pour une mondaine écervelée. Tout comme vous m'avez pris pour un bellâtre sans cœur. Mais maintenant que vous avez découvert sa gentillesse et son altruisme – vous ai-je dit qu'elle va chaque semaine s'occuper des sans-abris à l'asile de San Jose ? – ainsi que mon charme et mon intelligence...

— Ne nous emportons pas.

— D'accord, je vous pardonne. Après tout, j'ai bien cru que vous étiez une de ces princesses indiennes glaciales et snobs, avant de découvrir... »

Elle ne peut résister : « Quoi ?

— Waou ! On n'est même pas encore sorti ensemble et vous voulez que je vous expose mon âme. » Il bat exagérément des cils. « Quel genre d'homme croyez-vous que je sois ? »

La musique a changé de rythme, et Mr Chopra guide sa femme dans une valse fougueuse bien que maladroite. La plupart des jeunes ont quitté la piste. Lalit s'apprête à en faire autant, mais Sudha le tire par la manche.

« Vous savez valser ? »

Elle rit, heureuse de sa stupeur. « Les religieuses nous l'apprenaient – avec des partenaires filles, évidemment. Pour elles, c'était un art que toute jeune femme accomplie devait pratiquer. Anju et moi trouvions ça ridicule. Dans les familles comme la nôtre, la valse n'était pas précisément une activité admise !

— Fascinant ! » dit Lalit, qui la guide d'un bras, l'autre tenant toujours Dayita. « Et de quelle famille venez-vous ?

— En voilà une question ! N'avez-vous pas dit quelque chose tout à l'heure à propos d'un premier rendez-vous ?

— Touché ! »

La musique change de nouveau – forte et rapide – et Sudha, avec un sourire électrique, s'écarte en tourbillonnant.

Au bord de la piste, Anju tente de persuader Sunil de danser.

« Allez, viens ! Ça a l'air agréable, non ?

— Pas particulièrement.
— Ne sois pas si guindé ! Viens.
— Vas-y, toi.
— J'y vais, dit Anju, menton relevé. Vraiment, je ne te comprends pas ! D'abord tu m'emmènes dans une soirée où je ne connais personne, ensuite tu ne veux pas que je m'amuse...
— Qui t'en empêche ?
— Très bien ! »
Elle se dirige vers Sudha, qui l'aperçoit et lui fait signe. « Viens te joindre à nous », dit-elle, puis se tournant vers Lalit : « Vous n'y voyez pas d'inconvénient ?
— Vous plaisantez ! Danser avec trois femmes ! Si ce n'est pas mon jour de chance... » Il doit avoir remarqué l'altercation entre Anju et Sunil, mais n'en laisse rien paraître. Quand le DJ met *La Fièvre du samedi soir*, il fait pirouetter Anju, puis Sudha, puis lance en l'air Dayita. « *Staying alive, Staying alive* », chante-t-il.
« Il est charmant, dit Anju à Sudha.
— N'est-ce pas, dit Lalit. C'est ce que j'essaye de lui inculquer depuis le début de la soirée, mais elle ne me croit pas. »
Quelqu'un pose une question à Sunil. Il incline la tête pour répondre. Mais son regard, aussi brûlant et précis que le soleil passant à travers une loupe, se focalise sur la piste de danse, sur les femmes de sa maisonnée tombées sous le charme d'un autre homme.

Sunil se tient sur l'escalier de marbre, à la main son ticket de voiturier. Il n'est pas heureux. Pendant les vingt dernières minutes, il n'a cessé de faire signe à Anju, toujours sur la piste de danse avec Sudha et Lalit, qu'il était temps de partir. Mais elle poursuivait sa conversation animée avec Lalit, détournant soigneusement les yeux. Finalement il s'est approché d'eux et a dit qu'il avait un terrible mal de tête, qu'il voulait s'en aller. Anju lui a jeté un regard accusateur, l'incrédulité affichée sur son visage, et Lalit a proposé d'aller lui chercher de l'Excedrin.

« Je m'en voudrais de vous imposer une nouvelle tâche, a dit Sunil. Après tout ce que vous avez déjà fait pour nous. »

Les femmes sont allées changer Dayita. (« Juste au moment où je m'amusais », a craché Anju à voix intelligible.) Sunil essaye de trouver un voiturier. Deux vigiles, garçons d'une vingtaine d'années, sont postés non loin de lui, mais ils sont trop occupés à lorgner la Camaro rouge qui s'amène pour faire attention à lui.

Un jeune couple – lui avec ses bretelles rouges dernier cri, elle dans sa robe pailletée qui lui arrive au ras des fesses – monte dans la Camaro et démarre en trombe.

L'un des vigiles siffle entre ses dents. « T'as vu les jambes de la gonzesse ? Et la bagnole ! Putain, si seulement j'en avais une comme ça.

— Peuh ! crache son copain. Ces putains d'Indiens, faut toujours qu'ils la ramènent. »

Avant que le garçon ait compris ce qui se passe, Sunil l'agrippe par la manche de sa veste et lui fait faire volte-face.

« Qu'est-ce que tu as dit ?

— Eh, mec, lâche ma manche.

— Qu'est-ce que tu as dit ?

— J'vous ai rien dit, à vous », grogne le garçon, en essayant de se libérer. Son copain s'est fondu dans la nature.

« Putains d'Indiens, hein ? dit Sunil. Je vais te montrer ce que les putains d'Indiens savent faire. » D'un geste brusque, il lui tord le bras derrière le dos. Le garçon hurle de douleur et tombe à genoux. D'autres invités se tiennent maintenant sur les marches, et regardent horrifiés.

« Oh, mon Dieu, crie une femme. Vite, appelez Chopra-ji ! »

« Allez chercher l'homme de la sécurité ! » crie quelqu'un d'autre. Les gens se bousculent, dans leur hâte de rentrer à l'intérieur.

« Souviens-toi de ça la prochaine fois que tu voudras dire du mal des Indiens », dit Sunil.

Quelqu'un agrippe Sunil par le bras. C'est Anju. « Tu es devenu fou, lâche-le ! *Lâche-le !* » Elle sanglote. Derrière elle, Sudha, le visage bouleversé, se mord les jointures. Anju s'accroche à Sunil jusqu'à ce qu'il finisse par lâcher prise. Les deux hommes se font face, les poings serrés.

Mais voici le garde, petit homme rougeaud dans son uniforme trop grand pour lui. « Holà, holà, halète-t-il. Qu'est-ce qui se passe ? Toi ! Au rapport chez ton supérieur. Allez, ouste ! » Une bourrade au vigile, puis il s'adresse à Sunil. « Nous ne voulons pas d'ennuis ici, monsieur, d'accord ? Ne gâchons pas la fête. » Il hèle un voiturier, qui leur amène la voiture, et finalement, grâce au ciel, les voilà partis.

« Mais qu'est-ce qui t'a pris ? » éclate Anju, à peine ont-ils démarré.

Sunil tripote la radio et finit par trouver ce qu'il cherche : une émission de dialogue avec les auditeurs, où quelqu'un vient juste d'appeler pour demander s'il est exact qu'on a trouvé du sang de Nicole – et de Ron – sur le gant d'O.J.

« Éteins ce truc, pour l'amour du ciel !

— J'écoute.

— C'est *moi* que tu dois écouter. D'ailleurs, qu'y a-t-il à entendre ? Il est évidemment coupable.

— Comment peux-tu être si péremptoire ? s'emporte Sunil. Toi qui n'arrêtes pas de parler des droits des gens depuis que tu fréquentes ces féministes à l'université. N'est-on pas censé être innocent jusqu'à ce que la preuve soit faite de la culpabilité ? À moins que cela ne s'applique qu'aux femmes ? »

Sudha, assise à l'arrière, regarde défiler la nuit. Devine-t-elle la cause réelle de la colère de Sunil ? Anju pince les lèvres. « Fiche la paix à mes amies.

— Alors, fiche-*moi* la paix.

— Pourquoi es-tu obsédé par ce stupide procès ? On croirait que tu...

— Cesse de croire quoi que ce soit en ce qui me concerne. »

Anju halète de rage, prête à foncer dans la bagarre.

« S'il vous plaît, dit Sudha. Dayita dort. »

Anju s'oblige à respirer calmement. Elle se frotte les yeux, se barbouillant ainsi de fard, qu'elle n'a pas l'habitude de mettre.

« Tu devrais me dire ce qui te tourmente, Sunil, reprend-elle doucement. Dis-moi ce que cet homme a fait. Quoi que ce soit, je suis avec toi, tu le sais bien. » Elle pose la main sur son genou, un de ces gestes de conciliation qu'elle a de plus en plus de mal à faire. « Même si tu me rends folle de rage. » Elle sourit. « Oh, pardon, ça m'a échappé ! »

Sunil lui presse la main. « Peut-être plus tard, quand je me serai calmé.

— Il ne faut pas t'en laisser imposer comme ça par les gens. » Elle lui caresse la nuque. « Seigneur, que tu es tendu ! » La lumière d'un lampadaire révèle le mouvement de ses doigts, et l'éclair dans les yeux de Sudha.

Sunil soupire. « Je suis si fatigué de lutter, Anju.

— Mais un simple incident, aussi désagréable qu'il ait été, ne justifie pas tant de désespoir.

— Tu as raison. » Son ton pourtant n'exprime pas la conviction. Il rallume la radio, mais l'émission est terminée. À la place, quelqu'un chante : « Je ne peux pas m'empêcher d'aimer. » Sunil écoute, malgré lui. Et quand il parle, c'est d'une voix très douce, comme pour lui-même : « Nous avons eu tort d'y aller. »

Anju secoue la tête. Elle croit qu'il parle de l'Amérique, de sa situation difficile. Mais est-ce à la fête qu'il fait allusion, à Sudha que la danse a éloignée de lui ? Ou est-ce contre lui-même qu'il est fatigué de lutter ?

— DOUZE —

Lettres

Calcutta
Mai 1994

Ma chère Anju,

Pishi, Nalini et moi envisageons de nous rendre à un pèlerinage yatra, et nous voudrions savoir quand Sudha compte rentrer en Inde. Nous voulons être sûres d'être là pour les accueillir elle et notre petite-fille, qui doit avoir tellement grandi.

Ta mère qui t'aime.

Très chère Sudha,

S'il te plaît, fais-moi savoir si tu aimerais que je t'envoie un exemplaire de Thakumar Jhuli, *ou* du Ramayana illustré pour les enfants. *À l'intention de Dayita. Je me souviens que c'étaient tes contes favoris.*

Pishi.

Ma chère fille Sudha,

Depuis la semaine dernière mes jambes sont enflées et certaines personnes cruelles que je ne nommerai pas m'imposent un régime sans sel parce qu'elles se sont mis dans la tête d'aller à un pèlerinage. Personnellement, je ne serais que trop heureuse de rester ici, dans le confort de ma maison.

Ta mère (Nalini).

Ma chère Sudha,

Comment se passe ton séjour en Amérique ? Je sais que ta présence a redonné à ma fille énergie et intérêt dans la vie, et je ne t'en remercierai jamais assez. J'espère que, de son côté, elle t'a soutenue et aidée à clarifier tes idées sur ton avenir.

Ta tante qui t'aime, Gouri.

Ma chère Anju,

Tu n'as presque rien dit de Sunil dans ta lettre, sauf qu'il travaille très dur. Passe-t-il tout de même un peu de temps à la maison ?

Chère fille Sudha,

Peut-être rentreras-tu bientôt à Calcutta, comme cela je pourrais habiter avec toi et ne pas aller à ce pèlerinage dans ces cabanes infestées de vermine avec des literies sur lesquelles les rats ont uriné ou pire.

Très chère Anju,

Ta mère nous apprend que Sunil est très stressé par son travail. Je lui envoie du thé Dashmul, qui est très bon pour le stress. Il faut le laisser bouillir vingt minutes. Ajoute une cuillerée de miel.

Ma chère Sudha,

Tu n'as toujours pas précisé quand tu comptais rentrer. N'est-ce pas le mois prochain qu'expire la validité de ton billet ?

Ma chère fille Sudha,

C'est à des moments comme celui-ci qu'une mère a besoin de sa fille. Mais bien entendu tu vadrouilles gaiement en Amérique au lieu d'être une femme mariée responsable pendant qu'ici je clopine à demi morte de faim. Que puis-je dire ! Certaines personnes naissent sous une mauvaise étoile !

Très chère Anju,

Nous sommes ravies des photos récentes de Dayita que tu nous as envoyées. Quand je pense qu'elle a déjà trois dents et qu'elle se tient debout ! Et tous ces cheveux frisés, exactement comme Sudha à son âge ! Nous avons tellement ri à la lecture de ses exploits. Sudha est belle comme à son habitude. S'il te plaît, envoie-nous une photo récente de Sunil et de toi.

Très chère Sudha,

Pourquoi, dans ta dernière lettre, toutes ces questions sur Mangala et sur ce qui lui est arrivé ? Cela s'est passé il y a longtemps, et il vaut mieux oublier de si terribles et infortunés événements. Y penser, c'est les faire peser sur sa propre vie. Concentre-toi plutôt sur l'avenir.

Calcutta
Juin 1994

Ma chère Anju,

Je suis troublée d'apprendre que tu n'as pris récemment aucune photo de toi et de Sunil. J'hésite à te donner un conseil car tu es une femme à présent, mais je t'en prie tâche de passer un peu de temps seule avec Sunil. Ne pourriez-vous pas faire un petit voyage tous les deux ?

Ma chère nièce Anju,

Maintenant que tu as repris tes cours et que ça va si bien, ne crois-tu pas que vous devriez renvoyer Sudha en Inde ? Comme tu le sais, Quelqu'un de Tout à fait Particulier l'attend ici, sans parler de l'aide qu'elle m'apportera... À ce propos, peux-tu m'envoyer deux flacons d'Oil of Olay (grand modèle) et trois Savons

Yardley à la Lavande par retour du courrier ? Je n'en ai presque plus.

Ma chère Anju,
Tu dois déjà être au courant : le père de Sunil est dans un état grave. La mère de Sunil me dit qu'elle lui a téléphoné au bureau, mais qu'il a refusé tout net d'aller en Inde. S'il te plaît, essaye de le persuader. Sa mère est désespérée, et ça l'aiderait beaucoup de l'avoir près d'elle.

Très chère Sudha,
Tu n'as répondu à aucune de mes questions. En ce qui concerne les livres, dis-moi vite ce que tu veux, vu les délais interminables du courrier ici. Encore que si tu dois rentrer bientôt, ça n'en vaut peut-être pas la peine. N'est-ce pas ?

Chère fille Sudha,
J'espère que tu observes les indications du calendrier que nous t'avons donné sur les heures néfastes. La semaine dernière au cours de ma visite régulière à mon astrologue (avec beaucoup de peine, car ma santé est mauvaise en permanence), il m'a dit que la planète Shani est dans une phase ascendante et que c'est une période où les femmes Chatterjee doivent être très prudentes.

Très chère Sudha,
Que ce que raconte ta mère sur sa santé ne t'inquiète pas. Tu sais comme elle exagère. Le régime sans sel agit très bien, ses jambes sont beaucoup moins enflées. Bien entendu il agirait encore mieux si elle ne filait pas la pièce aux enfants du voisinage pour qu'ils lui achètent des pakoras quand elle est seule à la maison. Elle est pire que Anju et toi quand vous étiez gamines.

Chère fille Sudha,

Qui t'a raconté que j'ai mangé des pakoras ? Pure calomnie. Et que veux-tu dire en écrivant que même si tu étais toujours mariée et vivant à Bardhaman tu ne pourrais pas venir t'occuper de moi ? Ce n'est pas à Bardhaman et à cette chiffe molle de Ramesh (quelle erreur, de l'avoir épousé) que je pensais, mais à notre cher Ashok, qui attend si patiemment (tout comme moi) ton retour.

Ma chère Anju,

Je suis étonnée que Sunil ne t'ait pas parlé de la santé de son père, mais guère surprise que tu n'aies pas réussi à le persuader d'aller le voir. Ton mari est un homme fier – c'est à la fois sa force et sa faiblesse. Une réconciliation aurait été bonne pour tout le monde, et peut-être surtout pour Sunil. Mais je peux comprendre sa réticence. Mr Majumdar est un homme très difficile. Si ce n'était pas pour sa pauvre et douce femme, moi aussi je me tiendrais à l'écart. Qui sait les blessures que Sunil renferme en lui ? Soutiens-le.

Chère fille Sudha,

N'ai-je pas oublié de te dire que Ashok nous rend visite au moins une fois par semaine, et toujours avec un cadeau approprié – un grand panier de fruits du marché de Jogu Babu, du sandesh frais fabriqué par sa mère d'après une recette familiale, ou des cajous frits de chez Haldiram (que je n'ai pas l'autorisation de manger). Mais pourquoi ne le ferait-il pas ! Il est sûrement assez riche pour ça !

Ma chère Sudha,

Aujourd'hui Ashok m'a informée, avec beaucoup d'hésitation, que tu n'as répondu à aucune de ses lettres. J'ai été si médusée que je n'ai pas su quoi dire. Y a-t-il un problème ? S'il te plaît, dis-moi quelles sont tes intentions. Je t'aiderai dans la mesure de mes moyens.

Chère fille Sudha,

Je suis très choquée d'apprendre par ta lettre que, égoïstement, tu songes à changer ton billet et à prolonger ton séjour. C'est l'œuvre de cette impudente d'Anju, j'en suis sûre. Depuis votre enfance elle n'a cessé d'avoir une mauvaise influence sur toi. De toute évidence les devoirs filiaux ne signifient rien pour toi, donc je n'aborderai même pas le sujet. Mais permets-moi de te demander : crois-tu qu'Ashok t'attendra éternellement ?

Très chère Sudha,

Je ne comprends toujours pas ton intérêt pour Mangala. Ce n'est pas une histoire très remarquable, même si elle est tragique. Elle a été renversée par une voiture un soir qu'elle traversait la rue pour aller acheter du paan pour son maître le vieux Rai Bahadur. Un conducteur ivre, je suppose. On ne l'a jamais attrapé. Non, je ne me souviens pas d'un complot monté contre elle. Je me demande où tu es allée chercher une idée aussi farfelue.

Très chère Anju,

Je t'ai sentie très triste dans ta dernière lettre. Ne te sens pas coupable de ne pas avoir réussi à persuader Sunil. Les hommes sont entêtés, surtout avec leur femme. De ce point de vue-là, même ton père, le plus gentil des hommes, ne valait pas mieux. Nous soutenons tous la mère de Sunil. Ashok l'aide beaucoup aussi – allant chercher les médicaments, emmenant le vieil homme chez le médecin –, sans jamais se plaindre. Sais-tu pourquoi Sudha a cessé de lui écrire ?

Sudha ma fille,

Qu'est-ce que c'est que cette folie de vouloir rester en Amérique pour y gagner ta vie ! Et en faisant quoi, je te prie ? Tu n'es ni ingénieur, ni un savant en ordinateurs. Tu as toujours été une stupide écervelée. Au moins pense à l'avenir de Dayita, qui sera beaucoup plus assuré avec Ashok, qui possède dix fois plus d'argent que tu n'en gagneras jamais.

Calcutta
Juillet 1994

Ma chère Anju,

C'était merveilleux d'entendre ta voix hier quand j'ai appelé. J'espère n'avoir pas réveillé les autres – je suppose qu'ils étaient encore épuisés de la fête de la veille. Ta description des lieux m'a fait beaucoup rire. Les riches vulgaires se ressemblent tous ! Je suis heureuse que Sunil prenne enfin un peu de repos avec toi. Ce Lalit me laisse perplexe... S'intéresse-t-il vraiment à Sudha, et elle à lui ? Qu'en pense Sunil ?

Très chère Sudha,

J'apprends par ta mère que tu as trouvé un admirateur en Amérique. J'espère simplement qu'elle exagère comme d'habitude. Sinon, permets-moi de te demander si tu as oublié Ashok, qui t'attend, persuadé que tu vas lui revenir. Tu vis peut-être dans un tout autre pays, à une toute autre époque, mais la fidélité à sa parole, ça doit bien exister, non ? Je suis désolée de paraître si dure, mais je prévois de gros ennuis si tu cèdes au désir sans te soucier de probité.

Chère, chère fille Sudha,

Je suis folle de joie de savoir que tu as enfin pénétré dans la haute société. La fête semble avoir été merveilleuse. Anju m'a parlé de l'homme que tu as rencontré –

pas autant néanmoins que je le souhaiterais. Peu importe. Tous les chirurgiens en Amérique, je le sais, sont des millionnaires. Et tous les millionnaires (surtout en dollars) sont beaux. Pour l'amour du ciel, procure-toi de cette crème antirides Revlon avec du Rétinol – j'ai lu un article là-dessus dans Femina. *Tu n'es malheureusement plus un poulet de l'année. (Au cas où tu ne l'aurais pas remarqué : je m'exerce à l'américain. Ça pourra peut-être servir un jour. Tu serais fière de voir tout ce que je tire de Mrs Jaypal qui, comme tu sais, va chaque année rendre visite à son fils à Poughkeepsie.) Voilà donc la raison pour laquelle tu n'es pas si pressée de revenir, petite sournoise ! Tu aurais pu te confier à ta mère ! Tu sais que je ne veux que le meilleur pour ma fille. Ne te soucie pas des problèmes que tu pourrais avoir avec une Certaine Personne. Je m'occuperai de Tout. Un chirurgien ! Moi qui ai toujours voulu visiter l'Amérique !*

— TREIZE —

Sudha

Le calendrier que les mères m'ont donné avant mon départ est typiquement indien, imprimé sur du papier blanc très fin. Il n'y a pas d'illustrations – ses concepteurs ne croient pas à ces futilités. L'avenir, après tout, est chose sérieuse ! Les mois et les jours indiens y figurent en caractères bengalis rouges. Les équivalents anglais sont imprimés au-dessous en petits caractères bleus, anodins. Le calendrier signale toutes nos fêtes, même les fêtes mineures comme celle de Jami Shasthi, où l'on honore les gendres, et à qui on sert leurs plats favoris. Il indique les jours fastes et les jours néfastes. De petits dessins indiquent pleine lune ou pas de lune, et le mince croissant de la onzième nuit, où les femmes sans mari doivent prier et jeûner aux fins de purification. Des notes écrites à la main au bas de chaque page rappellent les heures dangereuses, qui changent chaque jour en fonction du mouvement des planètes, où il vaut mieux se tenir tranquille. Ma mère a payé très cher – à ce qu'elle a prétendu – un astrologue de Kanya Kumari afin qu'il calcule les nôtres.

J'ai accroché le calendrier au mur de la cuisine, à l'endroit où Anju ne peut pas manquer de le voir en ouvrant le réfrigérateur. Ainsi, me suis-je imaginé, elle n'oublierait pas nos fêtes et nos jours saints. Mais la seule chose qui l'intéresse ce sont les dictons écrits dans la marge de chaque page. Elle ricane en les lisant à voix haute : *Celui qui entreprend un voyage durant le mois de Bhadra ne revient jamais. Un mariage célébré durant*

Aashwin est une calamité. Les livres ne doivent pas être lus mais seulement vénérés le jour de Saraswati Puja, jour dédié à la déesse du savoir. Comparées aux convictions aseptisées des Américains, je dois admettre que ces prophéties ne font pas très sérieux. Et pourtant notre peuple les suit depuis des siècles. Peuvent-elles être totalement fausses ?

J'aimerais bien pouvoir marquer des choses sur le calendrier, des événements prévus. Mais jusqu'à présent, les quelques sorties organisées et effectuées – courses dans les centres commerciaux, visite au Monde marin Afrique Amérique, un film ici et là, une lecture de poésie à la fac d'Anju, où je suis restée inerte comme une bûche, honteuse de ne rien comprendre – ne m'ont pas paru dignes d'être notées. Ma vie s'étale comme une nappe de colle. Les quelques faits notoires qui ont émergé de ce magma – les femmes volantes, Sara, Lalit, le baiser – n'ont rien dû à ma volonté.

Si, pourtant, j'ai noté une chose sur le calendrier, et c'était avant de quitter l'Inde. J'ai entouré d'un cercle, avec le stylo Parker de Gouri Ma, la date supposée de mon retour. Une fois, croyant que personne ne le voyait, Sunil a frotté l'encre de son pouce, comme pour l'effacer. Parfois Anju, feuilletant les pages, tombe en arrêt devant cette tache. Au début, elle disait : Ne t'inquiète pas, Sudha, on peut prolonger ton visa. Maintenant, à deux mois de mon départ, elle ne dit rien. Veut-elle donc que je m'en aille ? Cela me blesse. Mais si j'avais été à sa place, observant mon mari couver des yeux ma cousine, qu'aurais-je fait ? Moi aussi, je veux m'en aller. Mais pas pour retourner en Inde. Une semaine s'est écoulée depuis la fête. Lalit n'a pas appelé. Pourquoi ai-je cru qu'il le ferait ? Couchée, incapable de dormir, je répète le nom de Sara comme un mantra, espérant la voir réapparaître et me donner le mot de passe qui m'ouvrira les portes de l'Amérique.

Le téléphone sonne le lundi matin juste après le départ d'Anju et de Sunil. Je me précipite, abandonnant Dayita avec son bol de céréales. Je croise les doigts, retiens mon souffle. *Sara ?*

« Vous semblez déçue, dit Lalit.

— Non, non. Simplement, j'attendais un autre appel. »

Il prend la voix rauque du traître de cinéma. « Quel est ce téméraire qui ose s'interposer entre nous ? »

C'est ce que j'aime le plus en lui : il me fait rire.

« En réalité, c'est une femme...

— Oh, madame Chatterjee, je suis choqué au-delà de toute expression ! » Lalit paraît s'étrangler d'émotion. « Je n'aurais jamais imaginé que vos inclinations allaient dans ce sens. Une jeune femme indienne telle que vous... »

Je mets une minute à comprendre. Je suis cramoisie d'embarras. Puis je m'entends dire : « On pourrait me persuader de changer. » Comme l'autre soir, ma peau ondule de joie. Quel plaisir, quelle liberté, de jouer ainsi avec cet homme.

« Ah, je revis. Alors, notre rendez-vous ?

— Quel rendez-vous ?

— Le message que j'ai laissé à votre beau-frère la semaine dernière, demandant si je pouvais vous inviter ce samedi. Il ne vous l'a pas transmis ? »

Je reste muette de stupeur. Je ne peux croire que Sunil soit aussi fourbe. Non, je retire ce que je viens de dire. C'est *exactement* ce à quoi j'aurais dû m'attendre.

« Je devine qu'il ne l'a pas fait », dit Lalit sèchement.

J'envisage, un instant, de prétendre avoir oublié. Mais pourquoi devrais-je protéger Sunil ? Je ne lui dois rien.

« Votre silence signifie-t-il une joie insondable ou une horreur sans nom ? Je puis vous assurer, madame, que mes intentions sont des plus honorables. Mais, si vous ne me croyez pas, nous pourrions emmener votre adorable fille comme chaperon. »

Un bruit de vaisselle brisée me parvient de la cuisine. Dayita a dû renverser son bol de céréales.

« Il ne faut pas que ça vous mette dans de tels états !

— Je... » Je renonce à vouloir faire de l'esprit. « Je dois consulter Anju et Sunil. Après tout, je suis leur invitée... »

Je redoute que Lalit poursuive son jeu de bons mots, ce que je ne lui pardonnerais pas, mais il se contente de dire : « C'est correct. Appelez-moi quand vous leur aurez parlé. » Puis il ajoute : « Connaissez-vous l'histoire du chirurgien et de son riche malade ?

— Non », dis-je sans réfléchir. Je dois affronter Sunil, très vite. Mais où cela nous mènera-t-il ?

« Le chirurgien dit : “Je vais vous faire une anesthésie locale. – Oh non, docteur, proteste le patient, j'ai les moyens de me payer une anesthésie d'importation.” »

Je ris, malgré moi.

« Et maintenant une devinette. Savez-vous quelle est la différence entre un soldat et une dame ?

— Non, c'est quoi ? » Je me sens mieux à présent. La perspective du samedi fait son effet.

« Je vous le dirai quand nous nous verrons. »

C'est l'heure du bain de Dayita. Elle veut que je remplisse la baignoire – elle a dû voir cela à la télé –, mais notre baignoire paraît trop sale avec ses générations de taches de rouille qui ne s'effacent pas malgré tous mes efforts. J'opte pour un compromis et remplis un baquet dans lequel je verse un peu de shampooing – nous n'avons pas de produit de bain moussant – et j'y installe un petit tabouret de plastique afin qu'elle puisse s'asseoir. Elle enfonce brutalement dans l'eau son canard en caoutchouc, la mousse jaillit, mon sari est trempé, mais je ne me fâche pas. Je suis fatiguée de dire non, le seul mot que je semble capable de lui dire ces temps-ci.

Quand elle a assez joué, je la masse avec de l'huile de moutarde. D'habitude, elle se tortille et cherche à s'échapper, mais aujourd'hui elle se montre coopérative. Ils sont si rares ces moments d'harmonie entre nous, mes mains qui glissent le long de ses bras et de ses jambes. Leur douceur, leur force inattendue m'émerveillent. « Tu sais, quand tu es née, ta main tout entière mesurait moins que mon petit doigt », lui dis-je. Je lui demande de fermer les yeux de façon que je puisse lui verser de l'eau sur la tête. Elle les serre très fort avec une grimace, mon amour pour elle me stupéfie. Perçant comme un poignard, doux comme un thé brûlant.

Anju laisse tomber sa sacoche pleine de livres, avec un grand bang qui me fait sursauter. « Ça m'est revenu ! Est-ce que Mangala n'était pas la jolie bonne qui travaillait dans la grande maison blanche près de chez nous ? La maison qui appartenait à un vieux bonhomme riche, ex-roi de quelque part ? Qu'est-ce qui t'a fait penser à elle après tant d'années ? »

J'avais oublié que j'avais abordé le sujet – quand cela ? – la nuit de la fête, me semble-t-il. Maintenant, après ce qu'a raconté Pishi dans sa lettre, je me sens mal à l'aise. Peut-être est-ce vrai que ça porte malheur de vouloir déterrer des souvenirs.

Mangala. Je revois sa jolie silhouette mince. Une peau foncée, brillante, mise en valeur par un sari jaune tournesol. Un nez retroussé, impudent. Elle passait devant chez nous tous les matins pour se rendre au dépôt de lait. Si nous étions à la grille, elle souriait, disait Namaskar, didimonis, comment allez-vous ? Elle portait des bracelets de cheville avec des clochettes d'argent et soulignait ses yeux au kajol. Elle balançait ses hanches avec une joyeuse exubérance. Cette fille appelle les ennuis, disait ma mère, d'un air sombre.

Et après l'accident : Tu vois, je te l'avais bien dit. Que ceci vous serve de leçon à toutes les deux.

Je frissonne. « Rien, rien de particulier, dis-je à Anju.

Écoute, nous n'avons plus de lait. Veux-tu venir à pied avec moi jusqu'à l'épicerie ?

— N'essaye pas de tergiverser. Tu t'y prends si mal, que c'est à pleurer ! Je ne te lâcherai pas tant que tu ne me diras pas la vérité. »

Anju a toujours été ainsi. Dans notre jeunesse, quand elle était confrontée à un problème, elle n'avait de cesse de le résoudre. Si une situation l'intriguait, elle n'arrêtait pas de poser des questions, tant et si bien que les mères, exaspérées, l'expédiaient dans sa chambre. Il fallait qu'elle creuse le moindre mystère. J'aurais cru que le mariage l'aurait rendue plus prudente.

Je soupire. « C'est à cause du procès Simpson. Quelque chose à propos du visage de la morte. Te rappelles-tu comment est morte Mangala ?

— Elle a été écrasée. C'était affreusement triste. Elle était si jolie, si pleine de vie...

— Il y a eu autre chose. Le fils de Rai Bahadur est tombé amoureux d'elle et a voulu l'épouser. Son père a essayé de l'arrêter, mais il ne voulait rien entendre. Ni Mangala non plus. Le vieil homme lui a offert beaucoup d'argent pour qu'elle parte, mais elle a refusé. C'est à ce moment que l'accident s'est produit.

— Tu es sûre ?

— J'en suis sûre. » Pourtant, soudainement, je ne le suis plus. Pishi peut avoir prétendu qu'elle a oublié l'histoire, mais l'air perplexe d'Anju n'est pas feint. « J'ai entendu les tantes en parler je ne sais combien de fois quand elles venaient prendre le thé. J'affirme que je te l'ai raconté. »

Anju secoue la tête lentement.

« Anju, comment peux-tu avoir oublié une chose comme ça ? » Ma voix tremble, j'ai l'impression d'être suspendue dans l'espace. Non, pas dans l'espace. À l'intérieur d'une gigantesque balle de coton. En classe terminale, juste avant que ma mère me retire de l'école, on nous a fait étudier un livre. Il parlait d'une société future où les dirigeants éradiquaient des livres, des films, des chansons tout ce qui avait trait au passé et qu'ils entendaient faire oublier aux gens. Ils mettaient ce qu'ils voulaient à la place, et au bout d'un certain temps, tout le monde croyait que les choses s'étaient effectivement passées ainsi.

Mais n'est-ce pas pire quand l'éradication, au lieu d'être volontaire, se produit inconsciemment ?

« Anju, tâche de te rappeler ! Les gens chuchotaient que c'était un coup monté – le vieil homme avait envoyé Mangala chez le vendeur de paan lui acheter des feuilles de bétel. Mais il n'y a jamais eu de procès. Le vieil homme était trop puissant – il a soudoyé tous les gens qu'il fallait.

— Sudha, es-tu sûre de ne pas confondre avec un film que tu aurais vu, ou une histoire lue dans un de ces magazines que tante N. achetait tout le temps ? »

Si personne ne garde le souvenir de ce que vous vous rappelez, l'événement existe-t-il encore ?

« Je suis certaine que non ! » Je suis furieuse maintenant, et effrayée. Comme nous nous sommes éloignées l'une de l'autre, Anju et moi. Même nos souvenirs gisent sur des îles séparées. « Et ensuite, quelques mois plus tard, le vieil homme a arrangé le mariage de son fils avec la fille d'un riche industriel. Ce fut une cérémonie grandiose – feu d'artifice, orchestre, tout. La rue entière y a assisté – à commencer par les tantes à commérages.

— Ça, je veux bien le croire !

— C'était comme si la pauvre Mangala n'avait jamais existé. Si cela s'était passé ici, je ne peux m'empêcher de penser que la justice aurait fait son travail.

— Je ne sais pas, dit Anju. Tu as une vision trop romantique de l'Amérique. Il y a beaucoup de femmes réduites au silence ici. La loi du *pas d'argent pas de droits* règne ici aussi. Et la concussion. Simplement c'est moins flagrant. Si les médias font tout ce cirque à propos de Nicole, c'est parce que O.J. est une célébrité et que c'est le genre de scandale que les gens adorent. Ça n'a pas grand-chose à voir avec l'amour de la justice. »

Parfois quand je reste allongée sans dormir, essayant de comprendre ma vie, je me demande ce que les morts font de leurs nuits. Planent-ils au-dessus du lit de ceux qu'ils ont aimés ou haïs, distribuant bénédictions ou malédictions ? Hantent-ils leurs rêves ? Il me semble qu'une sorte de filin nerveux me relie à tous ceux qui ont disparu, même ceux que je n'ai guère connus. Singhji, Mangala, Nicole, Prem. Un souffle sur mon front, des syllabes soupirées, insaisissables. Un miroitement tremblé, au coin de l'œil. Une gesticulation qui pourrait signifier : *Écoute mieux !*

« À quoi penses-tu ? » demande Anju.

Je ne réponds pas. Elle me traiterait de fofolle. De toute façon, comment oserais-je lui dire que, si j'aspire à cette liaison avec les morts, c'est parce qu'elle s'est éloignée de moi.

J'attends d'avoir servi le dîner. Puis je leur parle du coup de fil de Lalit. Tout en fixant Sunil d'un regard dur. Regard qu'il me rend, d'une innocence parfaite, avant de se remettre à couper son poulet en petits cubes.

« Je le savais ! » Anju applaudit, d'un geste théâtral. « Une seule soirée, et déjà les courtisans se bagarrent à sa porte !

— Arrête ! Il veut juste me montrer un peu les environs.

— Ouais, sûr.

— Je ne crois pas qu'elle devrait accepter », dit Sunil à Anju.

Adresse-toi à moi, espèce de lâche !

« Après tout, nous le connaissons à peine. »

Je ne te demande pas vraiment la permission, vois-tu. Je n'ai pas rompu un mariage et traversé la moitié du monde pour que tu puisses t'instituer mon gardien.

D'autant que ce n'est pas mon bien-être qui te préoccupe, espèce d'hypocrite.

« Dans ce cas, pas la peine de s'inquiéter, dit Anju. N'avons-nous pas appris l'autre soir, dans un de ces talk-shows dont tu es si fervent, que les femmes se font beaucoup moins souvent attaquer par des étrangers que par des familiers ?

— C'est censé être une plaisanterie ? demande Sunil. Si oui, je trouve que tu cultives un étrange sens de l'humour.

— Ça vaut mieux que de ne pas en avoir du tout, comme certaine personne que je ne nommerai pas.

— Excusez-moi, dis-je avant que la situation ne se détériore davantage. J'ai déjà décidé de sortir avec Lalit. Je voulais simplement vous mettre au courant. »

Un silence hérissé s'installe. Puis Sunil prend Dayita dans ses bras. « Et elle ? » Tous les deux me fixent du même regard accusateur.

« Eh bien... je... »

Anju vient à mon secours. « Nous garderons Dayu !

— Il se pourrait que j'aie à travailler, dit Sunil d'une voix glacée.

— Je la garderai seule. » On sent Anju exaspérée. « Ne revenons pas là-dessus. Passe une formidable journée avec ton amor, Sudha. Oh, est-ce que j'ai dit amor ? Pardonnez-moi, m'sieur-dames, c'est mon premier trimestre d'espagnol. Je voulais dire amigo, bien sûr ! »

« Génial ! dit Lalit quand je lui téléphone. Je viendrai vous chercher à dix heures. Nous passerons la plus folle, la plus formidable des journées. Peut-être que je ne vous ramènerai jamais. »

Tout en sachant qu'il ne peut entendre, je jette un coup d'œil à Sunil. De derrière son journal, refuge de tant d'hommes, il murmure quelque chose à Anju.

« Pourquoi te montres-tu toujours si patriarcal ?

répond Anju. Elle est majeure – tout à fait capable de prendre soin d'elle-même. »

Je prends un crayon et m'approche du calendrier. Enfin, j'ai quelque chose à inscrire ! Mais de nouveau contre ma volonté, mes yeux se reportent sur Sunil. Je ne vois de lui que ses mains, qui agrippent le journal. Ses ongles, propres, bien coupés, de jeune garçon. Pourquoi me rendent-ils triste ? Dès sa première rencontre avec Sunil, Anju en est tombée folle amoureuse. Elle recopiait pour lui des poèmes d'amour dans son manuel de littérature. Elle me parlait de lui pendant des heures.

Non, je n'inscrirai rien. Ce serait, pour Sunil qui verrait le nom de Lalit, comme verser du sel sur une blessure.

Voilà pourquoi je découvre seulement plus tard, mais il est alors trop tard, que dix heures du matin samedi tombe au beau milieu des heures néfastes.

« Pour l'amour du ciel, donne-lui ton numéro de portable, si tu es si inquiet, jappe Anju. Comme ça, si elle a un problème, tu pourras aller la chercher. »

Est-ce ainsi que finissent les passions ?

Elle a dit *tu* iras, et pas *nous* irons.

Lundi... Mardi... Mercredi... Jeudi... Je fais la cuisine, la lessive, j'emmène Dayita au parc. Par vieux réflexe, désormais, je cherche Sara des yeux, mais ne suis pas désespérée de ne pas la voir. Le désespoir n'est plus de mise pour le moment. Je regarde la télévision, je gribouille des phrases, j'apprends l'Amérique. Tantôt l'impatience me brûle, tantôt je suis d'un calme de glace. Je récure la salle de bains, j'écoute de la musique de danse à la radio. Je mange sainement, je prends de longs bains, je me nettoie le visage avec du curcuma et du besan, j'enduis de vernis fuchsia mes ongles de pieds. Je fais des rêves terribles, pleins de culpabilité. Après le dîner, Sunil joue aux marionnettes avec Dayita, je lave la vaisselle, Anju l'essuie. Ou plutôt elle brandit le torchon et récite des vers du *Conte du clerc*, de Chaucer, qui est au programme de l'un de ses cours. Les vieux mots, à demi mystérieux à demi familiers, tintent comme les cloches de quelque pays étranger.

« On parle des fantasmes masculins ! dit-elle. Cette Griselidis, tu n'en *croirais pas* tes oreilles. Ou plutôt si : c'est la copie conforme de tant de nos héroïnes indiennes. Sita, Savitri, Damayanti. Comme si elles avaient fréquenté la même académie, obtenu le même diplôme MRS.

— MRS ?

— Martyrs, en abrégé. »

Je souris, mais seule une petite partie de moi-même l'écoute. L'autre est inaccessible et danse. Sous le flash des lumières stroboscopiques. Frôlée par des femmes embijoutées, qui filent comme des oiseaux-mouches. *Voilà, wao,wao, ce que j'aime, wao, wao*. Moi, la sauvage, moi la déchaînée. Celle qui a renoncé au diplôme MRS. Je nage dans un océan de plaisir, tout le plaisir que mon passé m'a refusé.

Désormais, je ne penserai plus.

Folie et frivolité, aurait dit ma mère. Ma belle-mère aurait parlé de péché. Pishi m'aurait prévenue que lorsqu'on désire tant quelque chose, les dieux vous l'arrachent. Même Gouri Ma m'aurait conseillé de faire attention. Je leur tourne le dos à toutes et demande à Anju : « Quelle est la différence entre un soldat et une dame ? »

Elle me regarde, stupéfaite. « Pardon ? »

Mon rire m'emporte jusqu'au samedi matin. Un rire où flotte de l'anxiété comme des sédiments dans les tourbillons d'une rivière.

Mais d'abord il y a vendredi. Le vendredi le téléphone sonne, juste après le départ d'Anju et de Sunil. Je souris en décrochant. Ainsi le bon docteur est un homme d'habitudes.

« Je voudrais parler à Soo-dah, dit une voix féminine américaine.

— C'est moi.

— Je suis Lupe. Sara m'a donné votre numéro...

— Où est-elle ? Ça fait un temps fou que je ne l'ai pas vue. » Une idée me frappe soudain, qui ne m'était jamais venue. « Est-ce qu'elle a des ennuis ? »

Silence. Puis Lupe demande : « Vous cherchez toujours du travail ?

— Oui !

— Ça n'a pas été facile de vous trouver quelque chose. À cause de l'enfant. Personne ne veut d'une nanny avec un enfant. Mais finalement j'ai trouvé. Même si ça n'est pas génial, je préfère vous le dire tout de suite.

— Oh !

— C'est une femme qui a besoin de quelqu'un pour s'occuper de son beau-père pendant qu'elle travaille. Il est cloué au lit et assez caractériel. Cela, elle ne me l'a pas dit, mais j'ai mes renseignements. Souvent il perd la tête, ne contrôle plus sa vessie, des trucs comme ça. Il faut le laver, le faire manger, lui donner ses médicaments. Etc. Ça vous intéresse ? »

Mon cœur pèse une tonne. J'avais espéré la garde d'un enfant blond et joyeux, comme le Joshua de Sara. Un compagnon pour Dayita. Ils auraient joué et fait la sieste ensemble. Ne se seraient jamais battus.

« Permettez-moi de réfléchir », dis-je, par pure politesse. Mais c'est déjà tout réfléchi. Enfant, j'ai trop vu de ces familles encombrées de vieux parents. De temps en temps, nous les petits jetions un œil dans leur chambre, toujours au fond et la plus petite de la maison. Je me rappelle très bien l'odeur aigre et particulière de corps délabrés, les yeux fous qui agrippaient les vôtres et ne voulaient plus les lâcher, le mince filet de salive, une sorte de bave d'escargot, sur leur menton.

Je n'ai pas à ce point besoin de travailler.

Je note cependant le numéro de téléphone de Lupe. Je la rappellerai chaque semaine. Quelque chose de mieux finira sûrement par se présenter.

« Au fait, ils sont indiens. Du moins lui. » Un mauvais point de plus. Les Indiens sont les pires des employeurs, avait dit Sara. Ils vous traitent comme de la merde, et n'arrêtent pas de cancaner sur votre compte.

« C'est pour cela qu'elle a accepté de vous prendre à l'essai, dit Lupe. Malgré l'enfant et tout. Elle pense que ça aidera si vous parlez au vieux dans sa langue.

— Il y a plein de langues différentes en Inde. Je pourrais ne pas connaître la sienne. »

Heureusement que j'ai déjà décidé de refuser ce boulot.

Je redemande : « Sara va bien ? Vous avez son numéro ?

— Elle vous appellera dès qu'elle le pourra. » À l'évidence, Lupe connaît l'art d'éluder les questions.

— QUATORZE —

Dissertation

Faites un rapide portrait (environ cinq cents mots) d'une personne que vous connaissez intimement. Choisissez quelqu'un que vous avez des difficultés à comprendre. Votre texte devrait révéler une véritable personnalité ainsi que les motifs/les obsessions qui la (il ou elle) poussent à agir. Clarifiez votre relation avec cette personne. Ce devoir a pour but de vous aider à mieux comprendre ce personnage et de préparer votre prochain essai, qui sera une véritable biographie.

Je m'appelle Sunil
par
Anju Majumdar
Mémoire
Prof. W. Lindley

La première fois que j'ai rêvé d'un aigle, j'avais neuf ans. Mon père venait juste de m'autoriser à avoir un animal familier, ce que je réclamais depuis des années. Ce fut un lapin gris. Je l'appelai Alexandre, parce que nous venions d'étudier l'histoire grecque à l'école. Mon père trouva que c'était un nom stupide pour un lapin, mais il n'insista pas parce que je venais d'être sélectionné pour l'équipe de football, plus jeune joueur de ma division, et qu'il était content.

Ce soir-là nous jouions contre les garçons de Bakul Bagan. Il pleuvait, le terrain était si boueux qu'on voyait à peine l'herbe. Je n'arrêtais pas de glisser et de manquer le ballon. Une de mes chutes me fit très mal, une douleur qui me cisailla le genou. Mais je ne m'arrêtai pas parce que mon père assistait au match, rentré tôt du travail spécialement pour moi. Le ballon m'arrivait droit dessus, poursuivi par un groupe de garçons grands et l'air féroce. L'un d'entre eux arborait une fine moustache, une sorte de chenille poilue qui aurait perdu la majorité de ses poils. Au moment où me venait cette idée, il me rentra dedans. Je tombai, la jambe tordue sous moi, et ne pus me relever, l'arbitre siffla et m'aida à quitter le terrain. Notre équipe perdit, de beaucoup. J'avais peur de l'expression que j'allais trouver sur le visage de mon père. Quand j'osai finalement le chercher des yeux parmi les spectateurs, je ne le vis pas. Je mis longtemps à revenir chez moi – l'entraîneur avait dû me bander le genou, qui était enflé, et quand ils me laissèrent à l'arrêt du bus scolaire, le dernier venait de partir. Je n'avais pas assez d'argent pour prendre un rickshaw, il me fallut donc boitiller jusqu'à la maison. Où je découvris qu'Alexandre avait disparu. Je n'ai jamais pu savoir ce qui lui était arrivé.

C'est cette nuit-là que j'ai rêvé de l'aigle. J'étais dans un champ. Il a jailli du ciel comme un météore à plumes noires. J'étais terrifié, mais il a plongé et m'a hissé sur son dos. Nous avons volé jusqu'à ce que la terre ne nous apparaisse pas plus grande qu'une bille, et j'ai su que je ne devrais plus jamais y redescendre. J'avais passé mes bras autour du cou de l'aigle, qui était une femelle, et je sentais la chaleur de son corps. Son plumage semblait du bronze fondu. Le vent hurlait à mes oreilles, et je me disais que ce devait être cela l'amour.

Dans les années qui ont suivi, chaque fois qu'il m'est arrivé quelque chose de grave, j'ai rêvé de l'aigle, et elle m'a aidé à continuer. Puis je suis parti, et les choses se sont améliorées. J'ai réussi à la fac, j'ai trouvé du travail en Amérique. J'ai épousé une femme intelligente et drôle, sinon aussi belle que je l'aurais souhaité. Même son caractère difficile me plaisait. Il rendait la vie intéressante. Il y avait bien encore des incidents malheureux, mais je pouvais les négliger. Je travaillais dur pour nous faire une bonne vie, je me battais encore plus pour devenir quelqu'un de bien, ce qui était important car nous attendions un enfant.

Mais le bébé est mort. Le bébé est mort et le champ détrempé, de la boue couleur de crème au chocolat, non, couleur de merde, m'aspirait, je la respirais, elle recouvrait mes yeux, s'infiltrait par tous mes pores. C'était pire que la mort. Je tâtonnais à la recherche de ma femme, mais elle était perdue dans son propre champ de merde, et je n'avais pas la force de l'en tirer. De mon dernier souffle, j'ai appelé l'aigle.

Il n'en est apparu aucun.

Plus tard (il y a toujours un plus tard, n'est-ce pas, aussi terrible que soit la situation) quand j'ai rassemblé les lambeaux de moi qui restaient, je me suis aperçu que je n'étais plus le même. Je ne croyais plus au bonheur, et donc à la nécessité de la bonté. J'ai essayé, pourtant. J'ai essayé de soutenir ma femme, de sauver ma carrière qui était en train de sombrer. J'ai essayé de chasser la colère et de me contenter de ce que la vie avait jugé convenable de me laisser. Certains jours, au réveil, je ne savais plus qui j'étais. Mais je savais en tout cas ceci : que je ne désirerais plus jamais quoi que ce soit aussi désespérément que j'avais désiré mon bébé.

C'est alors qu'Elle a réapparu dans ma vie. Venue tout droit de l'Inde avec ses yeux de bronze fondu. Un mécanisme s'est réenclenché dans ma tête, et moi, Sunil, j'ai envoyé valser moralité et obligations comme on se débarrasse d'une vieille paire de chaussures.

Mrs Majumdar :

Votre texte est bien écrit, d'un impact puissant, mais quelque peu surprenant. Il s'agit plus d'un monologue théâtral (que nous n'étudions pas à ce cours) que du portrait que j'avais demandé.

Sunil est un personnage fort, bien que trop unidimensionnel. Je ne suis pas sûr que ce devoir vous ait aidé à mieux le comprendre. Pas plus qu'il ne m'indique la relation que vous avez avec lui. Le mode narratif n'est pas assez masculin (faisant la part trop belle à l'émotion). Pouvez-vous y travailler ?

Vos comparaisons sont bonnes (la chenille poilue, par exemple), mais vous avez tendance à mélanger les métaphores (cf. le dernier paragraphe) et à en user avec excès, les unes après les autres, ce qui les rend moins efficaces. (Toujours le dernier paragraphe.)

Pourquoi l'aigle est-il tantôt masculin, tantôt féminin ? D'ailleurs, que signifie ce dernier paragraphe ? Il est très ambigu.

J'ai aimé le début du texte, mais plus il avance plus il devient tendu et abstrait. Défaut que j'ai déjà remarqué chez vous, dans d'autres devoirs.

Je me demande comment vous pourrez transformer cet essai en une biographie. Peut-être devriez-vous choisir un autre sujet, qui vous toucherait moins.

William Lindley.

— QUINZE —

Anju passe une nuit très agitée. Son sommeil est une grotte remplie d'eau boueuse qu'éclairent les nageoires phosphorescentes d'une faune étrangère. Elle nage en cercles autour de cette faune, plonge son visage dans l'eau et laisse les algues le caresser. Puis elle le relève afin d'aspirer une bouffée d'air saumâtre. De temps à autre elle ouvre les yeux sur sa chambre et ne voit rien. À d'autres moments elle les referme vite comme pour ne pas voir ce qui est.

Onze heures. Minuit. Une heure du matin. Elle se lève et va dans le living-room. Elle sort de son sac à dos le cahier contenant les lettres à son père. La lampe les éclaire d'une lumière moite, brouillard ou larmes. Anju lit, concentrée, bougeant silencieusement les lèvres. Elle aime la fidélité des mots. Une fois que vous les avez en bouche, ils ne vous quittent plus.

Et elle sait aussi autre chose : un jour viendra peut-être où elle ne pourra compter sur aucune autre fidélité.

Cher père,

Certaines nuits, allongée dans mon lit, j'ai l'impression de perdre mon corps. Où sont mes pieds, mes mains, mon visage ? L'obscurité efface les contours de mes joues et les remplace par d'autres. Quel est le contour de ma vie ? Mes genoux flottent dans le noir.

Mes cheveux se dressent sur ma tête et pointent vers le ciel en mèches séparées. Ne crois pas que cela m'effraie. Le nouvel assemblage de mes cellules me comble de joie. Il signifie que je peux être une autre – n'importe quelle autre. Si seulement je savais qui je veux être.

Cher père,

Aujourd'hui, au sortir de la classe, une brusque rafale de vent m'a apporté l'odeur du gingembre sauvage – bien que, évidemment, il n'en pousse pas sur le campus. Soudain j'ai compris pourquoi tu nous as quittées. L'appel de la nouveauté. Il me titille comme il titille le serpent afin qu'il se débarrasse de sa peau. Mais que se passera-t-il si, en me débarrassant de ma vieille vie, je découvre que je ne suis pas un serpent mais un oignon ? Peau après peau après peau, et après : plus rien.

Papa,

Parfois, en lisant un nouveau livre, je me trouve dans un tel état d'excitation que j'en oublie de respirer. Il y a tant de choses à apprendre, et j'ai déjà perdu tant de temps. Chaque jour de nouveaux mots miroitent autour de moi. Je ressemble à un myope qui chausse pour la première fois des lunettes. Apartheid. Enfants de Minuit. Internet. Aung San Suu Kyi. Puis je me dis : à quoi bon toute cette information ? Qu'est-ce que ça changera à ma vie ? À l'expression du visage de mon mari ?

Le fait est : je ne suis d'aucune utilité dans ma maison. Si je disparaissais demain, Sudha pleurerait, Dayita me chercherait derrière les rideaux, croyant à un nouveau jeu de cache-cache. Sunil appellerait la police. Mais bien vite ils se serreraient tous les trois, à la façon dont la chair se resserre sur une blessure. On ne verrait bientôt plus la moindre cicatrice.

Un bruit lui parvient de la salle de bains. Anju ne

sursaute pas. Elle ne dissimule pas son cahier. Veut-elle qu'on le découvre ? Que Sunil lise les questions qu'elle a posées à son père ? Souhaite-t-elle qu'il y réponde ?

« Anju ! Qu'est-ce que tu fabriques ! » dit Sunil d'une voix endormie. Anju s'apprête à répondre, mais comprend qu'il n'y tient pas. Il a déjà tourné le dos. « Viens te coucher, dit-il. Demain tu seras crevée. »

Anju range son cahier. Au lit, à l'instant de glisser dans la grotte inondée du sommeil, elle commence à dresser une liste. La liste des choses à emporter quand elle disparaîtra.

Sudha elle aussi a écrit. La lettre est posée sur sa table de nuit, forme blanche rectangulaire sur le fond noir de la chambre.

Ashok,

Je m'excuse de n'avoir pas répondu à tes lettres. Écrire demande de la force, et je n'en avais pas – je n'en ai pas – beaucoup à dépenser.

Quand j'ai quitté l'Inde, je t'ai dit de ne pas m'attendre. Je te le redis. Je ne sais pas quand je rentrerai, ni même si je rentrerai. Je m'aperçois que mon divorce a agi comme le scalpel du chirurgien. Il a extrait le passé de ma chair, le bon avec le mauvais.

Je dois à présent découvrir d'autres buts à ma vie.

Je t'ai abandonné deux fois – la première fois pour me marier, la deuxième pour venir en Amérique. Je ne veux pas qu'il y en ait une troisième.

C'est mieux ainsi. Te rappelles-tu les vieilles légendes sur les Vish Kanyas ? Ces femmes nourries au poison, dont les baisers semaient la destruction ? Je crois que je suis l'une d'elles.

Quand je fermerai cette enveloppe, je m'emploierai à t'oublier.

Tu dois en faire autant. Crois-moi, tu en seras beaucoup plus heureux.

« Ne me dis pas que c'est ce que tu vas mettre ! s'exclame Anju.

— Eh bien, je ne te le dis pas. » Sudha sourit. Elle porte un des vieux jeans d'Anju et un banal tee-shirt blanc. Ses cheveux, tirés en arrière, sont attachés en queue de cheval. Son visage nu, de ceux qu'on croise sans les remarquer, a acquis une autre forme de beauté, qui accentue la séduction de ses yeux embrumés.

Anju n'est pas de cet avis. « Tu ressembles au vilain petit canard, lance-t-elle.

— Eh bien, nous verrons si mon prince grenouille me reconnaîtra. »

Anju refuse la plaisanterie. « Tu mélanges tous tes contes de fées. Au moins maquille-toi un peu. Mets des boucles d'oreilles.

— Je ne veux pas... » Sudha s'interrompt en voyant entrer Sunil. Qui, en découvrant la mise toute simple de Sudha, abandonne son air revêche. « Et si c'est moi qui faisais le petit déjeuner aujourd'hui ? propose-t-il d'un ton amène.

— Dois-je en croire mes oreilles ? blague Anju. L'homme a vraiment dit qu'il allait nous faire la cuisine ?

— Anju ! s'indigne Sudha.

— C'est que j'ignorais qu'il savait...

— Elle a toujours eu une mémoire sélective.

— Arrêtez ! » leur enjoint Sudha, qui prend le parti d'en rire. Elle aide Sunil à trouver la farine, les œufs, une poêle qui ne colle pas. Il réussit d'étonnantes crêpes indiennes, croustillantes et dorées, fourrées d'oignons, de piments verts et de graines de moutarde. Pour Dayita il en fabrique de petites, sucrées, en forme de méduse. Elle les mange toutes et en réclame d'autres, s'attirant ce sourire particulier de Sunil, éclatant et enfantin, qu'elle est la seule à pouvoir susciter.

Quand Lalit sonne à la porte, Sunil lui ouvre et, d'un

ample geste magnanime, l'invite à entrer. Si Lalit est surpris de cette soudaine démonstration d'amitié, il n'en laisse rien paraître.

Les salutations fusent. Joyeuses pour ce qui concerne Lalit, contenues chez Sudha, exubérantes chez Anju, accompagnées d'un grand fracas de fourchette de la part d'une Dayita particulièrement excitée. Lalit s'assoit à côté de Sudha.

« Comment ça va ? » Sa façon d'incliner la tête, qui fait penser à un oiseau intelligent, et d'attendre la réponse, donne un sens beaucoup plus profond à la question. Anju se racle la gorge, un rien moqueuse. Sudha rougit et marmonne une brève réponse. Le sourire de Sunil, à son fourneau, devient machiavélique. Il rajoute des piments à la crêpe qu'il est en train de confectionner pour Lalit.

« Ça a l'air génial ! dit Lalit, en mordant avec enthousiasme.

— J'espère que ce n'est pas trop épicé pour vous, susurre Sunil.

— Non, non, c'est parfait. » Lalit se tamponne discrètement le front où la sueur commence à perler.

« Tenez, prenez du jus d'orange, dit Anju.

— Moi, je les aime plus épicées », dit Sunil.

Anju, qui connaît ses problèmes d'estomac, lui jette un regard acéré. « Vous n'avez pas besoin de manger tous ces piments, Lalit. Sudha, verse-lui un autre verre de jus de fruits. »

Réconforté, Lalit sort la dernière en date de ses histoires, celle des jeunes mariés. « La femme lui sert son premier repas et dit : c'est une des deux choses que je réussis parfaitement, chéri : le curry de poulet et le pudding au riz. Et il lui répond : c'est délicieux, chérie. Au fait, c'est laquelle des deux ? »

Sunil interrompt les rires. « Puisque vous aimez les histoires drôles, en voici une. Vous connaissez celle du médecin que sa fiancée a plaqué ? Non seulement il a repris la bague de diamants qu'il lui avait offerte, mais il lui a fait payer les vingt-quatre coups de fil qu'il lui avait passés. »

Silence complet. Puis Lalit s'esclaffe. Pas seulement à cause de l'histoire. « Je m'en souviendrai de celle-là », dit-il en vidant son verre.

À présent, tout le monde rit. Un rayon de soleil tombe sur la table. Sunil brandit Dayita comme une pancarte. « Dis : *Passe une bonne journée, maman.* Dis : *Sois bien sage.* »

« Ramenez-la avant la nuit, dit Anju. Elle se transforme en citrouille quand le soleil se couche. »

Et tout le monde de rire à nouveau. Ils forment une famille heureuse.

Ils déjeunent dans les jardins du Palais des Beaux-Arts, de plats chinois tout prêts dans des assiettes en carton rouge et blanc. Sudha avoue qu'elle ne s'est encore jamais servie de baguettes.

« C'est simple, dit Lalit. Regardez-moi. »

À grand renfort de gestes, il pique une cacahouète dans le poulet kung pao et la perd juste avant d'arriver à sa bouche.

De nouveau Sudha éclate de rire, laissant tomber les baguettes qu'elle avait déjà bien du mal à tenir. « Assez ! Je vais me fouler les muscles du rire !

— Madame, c'est parce que vous ne les faites pas travailler régulièrement, dit Lalit d'un ton sévère. Voici mon ordonnance : dix fous rires, vingt ricanements et trente gloussements par jour.

— Je vous en prie, ça suffit. Vous ne savez donc pas ce que produit un excès de rire, à ce qu'on raconte ?

— Waou, ce doit être encore une maxime indienne ! Attendez, que je sorte mon carnet... »

Voici ce que Sudha ne sait pas :

Le jour où elle apprit que la belle-mère de sa cousine voulait l'obliger à avorter, Anju fut si bouleversée qu'elle fit une chose inhabituelle : elle appela Sunil au bureau. Lequel garda un silence étrange. Mais Anju était dans un tel état d'agitation qu'elle ne le remarqua pas.

« Tu te rappelles ce que croient les gens chez nous : que chacun reçoit un certain lot de chance à sa naissance ? lui demanda-t-elle. C'est pour ça, disent-ils, que ceux à qui échoit trop de beauté connaissent plein de problèmes le reste de leur vie – ils ont épuisé leur lot de chance. Tu crois qu'il y a une part de vérité là-dedans ? Sunil ? Tu m'écoutes ?

— Je ne sais pas, finit par répondre Sunil. Je ne suis même pas sûr de savoir ce qui est chance et ce qui est malchance. Quelque chose t'arrive, tu crois que c'est merveilleux. Quelques années plus tard, tu ne peux plus la voir en peinture.

— Je déteste ce genre de déclarations vaguement philosophiques. Comment peut-on confondre chance et malchance ? Ma grossesse, par exemple. C'est la plus grande chance qui nous soit jamais arrivée.

— Tu as raison. » Il parut sur le point de vouloir lui poser une autre question, mais elle continuait de plus belle.

« De toute façon, c'est une croyance stupide. Quand nous étions jeunes, tante N. n'arrêtait pas de nous dire : *Joto hasi toto kanna – Plus vous rirez aujourd'hui, plus vous pleurerez demain*. Je détestais ce dicton, et je le déteste toujours. Et je refuse d'y croire.

— Voilà qui est sage. » Ce fut dit d'une petite voix triste, aux accents métalliques, comme s'il enviait à sa femme sa certitude.

Derrière eux se dressent les tours cannelées, couleur safran grillé. Autour d'eux des couples d'amoureux, mixtes de couleur et de sexe, jonchent l'herbe, aussi naturellement que des pissenlits. C'est l'année des collisions cosmiques, où des fragments d'une comète nommée Cordonnier-Levy 9 vont heurter Jupiter, produisant de gigantesques boules de feu. Mais ici l'herbe est tiède sous le soleil de l'après-midi, et humide, comme si on venait de l'arroser.

« L'herbe américaine a une autre odeur, dit Sudha.

— Comment ça ? »

Sudha fronce les sourcils, cherchant ses mots.

« Une odeur plus masculine – robuste et fortifiée aux engrais.

— Fascinant ! J'envisage une toute nouvelle ligne de produits de toilette pour hommes – *Pour avoir l'air robuste et fortifié aux engrais, essayez...*

— Si on cesse de s'en occuper, elle meurt sur-le-champ. L'herbe indienne semble plus délicate – ce vert “nouvelle pousse” extraordinaire – et pourtant, malgré la sécheresse, les vaches et toutes les mauvaises graines qui tentent de l'étouffer, elle survit.

— Comme les femmes ? C'est ce que vous sous-entendez ? »

Sudha veut trouver une réplique désinvolte, au lieu de quoi elle s'entend dire : « Vous vouliez savoir ce qu'a été ma jeunesse. Eh bien, depuis ma toute petite enfance on m'a inculqué la notion de devoir – comment une femme doit se conduire envers ses parents, son mari, sa belle-famille, ses enfants. Ne vous méprenez pas – je ne prenais pas cela pour un fardeau. Ça m'imposait des limites dont j'avais besoin, un mur de sécurité morale à l'abri duquel je pouvais vivre. Le devoir prenait la place de l'amour – il *était* l'amour. J'étais persuadée que, sans lui, la société s'effondrerait. »

Lalit est calme à présent, il attend.

« Mais que se passe-t-il quand les autres ne remplissent pas leur devoir envers vous ? » Elle s'échauffe, croise étroitement les doigts. « Votre mari, par exemple, qui a promis de toujours vous protéger – vous et par extension vos enfants. C'est ainsi que j'ai rompu mon mariage. Je ne crois pas que vous puissiez imaginer ce que cela signifie dans une famille orthodoxe indienne. Ma propre mère n'arrêtait pas de me dire que je devais retourner chez mon mari, accepter l'avortement. Les premiers mois après ma fuite, je me sentais si coupable, j'avais si peur et si honte que j'ai cru mourir. Mais j'ai survécu. »

Lalit la couve d'un regard intense. Il s'efforce de rassembler ces morceaux de vie qu'elle vient de lui jeter en vrac. De comprendre son histoire, si différente de la sienne.

« J'ai survécu, mais savez-vous ce qui est arrivé ? Je me suis libérée d'un devoir, d'une certaine relation – et j'ai découvert que toutes les autres découlaient d'elle, comme autant de mouchoirs noués les uns aux autres que le magicien tire de son chapeau. Elles m'ont toutes filé dans les doigts, et il ne m'est plus rien resté. Rien – ni personne – pour me retenir de faire ce que je voulais, que ce fût bien ou mal. »

Lalit lui effleure le bras. Il se demande le pourquoi de cette confidence, et ce que cela signifie pour leur propre relation. Mais peut-être que cela ne signifie rien. Peut-être est-il l'étranger du train à qui on ouvre son cœur parce qu'on sait qu'on descendra à la prochaine gare.

De l'autre côté de l'eau, où glissent avec une élégance nonchalante des cygnes noirs et blancs, un groupe de gens vient d'apparaître. Ils font la fête, musique latino et odeurs âcres de nourriture : cumin, piment, coriandre. Des jeunes se lancent dans une salsa. Une jeune femme en longue robe de gaze blanche agite un éventail en dentelle et pose pour le photographe avec une vieille dame, peut-être sa grand-mère.

« Ça me terrifie », dit Sudha. Deux hommes sont allongés sur l'herbe, tout près, les yeux au ciel. L'un tient la main de l'autre contre son cœur tout en parlant. Sudha rougit légèrement en les regardant. « Surtout depuis que je suis en Amérique. De tous les côtés, ici, j'entends dire : vivez pour vous-même.

— Tout le monde n'est pas ainsi, proteste-t-il.

— *Vivez pour vous-même*, poursuit-elle sans tenir compte de l'interruption. Je ne sais pas au juste ce que cela signifie. Je ne sais pas comment le faire tout en restant quelqu'un de bien. Et je veux rester quelqu'un de bien, même si je n'ai pas réussi à être une bonne épouse. Je suis terriblement attirée par cette idée de vivre pour moi-même, et en même temps ça me donne le vertige. J'ai l'impression d'être un ballon d'hélium qui vole, avec tous les gens que je connais quelque part en dessous, mais si éloignés et si petits qu'ils ne comptent pas. Pourtant je sais que je ne peux pas revenir en arrière, vivre pour les autres.

— Pourquoi devez-vous absolument choisir entre l'un ou l'autre ? Ne pouvez-vous trouver un compromis ?

— Comment fait-on ? Vous le savez, vous ? À moins que vous ne viviez vous aussi pour vous-même ?

— Question difficile. J'aurai besoin de temps pour seulement commencer d'y répondre. » Il lui tend la main pour l'aider à se relever. « Rappelez-vous, j'ai promis de vous ramener avant la nuit. Afin que vous ne passiez pas le restant de vos jours dans la peau d'une citrouille. » Mais Sudha le tire par cette main qu'il lui tend et le fait tomber à genoux à côté d'elle. « Je me fiche de ce que vous avez promis. Je veux que vous me parliez. Je deviens folle à force de n'avoir personne à qui parler – pas même Anju, qui est la personne que j'ai le plus aimée au monde, plus même que ma fille. Enfin, dans le passé...

— Nous parlerons aussi longtemps que vous voudrez, dit-il calmement. Mais retournons à la voiture, nous y serons plus tranquilles. »

Ils rebroussent chemin et passent à côté de la famille latino, qui leur sourit. Un homme se lève et vient leur offrir une assiette de gâteaux. « C'est le quinzième anniversaire de ma fille ! dit-il. Prenez des dulce – souhaitez-lui du bonheur ! »

Sudha et Lalit partagent une pâtisserie feuilletée, et saluent de la main la jeune fille qui, rouge d'excitation, conduit une sorte de farandole. Le soleil couchant forme un halo écarlate autour de sa tête. Elle leur envoie un baiser. « Joignez-vous à nous ! » leur crient certains.

« Ils sont si gentils », dit Sudha en montant en voiture. Puis, d'un air soupçonneux, elle ajoute : « Ils ne nous connaissent pas. Pourquoi se montrer si amicaux ?

— Faut-il vraiment une raison ? rétorque Lalit. Les Américains sont souvent très inattendus. Ne vous pressez pas trop de vous faire une opinion définitive sur les choses. Ou sur les gens.

— Comme vous, par exemple ? » Elle sourit.

« Ah non – j'espère qu'en ce qui me concerne vous êtes déjà arrivée à la conclusion que je suis le plus débonnaire, le plus amusant des hommes que vous ayez jamais rencontrés.

— Absolument. Et maintenant revenons à ma première question.

— J'ai toujours dit que, contrairement à l'opinion répandue, on obtient des tas de choses par la flatterie. »

Quand il s'arrête de parler, la nuit est tombée depuis longtemps. Les cygnes ont disparu, ainsi que l'adolescente et sa petite cour. Le vent qui s'est levé fragmente les lumières qui dansent sur l'eau en des milliers de petits éclats. Devant le Palais des Beaux-Arts, auquel l'obscurité confère un aspect de ruine surréelle, il ne reste que la voiture de Lalit, une vieille Honda miteuse dans laquelle Sudha se sent bien.

« Seigneur ! dit-il. Il est vraiment tard.

— Ça n'a pas d'importance.

— Votre famille va s'inquiéter. Vous devriez les appeler. »

Elle repousse le téléphone portable qu'il lui tend,

secoue la tête. « Merci de m'avoir parlé comme vous l'avez fait. »

Pendant tout le trajet du retour, elle lui tient la main. Ne la lâchant pas même quand il doit prendre des virages un peu raides.

Sur l'aire de parking de l'immeuble, il demande soudain : « Au fait, avez-vous trouvé la solution de ma devinette ?

— Le soldat et la dame ? Non, pas encore. » Elle lui pose un doigt sur les lèvres. « Non, ne me la dites pas. Gardez-la pour la prochaine fois. Et, s'il vous plaît, ne bougez pas.

— Laissez-moi au moins vous accompagner jusqu'à l'ascenseur.

— Non, vraiment, je préfère pas. Encore une fois, merci pour tout. » Elle ouvre la portière.

« Minute ! C'est kosher de demander un baiser ?

— Ko... ? » Mais elle a déjà compris le sens du mot. « Bien sûr. Mais c'est encore plus kosher de refuser. » Sur quoi elle s'éloigne, laissant un sillage lourd d'espérance.

— SEIZE —

Lalit

ce que j'ai dit

Il fut un temps où je travaillais en me prenant pour un être unique. Particulier. Cette illusion, je l'ai perdue depuis. Je commencerai donc mon histoire de la mêmc manière que la plupart des jeunes gens. Par mon père.

Mon père était un émigrant indien typique, car il croyait en ses capacités, il était prêt à travailler dur et convaincu que l'Amérique le rendrait riche. En plus, il était ingénieur.

Mais il était aussi atypique, parce que rêveur incorrigible.

Tous les émigrants sont des rêveurs, dites-vous ? Oui, mais avec un sens pratique. Ils savent jusqu'où ils peuvent rêver trop loin.

ce que je n'ai pas dit

Je veux savoir à quoi tu rêves. Mais j'ai le sentiment que tes rêves sont encore informes. Chaque nuit ils bougent comme des amibes, changeant chaque fois de direction. À l'intérieur, toutefois, le noyau existe. Quand tu auras découvert sa forme exacte, tu chercheras à le réaliser, et Dieu vienne en aide à ceux qui te barreront le chemin.

ce que j'ai dit

Mon père avait une théorie sur l'argent. Il le classait en deux catégories : l'ennuyeux et le passionnant. Son métier d'ingénieur lui rapportait une certaine quantité du premier, suffisante pour que nous ayons une vie confortable, mais cela ne le satisfaisait pas. Il voulait se lancer dans des aventures qui lui rapporteraient des millions de bénéfices, de préférence du jour au lendemain. Il adorait le grand frisson des montagnes russes. Oui, c'était un joueur, bien qu'il ait toujours parlé avec dégoût des casinos et autres salles, et n'ait jamais acheté un billet de loterie. Malheureusement il n'avait aucun des instincts qui font qu'un joueur réussit, et chacune des idées qu'il a essayé de mettre en pratique – depuis une ferme piscicole jusqu'au robot ménager multifonctions et à la voiture fonctionnant au vent – s'est cassé la figure. Très vite nous nous sommes retrouvés sans le sou, d'aucune des catégories.

Ma théorie ? C'est que l'argent en soi est passionnant. Vous croyez que je plaisante ? Vous découvrirez bientôt que je suis le plus mercenaire des hommes. L'argent ne fait pas le bonheur, dit-on ? Peut-être. Mais son absence nous rend à coup sûr terriblement malheureux.

ce que je n'ai pas dit

Prends ton propre exemple. Tu es malheureuse. J'ai eu à traiter suffisamment de gens en détresse pour reconnaître les symptômes. L'une des raisons étant que tu n'aimes pas vivre avec ta cousine et son mari. (Je soupçonne des complications, des choses dont tu ne veux pas parler.) Tu n'aurais pas eu à le faire, n'est-ce pas, si ton divorce avait été réglé convenablement ? Mais, si tu avais eu assez d'argent, peut-être ne serais-tu pas venue en Amérique. Et je ne serais pas assis à tes côtés, dans ma Honda, à respirer l'odeur de ton corps, pour moi le parfum des fleurs de lotus, bien qu'il s'agisse probablement d'un de ces parfums synthétiques que tu as acheté au Walgreen du coin.

ce que j'ai dit

Notre pauvreté nous rendait d'autant plus malheureux

que mon père avait gardé de la mentalité indienne la nécessité de sauver la face. Nous ne pouvions acheter de la viande qu'une fois par semaine, et encore, que du poulet, dont ma mère essayait pendant des heures de tirer des plats, car chez elle, dans son enfance, il y avait toujours eu un cuisinier. Là-dessus, quelqu'un de la communauté nous invitait pour un anniversaire ou un mariage, et papa entendait bien faire le plus luxueux des cadeaux. Pour mon anniversaire il donnait une gigantesque fête, commandait un gâteau glacé à la pistache chez Raja Sweets, demandait à ma mère de confectionner plein de petits sachets avec des bonbons en chocolat et des petites voitures. Le lendemain, il me disait de choisir mes trois cadeaux favoris et allait se faire rembourser les autres.

Non, ça ne rendait pas ma mère folle de rage. Ça n'était pas son genre. De plus, elle aussi croyait à l'importance de sauver la face.

Mais moi j'avais assez de colère pour nous deux.

Et j'étais fou de rage contre elle aussi. Parce qu'elle se laissait manipuler par mon père. Ce n'est que beaucoup plus tard que j'ai compris qu'elle faisait cela non parce qu'elle croyait que c'était son devoir, mais seulement parce qu'elle l'aimait.

Vous n'appelez pas ça de l'amour ? Mais l'amour, comme les glaces Baskin-Robbins, a différentes saveurs.

Prenez un koan contemporain : dans une glace au chocolat, pouvez-vous séparer le chocolat du lait ? À la place du lait, vous mettez l'amour (*alias* désir, joie, possession). À la place du chocolat, la haine (*alias* fardeau, culpabilité, rage impuissante).

ce que je n'ai pas dit

Je crois que le mari de ta cousine en sait quelque chose.

Je m'accommodais de ma rage en n'étant jamais là, en passant de plus en plus de temps à la bibliothèque ou sur les terrains de sport. J'étais de l'équipe de nuit dans un McDonald's et ne rentrais chez moi que pour dormir. J'avais ouvert un compte en banque où je déposais le moindre cent, tout en sachant que je n'en aurais jamais assez pour ce que je voulais faire. Je dévorais tous les recueils d'histoires drôles parce que je voulais être populaire.

Non, je ne me montrais jamais grossier envers mes parents. À quoi bon dépenser inutilement mon énergie. Je me contentais de n'être jamais là.

Que pouvaient-ils dire ? Je suivais le chemin prescrit aux enfants d'immigrants, récoltant les ingrédients qui m'ouvriraient les portes des meilleures universités.

Et ça a marché. J'ai obtenu une bourse partielle pour l'un de ces programmes accélérés d'études médicales – le revenu de mon père ne me donnait pas droit à une bourse complète. Mais, même avec mes économies, ça ne suffisait pas. Sur quoi ma mère, en un de ces gestes dramatiques typiques des immigrants, a vendu tous ses bijoux.

Ne t'inquiète pas, a-t-elle dit à mon père, j'ai acheté de belles imitations lors de notre dernier voyage en Inde. Nos amis ne verront pas la différence.

C'est ainsi que j'ai fait mes études de médecine.

Vous m'avez demandé tout à l'heure si je vivais pour moi-même. Cela vous fournit-il une réponse ?

J'ai étudié la médecine parce qu'il m'a semblé que c'était un moyen sûr de mener une vie agréable, la plus éloignée possible de la ferme piscicole de mon père. Je ne savais rien de ces prêts aux étudiants qui vous prennent ensuite la moitié d'une vie à rembourser. Ni que mon père renoncerait à son assurance médicale pour économiser le montant des primes mensuelles, et qu'il souffrirait très vite de problèmes cardiaques. Voilà pourquoi vous vous trouvez dans une vieille Honda au lieu de vous prélasser dans une Mercedes.

Mais en cours de route j'ai découvert que j'aimais aider les gens.

De la philanthropie ? Allons donc ! Tout simplement l'amour du pouvoir.

ce que je n'ai pas dit

Je crois que toi aussi tu aimes le pouvoir, à la façon dont tu inclines ton long cou et me coules un regard de biais. Dont tu glisses ta main dans la mienne, tes ongles me raclant légèrement la paume. Le pouvoir du corps. À défaut d'en posséder d'autres, celui-ci tu l'as, à l'évidence.

Ensuite ton regard plonge dans l'obscurité des eucalyptus qui bordent l'autoroute. Tu te mords la lèvre. Tu m'as oublié. Le désir fou me prend de te secouer pour t'obliger à me faire face, à te rappeler ma présence. Même au risque d'un accident.

En as-tu la moindre prescience ?

Je me mords la joue jusqu'à ce que le désir disparaisse. Un court instant je plains le mari de ta cousine, et j'en ai peut-être un peu peur.

ce que j'ai dit

Suffit pour aujourd'hui. Vous voulez connaître tous mes secrets à la fois ? Il faut que j'en garde quelques-uns pour notre prochaine rencontre. Ouais, comme dans *Les Mille et Une Nuits.* C'est notre façon à nous, les conteurs, de nous garder en vie.

— DIX-SEPT —

Sudha

La matinée du dimanche s'étire sur nous de tout son poids. L'air gronde, on dirait des gargouillis d'indigestion. Le soleil d'hier qui a rempli de rires notre petit appartement a été lessivé, laissant des taches couleur moutarde sur les murs.

La nuit dernière, quand je suis rentrée, Sunil s'est montré d'une courtoisie parfaite. J'espère que tu as passé une bonne journée, a-t-il dit en m'ouvrant la porte. Il m'a retiré ma veste pour la suspendre. La fureur qui sourdait du bout de ses doigts aurait pu carboniser le tissu.

Anju a posé des centaines de questions. Où êtes-vous allés, qu'avez-vous mangé, de quoi avez-vous parlé, est-ce que c'était drôle, est-ce qu'il te plaît, et lui est-ce que tu lui plais, pourquoi es-tu rentrée si tard, quand le revois-tu... De derrière son journal, il a marmonné : « Pourquoi t'excites-tu comme ça ? On croirait que c'est *ton* amoureux. »

Elle a plissé les yeux, à la manière d'un conducteur aveuglé par le soleil qui essaye de reconnaître la forme là-bas devant lui. « Pourquoi es-*tu* si fâché ? »

J'entendais les mots sous-jacents. *On croirait qu'elle est* ton *amante*. Elle est allée dans la chambre, dont elle a claqué la porte.

Je me suis excusée, disant que j'étais fatiguée. Mais Dayita refusait de me suivre. Accrochée à la jambe du pantalon de Sunil, elle hurlait.

« Tais-toi immédiatement ! » lui ai-je ordonné. Je l'ai tirée par le bras, il était brûlant.

« Elle fait ses dents, a-t-il expliqué. Tout le côté droit de sa mâchoire inférieure est enflé. »

Je me suis fait horreur. J'aurais dû le remarquer tout de suite. Je suis allée chercher l'Anbesol dans la salle de bains. Quand j'ai essayé de lui en appliquer sur les gencives, elle m'a mordue.

C'est Sunil qui s'en est chargé. Il lui a donné un calmant, lui a essuyé la figure avec une serviette propre, l'a embrassée sur le haut du crâne. « Sois ma gentille petite fille et va avec ta maman, et demain je te raconterai l'histoire du singe et du crocodile. » Il a rapproché ses mains, imité les claquements de mâchoire d'un crocodile, elle a fini par rire.

Mais elle m'en voulait toujours. Elle s'est réfugiée au bout du lit et a repoussé violemment mon bras, même après m'avoir entendu lui chanter *Ghum Parani Mashi Pishi*, sa chanson du soir favorite. J'ai dû attendre qu'elle soit endormie pour la prendre contre moi. Je lui ai massé les épaules, ses coudes lisses comme des cailloux de rivière. Son cou moite avait un goût de sel et de peluches.

Ainsi s'est terminée ma journée avec Lalit ! Il m'avait étonnée avec son histoire. Les gouffres que cachait son rire. Qui me faisaient l'aimer davantage. Mais déjà cette journée, couleur d'un arc-en-ciel sur une bulle de savon, commençait à s'effacer. Je ne pouvais plus la relier à ma vie réelle. Cet appartement qui sentait le garam masala aigre. Cette enfant qui piquait des colères parce que je ne lui donnais pas ce dont elle avait besoin. Et moi, la mauvaise mère, dont la simple apparition déclenchait des batailles de couple. Dans la vie réelle, la femme que Lalit voulait embrasser n'existait pas.

Dimanche après-midi. Dayita s'agite et ne veut pas manger. Assis devant la télé, Sunil écoute une longue discussion sur l'éventuelle comparution de Simpson devant un grand jury. Une femme noire tape sur la table et hurle quelque chose à propos de preuves qui auraient été placées là par les flics, et qu'ils ne feraient jamais ça à un Blanc. Anju a tiré sa chaise à l'autre extrémité de la pièce et s'est réfugiée dans un livre. La nervosité me ronge. Je ne tiens pas en place. Autour de moi, le mécontentement bouillonne comme les miasmes d'un marécage. À chacun le sien. Comment échafauder des projets d'avenir dans un tel endroit ? J'essaye d'emmener Dayita se promener, elle refuse. Elle tend les bras vers Sunil en appelant Baba ! Baba ! D'où lui viennent ces mots ? Qui les lui a appris ? Je veux la mettre de force dans sa poussette, mais Sunil intervient. « Laisse-la-moi. Elle n'a pas l'air bien. » Il la prend dans ses bras, ouvre le frigo, en sort un de ces anneaux, bleu en l'occurrence, pour les bébés qui font leurs dents – quand l'a-t-il acheté ? – et le lui donne à mâcher. Elle m'observe, à l'abri de son épaule. Furieuse, je sors en refermant violemment la porte derrière moi.

Qu'est-ce que je veux ?

Je marche, marche, espérant que la fatigue musculaire opérera aussi sur mon cerveau et son tourbillon de pensées. Que le vent froid du soir, chargé de ces odeurs de feuilles brûlées si reconnaissables, me balaiera et dissipera le brouillard de mon esprit. Les religieuses, à l'école, nous avaient appris un poème. *J'ai tant de façons de vous aimer, laissez-moi les compter.* Si je devais compter les façons que j'ai d'aimer Dayita, que dirais-je ? Je t'aime d'un amour douloureux, un nerf pincé entre deux os. À cause de mon amour pour toi j'ai quitté tout ce que je connaissais et plongé dans l'incertain. Et cela avant même de t'avoir vue. Quand tu mets tes bras autour du cou de quelqu'un d'autre et lui souris de tes dents toutes neuves, mes cheveux crépitent d'envie. Je t'aime tant que je pourrais mourir pour toi. Mais c'est là que le poème ne marche plus : je ne t'aime que par poussées. Parfois j'ai l'impression d'être piégée par toi. Je ne peux m'empêcher de penser : *si j'étais seule, si je pouvais*... Et alors je suis furieuse contre toi. J'imagine que tu me reproches le baiser de Sunil. D'avoir déchiré la lettre d'Ashok. Dansé avec Lalit. De t'avoir laissée pour sortir avec lui. Tous mes sentiments de culpabilité, je les projette sur toi, tous les regrets et les rages de ma jeunesse qui m'a été arrachée. Je peux mourir pour toi, sans problème, mais puis-je vivre pour toi ?

Ma fille, mon ennemie, mon moi blessé.

Je reviens à l'appartement décidée à me montrer plus maternelle.

Dayita dort sur le lit de Sunil. Il lui a déjà donné à dîner. Je veux la coucher dans son berceau, mais Anju dit : « Laisse-la, Sudha, ne la perturbe pas. Ce n'est pas un problème. Tu sais que nous adorons l'avoir avec nous. »

Et malgré toute ma frustration, que dire ? N'est-elle pas ma cousine que je suis venue aider après la mort de son propre bébé ? Pour compenser, je me livre au nettoyage de la cuisine. Quand Anju demande si elle peut m'aider, je secoue la tête, me méfiant des mots. Elle n'insiste pas, comme elle l'aurait fait autrefois, et va dans sa chambre. Sunil reste à lire ce qui semble un rapport de travail. Mais je ne le vois pas tourner une seule page. À deux reprises, il lève les yeux comme pour parler. Mais se tait. Dois-je lui en être reconnaissante ? Ces paroles rentrées me sont aussi douloureuses qu'une maladie.

Le lundi offre une aube dorée, vide de nuages. Tout le contraire de mon humeur. Mais pour le bien de Dayita, je prends sur moi. Nous saluons gaiement Anju quand elle s'en va. Grâce au ciel, Sunil est parti avant que je sorte de ma chambre. Dayita et moi faisons la vaisselle du petit déjeuner – installée à côté de moi sur une chaise, elle plonge les mains dans l'eau savonneuse, en projette tout autour d'elle. Après avoir essuyé le sol, je lui dis : « Faisons quelque chose de drôle, que nous n'avons encore jamais fait. » J'aimerais pouvoir l'emmener dans un lieu exotique, au-delà du cercle à quoi se borne ma triste promenade quotidienne.

Comme une réponse à ma proposition, un bruit de clef dans la serrure. La porte s'ouvre.

Sunil !

Mon cœur bat si fort qu'il me semble qu'il va s'arrêter. J'ai peur mais, en réalité, je ne suis pas surprise. Que pouvait-il se passer d'autre après ce dernier week-end, où les choses en étaient arrivées à un point d'explosion ? Le week-end n'étant pourtant qu'un catalyseur. Nous nous sommes approchés de cet instant, lui et moi – quels que soient les détours empruntés – depuis que nos yeux se sont croisés à l'aérodrome de San Francisco. J'ai su immédiatement qu'il n'avait rien oublié du passé.

Et d'une certaine façon, je suis soulagée. Depuis des mois je pendille au-dessus du vide, sentant ma prise faiblir de plus en plus. Je n'en peux plus d'imaginer ma chute. La véritable chute – quoi que je brise ce faisant – ne peut se produire qu'une fois. Dès demain, elle appartiendra à mon passé, avec tous les autres événements auxquels je croyais ne pas pouvoir survivre.

Sunil ne bouge pas, un tel désir affiché sur ses traits que je faiblis presque. Quand il avance vers moi, c'est d'une démarche à la fois prudente et laborieuse, voyageur du désert luttant contre une tempête de sable. Je me force à ne pas reculer. Il tend la main. L'air ne passe plus dans ma gorge, bloquée par le sel et le sable. Je soulève Dayita et la tiens entre nous deux comme un bouclier.

Sa main tâte le front de Dayita, pour vérifier si elle a ou non de la fièvre. Peut-être n'avait-il pas d'autre intention depuis le début.

Dayita se tortille pour sauter dans ses bras, lâchant une explosion de mots qu'il semble comprendre. Il lui murmure des choses, ses lèvres couvrant son front de petits baisers. Je baisse les yeux, me sentant stupide.

« Je suis content qu'elle aille mieux », dit-il. Il affiche un petit sourire plus amer que la potion de feuilles de margousier écrasées qu'on utilise en Inde pour alléger le sang.

Je sais qu'il a vu la peur dans mes yeux.

Il sort nos vestes du placard, remplit un sac de couches. « Allons-y », dit-il, et il se dirige vers la porte comme s'il s'agissait d'une excursion prévue depuis des semaines. Il ne vérifie pas que je le suis. D'où lui vient sa certitude ? À moins que, semblable à ce héros grec qui descend aux enfers et dont le nom m'échappe en ce moment, il sache qu'il ne doit pas se retourner.

D'un côté de l'autoroute, des usines crachant de la fumée, de l'autre d'élégantes structures de verre et de métal. Au milieu, quelques palmiers découragés. L'image même de ma vie, sauf que je ne sais pas toujours distinguer le laid du beau.

Nous obliquons vers une rue transversale. De petites maisons, pimpantes, fraîchement repeintes, aux tuiles joyeuses. Des pelouses sur le devant, aussi rases qu'un plateau à café, pas une seule mauvaise herbe en vue. J'imagine, avec un soupçon d'envie, ce genre d'existence où la qualité de l'herbe prend tant d'importance. Dayita montre les merles du doigt et babille gaiement. Nous nous arrêtons devant une maison verte. Une plaque indique : *Les Jardins de Roses de San Jose*. « J'ai pensé que tu aimerais cet endroit, dit Sunil. Ce n'est pas aussi chic que San Francisco, bien sûr ! »

Sous le défi apparent, j'entends une supplication dans sa voix.

C'est également dans un jardin que nous nous sommes trouvés seuls pour la première fois. Tonnelle de jasmin et de bougainvillées. Tubéreuses au parfum de nuit de noce, poussant un homme à oublier la promesse qu'il avait déjà faite à une autre femme et à sa famille.

Il ne m'a pas conduite ici par coïncidence.

Nous nous dirigeons vers un banc, à l'extrémité du terrain. Un calme étrange, de barbiturique, a remplacé mon agitation. Dayita court devant, ravie par les couleurs. Profusion de rouges. *Chevalier écarlate, Rob Roy, Royal William, Don Juan.* Qui aurait cru que tant de roses portaient des noms masculins ?

« Je ne peux plus continuer ainsi, dit Sunil. Ça me tue. » Il parle doucement, en détachant ses mots, les yeux sur les fleurs. Un passant pourrait croire qu'il me raconte l'histoire des roses. « J'aurais dû te parler plus tôt, mais j'avais peur que tu t'en ailles. Pendant tous ces mois je me disais : au moins elle est ici, dans le même appartement, respirant le même air. Son verre est aussi mon verre. D'autres fois, je voulais me persuader : je perdrai mon obsession en la voyant tous les jours. Le matin, le visage gonflé de sommeil, les cheveux tirés. Le soir, son sari plein de taches de cuisine, les yeux cernés et fatigués. » Il secoue la tête. « Rien n'y a fait. Et puis tu es sortie avec Lalit, et j'ai eu peur de te perdre à nouveau. »

Peut-on perdre à nouveau ce qu'on n'a jamais possédé ? Je me garde pourtant de lui en faire la remarque. Pas plus que je n'essaie de l'arrêter. C'est trop tard. Ça l'est devenu à l'instant où j'ai écrit à Anju que j'acceptais de venir. Maintenant il doit tout dire.

« Qu'est-ce qui est pire ? Dire la vérité et faire souffrir ceux qui vous sont proches, ou la garder enfouie et se faire souffrir soi ? »

Sunil, ce n'est pas si simple. Parfois on dit la vérité et tout le monde souffre. Parfois la vérité vous entraîne sur un terrain où l'on n'avait jamais eu l'intention d'aller.

« En tout cas, voici ma vérité : Je n'aime pas Anju. Je m'y suis efforcé et j'ai échoué. Je l'admire pour plein de choses. Je me sens responsable d'elle, surtout depuis la fausse couche. Ce que j'éprouve pour toi – depuis le jour de ma visite chez les Chatterjee pour la présentation d'Anju –, je vais être honnête, je ne suis pas sûr que ce soit ce qu'on appelle l'amour. Mais c'est ce que j'ai connu qui s'en rapproche le plus. Si je le compare à ce que je ressens pour Anju, c'est comme si je tenais une luciole dans une main et un charbon ardent dans l'autre. Ne crois pas que cela m'ait rendu heureux. Jamais, pas une minute. Avant le mariage, je pensais à toi jour et nuit. Combien de fois ai-je failli dire à Anju : annulons. Mais à voir son visage s'illuminer en ma présence, je comprenais l'humiliation que je lui infligerais si je rompais. »

À force de tordre le cordon qui ferme le sac de couches, il le casse.

« Je n'ai pas pu. J'ai cru agir par bonté, ça n'a peut-être été que de la lâcheté. Ai-je été lâche, Sudha, et suis-je en train de le payer maintenant ? »

Toute cette douleur qu'exprime son visage – je pourrais m'y noyer.

« J'ai pensé : l'amour viendra après le mariage – comme pour nombre de mes amis. Quand nous serons en Amérique, tout ira bien. Je t'ai chassée de mon esprit – avec succès la plupart du temps. Mais Anju et moi nous sommes quand même éloignés l'un de l'autre. Même avant... la fausse couche. Elle devait percevoir ma froideur. Elle n'en parlait jamais – elle avait trop d'orgueil pour cela – mais elle se repliait sur elle-même. Si le bébé avait vécu, nous nous en serions peut-être sortis. Comme tant d'autres couples. Mais sa mort a dressé entre nous une muraille de glace. Nous étions en train de mourir de froid. Puis tu es arrivée. »

Il s'arrête pour reprendre son souffle. Je ne crois pas qu'il ait jamais parlé ainsi. Dans l'un des contes que nous racontait Pishi, il était question d'un homme qui se nouait une corde de fer autour de la poitrine pour s'empêcher d'éprouver des sentiments. J'entends le métal se tendre et se fermer. Ce que j'ignore, c'est si je lui fais du bien ou du mal.

« Mon obsession m'a repris. Je me le reprochais, mais chaque fois que j'entrais dans une pièce où tu te trouvais, mes poils de bras se hérissaient. Je ne pouvais te parler sans être couvert de sueur. J'aurais voulu tuer Ramesh. En même temps, j'étais ravi qu'il n'ait pas su te chérir comme moi je l'aurais fait. Comme je l'avais fait déjà, bien que n'en ayant pas le droit. T'aimer m'était aussi indispensable que respirer. Comment pouvais-je m'arrêter ? Toutes ces années avec Anju, je n'ai été qu'à demi vivant. Je m'en rends compte maintenant, et je ne supporte pas l'idée de retomber dans ce vide. »

L'air qui m'entoure doit être constitué de cristaux de verre tant j'ai du mal à le faire pénétrer dans mes poumons. Qui aurait pu imaginer que moi, Sudha, la malchanceuse, je susciterais un jour un amour si absolu ? Je sens le désir de Sunil se propager en moi, la plus dangereuse des drogues. Qu'il serait facile d'en être intoxiquée !

« J'ai attendu qu'Anju aille mieux. Et maintenant qu'elle a repris ses cours et que ça marche si bien, j'ai l'intention de lui parler. Qu'elle admette que nous ne nous faisons que du mal l'un à l'autre. Je suis sûr qu'au fond d'elle-même, elle le sait. Je vais demander le divorce. » Il déglutit et me prend la main. « Sudha, voudras-tu m'épouser ? »

Dans leur simplicité, les mots me transpercent. Je ne m'attendais pas à ce qu'il s'exprime si vite et si brutalement. Oh, Anju. À voir le regard brûlant d'espoir de Sunil, je me sens pleine de pitié. Pitié pour nous trois, et pour Dayita, qui subira le contrecoup de la décision que je vais prendre, quelle qu'elle soit.

« Je te presse trop, n'est-ce pas ? dit-il. Je ne veux pas t'acculer ainsi. Nous attendrons aussi longtemps que tu voudras. » Il m'observe. « Tu te sens coupable ? Je t'en prie, ne le sois pas. Quoi que tu décides, je demanderai le divorce. L'échec de notre mariage était patent bien avant que tu viennes. Ça n'a rien à voir avec mes sentiments pour toi. »

Oh, Sunil, il n'y a pas de limite à notre capacité de nous leurrer nous-même, n'est-ce pas ?

« Tout est lié, dis-je tristement.

— Je ne peux plus vivre avec Anju, même si ça signifie que je devrai vivre seul. Mais j'espère que nous n'en arriverons pas là. Je t'en prie, Sudha, donne-moi un peu d'espoir. » Il enfouit son visage dans ma main, qu'il embrasse. Je sens la chaleur de son souffle irradier ma ligne de vie. Pourquoi ai-je l'impression que c'est *sa* main qui se presse contre *mon* visage ? Son désir est un trou noir dans lequel je pourrais si facilement disparaître. Une telle soif de quelque chose vous confère-t-elle un droit sur la chose en question ? Et cette épée qui me taillade le corps, qui me coupe en morceaux, est-ce le désir ? À présent il y a plusieurs Sudha, chacune voulant autre chose. Être indépendante. Être désirée. Être vraie.

Mais qu'est-ce que la vérité, et à qui la dois-je ?

« Au moins ne dis pas non, reprend Sunil. Au moins, penses-y. »

J'ai envie de rire. Même si je le voulais, comment pourrais-je ne plus penser à cet après-midi dont dépend tout mon avenir ?

Dayita arrive en pleurant. Elle s'est piqué le doigt à un buisson de roses. Je suce la goutte de sang, j'essaie de la faire taire. Mais elle ne cesse de geindre que lorsque Sunil la prend dans ses bras et l'embrasse. *Bonjour, mon bébé, bonjour ma citrouille, regarde dans la poche de ma chemise*. Elle fouille, larmes ravalées, et brandit triomphalement une sucette.

Un autre homme que Sunil aurait utilisé Dayita dans son argumentation. *Ce serait tellement bien pour elle – je l'aime déjà comme un père*. Je le respecte de ne pas m'avoir infligé cela.

Nous revenons sur nos pas en longeant des allées de roses jaunes. *Nymphe solaire, Sirène, Aile dorée.* Noms libérés de la pesanteur, des exigences corporelles. Le pan de mon sari s'accroche à un buisson, et Sunil s'agenouille pour le détacher. J'ai lu un jour que les roses jaunes sont symboles d'amitié. Avec sa loyauté et sa gentillesse, ses efforts pour ne pas faillir à l'honneur, Sunil aurait fait un bon ami. En moi-même, je dis une rapide prière : pour cette vie il est trop tard, mais dans une prochaine réincarnation, veuille Dieu nous gratifier d'un tel lien. Si tant est que ce genre de relation puisse exister entre les hommes et les femmes. Que nous puissions nous guider, nous garder, nous consoler l'un l'autre. Nous aimer de cette autre façon.

Dans la voiture, nous sommes trop préoccupés pour faire mine de bavarder – d'ailleurs tout semble avoir été dit. Il allume la radio. Des auditeurs appellent le présentateur de l'émission afin de donner leur opinion quant à la culpabilité d'O.J. Simpson. Sunil se penche, comme s'il voulait coller son oreille à l'appareil, son nez frémit à la manière de celui d'un chien de chasse flairant une odeur. Que je le connais mal, en dépit de tout ce qu'il m'a raconté.

Aussi je lui demande : « Pourquoi es-tu si fasciné par l'affaire Simpson ? »

Il hésite. Je suppose qu'il va se hérisser comme d'habitude, mais il dit : « Je jouais au football, jadis, en Inde. Rien de spectaculaire, juste avec les garçons du quartier, sur un terrain boueux près du dépôt d'autobus. Mais j'adorais ça. Ça me permettait de m'échapper de la maison. Mes plus joyeux souvenirs, je les dois à ces parties de foot. » Il fixe la route. Les années lui ont appris à dissimuler ses sentiments, mais je crois saisir une image du garçon qu'il a été — des jambes brunes courant sur une surface pelée –, cherchant à se perdre dans une ivresse de vitesse.

« Quand j'ai su que je partais pour l'Amérique, je suis allé à la bibliothèque de la fac consulter un livre sur le football américain. C'est ainsi que je suis tombé sur l'histoire de Simpson, comment il a réussi à sortir du ghetto et, grâce à l'université, à devenir l'un des plus grands joueurs de son temps. Ça m'a marqué, peut-être parce qu'il a la peau foncée, lui aussi. Peut-être parce qu'il a surmonté tant de difficultés, à commencer par les gens qui lui disaient qu'il ne valait rien. Je me suis identifié à lui. J'ai punaisé une de ses affiches dans ma chambre à l'université, et chaque fois que j'avais des problèmes – du mal à suivre un cours, une bourse qui m'échappait –, je me disais que ça avait dû être bien pire pour lui. Un jour je l'ai vu à la télé, parlant d'une des œuvres de charité auxquelles il collaborait, récoltant de l'argent pour les gosses noirs. Ce n'était peut-être que de la publicité, pourtant il semblait vraiment y tenir. Et il affichait une telle confiance en soi. Et maintenant – je suppose que je suis obsédé par le besoin de savoir si je me suis trompé sur son compte, comme ça m'est arrivé avec tant d'autres gens. Si tout cela n'était que du paraître. Mais s'il a vraiment tué sa femme – je veux savoir ce qui transforme un homme bon en un être si violent. »

Sunil. Le mari d'Anju. Un homme aux multiples obsessions, qui a décidé de vivre pour lui-même. Est-ce un homme bon ? Et moi, si j'obéis à la voix qui me chuchote : *Prends-le, tu n'en trouveras jamais un autre qui t'aime aussi intensément*, que restera-t-il de bon en moi ?

Nous sommes arrivés sur l'aire de parking de l'immeuble. Sunil s'apprête à descendre de voiture.

« S'il te plaît, retourne travailler, dis-je. J'ai besoin d'être seule, pour penser à tout cela. »

Il veut protester, puis se ravise. « Je comprends. »

N'est-ce pas la plus grande de nos illusions – croire que nous nous comprenons les uns les autres ?

Prise d'une impulsion, je lui demande : « Quelle est la différence entre un soldat et une dame ? » Ce qui me paraît parfaitement stupide.

« Attends ! Je crois me rappeler l'avoir entendue à l'école, à Calcutta – c'était quoi ? – ah, voilà, j'y suis : un soldat fait face à la poudre, et une dame se poudre la face. Qui t'a raconté cette vieille blague ? »

Je suis contente que nous nous séparions sur un éclat de rire.

J'appelle Dayita. Mais elle dort sur le siège arrière.

« Laisse-moi la monter », dit-il.

Je n'ose pas refuser. Et si c'était la dernière fois qu'il la portait dans ses bras, ce petit ballot rose, au bout de nez décidé niché dans son cou ? Je le suis, balançant la cordelière cassée du sac à couches..

L'enfant dort, enroulée dans sa coquille. Le soleil se recouvre d'un nuage de pluie, édredon protecteur. L'obscurité envahit la pièce, si bien que lorsque l'homme parle, la femme ne voit pas ce qu'il dit. Je ne vois rien, dit-elle. Regarde, dit-il, je vais allumer mes mains pour toi, et il le fait. Ses mains brûlent, des milliers de watts chacune. Ne me touche pas, dit-elle. Seulement des yeux, dit-il. Il y a un océan dans la pièce. De ses yeux, il l'entraîne dans l'écume. Sous l'assaut des vagues, les mots sortent de sa bouche. Ses seins sont nus et durs sous le souffle de l'homme. Son corps tangue comme un bateau dans la tempête.

Il pense : c'est cela que j'attendais depuis tant d'années.

Elle pense : *Est-ce cela ?*

L'enfant dort, son visage fermé semblable à un bourgeon figé par le givre. Le soleil est tombé dans l'océan et ne peut en sortir. Les tétons de l'homme ont le goût salé d'une graine de tournesol. La pièce se transforme en fumée, qui fait larmoyer les yeux de la femme.

Pourquoi pleures-tu ? demande-t-il. Ma douceur, ma vie.

Les mots deviennent des oiseaux et volent vers elle. Elle tend la main. Ailes, griffes, fiente. *Oui, c'est que je mérite*. Que dis-tu ? questionne-t-il. Ses jambes à lui entre les siennes, sa langue à elle entre ses dents, de ses cheveux il lui couvre les yeux, sous ses hanches, il étouffe sa conscience.

L'enfant émet un son, on croirait un grelot de téléphone. L'homme respire comme s'il était tombé dans l'océan. La femme ne respire pas.

Qu'avons-nous fait ?

Nous n'avons rien fait de mal. L'océan se brise contre une phrase : le mari de ma sœur. Les oiseaux rythment des syllabes de leurs ailes : amour, amour, amour. Les fenêtres se referment sur des éclatements d'étoiles. Sous l'étreinte de l'homme, les poignets de la femme sont aussi fragiles que des bâtonnets d'encens. Le vent est au nord, l'orage arrive. Veux-tu que je reste avec toi ? demande-t-il. La lampe agite son ombre. *Non, non*. Ce soir je lui parlerai, dit-il, tout sera réglé. Ses mots sont de la cire bouillante qui se déverse dans les oreilles de la femme. Ses mains des fleurs brodées sur de la soie.

Embrasse-moi, mon cœur, ma reine.

Va-t'en.

Les murs sont peints aux couleurs de l'extase. Le canapé est tapissé de regrets. Si jamais tu regardes quelqu'un d'autre, dit-il en enfilant son pantalon. Maintenant tu sais ce qui rend fou un homme bon, dit le soleil du fond de l'océan. Elle est étendue sur le sol comme une vague épuisée. L'écume remplit ses yeux, ses os sont du corail. L'enfant dort, perle dans une coquille d'huître qui va bientôt s'ouvrir.

Combien de temps s'écoule-t-il entre son départ et le moment où je me rhabille ? Mes mains tremblent en rajustant le soutien-gorge. Mes doigts s'accrochent aux plis de ma peau. Mon sari n'est plus qu'un chiffon dont les plis refusent de s'effacer. L'horloge du four indique midi. Est-ce possible ? En à peine trois heures, une vie, quatre vies seraient – quel est le verbe qui convient – emmêlées, démêlées, dévastées ? Je ne trouve pas de mot pour exprimer ce sentiment de disjonction, de dérangement total de mon univers.

Partout où se portent mes regards, ils découvrent des traces d'Anju. Un livre ouvert à plat sur la table basse, une tasse à thé sale sur la paillasse de la cuisine, une paire de sandales oubliées devant la porte de la penderie : alphabet silencieux du reproche.

Je n'ai rien à dire pour ma défense. Si j'avais refusé, si je m'étais débattue, il se serait arrêté. J'ai failli le faire quand ses doigts s'affolaient sur les agrafes de mon corsage, comme s'il n'avait pas déshabillé de femme depuis des siècles. Mais une lourdeur particulière paralysait mes membres. Les mots tournoyaient dans ma tête, mélangeant leurs couleurs. Moralité. Immoralité. Son désir était si violent qu'il semblait injuste de ne pas y céder. Ce n'était jamais qu'un corps, après tout : sang et cartilage, poils, muscles, déjections. Si cela lui procurait un tel plaisir, une telle foi dans le pouvoir de l'amour, pourquoi pas ? J'avais ainsi satisfait Ramesh pour beaucoup moins.

Est-ce pour cette raison que tu frissonnais de ravissement pendant que ses lèvres parcouraient ta peau ? m'accuse la voix d'Anju. Pour cela que tu criais, ruais, lui labourais le dos de tes ongles, le marquant de zébrures qu'une épouse découvrirait plus tard ?

Je ne sais peut-être pas pourquoi j'ai fait ce que j'ai fait, mais je vois très clairement ce que je dois faire maintenant.

Je retrouve le numéro de téléphone de Lupe au fond de mon sac et je l'appelle. *S'il te plaît. S'il te plaît.* Ça sonne, longtemps, longtemps. Bien entendu, elle n'est pas là, en plein milieu de la journée. Le désespoir me noue la gorge. Quand le répondeur me demande de laisser un message, je peux à peine parler.

« C'est Sudha. Ce job dont vous m'aviez parlé, le vieil homme, est-il encore disponible ? S'il vous plaît, rappelez-moi, ça m'intéresse. S'il vous plaît, le plus vite que vous pourrez. Mon numéro est...

J'entends un déclic sur la ligne. Puis sa voix : « Lupe à l'appareil.

— Le travail dont vous...

— Oui, je vous ai entendue. Je ne décroche pas chaque fois que ça sonne – des tas de gens m'appellent, à qui je n'ai pas forcément envie de parler. Le job est toujours libre. Vous le voulez ? »

J'ai la langue empâtée de gratitude. « Oui, oui.

— Eh, ça va ? Vous avez l'air bizarre. »

Rien que cette légère marque d'intérêt manque de déclencher le flot de larmes que je retenais. « Oui, oui, ça va. Mais il faut que je parte d'ici tout de suite. Est-ce que quelqu'un peut venir me chercher dans les deux heures qui suivent ? »

Je m'attends à une protestation, mais elle se contente de dire : « Je peux être là dans une heure et demie et vous conduire à Berkeley. » Elle ne demande pas d'explications, ne manifeste aucune surprise. Elle a peut-être l'habitude de ces départs précipités. Elle note les indications succinctes que je lui donne – je connais si peu la ville au-delà des quelques rues alentour, j'en ai honte – et me dit de l'attendre dans la rue.

Je fais mes bagages à toute allure : une valise pour moi, une autre pour Dayita. Je laisse des tas de choses derrière moi. Ça commence à devenir une mode dans ma vie, de m'enfuir en abandonnant mes affaires – d'abord de chez Ramesh, ensuite de chez les mères à Calcutta, maintenant de chez Anju. Je devrais m'en sentir plus légère. Mais les émotions nichées dans ma poitrine comme des ancres rouillées m'appesantissent.

Couvertures de bébé, couches, l'animal en peluche

favori, un ours que lui a acheté Sunil dans la semaine qui a suivi notre arrivée. Il l'a baptisé Jambavan, le nom de l'ours dans le Ramayana. On l'appelle Jamu. Que suis-je en train de faire – de quoi suis-je en train de priver ma fille –, quand elle sera en âge de comprendre, m'en voudra-t-elle terriblement ?

Dayita, aucun des choix qui s'offrent à moi n'est le bon. Celui-ci me paraît juste un peu moins mauvais.

À présent, le plus difficile reste à faire. Je déchire une feuille de papier après l'autre, envisageant même de partir sans un mot. Mais ce serait de la lâcheté.

Excuse-moi, me reproche Dayita, comme tout à l'heure Anju, mais crois-tu que ton choix soit une marque de courage ?

Chère Anju,

Je suis désolée de partir ainsi. Je ne sais pas quoi faire d'autre. Je suis venue en Amérique pour t'aider à reprendre une vie normale – et je n'ai su que la perturber. Je pars avant que les choses ne s'enveniment. Quand je ne serai plus là, j'espère que les tensions entre toi et Sunil disparaîtront.

Ne t'inquiète pas à mon sujet. J'ai un boulot. Je t'en dirai plus dès que possible. De toute façon, je voulais travailler et gagner un peu d'argent avant de rentrer en Inde. Je voulais savoir comment vivent les gens ici, l'apprendre hors de l'abri que tu me procurais. L'occasion m'en est offerte.

Merci pour tout. Tu m'as donné la possibilité d'échapper aux problèmes qui m'étouffaient en Inde. Je pense que cela m'a ouvert de nouvelles perspectives – je sais du moins ce que je ne veux pas.

Nous ne nous sommes pas beaucoup parlé toi et moi ces temps derniers, mais je t'aime, Anju. Tu es toujours ma sœur. Et cela ne changera jamais.

Je suis navrée de devoir te priver de Dayita. C'est mon plus grand regret.

Ne t'inquiète pas, d'accord ? Je te donnerai bientôt des nouvelles.

Sunil,

Je ne peux te donner ce que tu réclames. À mes yeux, tu seras toujours le mari de ma sœur, et je serai toujours la sœur de ta femme. Nous ne pourrons l'oublier, quoi que nous tentions pour nous en convaincre maintenant.

Depuis le tout début, je ne t'ai apporté que du malheur. Je n'aurais pas dû venir en Amérique. Il y a tant de choses que je n'aurais pas dû faire que je pourrais en remplir un livre. Mais à quoi bon ?

Quelles que soient les fautes que nous avons commises, abandonnons-les au passé. Empêchons-les de grandir et de saccager complètement nos vies.

Je repars de zéro. J'espère que tu en feras autant avec Anju. Mieux vaut couper tous contacts entre nous.

Tu es un homme fort, bon et intelligent. Je prie pour que ces qualités t'aident à prendre tes prochaines décisions.

Je te serai toujours reconnaissante de tout l'amour que tu as donné à Dayita.

Je déteste ces lettres : guindées, décousues, inadéquates. Pleines de clichés, elles ne disent rien de tout ce qui me déchire intérieurement. Par ailleurs, que pourrais-je écrire ? Ce qui s'est passé entre Sunil et moi lui appartient autant qu'à moi. Je n'ai pas le droit de soulager ma conscience en le confessant à Anju. Ce sera à lui de prendre cette décision.

Je ne cachette pas les lettres. Je ne marque pas *personnel* sur les enveloppes. Si chacun lit la lettre destinée à l'autre, cela les aidera peut-être à se parler comme ils auraient dû le faire depuis longtemps.

Plantée sur le trottoir, mes valises d'un côté, Dayita dans sa poussette de l'autre, j'attends. Dayita tape sur le barreau de sa poussette, montre du doigt la direction de notre promenade habituelle. « Parc ! exige-t-elle. Parc ! » Son visage se fripe, prélude à une vigoureuse colère – tout ce dont j'ai besoin en ce moment ! Je fouille dans mes poches et en sors l'anneau qu'elle mordille. La voilà calmée. Encore une chose dont je suis redevable à Sunil.

Je me rends compte que je porte le même vieux jean que le jour de ma sortie avec Lalit. L'ironie de la situation me fait rire, un rire amer. Reverrai-je Lalit ? Et si oui, que lui dirai-je, après ce qui s'est passé aujourd'hui. Mais j'ai des soucis plus immédiats. Et si Anju rentrait plus tôt que d'habitude ? Ou Sunil ? Chaque fois qu'une voiture apparaît au tournant, je m'aplatis, je voudrais devenir toute petite et invisible. Je dois émettre une sorte de signal de détresse, car les passants me regardent bizarrement. Si nous étions en Inde, la moitié d'entre eux au moins me connaîtrait. Ils me poseraient mille et une questions, proposeraient de m'aider, me donneraient des conseils. Dieu soit loué d'avoir inventé l'anonymat des villes américaines.

Enfin – au bout d'une heure et demie exactement – Lupe arrive. Voiture petite et quelconque, peut-être intentionnellement. Femme de ressources, elle a même pensé à installer un siège pour Dayita. De mon siège passager, je lui jette un regard en biais. Elle peut avoir entre quarante et cinquante ans, avec un grand front calme, des joues légèrement relâchées, des rides qui se creusent de chaque côté du nez et descendent jusqu'au bas du visage. Si elle ne sourit pas, sa voix n'en est pas moins chaleureuse. Un tailleur pantalon bleu marine aux épaules renforcées, élégant mais discret. La seule chose qui me surprend, ce sont ses cheveux, noirs et luxuriants, qui lui tombent jusqu'aux omoplates. Elle manœuvre, se faufile entre deux mastodontes, débouche sur l'autoroute, le tout sans un battement de cils. Si elle se trouvait dans ma situation, organiserait-elle sa fuite de la même façon ? J'observe ses mains, tranquilles sur le volant, je voudrais tant posséder un peu de son assurance.

Tandis que nous roulons en direction de Berkeley, je cherche des yeux, dans l'habitacle, un indice qui pourrait expliquer d'où lui vient cette confiance en soi, mais il n'y a rien. Pas de gris-gris accrochés au rétroviseur. Ni photos, ni petits mots scotchés au tableau de bord. Son visage est aussi impassible qu'une écorce d'arbre. Peut-être est-ce cela le secret de la réussite, ne rien laisser paraître ? Mon reflet, dans le rétroviseur extérieur, montre des yeux affolés aux pupilles rétrécies, des joues marquetées de rouge, des lèvres qui paraissent enflées bien que je les serre fort, une peau tendue : front, menton, gorge, si bien que j'ai du mal à avaler. Mes cheveux se rebellent, traversés d'électricité statique, tirebouchonnent et me tombent sur le visage. Si Lupe est la caille prudente dont la couleur se confond avec celle des buissons, je suis le cacatoès tape-à-l'œil, cible facile pour les chasseurs.

Est-ce là l'explication de l'attrait que j'exerce sur les hommes ?

— LIVRE DEUX —

Mémoire et oubli

Un jour une histoire arrivera dans ta ville. Elle
viendra de très loin, du sud-ouest ou du sud-est
– les opinions divergeront. L'histoire peut arriver
portée par un étranger ou par le marchand
de perroquets.
Mais quand tu l'entendras, tu sauras
que c'est le signal...

Leslie Marmon Silko,
L'Almanach des Morts

— UN —

Il pleut. Une pluie d'été hors saison qui assombrit l'asphalte des autoroutes et le barbouille de taches huileuses aux couleurs traîtres de l'arc-en-ciel. Les pneus dérapent, les voitures se carambolent, si bien qu'un énorme bouchon se forme sur la 880, juste après Milpitas. La pluie inonde les marais salants qui bordent l'autoroute, émaillés d'acacias rabougris et d'imposants panneaux publicitaires annonçant la création d'un centre commercial. De l'autre côté, la terre disparaît déjà sous les tentacules métalliques des usines, les multiples entrepôts en béton, garde-meubles de vies en suspens. L'ouverture d'un hall d'exposition de voitures est imminente, une arborescence scintillante de sociétés d'informatique va prochainement surgir de terre. C'est l'année de la nostalgie. Dans quelques jours, trois cent cinquante mille personnes vont déferler sur Saugerties, État de New York, pour commémorer un festival nommé Woodstock et toutes les promesses faites il y a vingt-cinq ans. Mais dans ce pays où la géographie se transforme en une nuit et où il est plus rentable de rêver d'avenir que d'avoir de la mémoire, seule la pluie garde le souvenir de l'odeur épaisse de terreau, celle des champs de choux disparus. À l'époque il suffisait de faire quelques pas hors de la route – à deux voies – pour pouvoir acheter des pastèques, mûres à éclater, qui s'amoncelaient sur la plate-forme des pick-up. Une année, le corps d'une fillette fut retrouvé dans les buissons à une centaine de mètres de là. Tuée, affirma-t-on, par deux de ses camarades de classe.

La voiture de Lupe est bloquée sous la pluie avec les autres. Elle consulte sa montre. Rien dans son expression ne permet de savoir si elle est, ou n'est pas, exaspérée par ce retard. Si d'autres femmes attendent qu'elle vienne les arracher à une existence qui ne veut plus d'elles. Elle abaisse un peu sa vitre, sort un téléphone cellulaire ultraplat de son sac posé aux pieds de Sudha, tape son numéro, parle en espagnol, d'une voix rapide et autoritaire.

Sudha hésite et finalement demande : « Ça coûte cher, un téléphone comme celui-là ?

— Ouais », dit Lupe. Elle plisse les yeux, amusée semble-t-il par cette tentative de ma tante de la situer d'un point de vue social, ou du moins économique. « Dans mon genre de travail, je dois pouvoir joindre les gens rapidement – et réciproquement. Allez-y, ouvrez votre vitre si vous voulez. J'aime l'odeur de la pluie – bien que maintenant, avec tous ces produits chimiques, ça sente beaucoup moins bon.

— Vous avez été élevée au Mexique ? » Sudha insiste, elle veut absolument comprendre cette femme énigmatique dont elle dépend par la force des choses.

— Non. Je suis née ici. Troisième génération d'habitants de San Jose. » Elle a un sourire dur. « Mais les gens me demandent toujours si je suis mexicaine.

— Pardon... Je ne voulais pas...

— Je sais. Ne vous inquiétez pas.

— Je veux vous remercier de tout ce que vous faites pour moi. D'être venue me chercher. Vous devez être très occupée...

— *De nada.* » Le ton n'est pas inamical, mais il décourage toute poursuite de la conversation. « Ça fait partie du travail. Vous devriez vous reposer un peu afin d'être fraîche pour l'entretien. »

Sunil déjeune avec Mr Sorensen au dernier étage du Hennessey, restaurant de luxe avec éclairage tamisé, verrerie de cristal et menus qui n'affichent pas de prix. Un rendez-vous auquel il était prêt à renoncer, dans la folie de sa passion, mais que, après avoir quitté Sudha, il a pris tous les risques, en conduisant à tombeau ouvert, pour honorer. Ses joues enfiévrées témoignent de son excitation à se trouver là. De sa nervosité aussi, car Mr Sorensen, le taciturne directeur du département marketing, invite rarement un membre de son équipe à déjeuner. Sunil se rend bien compte qu'il s'agit d'une occasion rare, tout en ne sachant pas très bien ce qu'il doit faire pour en tirer le meilleur parti. Il observe Mr Sorensen – sa façon de consulter le menu avec juste ce qu'il faut de détachement, d'attirer l'attention du serveur, qui s'active de l'autre côté de la salle, par un battement de paupières. Les fines montures dorées de ses lunettes confèrent à Mr Sorensen l'apparence bienveillante d'un universitaire ascète, mais il ne faut pas s'y fier. Comme le sait tout son service, il a l'œil acéré et peut se montrer impitoyable envers celui qui échoue. Il porte un costume gris clair dont aucune rayure n'allège la sévérité, à la fois plus neutre et plus élégant que les costumes des autres convives. Sa cravate de soie exprime le summum d'un luxe sans ostentation. Seul quelqu'un comme Sunil, qui effectue de temps en temps des missions de reconnaissance dans les magasins les plus chics, peut reconnaître une authentique Gucci. Sunil prend mentalement des notes. Mr Sorensen ayant choisi le saumon du chef, mais sans sauce, et, pour suivre, une salade mixte à l'huile et au vinaigre, Sunil dit qu'il prendra la même chose. Bien que, à l'instar de nombreux Indiens, il n'ait pas une très haute opinion des salades, qu'il qualifie d'herbe à lapin. Et, comme Mr Sorensen, il commande un Perrier sans glace.

Rien de tout cela n'échappe à Mr Sorensen, qui s'autorise un léger sourire, conférant ainsi à son visage mince un air aussi chaleureux qu'inattendu. Comme s'il se rappelait ce que c'est que d'être jeune et en quête d'un mentor. Ses yeux sont du même gris chatoyant que sa cravate. Mais Sunil, en train de parler au serveur, ne s'en aperçoit pas. Mr Sorensen, qui est venu en Amérique en tant que garçon de cabine sur l'*Arctic Queen*, qui a débarqué à Miami, pour découvrir une frondaison qu'il croyait n'exister que dans *Les Mille et Une Nuits*, qui, renégat, a traversé ensuite tout le continent jusqu'à San Francisco, Mr Sorensen aurait beaucoup d'histoires à raconter. Des contes pleins d'enseignement dont Sunil, renégat lui-même, tirerait un grand profit. Mais le moment ne s'y prête pas. Et donc, comme toutes les histoires non dites, celles-ci vont se laisser aspirer par le conduit de ventilation et attendre, dans les entrailles de la machinerie, que quelqu'un les fasse revivre.

Tout en mangeant leur saumon, les deux hommes discutent des clients de Sunil. La connaissance qu'en a Mr Sorensen est étonnante, mais il explique, avec son léger accent norvégien, qu'il a surveillé les progrès de Sunil tout au long de l'année – et qu'il en a été très content. La société cherche un directeur de marketing pour le bureau qu'elle vient d'ouvrir à Houston, quelqu'un ayant une vision d'avenir, prêt à s'investir totalement dans son travail, et doté de nerfs solides. Le poste intéresse-t-il Sunil ?

Sunil s'efforce de dissimuler sa joie, ainsi qu'il sied à un homme d'affaires aguerri, mais elle s'exprime déjà dans ses yeux. Voici, enfin, l'occasion qu'il attendait – de pouvoir se distinguer, de prouver qu'il a bien l'étoffe d'un cadre supérieur, comme disent les manuels. À sa joie s'ajoute un autre sentiment. La gratitude envers les dieux qui lui offrent une opportunité de recommencer sa vie dans un endroit nouveau avec la femme qu'il désire et l'enfant qu'il aime déjà plus que celui qu'il a perdu. Une confirmation, une récompense, une preuve qu'il n'a pas mal agi.

« Oui », dit-il. Ne pouvant s'empêcher d'ajouter : « Absolument.

— Vous devriez peut-être en parler chez vous avant de vous engager, dit Mr Sorensen, un peu sèchement. Votre femme n'est-elle pas inscrite à l'université ? »

La stupeur de Sunil le fait paraître absurdement jeune. Comment Mr Sorensen sait-il cela, alors que lui, Sunil, a toujours pris soin de ne rien dire de sa vie privée au bureau ? D'où Mr Sorensen tire-t-il ses informations, et que sait-il d'autre ? Sunil se reprend néanmoins et acquiesce : « Vous avez raison. J'en parlerai dès ce soir.

— Quoi qu'il en soit, j'applaudis votre enthousiasme, dit Mr Sorensen, en harponnant une feuille d'endive. C'est exactement le genre de comportement que nous recherchons. » Mais tandis qu'il explique à Sunil qui il doit contacter au Service des Ressources Humaines, une certaine tristesse se lit dans ses yeux. Peut-être parce qu'il sait que, aussi loin qu'on aille, on n'échappe pas à ce que l'on porte en soi.

« Est-ce que tu as vu le nouveau film qu'on donne au Camera Three ? » demande à Anju une des femmes de son groupe d'écriture. Il pleut encore un peu. Dans la lumière gris-mauve de ce début de soirée, les feuilles minces des buissons de lauriers roses miroitent comme des langues d'iguane. « C'est sur l'Inde. Tu veux y aller ? »

Anju se raidit. L'expérience lui a appris que les films sur l'Inde sont à fuir. Ils l'obligent à se lancer dans des explications compliquées et des dénégations épuisantes – souvent auprès de gens qu'elle connaît à peine. *Non, nous ne mangeons pas des cervelles de singe. Ni des insectes. Oui, nous vénérons la déesse Kali, mais pas, en général, en lui sacrifiant de belles jeunes filles vierges.* Même les films réalisés par des metteurs en scène indiens, esthétiquement somptueux, terriblement poignants, et en tout point fidèles à l'ambiance du pays, se révèlent ambigus dans le contexte d'une salle de cinéma américaine. *Oui, les enfants des rues, ça existe. Oui, leur vie est affreuse. Oui, la police est brutale. Oui, il y a des famines et des gens qui meurent de faim. Oui, les veuves font souvent l'objet de mesures discriminatoires. Les femmes mariées aussi. Mais l'Inde, c'est tellement plus que ce que vous en voyez au cinéma. Il y a...* » Les questionneurs hochent la tête. Ils tapotent le bras d'Anju avec une familiarité qui la met en rage. Comme si, en voyant le film, ils avaient pris possession d'une part d'elle-même, intime et honteuse. *Bien sûr qu'il y a*, disent-ils d'une voix doucereuse. *Bien sûr.*

Peut-être les femmes de son groupe, marginales et issues de pays frontaliers, qui connaissent l'image déformée que renvoient d'elles les miroirs de l'imagination américaine, sont-elles différentes ? Peut-être Anju pourra-t-elle parler avec elles de cet amour que l'on porte à tout ou partie de son patrimoine, un amour si fort que l'on ressent des fourmillements au bout des doigts, comme s'ils étaient piqués par des épines et des aiguilles. Que l'on est prêt à tuer quiconque oserait le critiquer. Alors que, pourtant, certains jours, rien que d'y penser donne envie de balancer son poing dans une vitre.

« C'est censé être un très bon film, divertissant et sérieux à la fois.

— De quoi ça parle ? demande Anju.

— D'un groupe de femmes indiennes en Angleterre, des femmes ordinaires, chacune avec ses problèmes, qui décident de les oublier le temps d'une journée à la plage. »

C'est exactement ce dont elle a besoin, se dit Anju. De tout oublier et de se distraire. Et ces femmes, qui la connaissent et l'aiment assez pour ne pas lui imposer une présence trop pesante (contrairement à Sudha, ne peut-elle s'arrêter de penser), constitueraient de parfaites compagnes pour ce bref répit.

« Il y a une séance à dix-huit heures trente, dit l'une d'entre elles. On y va ?

— Je devrais rentrer, dit Anju.

— Tu peux peut-être te permettre d'être en retard pour une fois ? Ça n'arrive jamais à ton mari ?

— Laisse-lui un message », dit une autre.

Anju est furieuse de se sentir ainsi coupable. Le plaisir est-il illégal ? Elle mérite cette soirée avec ses amies. Sunil rentrera probablement très tard et ne saura même pas qu'elle s'est payé cette escapade. Sudha n'en a-t-elle pas fait autant avec Lalit, le week-end dernier ? « D'accord, dit-elle. Je téléphone à la maison. »

Les parois de plastique lisse et le toit en forme de dôme de la cabine téléphonique lui donnent l'impression de se trouver dans une capsule. Des graffiti furieux, de couleurs différentes et tracés par des mains différentes, messages que se délivrent les bandes, couvrent les parois. Ils sont cryptés : *ADN, Lumière Tueuse, +KTBS+* La calligraphie en est étrangement semblable, comme si les scripteurs avaient tous suivi la même école de dessins muraux.

Dans l'appartement, le téléphone sonne, sonne. Elle en éprouve un certain soulagement. Elle déteste devoir s'excuser – et elle sait que c'est ce qu'elle finira par faire si elle parle à Sudha. Mais où sa cousine a-t-elle bien pu aller, sous la pluie et avec une enfant fiévreuse ? Elle suit d'un doigt nerveux les méandres reptiliens du fil métallique. Sudha a dû descendre au sous-sol, dans la buanderie, bien qu'Anju lui ait répété des dizaines de fois d'attendre qu'elle rentre de la fac afin qu'elle puisse l'aider. Décidément, soupire Anju, la situation ne correspond pas à son attente. Elle désirait tout autre chose pour sa cousine en la faisant venir en Amérique.

Quelque chose de grand, à l'image de cet arc de ciel, qu'elles ont regardé ensemble il y a des mois, peuplé de ces femmes ailées en plein vol. Mais les événements – les gens (*lui*, d'accord) – en ont décidé autrement. Il faut qu'elle ait très vite une conversation avec Sudha, qu'elle lui parle de son avenir. (Concrètement. Le retour en Inde, c'est ce qu'il y aurait de mieux. Peut-être pourrait-elle lui faire obtenir un prêt ? Il existe des sortes de coopératives, a-t-elle lu récemment, à Bombay et Calcutta, qui s'efforcent d'aider les femmes à se lancer dans les affaires.) Mais pas maintenant. Elle ne peut s'occuper que d'une vie à la fois. (Une image lui vient alors à l'esprit ; un coffret à bijoux dont la charnière est cassée, une main de femme, ses doigts bruns armés d'une pince à épiler saisissant une minuscule agrafe d'or.) Et elle doit commencer par la sienne.

En entrant dans la maison elle entend un bruit d'eau qui coule. Elle regarde autour d'elle. A-t-on laissé un robinet ouvert quelque part ? Sur quoi, elle le voit. Un bas-relief sur une plaque d'ardoise verdâtre : une montagne, un arbre, aux fruits en forme de larmes. Assis sous l'arbre, un Bouddha en méditation, un halo très travaillé autour de la tête. Le tout si miniaturisé qu'il tiendrait dans le creux de sa main. L'eau ruisselle dessus, s'accumule dans un bac de pierre plat, disparaît dans un siphon, ressurgit, et le cycle recommence. Elle s'agenouille pour examiner l'œuvre de plus près. C'est plus fort qu'elle. C'est trop beau, et elle est privée de beauté depuis trop longtemps.

« Vous aimez ma sculpture d'eau ? »

Sudha tourne la tête. La voix émane d'une petite femme rousse aux yeux d'un bleu intense, son éventuel employeur. Qui lui dit s'appeler Myra. Elle est vêtue d'une jupe portefeuille en batik de soie, brodée de fleurs en velours dont la couleur s'assortit à celle de ses cheveux frisés. « Trideep me l'a offerte pour mon dernier anniversaire. Il sait combien j'aime tout ce qui vient d'Orient. Le bruit de l'eau est si apaisant après une journée de travail, si plein d'énergie prana. Asseyez-vous et détendez-vous pendant que je vais nous faire du thé. »

Elle disparaît dans un couloir lambrissé, au tintement des clochettes d'argent qui ceignent ses chevilles. Obéissante, Sudha s'assoit au bord d'un profond fauteuil de cuir, les coudes collés au corps. Le fauteuil est si blanc : quelqu'un s'est-il jamais assis dedans ? Elle effleure les bras, subrepticement, d'un simple doigt. À l'évidence cette maison, toute de pierre et de bois, aux plafonds d'équerre, avec ses objets d'art à l'éclairage étudié, la remplit d'une admiration effarouchée.

« Je n'ai encore jamais vu une maison comme ça, chuchote-t-elle à Lupe. C'est si... spectaculaire. Je ne savais même pas qu'on pouvait faire des trucs de ce genre. » Elle indique le plafond, où une immense lucarne laisse passer une bruine de lumière douce et grise.

« Hummm, dit Lupe, moins impressionnée.

— Ça m'effraye un peu. Tous ces objets d'art. Et si Dayita en cassait un ? Et ce bruit d'eau – je n'arrête pas de me dire qu'il faut que je ferme quelque chose.

— Calmez-vous. C'est juste une maison. Et des gens, comme vous et moi. Les objets fragiles, il suffit de les ranger à l'écart.

— Heureusement que Dayita dort encore. Sinon je ne pourrais pas parler tranquillement avec la dame. Au fait, que dois-je lui dire ?

— Le moins de choses possible.

— Et si je ne lui plais pas ? Si elle veut quelqu'un ayant de l'expérience ? Je ne peux pas retourner chez...

— Il sera temps de s'en occuper si c'est le cas. J'ai l'impression qu'elle a plus besoin de vous que vous d'elle. »

Sudha lui sourit faiblement, l'air peu convaincu.

« Et voilà », dit Myra, qui arrive de la cuisine. Elle

apporte, sur un élégant plateau de bois taillé à la main, des tasses de céramique remplies d'un liquide rouge vif qui ne ressemble à aucun thé que Sudha ait jamais vu.

« J'espère que vous aimez ça, dit-elle. C'est un thé qui donne des forces, fait d'hibiscus et de ginseng. Dieu sait si, en ce moment, j'ai besoin de prendre des forces.

— Pas pour moi, merci », dit Lupe, qui depuis longtemps a décidé que la politesse a des limites. Sudha boit une gorgée, refrène une grimace. Par bonheur, Myra s'est lancée dans un discours et ne remarque rien.

« Oh, quel adorable bébé ! Quel âge a-t-elle ? Est-ce qu'elle marche ? Est-ce qu'elle parle ? » Ses doigts volettent comme des papillons. Elle semble presque aussi nerveuse que Sudha. « Nous avons envisagé d'avoir un enfant, mais nous y avons renoncé. Je pense parfois que c'est une décision égoïste, mais mon psy me dit que ce genre de réflexion est stérile. D'ailleurs je suis probablement beaucoup trop nerveuse pour faire une bonne mère. Pas comme vous. Les femmes indiennes sont si placides. »

Sudha regarde Lupe, qui hausse les épaules. Peu lui importent les idées toutes faites de ces gens, du moment qu'ils traitent bien ses protégées.

« Comme je vous le disais, continue Myra en jouant avec son alliance en or incrustée de motifs indiens, depuis la mort de sa mère il y a trois ans, Trideep n'a cessé de presser son père de venir nous voir. Le vieil homme remettait toujours à plus tard. Finalement, cet été, il dit oui. Trideep ne se tient plus de joie, moi aussi bien sûr. Nous achetons toutes sortes de produits d'alimentation indiens, Tree loue, au Bombay Bazaar, une pile de cassettes vidéo en bengali. Mon beau-père arrive, tout va très bien, il aime l'endroit, se promène, nous fait même la cuisine. Un peu trop épicée à mon goût, mais je me dois de lui dire combien je l'apprécie. Les week-ends, Tree lui montre la région – ce sont les deux jours les plus chargés pour moi, comme vous pouvez l'imaginer. Vous ai-je dit que je suis agent immobilier ? Je travaille pour David Helm. C'est une société privée – je ne supporterais pas une société anonyme – avec des bureaux à San Francisco et à Berkeley. Nous ne nous occupons que de maisons préfabriquées. Mais ça devient trop lourd pour moi. Les clients sont si exigeants – c'est le problème avec les gens qui ont trop d'argent. Quand je rentre à la maison, j'ai des migraines terribles. Tree n'arrête pas de me dire que je devrais changer de domaine, prendre quelque chose de plus calme, de plus savoureux et artistique.

— Vous nous parliez du vieux monsieur, l'interrompt Lupe.

— Oui, oui. Donc, Tree emmène son père partout – Napa Valley, le long de la côte jusqu'à Mendocino, Hearst Castle. Ils vont même passer un week-end à Disneyland. Son papa est un joyeux luron, qui nous raconte des tas de blagues indiennes le soir à table. Je ne les comprends pas toutes, mais nous nous amusons bien. Et puis il a une attaque – paf, comme ça ! – qui le conduit à l'hôpital. » Myra s'arrête pour reprendre son souffle. « Ça a tout changé. » Sa physionomie animée se fige, le visage se creuse. « Depuis que nous l'avons ramené de l'hôpital, il s'est mis à haïr tout le monde, moi en particulier, comme si c'était à cause de moi qu'il est paralysé du côté droit. Comme si...

— Qu'attendez-vous exactement de Sudha ? l'interrompt de nouveau Lupe.

— Rien que de très banal. Le laver, lui donner à manger, lui faire prendre ses médicaments, qu'il soit heureux. Le docteur dit que beaucoup de tout ça vient du mental. Les gens se rétablissent bien plus vite s'ils sont motivés. » Elle pose la main sur le bras de Sudha, d'un geste suppliant. « Ça ne vous paraît pas trop dur, n'est-ce pas ?

— Pas du tout.

— Qu'est devenue la femme qui était là avant ? » intervient Lupe.

Myra prend un air malheureux. « Je ne voulais pas en parler – vous savez ce que c'est, les pensées négatives créent de mauvaises énergies... »

Lupe ne bronche pas.

« Elle est partie au bout d'une semaine, dit Myra très vite. Disant qu'il était trop difficile. C'est pas vraiment de sa faute : vous deviendriez cinglée vous aussi si vous étiez collée au lit toute la journée, non ? De toute façon, elle n'était pas indienne. Je suis sûre qu'il va adopter Sudha immédiatement. » Elle fait claquer ses doigts, frappe ses mains l'une contre l'autre, regarde Sudha les yeux remplis d'angoisse.

« En ce qui concerne le salaire... dit Lupe.

— Eh bien, je pensais à mille dollars par mois... »

Sudha affiche un air médusé. Elle possède trente dollars en tout et pour tout dans son sac – dix qu'elle avait en arrivant en Amérique, et vingt qu'Anju lui a donnés pour des besoins urgents, le cas échéant. Cet argent, plus quelques bijoux de pacotille et son billet d'avion, telle est sa fortune.

« Hum, dit Lupe, avant que Sudha ait le temps d'intervenir. Ce n'est pas assez. C'est quoi, cette histoire du vieux monsieur jetant sa télécommande à la tête de la garde ? Il paraît qu'elle a eu un bleu gros comme une prune sur le haut du bras. »

Myra se mord le pouce.

« J'ai mes informateurs, vous voyez. » Lupe s'autorise un sourire carnassier. « Pas question à moins de mille deux cents dollars. »

Sudha est confondue par une telle audace, mais Myra accepte. Elles passent ensuite aux détails : Sudha devra être payée en liquide, stipule Lupe, et chaque fin de semaine.

« Elle ne fera pas de ménage, ni de cuisine – sauf pour le vieil homme, évidemment. Si l'enfant casse quelque chose, Sudha n'en sera pas tenue pour responsable. Vous n'avez qu'à mettre les objets de valeur en sécurité. Tout ce que réclamera le vieux monsieur après dix heures du soir et avant six heures du matin, ce sera à vous et à votre mari de vous en occuper. Les dimanches seront libres. »

Myra accepte tout, docilement. Elle emmène Lupe dans une autre pièce, afin de lui payer sa commission. Toujours assise au bord du fauteuil, Sudha n'en revient pas de la rapidité avec laquelle les choses se sont réglées. Elle a trouvé du travail, une belle maison, et un employeur apparemment très malléable. Et, le plus important, pour la première fois de sa vie, elle gagne son propre argent. Elle va enfin commencer sa nouvelle vie en Amérique. L'effet de toutes ces nouvelles doit se manifester dans ses veines, comme une drogue. Pourquoi alors son dos se voûte-t-il, se courbe-t-il, découragé ? Pourquoi se frotte-t-elle ainsi les yeux ? À quoi pense-t-elle ?

Ce n'est que lorsque Lupe revient lui dire au revoir qu'elle s'extrait de son apathie, lui serre la main avec force. « Vous m'avez sauvé la vie, lui dit-elle, la voix rauque. Je ne vous remercierai jamais assez...

— Holà, holà, dit Lupe, en se libérant. Ce n'est pas une telle affaire. D'ailleurs, attendez avant de me remercier. Attendez d'avoir commencé – vous pourriez ne pas aimer ce travail.

— Ne pas l'aimer ! C'est comme si une personne qui se noie se plaignait de la couleur de la corde qu'on lui lance. »

Lupe ne commente pas. « Bonne chance », dit-elle simplement en passant un bras autour des épaules de Sudha et en l'attirant contre elle. Puis elle disparaît dans la pluie. Sudha ne peut plus vraiment compter que sur elle-même.

— DEUX —

Sudha

Il fait sombre, et il pleut. Je sais que c'est un rêve parce que la pluie est silencieuse. Elle tombe simplement, dure comme des spaghettis crus. Dont des petits morceaux s'entassent devant la façade d'un bâtiment. Non, c'est une chambre, une chambre dans la nuit, et la pluie de spaghettis balaye le rebord de la fenêtre. La fenêtre est ouverte, quelques bâtonnets de pâtes sont tombés sur le tapis couleur d'écume sale. Ils forment un motif en croisillons. L'homme est assis dans le noir, dans la chaise longue. Il allume la télé, l'éteint, la rallume. O.J. apparaît à l'écran, souriant avec ses cheveux, parlant avec sa peau, regardant de ses yeux taillés dans du tissu noir.

Elle t'a quitté, n'est-ce pas ? dit O.J. *Elles le font toutes. Je suis bien placé pour le savoir.*

Il y a des carrés de lumière dans la chambre, des rectangles de non-lumière. Il déplie l'un des rectangles. Qui devient une lettre, la lettre que je lui ai écrite. Ou bien la lettre que je lui ai écrite à elle ? Il la relit. Il la froisse, il la jette, il la ramasse. La femme entre par la porte, sa bouche en forme de questions, elle appuie sur un bouton, aucune réponse ne remplit la chambre. Où est-elle, demande-t-elle, où est l'enfant. Debout à la fenêtre, il tend à la pluie le rectangle qu'est ma lettre, les mots glissent de la page, il n'y a que du blanc dit-elle, donne-moi la lettre, donne-la-moi, que lui as-tu dit, qu'as-tu fait, salaud ? Perdue, dit-elle, mon bébé.

Elle s'approche de lui les poings fermés. La lumière

inonde la chambre. Des formes de spaghettis tourbillonnent devant la fenêtre. Dans mon lit je me noie. J'ai choisi la voie de la lâcheté. Il la tient par les poignets. Elle pleure. C'est la seule voie dont je disposais. Il pleure. Les mots s'échappent du coin de ses yeux. Petits, noirs et ratatinés comme des raisins secs. Nous avons lu un poème à l'école un jour, *ce qui arrive à un rêve refoulé*. Sur la chaise à côté d'eux, il y a le livre d'enfant que j'ai oublié. Qu'arrive-t-il à un désir refoulé ? Sur la joue de l'homme, une égratignure saigne, qui a la forme des ongles de la femme. Arrête le sang, arrête-le. Quelque chose gonfle en moi, ma poitrine est tendue à éclater. Je ne savais pas que cela allait arriver, dit-il. Il se parle à lui-même, il parle à la pluie.

Est-ce une période propice ? Une période néfaste ? Je n'ai aucun moyen de le savoir. J'ai laissé également derrière moi le calendrier indien. La chambre où je dors est sombre, je ne m'y reconnais pas. Si je descends de ce lit (trop doux, trop grand), je me cognerai à des meubles étrangers, au matin j'aurai un bleu de la forme et de la couleur d'une goyave à moitié mûre. Ce sera de ma faute. C'était ma faute. Un rectangle tombe sur moi, aussi blanc qu'un mouchoir de mariage, il y a très longtemps. Les lettres qui y figurent sont épaisses et noires, des spaghettis trempés dans la récrimination. Je me rappelle que le mot *eka* en bengali signifie à la fois solitude et isolement.

Où est-elle allée toute seule ?

Pourquoi ne m'en a-t-elle pas parlé ? est en train de dire l'un d'eux.

Ça fait si mal que je voudrais mourir, est en train de dire l'un d'eux.

Dans mon sommeil mes doigts tâtonnent sur le lit. Trouvent les petites mains, les pieds. Dans son sommeil, ma fille s'éloigne. Quand elle s'est réveillée de sa sieste, elle a appelé Baba, Baba. Elle a dit Anju. Elle ne voulait pas manger, elle n'arrêtait pas de pleurer. Le visage empourpré, elle hoquetait. La femme qui m'a engagée a tordu la bouche comme si elle se reprochait une faute. J'ai emmené ma fille dans la chambre, je l'ai suppliée de se calmer. Je l'ai bercée, j'ai chanté, je lui ai raconté une histoire. Rien n'y faisait. Elle a essayé de s'échapper de mes bras. Je l'ai giflée. Dans notre sommeil, la pluie a des doigts durs.

J'ai fait une chose affreuse, pense l'un d'eux.

Ce que tu as fait a dû être vraiment affreux, pense l'un d'eux.

La femme a frappé à la porte et dit : confiez-la-moi un moment. Je suis une mauvaise mère, où que j'aille. Il y avait une tache violacée sur la joue de Dayita. La femme m'a emmenée voir le vieil homme dont les yeux ressemblaient à des raisins secs brûlants. Allez-vous-en, a-t-il dit. Il a soulevé la main gauche, la droite ne bouge pas, et a renversé le plateau du dîner posé sur son lit. Ses yeux étaient noirs et lourds de haine. Ôtez-vous de ma vue. Le sol était couvert de pâtes, tortillons rouges et blancs, comme des pivoines peintes. Ses doigts, recourbés vers l'intérieur, étaient des serres.

Elle n'aurait pas dû faire ça, dit tristement O.J. *Je n'aurais pas dû le faire.*

Tout est de ma faute, dit l'un d'entre nous.

Est-ce ma peau ou celle de ma fille que je suis en train de toucher ? Est-ce un mouchoir, une lettre taillée dans du tissu noir ? Le bruit de la pluie, comme les pas traînants d'un vieil homme. Avant de me coucher, j'ai poussé la commode contre la porte, puis je me suis sentie stupide. Je suis désolée, a-t-elle dit, il est fatigué, ça ira mieux demain. Laissez-moi vous aider à nettoyer tout ça, a-t-elle dit. Vautours, garces, a-t-il dit, fichez-moi la paix. Il utilisait aussi des mots bengalis. Daini. Magi. Un jour, dans mon enfance, je suis entrée dans un champ de canne à sucre et m'y suis perdue. J'étais entourée de feuilles, leur bord coupant, en dents de scie. Ça fait trois jours qu'il n'a pas mangé, a-t-elle dit. Putains, a-t-il crié.

L'odeur musquée de la canne mûre, trop douce, m'empêchait de respirer. Le champ s'étendait à l'infini, les feuilles n'en finissaient pas de murmurer, *eka, eka*.

Anju, je ne connais même pas la profondeur du mal que j'ai fait.

Tu ne sais pas quel chemin il faut prendre pour sortir de la solitude, dit O.J. *Alors tu prends celui que tu peux.*

Je suis désolée, ai-je dit à ma fille. La femme pleurait. Vous voyez à quoi je suis confrontée. Je vais faire une dépression nerveuse. Son visage, pareil à une fleur écrasée dans un poing moite, se plissait de tout ce qu'elle aurait voulu crier. Mon mari n'est jamais là quand j'ai besoin de lui. Ma fille a détourné la tête, en me jetant un regard mauvais. Ma fille a glissé à l'autre bout du lit.

Que va-t-il nous arriver maintenant ? dit-elle.

Que va-t-il nous arriver maintenant ? réplique-t-il.

— TROIS —

La terre tourne, hémisphère d'obscurité, hémisphère de lumière. Les vents se déplacent, chassant les nuages devant eux. À Calcutta, Ashok s'assoit pour écrire une nouvelle lettre. En Amérique, appuyé à un oreiller trempé par la fièvre ou la rage, un vieil homme à moitié paralysé rêve de fuite. Sur deux lits séparés, Sunil et Anju poursuivent des ombres dans leur sommeil : silhouettes de regrets, arabesques de ce qui aurait pu être. Taraudée par la migraine, Myra trébuche jusqu'à la salle de bains pour verser des gouttes de camomille dans une timbale d'eau chaude. Deux heures du matin. Trois heures. Sur l'autoroute, rentrant chez lui après une urgence à l'hôpital, Lalit suit un mastodonte. Au-dessus des collines, des écharpes de brouillard comme des membranes déchirées. Il change de station de radio, quittant un talk-show où une femme raconte que l'esprit de Nicole est venu la visiter pour un programme musical. *Hier est parti, hier est parti*. Endormi, le corps de Dayita se détend et se tourne vers celui de sa mère. Dans son sommeil, Sudha l'entoure de son bras et l'attire vers elle.

Le soleil, orange sanguine, se lève au-dessus de Grizzly Peak, suprêmement arrogant, comme si la pluie n'avait jamais existé. Des gouttes de rosée scintillent sur le bois de séquoia qui encadre la fenêtre de Sudha. La fenêtre, une immense feuille de verre, n'a pas de rideau. Un geai se lisse les plumes, bleu haute couture dans la lumière du matin. C'est l'année des agressions ; un homme nommé Saddam mobilise soixante mille soldats et sept cents chars, entraînant une mobilisation réciproque de l'armée américaine. Si elle s'approchait de la fenêtre, Sudha verrait la ville de Berkeley s'étaler sous ses yeux, avec ses toits aux angles particuliers étagés à flanc de colline, ses culbutes de bougainvillées, de lianes trompettes et de fleurs de la passion que les derniers cerfs viennent manger le soir. Plus bas, les bâtiments carrés aux toits de tuile rouge de l'université, avec ses dortoirs étroits et ses magasins coopératifs, où les étudiants passent la nuit à étudier, discuter, boire, tomber amoureux et cesser d'aimer, croyant ce faisant qu'ils sont les héritiers du monde. Puis le Berkeley Bowl, où Myra achète des flocons d'avoine biologiques, de l'oseille sans pesticides, du fromage de soja japonais. Le lycée avec ses détecteurs de métaux, bordé d'un côté par une clôture en chaînons, de l'autre par un mur peint de visages semblables à des arcs-en-ciel sombres. Dans People's Park, les sans-logis s'agitent, membres raides, dans leurs sacs de couchage rembourrés de journaux. Une femme en Birkenstocks balaye le trottoir devant les cafés de Telegraph Avenue, vides à cette heure et un peu tristes. Les rues s'entrecroisent comme de vieux lacets de chaussure, pour aboutir à la jetée, crayon de ciment gris qui s'avance dans l'eau, proposant peut-être une issue à nos vies enclavées.

Mais Sudha ne s'approche pas de la fenêtre. Elle repose allongée sur le côté, immobile, les genoux ramenés sous la poitrine, on dirait qu'elle a froid. Elle garde les yeux fermés, bien que sa respiration agitée indique clairement qu'elle ne dort pas. Elle contemple des espaces intérieurs, les mirages abandonnés. La nuit dernière, tout en se brossant les dents, elle a parlé au miroir : *je ne penserai plus au passé. Je ne penserai plus. Au. Passé.* Mais maintenant, de nouveau, elle ressent cette pression : celle de lèvres d'homme sur son âme.

La chambre qu'on lui a attribuée est une belle pièce, décorée avec goût, d'un œil infaillible. Une personne aussi nerveuse que Myra serait donc capable d'exprimer tant de grâce ? Au mur nord pend une tapisserie abstraite dans les bruns chauds, incrustée de morceaux de bois de flottage décolorés. Le mur sud, derrière sa tête, supporte une peinture indienne miniature aux couleurs de pierres précieuses, un Krishna joueur de flûte placé, étonnamment, entre deux lions dansants. À l'est, une alcôve avec éclairage encastré recèle une déesse à plusieurs bras, regard de bronze menaçant, et armée d'un trident. La pièce ne contient que quelques meubles : lit, commode, fauteuil de cuir, lampadaire de cuivre. La décoratrice – qui qu'elle soit – ne croit pas aux charmes de l'encombrement. Le tapis, indien d'Amérique, montre des silhouettes humaines triangulaires, le soleil et la lune, des animaux au museau inquisiteur de coyote. Le couvre-lit, un modèle géométrique dans les tons crème et rouge henné, est fait de carrés de soie que Sudha, les yeux toujours fermés, caresse d'une main lente et appréciatrice.

À ce moment, le réveil, à son chevet, sonne, Sudha doit se préparer à affronter l'avenir. Elle enfile son jean et un tee-shirt, pris dans la grande penderie où elle a rangé ses quelques malheureuses affaires la veille au soir. Dans la salle de bains, robinets Grohe en forme d'arcs argentés, gel de lavande anglaise dans le distributeur en céramique, deux épaisses serviettes turques, aussi blanches qu'un sourire de pirate. *Prends une douche très chaude. Efface de ton corps les dernières traces qu'*il *y a laissées. Noue tes cheveux en chignon, même pas la peine de les démêler, il n'y a personne ici pour s'en apercevoir, grâce à Dieu.* Pourquoi, à sa gratitude, se mêle-t-il un sentiment de perte si absolu qu'elle en a le vertige ? *Il m'avait offert la coupe de ses mains afin que je puisse y déverser toute ma solitude.* Sur une étagère de verre, s'alignent les flacons de lotions. Claiborne Sport pour les hôtes masculins, Victoria's Secret Garden pour les invitées féminines. Sudha, qui n'est pas une invitée (est-elle plus ou moins que cela ?), en prend un, et le repose avec fracas. *Que ta peau se craquelle et pèle. Ce sera ton châtiment pour avoir cédé au désir.*

À la porte, elle hésite. Doit-elle réveiller Dayita ? N'a-t-elle pas tort de la laisser dans une chambre qu'elle ne connaît pas, même cernée par des coussins et abritée sous sa couverture favorite ? Mais il se fait tard, Sudha doit apporter son petit déjeuner au vieil homme. Elle vérifie que la porte de la salle de bains est bien fermée. L'autre soir à la télé, on a raconté l'histoire d'un enfant qui s'était noyé dans la cuvette des toilettes. Du couloir elle agite la main en direction de la petite fille endormie – geste de bénédiction ou d'au revoir, ou ordre de rester tranquille.

De la fenêtre du living-room, Sunil regarde le soleil se lever, ce qui ne lui est plus arrivé depuis des années. C'est une belle matinée, claire et rose, l'omniprésent brouillard lavé par l'averse de la nuit. Sunil l'affronte, l'air sinistre, le regard vague. Qu'il soit prêt ou pas, sa nouvelle vie l'attend (peut-on appeler autrement cette journée, puisque son ancienne vie n'est plus que pagaille ?), et il doit s'en accommoder.

La lumière dorée commence à progresser sur la moquette. Cette même moquette où hier... Il se retourne – au diable le lever de soleil – pour aller se faire une tasse de thé. Avant que Sudha ne s'empare des tâches ménagères, il s'y entendait en thé matinal. Pendant la grossesse d'Anju, il lui préparait du masala cha, vidant avec précaution les cosses de cardamome sur le riche liquide bouillant, et le lui apportait au lit. Se rappellet-il le frottement des graines sèches et odorantes contre l'extrémité de ses doigts ? Mieux vaudrait pas. J'apprends déjà que l'oubli est essentiel à la survie.

Aujourd'hui il ne fait pas assez chauffer l'eau. Il verse le lait trop tôt. Il avale une gorgée du breuvage, qui doit avoir un goût abominable, mais son expression ne change pas. Il se plante devant la télé, prend la télécommande, hésite. Même à cette heure matinale, dans ce pays où violence et célébrité vont souvent de pair, on discute sur certaines chaînes des chances qu'a O.J. d'être acquitté. Mais aujourd'hui, Sunil se contente du drame de sa propre vie. Qui pourrait l'acquitter ? se demande-t-il. Même pas lui.

« Saloperie, dit Sunil en versant le thé dans l'évier. Saloperie. » Il transporte une chaise dans la chambre de Sudha, où Anju a choisi de passer la dernière nuit. Le berceau se dresse dans un coin comme la carcasse dépouillée d'un animal. Le visage crispé, il s'en écarte et s'assoit en attendant qu'Anju se réveille.

La veille, c'est lui qui est rentré le premier à la maison. Il a ouvert la porte sur le noir, a reculé, assourdi par le silence. Il a su, tout de suite. Pourtant il a lu et relu les deux lettres. Il les a froissées, les a lissées, les a froissées de nouveau. Certains hommes auraient frappé, dans n'importe quoi. D'autres auraient pleuré. Sunil n'a fait ni l'un ni l'autre. Signe de faiblesse ou de force ? Il a ouvert la fenêtre, laissé entrer la pluie. Il avait la poitrine mouillée quand Anju est arrivée.

Anju dort sur le ventre, le visage dans l'oreiller de Sudha comme si elle essayait d'aspirer un souvenir. Les bras écartés et raides, geste d'accueil ou de crucifixion. Les mains agrippent les bords du matelas. Les cheveux, ramenés sur le même côté du cou, révèlent des vertèbres, qui semblent terriblement fragiles. Bien qu'elle ait arrêté de pleurer depuis un certain temps, elle respire par à-coups.

Avant même d'avoir lu la lettre, elle a dit : « Où est-elle ? Que lui as-tu fait ? Qu'as-*tu* fait ? » Ses pupilles, réduites à des pointes d'épingle, n'exprimaient que la méfiance. Elle s'est jetée sur lui avec tout ce qu'elle possédait – poings, genoux, mots. Il n'a pas essayé de l'arrêter. Il a laissé saigner les estafilades sur ses joues. A-t-il cru que cela aplanirait les choses entre eux ? « J'aurais dû le savoir ! » a-t-elle dit. Elle l'a frappé au menton, aussi fort qu'elle a pu, de la pointe de sa chaussure. Elle voulait qu'il ait mal. Qu'il se casse en deux comme le tronc d'un arbre au cœur pourri. *Toi. Toi. Toi.*

Que peut devenir un couple, après cela ?

La cuisine de la maison de verre est constituée d'un ensemble de rectangles, spacieux, où alternent ombre et lumière. Les flaques de soleil, sur les plans de travail en bois couleur de miel, attirent Sudha. Soudain, du vestibule, des voix lui parviennent. Celle de la femme, vacillante, celle de l'homme, apaisante et étouffée, comme émanant de profondeurs sous-marines. Le rôle de Sudha consistera-t-il désormais à écouter aux portes et à assister aux querelles conjugales ?

Elle : Je ne peux plus le supporter, Tree. Hier soir, ça a été pire que tout. Il me hait, je le sais – c'est moi qu'il visait avec l'assiette de spaghettis.

Lui : Mais non, Myra, il ne te déteste pas. Il est simplement fou de rage contre la vie, et ce qu'elle lui a fait subir.

Elle : Alors il n'a qu'à lui balancer ses spaghettis. J'ai mis plus d'une demi-heure à tout nettoyer, même avec l'aide de la nouvelle employée. Certaines taches marqueront à jamais le tapis.

Lui : (*Silence.*)

Elle : Vas-y, dis-le, que je suis vulgaire et superficielle d'attacher tant d'importance à un tapis – même un tapis persan horriblement cher –, alors que ton père souffre cloué au lit. Eh bien, je *suis* vulgaire et superficielle. Il m'a rendue à ma vraie nature.

Lui : Je ne te reproche rien. Je comprends ce que tu dois éprouver...

Elle : Non, tu ne le peux pas. Tu es bien trop occupé à remâcher ton sentiment de culpabilité, pour avoir quitté l'Inde en y abandonnant ton père. Et, secrètement, tu m'en veux – la vulgaire et superficielle séductrice américaine qui t'a ligoté ici.

Lui : Tu veux une bonne bagarre, c'est ça ?

Elle : (*Silence.*)

Lui : Nous allons traverser une période difficile, Myra. Nous devons nous entraider et garder en tête qu'il s'agit d'une situation temporaire.

Elle : J'y parviendrais plus facilement si je ne passais pas toutes mes soirées à nettoyer, à genoux, les saletés que fait ton père – pendant que toi tu travailles au labo à ton projet ultra-secret.

Lui : (*Silence.*)

Elle : Je serais plus compréhensive si c'était plus fort que lui, si ça tenait à une maladie spécifique. Mais il agit délibérément, et ensuite il me jette des regards luisants de méchanceté. Même la nouvelle employée s'en est aperçue.

Lui : Maintenant qu'elle est là, c'est elle qui s'en occupera...

Elle : À condition qu'elle reste. Tu aurais dû voir la tête qu'elle a faite quand il a jeté son assiette. Et nous a traitées de tous les noms. Et cette façon de refuser de manger – ce qu'il veut, c'est attirer notre attention et nous manipuler...

Lui : Peut-être qu'il finira par s'entendre avec elle. D'après ce que tu dis, elle paraît bien...

Elle : Je ne table sur rien. Sauf que si cette fille ne fait pas l'affaire, l'un de nous deux partira : lui ou moi.

La porte claque. Des pas se rapprochent de la cuisine. Sudha tâche de se composer une expression appropriée.

La barbe qui commence à pousser sur le visage

maigre de Sunil lui donne l'air d'un homme traqué, en fuite. Mais ses mains, aux doigts croisés, sont calmes, patientes. Il a vécu en vingt-quatre heures les émotions de toute une vie. Il s'est confessé, a connu la folie, avec une joie inattendue. Il a tenu dans ses paumes le trésor du monde, et quand il a ouvert les yeux, un vent du désert avait traversé son corps de part en part, ne laissant derrière lui que du vide. Pourtant, il a un projet. Devons-nous l'en admirer ? Ses lèvres bougent en silence. Il répète ce qu'il dira à Anju.

Dans son sommeil, Anju sourit. Ses doigts se détendent, elle relâche sa prise sur le matelas. Son seul bijou, une mince alliance d'or, scintille au soleil. La grâce de ses muscles quand elle s'étire, leurs pleins et leurs déliés, étonne Sunil. Elle ouvre les yeux et le découvre.

« Oh, Sunil, j'ai fait le plus beau...

— Raconte. »

Mais la mémoire revient, le visage d'Anju se ferme. Elle se redresse, enlace ses genoux, fixe le mur derrière Sunil.

« Je ne veux pas parler, dit-elle.

— Il le faut. Si nous sommes là où nous en sommes aujourd'hui, c'est parce que nous n'avons pas voulu parler. »

La voix d'Anju se durcit.

« C'est trop tard. Nous ne savons plus nous parler.

— Je veux te raconter quelque chose », dit-il.

Dans les yeux d'Anju surgit la peur. Elle est en train de comprendre que, quoi qu'il ait fait, elle l'aime toujours. Ces derniers temps, elle rêvait de partir, mais, maintenant que le rêve pourrait se réaliser, elle ne le veut plus.

« Quoi ?

— Une histoire. »

Anju se raidit. Parfois, elle le sait, on se sert d'une histoire comme d'une épée, pour supprimer ce qui vous barre la route. Elle cherche désespérément quelque chose à dire pour le distraire de cette idée, mais c'est trop tard, il a commencé.

« Il y a longtemps, juste avant que je quitte l'Inde pour venir ici, je suis allé voir un film. C'était l'histoire d'un homme qui tombe amoureux d'une danseuse, rien qu'en la voyant dans un train. Elle dort, donc il ne peut même pas lui dire un mot, mais il lui laisse une lettre d'amour... »

Sous le flot du récit, Anju entend des phrases non dites, comme de petites explosions. *J'ai fait de mon mieux pour t'aimer, c'est plus fort que moi, ça me rend fou.*

« Je connais cette histoire, interrompt-elle. J'ai vu le film moi aussi. Sudha m'accompagnait. C'est là qu'elle a fait la connaissance d'Ashok, dans cette salle de cinéma. Il s'appelait Purabi. Le cinéma, je veux dire. J'ai oublié le titre du film. » Un petit rire qui n'en est pas un. « C'est drôle, non, ce qu'on se rappelle et ce qu'on oublie. »

Sunil poursuit, comme si elle ne l'avait pas interrompu. « Ils ne peuvent s'empêcher de penser l'un à l'autre, la femme est tombée amoureuse de lui rien qu'en lisant sa lettre. Bien entendu ils n'ont aucun espoir de se rencontrer de nouveau. »

Impossible de l'oublier. Dans mon sang comme une maladie. Ne peux plus vivre ainsi.

Anju comprend qu'il ne sert à rien de tenter d'interrompre l'histoire. C'est l'histoire, au contraire, qui va interrompre sa vie. « Mais ils se revoient, dit-elle tristement. Il y a des complications – le protecteur jaloux de la danseuse, les parents du jeune homme, inquiets pour l'honneur de la famille, qui veulent le marier à une autre, mais l'amour est le plus fort. »

Ne me retiens pas. Ma dernière chance d'être heureux.

« Je n'ai pas accordé d'importance au film. Une de ces histoires à l'eau de rose du cinéma hindi. La vie n'est pas comme cela. On fait de son mieux pour trouver le bonheur, puis on s'arrange avec ce qu'on a. Mais un jour, je me suis demandé, *pourquoi* ça ne pourrait pas arriver ? N'est-ce pas par notre incrédulité que nous gâchons notre vie ? Si quelqu'un a imaginé une fin heureuse à cette histoire... »

Laisse-moi partir avant que je commence à te haïr.

« Mais dans ton cas, la danseuse ne t'a pas payé de retour. Elle s'est enfuie, n'est-ce pas ?

— La danseuse du film s'est enfuie elle aussi, rappelle-toi, dit Sunil, faisant montre d'un calme dont je ne le croyais pas capable. Mais l'homme l'a retrouvée et l'a convaincue de revenir. »

Parce que je partirai de toute façon.

« Les histoires ont leurs limites, dit Anju.

— Je dois le vérifier par moi-même », dit Sunil.

Dans la cuisine de bois blond, l'homme, de petite taille et le teint foncé, se passe la main dans les cheveux, qui, du coup, se dressent sur sa tête. Il porte une robe de chambre rouge, style chinois, trop grandiose pour lui, cadeau de sa femme très probablement. Derrière les verres épais, les yeux intelligents semblent désarmés.

Il fourrage de nouveau dans ses cheveux, rajuste ses lunettes, toussote. « Je suis Trideep, dit-il. Vous devez être Sudha. Ravi de vous connaître. » Il s'exprime dans un bengali guindé, la sécheresse des voyelles laisse penser qu'il ne les a pas utilisées depuis longtemps.

Elle le salue d'un bref namaskar. Si elle est nerveuse, elle le cache bien. Involontairement, elle apprécie le fait qu'il ne cherche pas à excuser son père.

« Je vous en prie ! dit-il. Pas de formalités entre nous ! Après ce que vous venez d'entendre – inutile de faire mine du contraire –, cela paraît un peu inutile, ne croyez-vous pas ? »

Elle passe l'éponge sur le plan de travail de granite noir incrusté de mouchetures dorées, sans répondre.

« Comme vous voyez – il fronce les sourcils, abandonne et passe à l'anglais –, nous dépendons tous de vous. »

Le *tous* la laisse dubitative, mais elle dit : « Je ferai de mon mieux. Peut-être pouvez-vous m'aider en me disant ce que votre père aime pour son petit déjeuner... et ce qu'il déteste. »

Trideep secoue la tête. « Je le connais mal, en réalité. J'ai très peu vécu à la maison. D'abord il y a eu l'internat au collège de Dehra Dun, puis l'Institut de technologie de Kharagput, puis la fac en Amérique. Je ne revenais à la maison que pour les vacances d'été, et là, il y avait maman, qui veillait à tout. Je n'ai jamais eu besoin de m'intéresser à ce genre de choses.

— Mais depuis qu'il est ici ?

— Il a changé. À son arrivée, il voulait tout essayer. Comme si l'Amérique était un immense magasin de jouets, et lui un gosse. Il adorait les glaces. Presque tous les jours je l'emmenais chez Baskin-Robbins, pour qu'il goûte un nouveau parfum. Mais maintenant, quoi que je lui apporte – des muffins au chocolat, un yaourt citron-framboise –, il ne le regarde même pas. Il ne sait dire qu'une chose – avec ce bégaiement si pénible : *Renvoie-moi à la maison, Deepu.* Mais comment faire ? » Il enlève ses lunettes, se masse la racine du nez. « Il est trop mal pour voyager, et, de toute façon, il n'y a personne là-bas pour s'occuper de lui. »

Ils se regardent dans un silence gêné. Il n'y a rien à ajouter pour le moment. Derrière eux, le réfrigérateur-congélateur, ses portes recouvertes d'un panneau de bois de la même couleur que le sol, ronronne de contentement.

Parfois, on a beau savoir que ce qu'on va faire est inutile, on essaye quand même.

Elle dit : « Si tu veux toujours que je te raconte mon rêve, je peux. »

Il jette un coup d'œil au réveil sur la commode. Il va être en retard au bureau. L'unique fois où cela s'est produit, c'est le matin où Anju a été transportée d'urgence à l'hôpital.

Pouvons-nous lui pardonner ce coup d'œil, comme on pardonne un tic nerveux ?

« Raconte, dit-il.

— Je volais au-dessus de l'océan. Sans effort, tellement j'étais légère. Il y avait une petite brise, et je flottais, plus haut, plus bas...

— Et ensuite ?

— Ensuite, rien. C'est pour ça que c'est un rêve si bizarre. Ça n'avait rien à voir avec la vie, où il faut qu'il se produise continuellement quelque chose d'excitant, sous peine d'avoir l'impression de suffoquer. » Ces derniers mots, elle les marmonne, le menton sur les genoux.

« Anju. » Il ne lui a jamais parlé avec tant de douceur. Elle en oublie de respirer. Des mèches de cheveux lui recouvrent le visage. Il les lui ramène derrière les oreilles, comme si elle était une enfant, lui relève le menton afin qu'elle le regarde dans les yeux. « Nous ne pouvons plus nous faire de bien l'un à l'autre – tu le sais, n'est-ce pas ? »

Le petit mot laissé par Myra lui dit d'attendre que le vieil homme se réveille et la sonne. Mais il est déjà onze heures du matin, et il ne s'est pas manifesté. Sudha aménage un parc à bébé avec des chaises, donne des cuillers à Dayita en guise de jouets, va frapper à la porte. Comme il ne répond pas, elle passe la tête, inquiète.

« Ça va ? » demande-t-elle. Il fait noir dans la pièce, une obscurité fétide, encore accentuée par le contraste avec la luminosité de l'alliage soleil-verre-bois qui caractérise le reste de la maison. C'est la seule pièce à posséder des rideaux – le vieil homme a dû les réclamer. Ils masquent la fenêtre, aussi anachroniques dans cette maison qu'une tapisserie médiévale. Sudha va pour les ouvrir.

« N'y touchez pas ! »

Le crissement de la voix – on dirait une charnière rouillée – la fait sursauter. Les yeux du vieil homme luisent de méchanceté, le seul plaisir qui lui reste.

« Bonjour ! Voulez-vous votre petit déjeuner ? Que je vous aide à vous laver ? » Elle prend le ton professionnel et jovial des infirmières qu'elle a vues dans les feuilletons télé.

« Allez-vous-en.

— Vous savez bien que je ne peux pas faire ça. » Sudha allume la lumière, mais l'éteint aussitôt en le voyant se couvrir le visage de son bras valide. À la faible lueur de la lampe de chevet, elle pousse une table roulante équipée de cuvettes, de serviettes, d'un pichet d'eau chaude. « Dès que vous serez lavé et habillé de propre, je vous apporterai votre petit déjeuner, dit-elle, en lui ôtant ses vêtements. Que voulez-vous ? Des céréales ? Il y en a de trois sortes au moins. Que diriez-vous d'un toast de pain complet, avec des œufs brouillés ? Myra a rapporté un très bon yaourt au miel du magasin de diététique... »

C'est du babillage, elle le sait, mais ça l'aide à cacher son embarras. Son mari excepté, elle n'a jamais vu un homme nu. (Si – il y a eu Sunil, mais dans une sorte de délire dont il ne lui reste aucune image.) La détestation que manifeste le vieil homme à se laisser ainsi toucher rend la chose encore pire. Il serre les paupières de toutes ses forces, détourne son visage autant que possible. Ce visage dont la moitié s'affaisse, vide d'expression. Sur l'autre moitié se lit une telle frustration qu'elle s'y reprend à plusieurs fois pour lui ôter le sous-vêtement souillé semblable à une couche et passer le gant de toilette sur la chair flasque, abîmée.

Mais certains actes, une fois commencés, doivent connaître leur accomplissement, elle le sait. Lèvres pincées, elle s'oblige à respirer normalement, malgré l'odeur. Odeur de corps à la dérive et de désespoir. Un muscle tressaute au-dessus de l'arc irrégulier du sourcil gauche. Elle essuie, poudre, enfile divers vêtements sur les membres raides. L'embarras la rend maladroite. Mais s'excuser ne ferait qu'aggraver les choses. C'est un homme grand, à l'ossature lourde. Pousse, pousse. Soulève et plie. Finalement, elle réussit à le caler en position assise, avec un oreiller derrière le dos. La lèvre supérieure ourlée de gouttes de sueur, haletante, les cheveux défaits, avec des boucles jaillissant dans tous les sens comme sous l'effet du vent. Mais elle sourit, contente de l'œuvre accomplie.

« Voilà, vous ne vous sentez pas un peu mieux ? »

Il ne dit rien.

« Et si on passait au petit déjeuner ? » Elle lui récite à nouveau la liste des aliments possible. Silence.

« Je crois que je vais vous donner juste des céréales. » Elle revient avec, sur le plateau qu'elle lui pose sur les cuisses, un bol de porcelaine bleue rempli de Krispies au chocolat et de lait.

« J'ai hésité sur les flocons d'avoine, mais j'ai pensé que les Krispies seraient plus sympa, lui chuchote-t-elle sur un ton de conspirateur. C'est votre fils qui a dû les acheter. J'ai du mal à imaginer Myra croquant des Krispies au chocolat, pas vous ? »

Impassible, le vieil homme la laisse s'enferrer dans ses tentatives d'humour.

« Tenez, prenez la cuiller. » Elle la lui place dans la main gauche. « Allons ! Après ce que j'ai vu la nuit dernière, je *sais* qu'il n'y a rien qui cloche avec cette main ! »

Les doigts mous, il lâche la cuiller qui tombe et ricoche jusque sous le lit.

« Très bien. Je vais vous faire manger. J'aurais pourtant cru que vous préféreriez le faire vous-même. » Elle essuie la cuiller, la remplit, la lui porte à la bouche.

« Ouvrez, ouvrez. » Elle cogne la cuiller contre sa lèvre, comme avec Dayita. Est-ce l'enjouement dans la voix de Sudha qui le pousse à obéir ? Peut-être aussi est-il affamé après toutes ces journées de jeûne. Il la laisse verser la mixture dans sa bouche, mâchonne quelques instants, puis, alors qu'avec un hochement de tête encourageant, elle approche de ses lèvres une nouvelle cuillerée, il lui crache à la figure, de toutes ses forces. Un crachat marron foncé, qui éclabousse la joue, les cheveux de Sudha. Elle se touche le visage, regarde, incrédule, ses doigts souillés. La stupeur agrandit ses yeux. Il la fixe d'un air de défi, un grognement, ou un ricanement lui tord les lèvres. Sudha est prise de tremblements. Puis elle arrache le plateau et se rue hors de la chambre.

C'est l'année des compromis temporaires. Sur un continent à mi-chemin du bout du monde, la Russie signe un accord intitulé « Partenariat pour la paix ». Sur une île au bord de l'Atlantique, l'IRA accepte un arrêt des hostilités. Dans la chambre abandonnée par la femme dont il est fou, Sunil parle d'une voix sans timbre, celle que l'on prend quand on a peur de perdre le contrôle de soi. Il rapproche son corps de celui d'Anju avec les précautions d'un nageur qui passe au-dessus de coraux aiguisés.

« Depuis longtemps, nous ne savons plus que nous rendre malheureux l'un l'autre. »

Elle ferme les yeux, ne respire plus, si bien qu'un bruit semblable à celui d'un moteur d'avion remplit l'espace entre ses deux oreilles. Pourtant elle l'entend, lui.

« Je ne peux plus me le permettre. J'ai déjà perdu la moitié de ma vie. Je ne veux pas gâcher le reste. »

Elle se tourne vers la commode. Constate, étonnée, que de la poussière s'est déposée sur le dessus. Sudha est toujours si méticuleuse. Le grain du faux bois forme des spirales qui ressemblent à de gigantesques empreintes digitales.

« La société va me transférer très prochainement à Houston. Je veux engager la procédure de divorce le plus vite possible. »

Elle tape sur les doigts qui lui tiennent le menton, lève le bras comme pour se protéger du mal. Elle n'a rien compris, se dit-elle, rien ni personne. Ni sa cousine qui l'a trahie, ni son mari qui lui a menti, ni elle-même. Elle a cru, après la perte de son bébé, que rien ne pourrait plus jamais la faire autant souffrir. Quelle est cette sensation, alors, dans sa poitrine, l'impression qu'on lui scie les côtes ? Elle oblige son esprit à se fixer sur des choses qui n'ont rien à voir avec l'instant présent : des jacarandas, des saxophones, du thé au gingembre. Mais toutes renvoient d'une façon ou d'une autre à Sunil. Elle n'avait pas réalisé qu'ils avaient accompli tant de choses ensemble. Même la poésie – le seul vers qui lui vienne en mémoire – la trahit. *Ma vie s'est fermée deux fois avant de se refermer.*

Il dit : « Je sais que tu me détestes d'agir ainsi, mais un jour tu comprendras que c'était la bonne décision. »

Elle lui fait signe de la main : *S'il te plaît, va-t'en.* Il lui faut sauvegarder le peu qui reste d'elle, les bribes de sa dignité. Ne pas lui laisser voir sa souffrance. Elle retient ses larmes jusqu'à ce qu'il ait quitté la pièce.

— QUATRE —

Sudha

Dans la cuisine, je laisse couler l'eau du robinet sur mon visage et frotte au point de le sentir se figer, comme paralysé. Je me récure ensuite le cuir chevelu jusqu'à ce que toute trace de cette bouillie ait disparu. Pourtant je me sens sale. Quand je me redresse, la tête me tourne. L'eau froide dégouline dans mon dos, sous la chemise et le long de la colonne vertébrale. Mes dents claquent. Mes viscères ne sont qu'un bloc de glace noire.

J'ai été l'objet de trop de violences. Ma mère, qui a martelé ma vie afin de la rendre conforme à ses vœux. Ma belle-mère qui a voulu en extirper ce qu'elle estimait inconvenant. Mon mari, ce lâche, avec ses épaules étroites et contrites. Sunil, plongeant au plus profond de mon corps, corrosif par son désir même. Chaque fois, je me suis montrée docile. J'ai baptisé ce qu'ils faisaient d'un nom convenable. Devoir. Honneur familial. Respect filial. Passion. Mais aujourd'hui... Le crachat du vieil homme, expression si franche de sa haine. Car c'est de cela qu'il s'agit, et que je ne peux déguiser sous une autre appellation.

Pourquoi ne lui ai-je pas jeté à la tête le bol de céréales ?

Putain, a-t-il hurlé la nuit dernière. Sa voix se cassait comme du petit bois. Il m'a regardée droit dans les yeux, reconnaissant à qui il avait affaire.

Dans ma poitrine, une sarabande de lettres. Quand je les range dans l'ordre, elles me disent : *Ceci est ta punition.*

Quelqu'un me tire par la jambe du pantalon. Dayita a donc réussi à écarter l'une des chaises. Elle tend les bras pour que je la prenne. Quand je me penche, elle tapote de ses deux mains mon visage humide, puis essaye de l'essuyer. Je la serre à l'étouffer contre moi. Nous avons fui de place en place, avec l'espoir de trouver un abri. Je croyais enfin l'avoir trouvé ici. Un sanctuaire, ne serait-ce que pour quelques mois. Le temps de reprendre mon souffle.

Dayita ne se tortille pas comme elle le fait d'habitude en essayant de m'échapper. Elle me lisse les cheveux, à la façon dont je lisse les siens. Elle me tire les oreilles et chantonne faux une chanson de bébé.

La nuit dernière, pendant qu'elle dormait, j'ai caressé ses doigts poisseux qui agrippaient un coin de sa couverture. Je prendrai soin de toi, lui ai-je murmuré. Je n'ai besoin de la charité de personne.

Anju, que ferais-tu ?

C'est une vieille habitude. Chaque fois que je me suis trouvée en difficulté, j'ai posé cette question.

Je ne m'adresse pas à la cousine à qui je ne puis plus parler désormais, à l'épouse qui doit me maudire en ce moment même, à la femme si diminuée par son deuil que j'ai du mal à la reconnaître. Mon Anju est la fille ardente, incandescente de fureur, avec laquelle j'ai grandi. *Le monstre*, dit sa voix en moi. *Vieux bouc égoïste et entêté. Décidé à rendre le monde entier aussi malheureux que lui. Comment ose-t-il s'attaquer à moi et à mon enfant ! Qui l'a institué mon juge ?*

Je ne suis pas Anju. Tout en m'efforçant de haïr le vieil homme, je ne peux m'empêcher de me rappeler sa chair figée, abandonnée. La froideur de ses membres, raides et qui refusaient mon contact. Et soudain je pense au corps de Singhji – l'apparence qu'il devait avoir quand ils l'ont trouvé au petit matin. Le corps de mon père. Une onde de douleur me parcourt, conséquence des mots que je viens de formuler. Mourir seul ainsi !

Qui sait ce que mon avenir me réserve. Et celui de Dayita. Notre avenir, résultat de ma légèreté. J'ai le goût amer de la peur dans la bouche. Néanmoins, je soulève Dayita très haut et la fais tournoyer. « Si cette journée doit être la dernière que nous passerons ici, lui dis-je, tâchons de nous amuser. »

Je m'approche de la chaîne hi-fi, avec sa rangée de boutons et de touches qui en toute autre circonstance m'auraient intimidée. J'appuie, je pousse et je finis par mettre en marche le lecteur de cassettes. Je découvre dans la pile, entre les psalmodies tibétaines et les incantations New Age, une cassette de musique hindie. Une chanson fuse, au rythme rapide. Je me souviens qu'on l'entendait partout, vomie par les haut-parleurs de centaines de boutiques, sifflée par les jeunes, chômeurs hilares plantés au coin des rues, fumant et crachant. La chanson me semble appropriée puisque moi aussi, bientôt, je vais me retrouver chômeuse.

Pyar Divana Hota Hai, l'amour est fou. Le danger des clichés, c'est qu'ils contiennent toujours un peu de vérité. N'avons-nous pas tous cru à l'amour fou, planté à la croisée de nos jours ? N'avons-nous pas désiré le flux de cette passion ? Nous n'imaginions pas qu'il pouvait détruire une vie.

J'augmente le son et me balance, en rythme, avec ma fille. Le passé est le passé est le passé. Dayita rit, ses nouvelles dents brillent. J'en compte six, avec un coup au cœur. Les deux dernières sont sorties alors que j'étais trop préoccupée pour m'en apercevoir. Ou bien ne lui aurais-je pas donné assez d'occasions de sourire ?

« Allons prendre un long bain bouillonnant », lui dis-je, en lui chatouillant la nuque. Dans la salle de bains de Myra, je m'empare d'un flacon de gel aux aromates censé apaiser mes chakras. C'est le moins que le monde nous doive à ma fille et à moi. Nous remplissons la baignoire, y entrons, nous éclaboussons. Des montagnes d'écume odorante s'élèvent autour de nous. Écume sur nos sourcils de Père Noël, moustaches d'écume au-dessus de nos lèvres. J'ai laissé la porte ouverte si bien que nos rires se mêlent à la musique. *Gata Rabe Mera Dil*, Mon cœur chante. J'espère que le vieil homme entend. J'espère que chaque syllabe transperce son cœur noir.

Dans la cuisine rutilante de Myra, je prépare un plat ancien. Bhaté bhat. Un plat cuit à la vapeur. Les gens le mangeaient avant de partir en voyage parce que c'était rapide et facile à faire. Pendant toute notre enfance, Anju et moi ne sommes allées nulle part. Mais parfois, quand nous étions tristes, et parce que nous aimions beaucoup le bhaté bhat, Pishi nous en préparait.

Je fouille dans la cuisine : riz, dal jaune, pommes de terre. Je substitue certains ingrédients à d'autres, en espérant qu'ils conviendront. N'est-ce pas cela la vie du voyageur : substitution et expérimentation ? À la place du jhingay à la peau épaisse et aux gros pépins, j'utilise des courgettes. En guise de kumro, de la banane écrasée. Et, avec un peu d'appréhension, je remplace l'huile de moutarde piquante si populaire au Bengale par de l'huile d'olive. Pour quelques ingrédients, il ne saurait y avoir d'équivalents : le melon amer, ou les petites racines brunes de taro. Demain, je demanderai à Myra d'aller en acheter au marché chinois. Sur quoi, je me rappelle que je la quitte.

En Inde, on aurait enfermé chacun des ingrédients dans un bout de vieux tissu et on les aurait fait cuire à la vapeur en même temps que le riz, permettant aux senteurs de s'exhaler. Ici, je les fais bouillir dans une casserole, puis les malaxe en boulettes arrosées d'huile d'olive, de sel et de poivre. J'aurais dû en préparer pour Anju. Je suppose qu'elle suit son cours d'histoire en ce moment, avec ce vieux professeur dont la voix l'endort. À moins qu'elle ne soit au lit, la tête enfouie sous l'oreiller...

Non, je ne peux me permettre un tel sentimentalisme.

Je suis sortie de la vie de ma cousine, je m'en suis arrachée à la façon dont un jardinier déracine une mauvaise herbe. Je ne dois pas la réintégrer, même en pensée.

« Une bonne moitié du plaisir que nous prenions au bhaté bhat tenait au fait que nous le mangions dans la même assiette, dis-je à Dayita. C'est ce que nous allons faire toi et moi. » Je remplis une grande assiette, riz au centre entouré des légumes colorés. Puis une idée me vient. Je remplis une deuxième assiette.

Je place la table roulante à portée de son lit, mais pas trop près, de façon qu'il ne puisse attraper un objet quelconque et me le jeter à la figure. Bien qu'il ne paraisse pas être d'humeur à cela. Drap tiré sur le visage, seul le nez émerge, pointu, pincé. L'assiette est si jolie, le vert guilleret des courgettes, le jaune chaleureux de la courge. Le riz fumant, petit monticule ivoire. Il a dû en manger très souvent en Inde. Je veux le tenter. Je verse du jus de mangue dans une timbale bleue. Il ne regarde pas, bien entendu. La peau tombe en plis lâches de ses pommettes. Il respire avec un bruit d'air pulsé dans un tuyau trop fin. Je suis peinée pour lui, mais furieuse aussi.

Je dis : « Ne pas manger ne fera que vous rendre encore plus malade, et il faudra de nouveau vous envoyer à l'hôpital. C'est ce que vous voulez ? »

Il n'ouvre pas les yeux. Les paupières sont creuses, toutes plissées et mauves. Est-il en train de se déshydrater ? Puis je me gourmande. Pourquoi m'inquiéter ? Il y a de l'eau sur sa table de nuit, bien visible, dans une tasse qui ne se renverse pas.

L'air embaume les pommes de terre en purée bien beurrée. Mon estomac gronde, me rappelant que je n'ai pas mangé depuis ce matin. De l'autre pièce me parvient un bruit fracassant. Qu'est-ce que Dayita a encore inventé ?

Je prends ma voix la plus basse et menaçante : « Si

vous ne me laissez pas vous aider, je vais partir. Et que croyez-vous qu'il vous arrivera ensuite ? »

Il ne répond pas. Sa respiration ne change pas. Je pourrais aussi bien être une mouche. Gênante, mais ne méritant pas qu'on fasse l'effort de l'écraser.

Nous sommes assises dans le passage qui mène à la chambre du vieil homme parce que je veux qu'il puisse nous entendre. J'ai étalé un drap par terre, et les plus beaux coussins de velours de Myra. « Comme si nous étions des reines », dis-je à Dayita. Une seule vitre occupe presque tout le mur. Elle donne sur le petit jardin de Myra. Iris barbus. Un arbre croulant sous des fleurs mauves et brillantes en forme de disque, dont il faudra que je demande le nom à Myra. J'imagine notre conversation. *Myra, je m'en vais. Je ne supporterai pas ce vieil homme méchant une minute de plus. Mais avant de partir, je voudrais que vous me donniez le nom de ce si bel arbre mauve dans votre jardin.*

Lalit aurait su traiter cette situation à la blague. Mais je ne suis pas Lalit. La seule chose que je sache faire, pour le moment, alors que tous mes plans ont échoué, est de raconter une histoire à Dayita.

« Alors le vieux roi a traversé l'océan pour voir le monde. Mais il avait dû partir pendant le rahukal, parce que, quand il est arrivé, il s'est aperçu qu'il avait perdu la parole. Ce qui le rendit triste au possible, puis très en colère, et quand il ouvrit la bouche pour crier sa colère, une bande d'horribles crapauds s'en échappa. »

Je raconte de ma voix la plus douce, en espérant que Dayita ne comprenne pas les mots. « Son fils et sa belle-fille en furent très effrayés. Ils ne savaient pas comment l'aider, et, par ailleurs, ils en avaient assez de trouver des crapauds dans les placards, dans la baignoire et parfois même dans leur lit. Ils expédièrent le vieil homme dans un château où l'on gardait d'autres hommes semblables à lui. Là, on lui musela la bouche de façon que les crapauds ne puissent plus en sortir, et on le nourrit de bouillie à l'aide d'un tuyau attaché à son nez. Chaque nuit on le mettait dans une machine qui aspirait ses souvenirs, si bien que, peu à peu, il finit par oublier qui il était et ce qui le rendait triste. »

Je m'arrête pour avaler une bouchée. Froid maintenant, grumeleux, décevant, le plat que j'ai dans mon assiette n'a absolument pas le goût de celui de mon enfance. J'en introduis une cuillerée dans la bouche de Dayita, qui la recrache aussitôt.

Ne sachant pas quelle fin donner à mon histoire, je la laisse en suspens. N'est-ce pas le sort des histoires d'aujourd'hui ? Et puis, j'ai trop de soucis en tête pour être capable d'invention. Je dois coucher Dayita pour sa sieste, téléphoner à Lupe et lui demander de venir me chercher, empaqueter mes quelques affaires. Je replie le drap, remets les coussins en place. Dayita tape sur la vitre, tenant un discours à un écureuil qui court le long d'une branche. Mon temps de Schéhérazade est dépassé.

Le silence règne dans la chambre du vieil homme. Il est allongé toujours dans la même position, son menton osseux pointé vers le plafond. Les battements de mon cœur s'accélèrent. *Ne mourez pas, ne mourez pas.* Non, voilà, sa poitrine se soulève légèrement, retombe, s'arrête un long instant avant de repartir. Mais la table roulante est plus près du lit ! Je constate qu'il a avalé quelques bouchées de bhaté bhat et bu un peu de jus de fruits. Et quand je repars avec la table, il ouvre les yeux et me jette un regard mauvais.

Je retiens mon sourire. Le match continue, mais j'ai gagné ce round.

Je lui cuisine un dîner de fête : poulet au yaourt, riz basmati très moelleux. Peu d'épices, afin de ne pas lui faire mal à l'estomac. Quand Myra sera de retour, je lui demanderai de surveiller Dayita le temps que j'aille marcher un peu. Avec de la chance, je trouverai une cabine téléphonique pas trop loin.

Je commence par le coup de fil le plus facile.

« Mais où diable *êtes*-vous donc ? dit Lalit. Et comment allez-vous toutes les deux ? J'étais fou d'inquiétude.

— Nous allons bien. Mais comment savez-vous...

— Sunil m'a appelé hier soir. Il pensait que vous étiez peut-être avec moi ! J'ai téléphoné partout – la police, les hôpitaux. Naturellement personne ne savait rien. Il y a quelques minutes, j'ai appelé Anju, espérant qu'elle avait trouvé quelque chose. Ça a sonné, sonné. J'allais abandonner quand elle a répondu. Et quand je lui ai demandé ce qui s'était passé, elle m'a raccroché au nez. Si vous avez des ennuis, pourquoi ne pas vous être adressée à moi ? »

Que lui dire, comment lui expliquer ? Je ne réponds pas et lui demande seulement : « Quelle impression vous a faite Anju ?

— Pas bonne. On aurait dit qu'elle avait pris des somnifères, ou autre chose. La voix embarrassée, cherchant ses mots. Je lui ai demandé où était Sunil. Elle m'a dit qu'il était parti – sans plus. Je lui ai demandé si elle se sentait bien, si elle avait besoin d'aide, et elle n'a pas répondu. »

Ma brève euphorie m'abandonne. Je m'appuie à la cloison métallique de la cabine, glaciale contre mes omoplates.

« Avez-vous l'intention de me dire ce qui se passe ?

— Plus tard, quand je vous verrai.

— Je suis heureux d'entendre que vous envisagez de me voir. Oserai-je vous demander quand ? »

Ne te fâche pas, Lalit. S'il te plaît, pas toi. « Dimanche matin, si vous êtes libre.

— Je suis libre ! Merde, Sudha, vous savez bien que je... Où ça ? »

Je lui donne l'adresse et le téléphone de Myra, lui

explique ce que j'y fais, le prie de ne donner le numéro à personne.

« Ça signifie qui, *personne* ? »

Je ne réponds pas.

« Je renonce à comprendre, dit-il, la voix soudain fatiguée. J'aurais simplement souhaité que vous ayez assez confiance en moi pour me prévenir avant de disparaître sans crier gare. »

Je ne vais sûrement pas m'excuser. « Racontez-moi une blague, la plus idiote possible.

— Vous me prenez pour une machine à humour ?

— S'il vous plaît... »

Il soupire. Puis, au bout d'un instant : « Un homme va consulter un psychiatre. Docteur, dit-il, je me prends pour une grenouille. Ça fait combien de temps que ça dure ? demande le psy. Depuis que je ne suis plus un têtard. »

Je ris. Plus tard, je me demanderai pourquoi il a choisi cette histoire, si elle contient un message à mon intention.

« À dimanche, lui dis-je.

— Je ne vivrai plus jusque-là », dit-il.

Anju répond dès la première sonnerie, avant que j'aie eu le temps de me préparer. Attendait-elle près de l'appareil ? Je l'imagine assise par terre, dans le living-room sombre et poussiéreux, la tête contre le canapé, les cheveux que j'avais si bien démêlés de nouveau pleins de nœuds.

« Sunil ? dit-elle. Sunil, c'est toi ?

— Non, c'est moi. »

Anju ne pose aucune question – ni où je suis, ni pourquoi je suis partie. Elle ne demande même pas des nouvelles de Dayita.

« Anju, je suis désolée d'avoir dû partir si soudainement. Je ne voulais pas t'inquiéter. Je n'avais pas le choix. Je t'en prie, crois-moi.

— Tu n'as pas à t'expliquer. C'est ta vie. »

La voix est neutre, juste l'infime tremblement d'une corde de sitar trop serrée. Moi seule, qui la connais depuis l'enfance, peux dire à quel point elle est bouleversée.

« Anju, écoute-moi. Je ne pouvais plus rester. Étant donné le cours des choses.

— Tu n'as pas à t'expliquer, répète-t-elle. Sunil m'a tout raconté avant de partir.

— Mais tu dois écouter ma version...

— Il veut divorcer, de façon à pouvoir commencer une nouvelle vie. Avec toi.

— Anju, ça ne se fera pas. Je le lui ai dit. Il sait que je ne l'aime pas. Je le lui ai répété dans la lettre quc je lui ai laissée... ne l'as-tu pas lue ? »

Anju continue, comme si je n'avais rien dit. « J'étais prête à me battre par tous les moyens. Supplier, pleurer, insister pour qu'il consulte avec moi un conseiller matrimonial...

— Voilà, c'est exactement ce que j'espérais vous voir faire.

— Mais un amour mort, c'est comme un corps mort – ça commence à pourrir alors qu'on s'accroche encore à lui, et qu'on hurle son désespoir. »

Ses paroles m'épouvantent, et sa voix, qui paraît si raisonnable. « Ne prends pas de décisions hâtives, dis-je. Vous êtes tous les deux beaucoup trop secoués. Laissez les choses se calmer un peu.

— Peux-on stopper la décomposition ? Il ne reste bientôt plus que la puanteur sur les mains. Je signerai les papiers du divorce quand il me les enverra.

— Anju ! Voyons-nous d'abord. »

Mais elle a raccroché. Sur le chemin du retour, courbée pour me protéger du vent froid de la baie qui s'est levé, je ne cesse d'entendre le clic métallique, symbole de la rupture dont je suis la cause.

— CINQ —

Les derniers rayons du soleil disparaissent, la nuit prend dans sa nasse la luminosité des villes, les constellations s'amusent à se poursuivre, projetant des étincelles quand elles se touchent. Au-dessous, personne ne le remarque. Dans toute la baie, c'est l'heure du dîner.

Pour certains, comme Anju, il se résume à une tranche de fromage américain sortie de son emballage en plastique, qu'ils mangent debout dans la cuisine avec du riz sauté froid, rapporté de chez le traiteur chinois dans une boîte rouge et blanche, ce qui leur remet en mémoire une période plus heureuse de leur vie.

D'autres, comme Sunil, mangent à une de ces tables étroites de restaurant réservées aux clients solitaires, situées au fond de la salle près de la porte marquée *Toilettes*. L'air concentré, ils plongent dans la lecture de leur journal en attendant qu'on les serve. Le NASDAQ a encore chuté, et le Dow Jones ne vaut pas mieux. Il y a une colonne entière de Femmes Cherchant Hommes (où peuvent-ils bien être ?). Les esseulés sortent un carnet de leur poche et prennent des notes. Quelques-uns appuient avec frénésie sur les touches de leur portable. S'ils obtiennent une réponse, une expression de béatitude se peint sur leur visage. *Je suis sauvé.* Sunil, qui méprise de tels procédés, regarde droit devant lui, la solitude ne semble pas l'affecter. Une fois servi, il mastique lentement, avec détermination.

Chez Myra, une nappe de soie marron imprimée d'un motif indien recouvre la table. Serviettes assorties, porcelaine blanche et tendre, verres de cristal ultrafin. Chandeliers de cuivre en forme de paon. Trideep ouvre une bouteille de beaujolais. Ils fêtent une victoire.

« Ne vous réjouissez pas trop vite, dit Sudha sèchement. Il n'a mangé que deux fois, et juste quelques bouchées.

— C'est le jour et la nuit, comparé à ce que nous obtenions, nous », dit Myra. Elle lève son verre, en un geste démesuré de danseuse. Le vin tremble, translucide, on croirait une vitre teintée. « À la magicienne ! »

Le sourire de Sudha, trait d'union horizontal. Elle se tait. De temps en temps, elle jette un regard vers la porte, comme si elle attendait quelqu'un.

« À la magicienne qui a sauvé notre mariage ! » ajoute Trideep. Le soulagement a détendu les muscles de son visage, si bien qu'il ressemble à une version plus jeune et plus ronde de lui-même. « Délicieux ! s'exclame-t-il, en agitant une fourchetée de poulet au curry. Qui pourrait résister ? » Il se penche pour chatouiller Dayita, qui a rampé vers lui, attirée par le rire profond et masculin. « Ta maman effectue des miracles, tu sais ça, petite fille ? » Dayita lui rend son rire et attrape ses lunettes.

« Nous voulons vous faire un cadeau en témoignage de reconnaissance », dit Myra. En route vers la cuisine, où elle va chercher une autre bouteille, elle jette les bras autour du cou de Sudha, cogne ses joues contre les siennes en un baiser aérien. Ses fins bracelets d'argent, vingt à chaque bras, tintinnabulent de bonheur.

« Je ne veux rien », dit Sudha, ce qui pourrait signifier qu'ils ne peuvent lui donner ce qu'elle désire vraiment. Personne ne le peut. Mais ils insistent et, la deuxième bouteille de vin vidée, ils parviennent à un accord. Ce sera une trotteuse pour Dayita. (« Les parcs, c'est trop trop cruel », frissonne Myra.) Ils achèteront le modèle avec large pourtour rembourré, si bien que, même si elle s'approche des objets précieux de Myra, ils resteront hors de sa portée.

« Je me sentirai tellement plus détendue, dit Myra. En fait, c'est un cadeau que je me fais à moi-même ! Nous l'achèterons ce soir, en allant chez Sally. »

Sally est l'amie de fac de Myra. « Elle possède ce grand magasin, juste sur le campus, explique Myra. Vêtements et art d'Extrême-Orient. Emplacement génial. Beaucoup de succès. Son associé s'est retiré récemment, et elle me pousse à quitter mon job et à la rejoindre. Mais avec tout ce qui s'est passé ici ces derniers temps, j'étais beaucoup trop angoissée pour y réfléchir. Je vais peut-être le faire maintenant. » Timidement elle ajoute : « Elle pense que j'ai l'œil pour ça. »

Trideep lui malaxe l'épaule. « Mais oui, tu l'as. Tu m'as choisi, non ? » Myra rougit, s'illumine. Ses mains, croisées sur les genoux à la manière d'une madone, tressautent, puis reprennent leur immobilité. Au repos, ses doigts sont beaux et fragiles. Ils ont l'éclat du nacre. Elle pousse un soupir, se penche vers Trideep, qui l'embrasse sur le front. C'est ainsi qu'ils devaient être avant que la maladie du vieil homme ne vienne jeter la tempête dans leur vie.

Sudha détourne le regard et se mord les lèvres.

« Nous serons rentrés pour dix heures », affirment-ils en partant.

Le vin, qui les a rendus pétillants, n'a fait que la fatiguer. « Prenez votre temps », dit-elle. La soirée s'étend devant elle, un désert, chaque minute aussi abrasive que la poussière de roche. « J'ai amplement de quoi m'occuper. »

À cinquante miles au sud, la 880 est totalement bloquée par un poids lourd qui a franchi la barrière médiane et s'est renversé, répandant son chargement. Une purée de tomates écrasées macule les huit voies, des boîtes d'épinards surgelés craquent comme des os sous les roues des voitures qui progressent par petits soubresauts. Sirènes hurlantes, la police des autoroutes neutralise des voies à l'aide de torches semblables à de gigantesques cierges. Où est le conducteur du camion ? Quatre voitures se sont télescopées derrière le poids lourd, des secouristes s'affairent autour d'elles avec des brancards. Un jeune homme hagard, assis sur la barrière médiane, se tient le poignet qui forme un angle bizarre. Une femme pleure, tirant sur l'encolure de sa robe. Une autre femme se trouve déjà dans l'ambulance, le masque à oxygène lui donne l'air d'une extraterrestre. Clignant des yeux sous l'effet des gyrophares, les conducteurs se dévissent la tête pour voir, rechignant à s'éloigner. Par reconnaissance envers le sort qui les a épargnés ? Par compassion ? Peut-être sont-ils simplement furieux du retard, qui va leur faire manquer *Jeopardy* à la télé. Le policier leur intime l'ordre de circuler. *Circulez, circulez*. De chaque côté de l'autoroute, des maisons, des rangées de maisons indifférentes. Les gens cuisinent, vérifient les devoirs des enfants, paient leurs factures. Puis ils feront l'amour, puis ils goûteront le bref oubli du sommeil. À la télé, un présentateur annonce qu'il y a maintenant sept millions de personnes de par le monde porteuses du VIH. Quelques centaines de mètres plus loin, quelqu'un parle dans un mégaphone. Un autre hurle. Les habitants des maisons ne les entendent pas. Ne pas entendre est peut-être nécessaire à leur survie. Les hélicoptères qui surveillent la circulation survolent la zone, leurs pales brassant l'air pollué. Les projecteurs repèrent le nom du camion : *Le Veinard*. Entre deux bouchées de macaronis et de fromage, un gamin demande à sa mère ce que c'est que la perestroïka. Il doit en donner une définition pour l'école. Je ne sais pas, dit-elle, fatiguée, tout en récurant une casserole. Demande à papa quand il sera rentré. À quelques centaines mètres de là, les vapeurs s'élèvent de l'asphalte pour se fondre dans l'éblouissement blanc, comme la brume, l'hiver, s'élève de la rivière.

Des deux côtés de l'autoroute, également, s'alignent les motels, baptisés Vacances et Sommeil, ou Confort et Découverte. Promesses de repos ou d'aventures à des prix modestes. Dans l'un d'entre eux, Sunil, en pyjama, se brosse les dents. Pantalon et chemise rangés dans la petite penderie, valises poussées contre le mur de la chambre, qui ne contient qu'un lit et une table sur laquelle, dans les jours qui suivront, il prendra ses repas, plats tout préparés de chez le traiteur indien Meena Chaat. (« Meilleur marché, plus grande quantité. ») Au fond d'une de ses valises sont cachés deux mille dollars en traveller's chèques, la moitié de la somme qui figurait sur son compte en banque. Il a laissé l'autre moitié à Anju. Il devra s'en contenter jusqu'au versement de son salaire, le mois prochain. Motel et voiture de location (il a aussi laissé la voiture à Anju) coûtent plus cher qu'il ne s'y attendait.

Avant de quitter définitivement son bureau, et malgré tout ce qui restait encore à régler, il a pris une demi-journée de congé. Dans la voiture de location, il a roulé, roulé, parcourant les rues à la recherche d'une femme et de son enfant dans une poussette. En esprit, il la voyait vêtue du même sari que le jour du baiser. Couleur bleue des jacinthes d'eau, ces belles fleurs mortifères des lacs du Bengale où vivent les moustiques porteurs de maladies qui tuent. Il est allé chez Lalit – il a trouvé facilement l'adresse dans l'annuaire –, s'est garé en face de l'immeuble. Il a attendu que la nuit tombe, qu'il fasse vraiment noir, que les lumières s'allument dans l'appartement, qu'une seule silhouette se dessine.

Il a l'intention de recommencer le même manège tous les soirs jusqu'à son départ pour Houston.

À présent, il passe le fil dentaire entre ses dents, méthodiquement, le jette dans la petite poubelle de métal rouillé.

Dans la journée, il a appelé Anju pour lui donner l'adresse du bureau de Houston. « Je t'enverrai chaque mois la moitié de mon salaire, a-t-il dit. Tu n'auras pas à t'inquiéter pour l'argent.

— Je ne veux pas de ton putain d'argent. »

Le mot lui a fait l'effet d'une gifle. Elle ne jurait jamais comme ça. Il a senti la sueur couler sous sa chemise. « S'il te plaît, un peu de bon sens », a-t-il dit. Sans oser l'appeler par son prénom. Il en a perdu le droit.

« Va te faire foutre », a-t-elle dit.

Au lit, il remonte la couverture jusqu'au menton, puis la rejette d'un coup de pied. Usée, elle sent le moisi. Raides d'amidon, les draps raclent la peau. Par une fente dans les rideaux, les phares des voitures balayeront toute la nuit son visage, le tirant du sommeil. Devrait-il embaucher un détective privé ? Mais que lui dirait-il ? Il n'a même pas une photo de Sudha à lui montrer.

Il se frotte la nuque – si fatigué, et incapable de dormir. Au bout d'un moment, il renonce. La télé ? Non. De la valise de cuir éraflé qui le suit depuis ses années d'étudiant, il tire un magnétophone neuf, encore dans son emballage rembourré de mousse, prend une cassette et l'insère. Où se trouve la prise de courant ? Dans l'obscurité, il s'agenouille, tâtonne le long du mur, trouve le petit rectangle de plastique. Coudes posés sur la table branlante, au toucher froid, il approche la bouche du microphone intégré.

« Mon bébé, murmure-t-il, tu me manques. Où es-tu maintenant ? »

Huit heures du soir. Elle va jeter un coup d'œil au vieil homme, qui semble dormir. Huit heures et quart. Elle passe une éponge sur les plans de travail de la cuisine, qu'elle a déjà nettoyés. Baignée, couchée, Dayita dort calée par les coussins. Huit heures vingt-cinq. Huit heures et demie. La nuit est d'un silence total, même les criquets sont rentrés dans leurs trous. Huit heures trente-cinq. Elle arpente la cuisine, s'assoit, se relève. Passe de la lotion d'aloès sur ses mains sèches. Se lave le visage à l'eau froide, se fait une tasse de camomille au miel. Le silence s'empile autour de son corps comme des copeaux de glace. Elle se ronge les ongles, une vieille habitude. Pour l'en empêcher, sa mère la forçait à tremper les doigts dans de l'huile de castor. Elle se croyait guérie, de cela comme d'autres désirs. Huit heures quarante-cinq.

Elle s'approche de la chaîne hi-fi, fouille parmi les disques. Le trouve – comment a-t-elle pu ne pas le voir auparavant – *Chants folkloriques du Bengale.* Dans le silence de la maison de verre, aux parquets recouverts de tapis de Bokhara, le choc de cette voix brute et insistante, aux éclats métalliques. Elle éteint les lumières. Le canapé de cuir blanc miroite doucement. L'ektara chante une vieille chanson que connaissait Pishi, *O nodi re.*

Rivière, j'ai une seule question à te poser.
Ô rivière, pendant ton voyage sans fin,
Quand l'une de tes rives cède, tu en construis
une autre.
Mais que puis-je faire, moi, dont on a démoli
Toutes les rives de la vie ?
Ô rivière.

Elle repasse le disque une fois, deux fois, elle l'écoute une heure d'affilée, comme une adolescente. Et chante en même temps, jusqu'à en avoir la voix rauque. Les rivières du Bengale, qu'elle n'a vues qu'à de rares occasions, du haut d'un pont, ou de l'intérieur d'une voiture. Neuf heures vingt-cinq. Vivre tant d'années dans un pays et ne pas en connaître les rivières. Son visage la brûle. Elle a du mal à avaler. Le regret enfle dans sa gorge, telle une amygdale infectée. Il ne faut pas que Trideep et Myra la trouvent dans cet état.

Dans la chambre, la veilleuse dispense une lumière

bleue. Le vieil homme s'est couvert le visage d'un oreiller. Elle court vers lui, le souffle coupé. « *Baba, qu'avez-vous fait ?* » Mais non, ce sont simplement ses oreilles qu'il a essayé de couvrir. Ses doigts endormis agrippent toujours les bords blancs du matelas. Elle les détend doucement, pour ne pas le réveiller.

Plus tard, elle se souviendra qu'elle l'a appelé *Baba. Père.* Nom qu'on donne couramment, en Inde, aux personnes âgées. Néanmoins.

Lui aussi connaît la chanson. Il a pensé aux rivières qu'il ne reverrait pas. Eau verte. Rapides. Sautillements raides des grues sur la vase. Il dort, offrant son profil émacié, figé, où il ne reste plus une once de graisse. Le temps a passé : dix heures un quart. Onze heures. Elle touche la taie d'oreiller : elle est sèche. Il arrive qu'on soit au-delà des larmes.

Anju enfile des chaussettes. Avec difficulté, car elle en porte déjà deux paires. Mais il fait si froid, un froid que ne réussit pas à chasser le chauffage pourtant mis à fond. Ses doigts se recroquevillent. Elle se dit qu'elle va aussi enfiler des gants.

Un chandail, deux. Le marron, acheté à l'occasion d'un vide-grenier, le vert, que Sunil lui a offert pour un de leurs anniversaires de mariage. Elle l'enlève et le jette dans un coin. Fouille dans la penderie, finit par trouver le châle bleu et blanc que Pishi lui avait tricoté, il y a longtemps. Se couvre la tête d'un bonnet de laine. S'assoit sur le canapé et replie les genoux sous la poitrine. Toutes les lampes son allumées, et la radio, et la télé. Elle l'a tournée, écran face au mur. Pour ne pas voir les visages qui la regardent. Elle tire les rideaux. Dans le noir, de l'autre côté de la fenêtre, il y a aussi des visages. Elle vérifie que la porte est bien fermée à clef, met la chaîne de sécurité.

La radio raconte les attentats suicides à Tel-Aviv, la télé parle des raids aériens en Bosnie. Le réfrigérateur récite le début d'un roman. *À l'odeur d'amande amère il associait toujours le destin des amours non partagées.* Anju acquiesce. N'en sait-elle pas plus sur les amours non partagées que le reste du monde ? Cette façon qu'ils ont de peser sur votre poitrine pendant que vous dormez, tranquilles comme des chats, aspirant votre souffle vital. C'est pour cela qu'elle doit rester éveillée. Elle prend son cahier de notes et commence à écrire. Le froid engourdit ses paupières, les tire vers le bas. Mais elle doit résister. Et si le téléphone... Et si la sonnette de la porte... Une tasse de thé, voilà ce qu'il faut, pour la réchauffer et l'empêcher de somnoler.

Sifflement de la bouilloire. Elle verse, mesure, remue. Voilà, ce n'était pas si difficile que ça, même avec les gants. Elle tient la tasse à deux mains. L'ampoule électrique grésille une chanson sur des gens qui ont besoin des autres, de gens qui sont les plus chanceux du monde. Elle est bien bonne ! Elle en rirait presque. *Qu'en penses-tu, Nicole ?* La vapeur de la bouilloire imprime une tache humide sur le mur de la cuisine. À force de la fixer, on finit par y discerner des visages. Celui de Sunil, avec cet air suppliant – quand l'a-t-elle vu pour la première fois ? Quand elle lui a demandé si elle pouvait faire venir Sudha ? Ses yeux lui ont dit : *Ne la rapproche pas tant de moi. L'attirance entre nous deux est trop forte. Je ne pourrai plus empêcher le choc de se produire.* Toutes ces querelles qui ont suivi – alors que c'était la seule façon qu'il connaissait de la prier de l'aider. Mais elle l'avait rembarré, la tête trop pleine de ses propres paroles pour entendre les siennes.

Sur quoi elle regarde les morceaux par terre, les éclaboussures du liquide trouble sur ses chaussettes, dont elle ressent la brûlure, elle entend encore le bruit de la porcelaine qui se brise. Comment cela s'est-il produit ? Elle prend une autre tasse. Voilà, c'est ça, la porcelaine ronde qui échappe à ses mains gantées. Voilà, l'éclatement en fragments sur le linoléum dur. Elle en prend une autre, et encore une autre, reculant d'un bond à chaque explosion comme un enfant qui fait éclater des pétards. Quand il ne reste plus aucune tasse sur l'étagère, elle passe aux assiettes.

Les débris de toutes les couleurs sont si jolis. D'un pied qu'elle dénude, elle en teste les arêtes. La brève douleur de la coupure la ramène à la réalité de la pièce, du moment, l'empêche de tomber dans le vide qui s'ouvre devant elle. La distraction est un corollaire de la destruction, pense-t-elle en naviguant dans la cuisine. Les plats de service se brisent, avec un *shplaf* satisfaisant, en deux parties bien nettes. Est-ce ce qu'on appelle une franche rupture ? De l'appartement du dessous, quelqu'un braille son mécontentement. Un autre frappe au plafond (c'est-à-dire son plancher à elle ?) avec un manche à balai. Elle n'entend pas. *La distraction est un corollaire de la destruction.* Il faut qu'elle le note pour s'en servir plus tard dans un essai. Elle prend son carnet, la page est pleine. *Père père père père père...*

Si même l'écriture vous trahit, que reste-t-il ?

Anju retourne dans la cuisine, brassant l'air épais de ses bras à la manière d'un nageur. La brasse. Elle a toujours voulu l'apprendre, et maintenant elle n'en aura plus l'occasion. Elle piétine les morceaux : porcelaine, faïence, poterie, cristal. Les débris de cristal proviennent d'un service de verres à vin que Sunil a acheté, pour un autre de leurs anniversaires de mariage ? Elle les écrase du talon. Dans le tiroir à couverts, il y a les couteaux, bien rangés dans leur travée. Les couteaux savent l'importance qu'il y a à ne pas franchir sa frontière. Le retour, après qu'on l'a franchie, ne se fait qu'au prix de sérieux dégâts. Son pied a laissé des empreintes sanglantes sur le sol semblables à des taches de Rorschach. Les couteaux sont magnétisés. Elle se dirige vers eux, maladroitement, comme si elle était un morceau de métal.

Elle pose les doigts sur la glissière du tiroir et tire. La pièce n'est plus qu'argent et scintillements. Elle cherche à écouter quelque chose qu'elle n'entend pas. Elle referme les compartiments de son esprit un par un. Clic. Clic. Clic. Une chanson diffusée par un magnétophone, le vieil appareil qui se trouvait chez sa mère, avec ses grosses bobines d'un gris métallique, granuleux de toute la poussière statique accumulée au cours des années : *All the lonely people...* Les Beatles.

De toute sa force, elle referme le tiroir. Mi-courant, mi-trébuchant, elle retourne dans le living. Le carnet de notes. Sa respiration ressemble à celle d'une personne restée trop longtemps sous l'eau. Elle feuillette les pages. Où diable est ce numéro ? Elle le trouve, le contemple, peut-elle appeler, comme ça, une quasi-étrangère – quelqu'un qu'elle ne connaît qu'à travers son groupe d'écriture ? Admettre que c'est la seule personne à qui elle peut téléphoner, au milieu de la nuit, quand elle envisage la mort ?

...where do they all come from ?

Elle est née fille des Chatterjee de Bhavanipur, a grandi dans une demeure de marbre si ancienne et célèbre que les passants se la montraient du doigt. *Regarde celle-ci.* Pour son premier anniversaire, sa mère a invité une centaine de brahmanes à venir célébrer une cérémonie du feu, cérémonie de bénédiction. Son mariage est inscrit dans le registre de l'Amrita Bazaar Patrika. À présent, seule dans un appartement sinistre plein de verre brisé, elle doit convoquer tout ce qui lui reste de volonté pour soulever le combiné. Une voix ensommeillée marmonne quelque chose à l'autre bout du fil. Anju se raidit, tous ses muscles prêts à raccrocher.

Elle agrippe le combiné des deux mains. Elle n'a rien d'autre à quoi se tenir.

« C'est Anju, dit-elle. J'ai de gros problèmes. J'ai besoin d'aide. »

Ce sont les mots les plus difficiles qu'elle ait jamais prononcés.

— SIX —

Lettres

Houston
Septembre 1994

Anju,

Je me fais du souci pour toi. J'ai appelé plusieurs fois tard la nuit dernière et tôt ce matin, et je ne t'ai pas trouvée. Qu'y a-t-il ? Je voulais te dire de ne pas t'inquiéter pour l'argent. La moitié de mon salaire continuera à être déposé sur notre compte commun. Si tu as besoin de plus, dis-le-moi.

Je sais toute la colère que tu dois éprouver à mon égard. Je me reproche amèrement toute la peine que je t'ai faite. Ne crois pas que j'ai agi à la légère. J'espère que, avec le temps, tu comprendras que c'était la seule solution possible pour nous, notre seul moyen de survivre et d'avancer. J'espère que, avec le temps, nous pourrons devenir amis.

S'il te plaît, écris-moi à l'adresse du bureau de Houston. Je suis dans un hôtel et il se peut que je déménage bientôt.

Sunil.

Septembre 1994

Sunil,

Ci-joint deux lettres express arrivées pour toi de Calcutta il y a plusieurs jours. La gardienne avait signé la décharge et les avait glissées sous la porte de l'appartement. Je n'habite plus là – je ne les ai trouvées qu'hier.

J'ai déménagé mes affaires. Informe la gardienne de ce que tu comptes faire, conserver ou non l'appartement. Sinon, moyennant paiement, elle veut bien emballer tes affaires et les mettre au garde-meuble.

J'ai retiré ma signature du compte en banque commun. Inutile donc d'y déposer de l'argent pour moi. As-tu réellement cru que j'allais continuer à accepter ton argent ?

S'il te plaît, ne m'écris plus. Ce n'est pas mon bien-être qui te préoccupe, c'est ta propre culpabilité. Il te faudra vivre avec. L'amitié entre nous ne m'intéresse pas. Je m'efforce de « survivre et d'avancer », et, chaque fois que j'entends parler de toi, je recule. Si tu veux vraiment m'aider, laisse-moi tranquille.

Expédie les papiers du divorce à la gardienne. Elle me préviendra quand ils arriveront.

Anju.

Calcutta,
Août 1994

Cher chiranjibi Sunil,

Mon fils, c'est avec un grand chagrin que je t'écris. Moi-même et plusieurs de nos parents, y compris Gouri, n'avons cessé de te téléphoner depuis deux jours pour t'informer de la mort de ton père il y a trois jours à la suite d'une crise cardiaque, Dieu lui accorde la paix. Nous sommes très inquiets de ce que personne ne réponde chez vous. Je n'ai trouvé nulle part ton numéro au bureau, aussi Gouri a suggéré que je t'envoie cette lettre par express. S'il te plaît, appelle-moi tout de suite pour me dire quand tu comptes arriver. Les funérailles doivent avoir lieu dans les trois jours, ils ne peuvent pas conserver le corps plus longtemps.

Ta mère.

Calcutta
Août 1994

Cher Sunil,

Je t'écris au nom de ta mère, accablée par le stress des funérailles et bien sûr par son chagrin. Sans compter l'inquiétude de ne pas avoir de tes nouvelles, d'autant que le service postal affirme avoir bien distribué sa lettre chez toi, une signature le prouve. Nous t'avons appelé depuis des jours, sans résultat. Finalement, un disque nous a appris que la ligne était suspendue. Inutile de te dire notre angoisse. S'il te plaît, contacte-nous immédiatement, afin que nous sachions ce qui se passe.

Cela a été très pénible pour ta mère d'affronter les cérémonies funéraires toute seule, sans ton soutien. Le moment le plus dur a été celui où elle a dû mettre le feu au bûcher, tâche qui incombe traditionnellement au fils – ai-je besoin de te le rappeler ? Elle l'a accomplie courageusement, mais s'est effondrée aussitôt après, et depuis elle est confinée au lit. À présent, elle a encore plus besoin de toi, car je crois que ton père a laissé ses papiers dans un grand désordre, et comme tu le sais, elle n'a aucune expérience en la matière. Je te le demande à nouveau, appelle-nous immédiatement et arrange-toi pour venir le plus vite possible, quels qu'en soient les inconvénients pour toi.

Ta belle-mère,
Gouri.

San Jose
Septembre 1994

Chère Mère,

J'ai été désolée d'apprendre la mort du père de Sunil, bien que contente de savoir, d'après ce que tu dis, qu'il n'a pas souffert longtemps. C'est vraiment désolant que cela se soit produit pendant notre absence, alors que nous prenions ces vacances tant désirées au lac Tahoe. J'aurais dû te laisser un numéro où nous joindre, mais dans mon excitation, je n'y ai pas pensé. Dès que Sunil aura une place sur un vol pour l'Inde, il partira.

Tu seras contente de savoir que Sudha a trouvé un travail dans une ville tout près d'ici. Elle va ainsi pouvoir gagner un peu sa vie, ce qu'elle désirait depuis son arrivée. Il lui faudra bientôt décider si elle retourne en Inde ou continue à vivre ici. Disposer de son propre argent, comme tu nous l'as toujours enseigné, est d'une grande importance pour une femme, surtout si elle vit seule.

Notre chère Dayita fait notre joie, comme toujours. Elle est curieuse de tout, et chaque jour elle apprend quelque chose de nouveau. Sudha m'appelle généralement en fin de journée et me fait rire avec la description des pitreries de Dayita. Son énergie, sa pétulance nous manquent beaucoup, à Sunil et à moi, et nous attendons avec impatience le dimanche, jour où elles viennent nous voir. Tu serais si heureuse de...

Santa Clara
Septembre 1994

Chère mère,

J'ai lu ta lettre concernant la mort du père de Sunil. Je ne vais pas faire semblant d'en être désolée. Je suis trop malheureuse pour feindre la bienveillance, même envers les morts. C'était un homme froid et cruel, je n'en garde que de mauvais souvenirs. Le mal qu'il a fait à Sunil, je le paye depuis que je suis devenue sa femme.

Ce que je vais te dire maintenant va te bouleverser. J'aurais dû te l'écrire plus tôt, mais je craignais de t'inquiéter. J'ai eu tort. Tu es assez forte pour supporter la vérité sur quoi que ce soit. Si je t'en avais parlé, tes conseils auraient peut-être évité que les choses en soient là où elles sont. À présent, c'est trop tard.

Sunil et moi nous sommes séparés. Il veut divorcer. Il m'a dit qu'il aime Sudha, l'aime depuis toujours. (As-tu eu des soupçons ? Ai-je été la seule à ne pas voir ?) Il vit à Houston, où sa société lui a confié un nouveau poste, et moi j'habite chez une amie, tout près, en Californie, une femme que j'ai connue à l'université et qui est venue à mon aide quand j'étais au bout du rouleau. (Cf. ma nouvelle adresse, en tête de lettre.) C'est pourquoi personne n'a répondu à tes appels téléphoniques. Sudha a trouvé un boulot, je crois. Je ne l'ai pas vue et ne souhaite pas la revoir. Elle est partie soudainement, sans explication. Je soupçonne que ça a un rapport avec Sunil. Peut-être sont-ils ensemble à Houston, en ce moment même. Je n'ai pas envie de le savoir, même si j'aimerais bien voir Dayita de temps en temps.

Ma vie me semble creusée d'un trou béant en plein centre. Je tourne autour, sur la pointe des pieds. Un mauvais pas, et je tomberais dedans.

Je ne peux t'en dire plus aujourd'hui. Mais surtout, ne te fais pas trop d'inquiétude. Ça a été bien pire. J'ai voulu en finir. Maintenant j'ai décidé de leur montrer que je suis capable de survivre malgré ce qu'ils m'ont fait.

Ta fille,
Anju.

Berkeley
Septembre 1994

Chère Anju,

J'ignore si cette lettre te parviendra ou même si tu la liras, mais je dois l'écrire. Je n'arrive pas à me concentrer sur quoi que ce soit – je n'arrête pas de penser à toi. J'ai appelé l'appartement et suis tombée sur le disque disant que la ligne est suspendue. J'ai demandé à Lalit d'aller voir, il me dit que l'appartement est inhabité. Où es-tu ? J'ai vraiment besoin de te parler. Je sais que tu me rends responsable du départ de Sunil, mais tu devrais au moins écouter ma version des faits. Après, si tu veux définitivement couper les ponts avec moi, je ne t'importunerai plus.

Dayita te réclame sans arrêt. Elle te cherche partout. Même si tu ne veux plus rien avoir à faire avec moi, s'il te plaît vois-la, ou parle-lui au téléphone. Ne la punis pas de ce que tu estimes être mes péchés.

Appelle-moi au numéro ci-dessous. Et voici mon adresse, au cas où tu préférerais écrire.

Sudha.

Calcutta
Septembre 1994

Ma fille Sudha,

Je ne peux pas le croire. Tu as détruit le mariage de ta cousine, tu t'es enfuie, mettant Dayita dans je ne sais quelle dangereuse situation, tu as réduit à néant tous les espoirs de te forger une nouvelle vie avec cet aimable chirurgien ? Il n'y a que toi qui sois capable de gâcher à ce point sa vie en si peu de temps.

Et le pire de tout c'est de penser que tu m'as caché tout ça avec tant de méchante ruse. Et je n'en saurais encore rien si je n'étais tombée, par hasard, sur la lettre d'Anju, sur le bureau de Gouri, quand je lui ai apporté au lit un verre de sirop d'orgeat. (Car il faut que tu saches que, après avoir reçu la lettre d'Anju, Gouri a eu des douleurs de poitrine et on a dû appeler le Dr Mitra en pleine nuit.) Pishi, aussi, est malade, elle n'arrête pas de pleurer et de prier, et moi je suis si mortifiée que c'est tout juste si je lève la tête. Comme tu peux le voir, ton égoïsme a plongé deux foyers dans la tourmente. C'est pour cela que je t'avais conseillé de ne pas briser ton mariage avec Ramesh par ton entêtement imbécile. Car une fois qu'une femme a quitté son mari, elle n'hésite plus devant rien. Même les actes les plus immoraux, elle les accomplit facilement. Je frissonne à la pensée de l'effet que ta conduite aura sur le caractère de ta fille.

Mais pourquoi me donner la peine d'écrire tout cela ? Il est plus que probable que cette lettre ne te parviendra pas – la pauvre Anju semble ne pas savoir où tu es allée – et je me refuse à imaginer où tu te trouves, et avec qui ! Et même si tu la reçois, il est probable que tu la jetteras à la poubelle sans la lire et que tu continueras à mener ta vie de plaisir coupable.

Ta mère profondément accablée et honteuse.

Houston
Septembre 1994

Anju,

Je respecte ton souhait et ne t'importunerai plus. Cependant, tu pourras toujours m'écrire si besoin est.

Je vais en Inde aider ma mère à mettre en ordre ses finances. Je ne sais pas quand je reviendrai. Je vais annuler le bail de l'appartement en Californie – il n'y a plus aucune raison de le garder puisque tu as trouvé un lieu qui te convient mieux. J'espère que tu me communiqueras une adresse où je pourrais te joindre en cas d'urgence.

Je te demande un dernier service. Ce serait d'emballer toi-même mes affaires. La gardienne m'a effectivement confirmé qu'elle les mettra au garde-meuble, mais je ne tiens pas à ce qu'elle farfouille partout. À toi de décider, bien sûr, je ne suis pas en position d'insister.

Ci-joint un petit paquet pour Dayita. Si tu sais où elle se trouve, je te serais très reconnaissant de bien vouloir le lui expédier.

Sunil.

PS. *Tu continues à me détester de vouloir rompre notre mariage. Mais sois honnête avec toi-même. Étais-tu heureuse de la vie que nous menions, toi et moi ? Dans nos cœurs, ne nous étions-nous pas déjà quittés depuis longtemps ?*

Calcutta
Septembre 1994

Ma chère Sudha,

Je t'écris par express, avec l'espoir que cette lettre te parviendra d'une façon ou d'une autre.

Ta mère m'a appelé hier, si perturbée que je n'ai pas compris ce qui se passait. Elle a fait allusion à diverses calamités, et quand je suis arrivé à l'appartement, où je m'étais précipité, ni tante Gouri ni Pishi n'ont voulu m'en dire plus. Je n'ai pu qu'imaginer toutes les catastrophes possibles qui se seraient abattues sur toi ou sur Anju ou sur vous deux. Comme je demandais quand tu allais revenir, ta mère a fondu en larmes et s'est exclamée : « Jamais ! » Ajoutant : « Ça vaut mieux d'ailleurs. Cette gourgandine ! » Connaissant sa tendance à tout dramatiser, j'ai interrogé du regard Pishi et tante Gouri, femmes de réflexion et de bon sens, mais elles sont restées étrangement silencieuses.

Comme tu peux le supposer, je me perds en conjectures, tout en ne voyant pas dans quelle situation tu aurais pu te mettre, aussi désastreuse que celle que sous-entend ta mère. Je ne te crois pas capable d'une action réellement immorale.

Sudha, j'ai fait preuve de patience tous ces longs mois, attendant que tu prennes la décision de me revenir. Tu as eu beau ne pas te manifester, m'intimer l'ordre de t'oublier – comme si c'était possible –, je ne me suis pas laissé abattre. J'étais certain que, après avoir voyagé et connu un peu le monde, tu te rendrais compte que ton pays, où sont les gens qui te connaissent et qui t'aiment, était le meilleur endroit pour vivre. Ma stratégie semble avoir échoué. Ce que je m'apprête à faire maintenant, j'aurais dû l'entreprendre il y a longtemps.

Je vais venir vous chercher toi et ta fille et vous ramener à la maison.

À toi toujours,
Ashok.

— SEPT —

Sudha

J'ai constamment envie de dormir. Pourquoi, je l'ignore. Le travail n'est pas dur. En fait, je le souhaiterais plus dur. Qu'il m'épuise tellement que je n'aurais plus la force de me faire du souci. Et ainsi, je pourrais dormir.

Car le problème est là. J'ai envie de dormir, mais quand je me couche, la nuit ou à l'heure de la sieste, à côté de Dayita, mon esprit ne se relâche pas. À la façon de ce vieux ventilateur à bout de souffle que nous avions dans le réfectoire de l'école, en Inde, couvert de toiles d'araignées. Il tournait lentement, péniblement, comme s'il allait s'arrêter à tout instant, sauf qu'il ne s'arrêtait jamais. Mon esprit tourne, tourne, encrassé de suie et de cambouis. *Je n'aurais pas dû. Je n'aurais pas dû.* Il m'arrive parfois d'oublier de quoi il s'agit, seule demeure l'impression.

Pour me faire passer les nuits, je fabrique un dessus-de-lit imaginaire. Un couvre-lit de bébé, du genre de ceux qu'on offre aux nouveau-nés. Du genre de celui que j'ai cousu pour un garçon qui a failli naître. J'ai déjà choisi le tissu. Une belle soie blanche, aussi peu pratique que possible. Mais cet objet m'appartient, plus que tout ce que j'ai jamais possédé. Plus que Dayita. Plus même que mon propre corps. Je peux en faire ce que je veux, et ce que j'en fais ne blesse personne autour de moi.

C'est pendant la nuit que je m'inquiète le plus du sort d'Anju. Quand nous étions petites, elle dormait un genou replié sous la poitrine. Elle réclamait toujours un oreiller supplémentaire, qui finissait par terre.

Les pièces de mon couvre-lit proviennent de vieux saris de coton, délavés par l'eau de pluie. Je couds à la main. Surtout pas de machine. J'utilise un point d'ourlet, un point double qui ne se défera pas.

Maintenant, je dois imaginer le dessin. Qu'il soit à la fois fantastique et bien réel. D'une complexité à couper le souffle. D'une simplicité stupéfiante. Y aura-t-il des femmes dans mon modèle ? Mangala aux bracelets de cheville en argent. Nicole aux cheveux d'or. Sara (mais pourquoi elle ?) aux ongles iridescents. Les femmes perdues, saines et sauves dans un lieu où personne ne pourra plus jamais leur faire de mal.

Puis-je demander à Lalit de se rendre à l'université ? D'attendre Anju à la sortie de son cours, et de lui parler ? Non, ce serait abuser de sa générosité.

Je veux que mon couvre-lit ressemble à ceux qui figuraient dans les histoires que Pishi nous racontait. Cousus avec des fils de resham en points si petits, si invisibles que les images semblaient vivantes – et parfois l'étaient. Des bulbuls s'en échappaient, déployant leurs ailes de satin rouge. De jeunes amants se tenant par la main disparaissaient sous le couvert ombragé d'une allée forestière.

Mais il n'y aura pas d'amants dans mon œuvre.

Le vieil homme ne m'adresse pas la parole, mais parfois m'observe. Quand je lui apporte son repas sur la table roulante, quand je répands un peu de poudre de santal sur sa poitrine après sa toilette. Sous mes doigts, les poils sont étonnamment vigoureux, on croirait des racines. Si je lui pose une question, voulez-vous des haricots rajma pour ce soir, voulez-vous que j'allume la télé, il se fige comme une bête sauvage saisie par des projecteurs. J'ai appris à dire : peut-être faudrait-il ouvrir un peu les rideaux, il fait si beau aujourd'hui. J'ai appris à déchiffrer ses réponses. Raidissement du cou, yeux fixés sur un objet invisible derrière moi : *non.* Yeux fermés, un léger souffle s'échappant de ses lèvres : *Ça m'est égal, faites ce que vous voulez.*

Parfois Dayita me suit dans sa trotteuse, qu'elle adore. Je comprends de mieux en mieux son babil : sa version pour *jus de fruits, Froot Loop, doudoune.* Parfois elle réclame Anju, ou Sunil, qu'elle continue d'appeler Baba. Elle tangue vers la chaîne hi-fi et me dit de l'allumer. *Joue çanson.* Son jeu favori est de montrer les objets du doigts et de demander leur nom. *Ça ? Ça ?* Elle montre le vieil homme. C'est grand-papa, lui dis-je, Dadu. Da-da, dit-elle. Elle se cogne contre le lit. Da-da. Le vieil homme la regarde, l'air stupéfait, comme s'il n'avait encore jamais vu d'enfant.

Chut, lui dis-je, n'ennuie pas grand-papa.

Da-da-da.

Le vieil homme exhale, à peine un léger souffle, et referme les yeux.

« Je suis persuadée qu'il commence à nous aimer », dis-je à Lalit.

Je m'attends à un de ses habituels commentaires, *ouais-ouais, on peut toujours rêver, l'espoir est ancré dans le cœur de l'homme.* Il se contente de dire, avec une prudence qui m'attriste : « Ça serait bien. »

Peut-être vais-je introduire une rivière dans mon couvre-lit, sur laquelle naviguera un bateau. Le bateau aura la forme d'un paon, comme dans les contes de fées. Avec des voiles aux couleurs des plumes de paon. Sur le bateau, il y aura une femme lisant un livre. Supporterai-je qu'elle ressemble à Anju ?

Le vieil homme mange, mais peu. Juste ce qu'il faut, me semble-t-il, pour éviter l'hospitalisation. Aubergines farcies, poulet au yoghourt et aux amandes, gâteau de riz aux raisins – rien ne le tente. Il avale quelques bouchées, puis repousse son assiette. Si je ronchonne ou que j'essaie de le persuader, il se couvre le visage de son drap. Chaque matin son profil me paraît un peu plus émacié, plus rétracté. Les os pointent comme des piquets sous la tente des draps et des couvertures.

Quand Trideep et Myra viennent le voir, il ne répond pas aux questions de Trideep, ignore le bavardage de Myra, mais ne réclame plus rien. Il ferme les yeux.

« C'était presque mieux quand il hurlait et nous jetait des trucs à la figure, dit Myra.

— Vous plaisantez », dis-je. Mais je comprends ce qu'elle veut dire. Moi aussi, je redoute l'issue du comportement actuel de son beau-père.

« Juste quand on pensait qu'il allait mieux, dit Trideep. Pourquoi ne nous parle-t-il pas ? »

Au fond de lui, Trideep sait très bien ce qui ne va pas. Son père ne supporte pas d'être ici. Dans ce lit, dans cette maison, dans ce pays, toutes choses qui lui sont étrangères. Il me tolère parce que je suis une employée, payée pour faire son travail. Mais eux, il les hait, parce qu'ils sont ses geôliers.

« Il est triste, dis-je.

— Comment le rendre heureux ? » demandent-ils.

À cela, moi qui lutte contre ma propre tristesse, je n'ai pas de réponse.

Ce dimanche, Lalit veut m'emmener à Grizzly Peak, assister au coucher du soleil de l'autre côté de la baie.

« Allez-y, allez-y, dit Myra. Je garderai Dayita. C'est une bonne thérapie pour moi. Elle m'empêche de devenir obsédée. »

Sur les hauteurs du parc, le vent froid me fouette le visage, mais l'air est propre, vigoureux, salé. Il m'éclaircit un peu les idées. Grâce à Lalit, je sais mettre un nom sur différents arbres – les cyprès noirs, les eucalyptus à l'écorce nue et argentée, les pins ponderosa aux aiguilles cassantes. À nos pieds, les achillées duveteuses.

Un peu de réconfort.

« Regarde, dit Lalit. Là, c'est le campanile de l'université, là le Bay Bridge, bien sûr, et là-bas, Angel Island, où, à une époque, les cerfs et les immigrants étaient mis en quarantaine. Voilà le ferry pour Sausalito, où vivent tous les artistes décadents. Sais-tu que Marin County est la patrie des saunas de plein air ? Que ce sont les pompiers de San Francisco qui ont construit la Coit Tower en forme d'embout de tuyau d'incendie ? Et ça, c'est Alcatraz d'où jamais un prisonnier n'a réussi à s'échapper. »

Il y a tant de tendresse dans sa voix. Je suis tenaillée par la jalousie. Pouvoir appartenir si totalement à un lieu, le connaître si intimement que vous croyez qu'il vous appartient. Lalit devine-t-il quelle chance il a ?

« Regarde de ce côté, dit-il. Ça, c'est Mount Tam. Tu vois la Jeune Indienne endormie ? Une fois que tu as franchi le Golden Gate, tu es dans le Pacifique. En novembre les baleines entament leur migration vers le sud. Les bleues, les orques. On peut s'approcher d'elles en bateau, guidé par les jets d'eau qui s'élèvent jusqu'à cinquante pieds de hauteur. C'est un spectacle unique au monde. En février elles remontent avec leurs petits.

— J'aimerais tant voir ça », dis-je, bien que février, ou novembre, ou même la semaine prochaine me paraissent aussi éloignés, aussi irréels qu'un rivage noyé dans le brouillard que je ne réussirai jamais à atteindre.

« Je vous y emmènerai, Dayita et toi. Je vous emmènerai à Point Lobos, voir les cormorans sur l'île aux Oiseaux. Et à Ano Nuevo, où, en décembre, les éléphantes de mer viennent mettre bas. Sais-tu qu'il y a une autre île, avec un phare en ruine dont les lions de mer se sont emparés ? » Puis il ajoute : « Tu ne m'as jamais dit ce qui s'était passé. »

J'ai essayé. À plusieurs reprises, mais chaque fois, je me suis sentie mal, une impression de vertige, de nausée. Je n'ai pas trouvé les phrases qui lui auraient permis de comprendre, au-delà des faits, le pourquoi. Avais-je peur que lui aussi me méprise ?

Je dis : « Crois-tu aux étoiles filantes ?

— Encore un de tes brillants faux-fuyants.

— Je suis désolée. Je ne peux pas en parler.

— Essaye. N'ai pas peur, je ne me choquerai pas. Je vois des choses terribles dans mon métier. Certaines si abominables que tu serais incapable de les imaginer. »

Je joue avec la fermeture à glissière de ma veste.

« Bon, bon, dit-il. Et alors, ces étoiles filantes ? »

Je lui raconte notre terrasse à Calcutta, les vieilles briques moussues. Les nuits où Anju et moi y grimpions pour guetter les étoiles filantes et faire un vœu quand il en passait une.

« Est-ce qu'un de ces vœux s'est réalisé ?

— Aucun de ceux d'Anju. Mais elle n'y a jamais vraiment cru. Elle disait des choses du genre : pour mon prochain anniversaire, je veux mon propre éléphant domestique. Ou : je veux devenir la plus célèbre espionne du monde, plus célèbre que Mata-Hari.

— Et les tiens ?

— Ils se sont tous embrouillés. Je crois que je ne savais pas vraiment ce que je voulais. J'avais le cerveau plein de vieilles histoires, des idées du bonheur tel que la société le définit. Un jour, juste avant nos deux mariages à Anju et à moi, j'étais si triste à la pensée que nous allions être séparées que j'ai souhaité que nous puissions aimer le même homme, comme les femmes dans le Mahabharata, que nous puissions vivre tous ensemble... »

Les étoiles apparaissent dans la nuit noire, yeux effarouchés. Sur ce fond étoilé, un oiseau traverse le ciel, élégant et affairé. Un faucon à queue rouge peut-être, regagnant son nid dans un creux de rocher. En Inde, c'est le matin que les martins-pêcheurs rapportent à manger à leurs oisillons. Dans mon couvre-lit, je mettrai des faucons et des martins-pêcheurs.

J'avais oublié ce vœu idiot, depuis tant d'années. Jusqu'à maintenant, jusqu'à ce que j'en parle. Et d'en parler m'a permis de le comprendre autrement, de découvrir ce qu'il a d'insidieux.

« Ton vœu s'est réalisé, n'est-ce pas ? » dit Lalit. Le vent est tombé. Les cyprès sont des glaçons noirs. Les nuages giflent la bouche de la lune. Je ne sens pas le regard de Lalit. Je ne peux déchiffrer sa voix. Donc je ne peux lui dire : *Ce n'est pas ce que tu crois. Ce n'est pas ça du tout.*

La maison est plongée dans le noir quand j'ouvre la porte. Trop occupée à me répéter en esprit le numéro du code de l'alarme, pour le cas où elle aurait été branchée, je ne le remarque que lorsqu'il bouge. Trideep. Assis sur le canapé blanc, sans rien faire.

« Désolé, je ne voulais pas vous effrayer. » Il a la parole embarrassée.

Mon cœur s'affole. Pourquoi est-il là, à attendre ?

Pishi nous disait : savez-vous pourquoi les chiens errants attaquent certaines personnes plutôt que d'autres ? C'est parce qu'ils sentent l'odeur de la peur. Serait-ce la même chose avec moi, ce schéma qui se reproduit continuellement dans ma vie ? J'essaye de me faufiler, de passer devant lui le plus vite possible.

« Puis-je vous parler ? »

Je me masse la nuque d'une main tremblante. Je ne veux pas lui parler. Tout ce que je veux, c'est aller dans ma chambre, fermer la porte et pousser la commode contre elle. Demain, je réclamerai un verrou à Myra.

Trideep se frotte les yeux sous ses lunettes. « Excusez-moi. » Il bâille, ses lunettes de travers. Je comprends qu'il dormait.

Je brûle de honte. Le monde ne tourne pas autour de toi, Sudha. Les hommes n'en veulent pas tous à ta vertu.

« Quelque chose ne va pas ? dis-je. Où est Myra ?

— Au lit, avec une terrible migraine. »

Je connais ces cages de douleur aveuglante, qui lui donnent la nausée. Elle n'en avait pas souffert depuis que le vieil homme s'était remis à manger. « Que s'est-il passé ?

— Après votre départ, nous avons apporté son dîner à papa – ce que vous aviez laissé pour lui dans le four. Il refusait de manger en notre présence, alors nous avons quitté la chambre. J'attendais dans le passage qui mène à sa chambre, et soudain j'entends d'horribles bruits de renvois, je me précipite, il est en train de vomir – mais comme il n'a presque rien dans l'estomac, il n'a que des haut-le-cœur et des frissons. Je le soutiens de mon mieux, il ne tente même pas de me repousser tant il est épuisé. Il s'en est mis partout, alors j'essaye de le changer – il n'a plus que la peau sur les os, je ne m'en étais pas rendu compte. Sur quoi Myra arrive, le voit et devient hystérique. Elle n'arrête pas de dire, ô mon Dieu il va mourir. Et je pense la même chose. Si seulement je ne l'avais pas fait venir ici... » Il enfouit son visage dans ses mains. « Si je l'avais laissé tranquille. »

Ses litanies m'énervent. « Et ensuite ?

— J'ai appelé mon ami Mihi, il est médecin, il est venu tout de suite et lui a fait des piqûres qui ont arrêté les vomissements. J'ai couru acheter un médicament, et papa ne l'a pas rejeté. Mais...

— D'après le docteur, qu'est-ce qu'il a ?

— Mihi dit que le problème est avant tout mental, à quoi s'ajoute la sous-nutrition. Il souffre d'une grave dépression, et Mihi doute qu'il puisse s'en sortir de lui-même. Il a prescrit un antidépresseur, mais il dit que nous devrons l'hospitaliser dans les quarante-huit heures s'il n'y a aucune amélioration – il redresse la tête si brutalement que ses lunettes tombent par terre – et je sais que ça le tuera, je le sais. »

Sous l'odeur de citron synthétique d'un désodorisant, planent les relents de vomi et de détresse. Je m'approche du lit dans le noir, me cognant au passage à une chaise qu'ils ont dû apporter pour le médecin. Je tends la main. Rien que les draps. Un instant, je me dis, avec une étrange allégresse : *Il a disparu*. Mais non, la bosse d'un genou tressaute sous mes doigts. Je retire ma main – je ne veux pas le réveiller – trop tard. Sa respiration a changé, devenant irrégulière, hésitante.

Je pense, pleine de détresse, à mon père, que je n'ai jamais connu. Quand il n'était que Singhji le chauffeur, je tenais sa dévotion pour naturelle. Je lui accordais l'affection distraite dont bénéficient les domestiques en Inde. Avant mon mariage, il a rassemblé toutes ses économies et me les a postées – sous enveloppe anonyme. Et je n'ai jamais fait pour lui la moindre des choses que doit faire une fille pour son père. Ni dans sa vie ni au moment de sa mort solitaire.

Peut-être puis-je me rattraper. Et donner au vieil homme ce que je n'ai pas donné à mon père. Peut-être puis-je l'empêcher de mourir dans un lit d'hôpital, dans une chambre remplie des odeurs d'antiseptiques et de peur.

« Aidez-moi à vous aider », lui dis-je tout bas.

Des ombres traînent autour du lit, silhouettes découpées, morceaux arrachés à un gros bloc de nuit. Quand une personne va mourir, disait Pishi, les âmes de ses proches disparus viennent l'aider à passer dans l'au-delà. Peut-être sa femme est-elle là, ses parents même, venus le ramener chez lui.

Brutalement, je tire les rideaux, j'ouvre une fenêtre. « Partez, leur dis-je. Donnez-lui une autre chance de vivre. » Ai-je accompli, il y a très, très longtemps, dans une autre chambre où quelqu'un était en train de mourir, semblable exorcisme ? Air nocturne glacial, brouillard, clair d'étoiles sur le tapis. Les ombres redeviennent des objets ordinaires : télévision, lampe de chevet, table roulante que Myra a oublié d'enlever. Le vieil homme laisse échapper un souffle, comme une petit toux. Sur la table, un vase contenant un iris. Probablement posé par Myra. Sait-il ce que j'essayais de faire ? Pense-t-il que je n'aurais pas dû m'en mêler ? Dans un bol, une substance fondue, dont il ne reste qu'une flaque. On dirait de la glace, tentative infructueuse de séduction. La mort est le seul plat qu'il ait envie de goûter désormais.

« N'abandonnez-pas, dis-je. Aidez-moi à vous aider. »

Rien ne prouve qu'il m'ait entendue.

Dans le lit, j'appuie ma joue contre le dos de Dayita. *Apaise-moi, mon bébé*. Jadis, quelqu'un que je connaissais a dit ces mots. Le souffle rythmé de Dayita me balaye comme des vagues. Dans mon couvre-lit, il faut que je trouve à loger la mer. C'est pour cela que nous avons des enfants, afin que dans leur sommeil ils puissent nous sauver de nos péchés.

Aujourd'hui Lupe a téléphoné pour savoir comment ça allait.

« Pas très bien, ai-je dit, en lui racontant. Avez-vous un numéro où je pourrais joindre Sara ? Une adresse ?

— Non. » Elle a l'air fâchée. « Elle a laissé tomber le boulot que je lui avais trouvé, et elle est partie sans rien me dire. J'ai pas la moindre idée de l'endroit où elle est allée.

— Je me faisais du souci pour elle. » Je serais d'ailleurs bien en peine d'expliquer pourquoi.

« Souciez-vous d'abord de vous-même. Je devrais peut-être commencer à vous chercher un nouvel emploi...

— Pas encore, dis-je. Je ne le quitterai que quand il n'y aura plus aucune autre solution.

— Ne vous attachez pas. C'est le moyen infaillible de vous créer des ennuis. Rappelez-vous, ce n'est qu'un boulot. Ils pourraient le mettre à l'hôpital dès demain et vous remercier. Et alors, où iriez-vous ? »

Dayita exhale une odeur différente de son odeur habituelle, une senteur sucrée. Il me faut un certain temps pour reconnaître le parfum de Myra, freesia naturel. Elle a dû la tenir un long moment dans ses bras. J'attends le petit accès de jalousie qui va sûrement me frapper, comme avec Anju. Rien. Il est facile d'être aimable avec les étrangers. Anju est-elle en train de dormir ? Quand nous dormions ensemble dans notre enfance – une récompense qu'on ne nous accordait que pendant les vacances –, elle était une terrible compagne de lit. Distribuant des coups de pied dans son sommeil, volant mon oreiller. Mais nous parlions une bonne partie de la nuit. Je me rappelle le bonheur de ces conversations chuchotées, les fous rires étouffés, bien que j'en aie oublié les sujets. Je veux qu'elle rêve de moi, qu'elle me réclame au petit matin. Demain, je parlerai au vieil homme. Mais que lui dirai-je ? Je glisse un doigt entre ceux, repliés, de Dayita, qui se resserrent sur le mien. *Merci, mon bébé.*

Dans la soirée, Lalit m'avait demandé : Qu'est-ce qu'un médium dit à un autre médium quand ils se rencontrent ?

La réponse : Tu t'en sors rudement bien. Et moi, comment je m'en sors ?

J'ai ri, puis me suis arrêtée brusquement. Dans chacune de ses plaisanteries, maintenant, je cherche un sens caché.

(Comment je m'en sors ? Comment je m'en sors ?)

Dans mon couvre-lit, les vagues auront la couleur du rire, orange comme les ballons, comme le sucre candi qu'on vend dans les trains en Inde, comme un bec de perroquet. Je l'appellerai *Le couvre-lit des âmes perdues*. Au nombre desquelles je me situe.

Demain, je raconterai au vieil homme toutes les histoires drôles que je connais.

— HUIT —

Lalit

ce que j'ai dit

Et si on prenait un café avant que je te ramène dans tes foyers ? Le café Monaco, ça te va ?

ce que je n'ai pas dit

Bon, puisque tu ne veux pas me raconter ce qui s'est passé, je n'ai pas d'autre choix que d'imaginer mes propres scénarios :

Un : Toi et tes cousins vous vous êtes querellés, ils ont dit (lui peut-être) quelque chose à propos de tout ce qu'ils faisaient pour toi, tu t'es sentie insultée, tu es partie. Probabilité : 35 pour 100.

Deux : Ta cousine et son mari se sont querellés, ça avait un rapport avec toi, peut-être une question d'argent, peut-être simplement la tension, trop de monde dans un trop petit endroit. Tu t'es sentie responsable, tu es partie. Probabilité : 45 pour 100.

Trois : ta cousine a soupçonné quelque chose entre toi et son mari. Elle t'a accusée, pleine de honte tu es partie. Probabilité : 55 pour 100.

Quatre : le mari de ta cousine t'a fait du rentre-dedans, t'a proposé une aventure, outragée, tu es partie. Probabilité : 65 pour 100.

Cinq : tu es tombée amoureuse de lui. Tu es partie pour ne pas détruire leur mariage. Probabilité : 75 pour 100.

Six : vous êtes tombés amoureux l'un de l'autre. Tu es partie pour lui laisser le temps de demander le divorce. Ensuite vous vous retrouverez. Probabilité : 80 pour 100.

Sept : il t'a fait du rentre-dedans. Ce qui t'a fait comprendre que c'est moi que tu aimes vraiment. Tu es partie, et tu attends l'occasion de pouvoir me l'avouer. Probabilité : 0 pour 100.

Et on oserait me traiter de romantique ?

ce que tu as dit

C'est juste un endroit où je vis, ce n'est pas un foyer.

ce que j'ai dit

C'est quoi, un foyer ?

ce que je voulais que tu dises

C'est l'endroit où le cœur s'attache.

(Pardon pour le cliché. Je perds ma capacité d'invention quand tu es en face de moi, avec ton visage provocant balayé par le vent, ta chevelure emmêlée, écheveau de tous les problèmes dont tu ne veux pas me parler, si entêtée dans ton silence que je voudrais te secouer comme un prunier.)

ce que je voulais dire

Pourrais-tu bâtir ton foyer avec moi, dans ces conditions ?

(Autre cliché. La passion fait effectivement de nous tous des idiots.)

ce que je voulais que tu dises à la suite (en rougissant avec modestie et les yeux baissés)

Oui, mon amour.

ce que tu as dit

Pourrais-je avoir du lait chaud avec du miel plutôt que du café ?

(Un peu plus tard j'ai pris tes doigts dans les miens.

Ils étaient chauds d'avoir tenu la tasse de lait. Tes ongles étaient de la nacre. J'ai fait semblant de lire les lignes de ta main. J'ai annoncé qu'un bel étranger au teint sombre allait prendre une place importante dans ta vie. Ajoutant qu'il portait un anneau à l'oreille. Tu as ri et emprisonné une de mes mains dans les tiennes.)

ce que je voulais que tu dises

Lalit, tu occupes déjà une place très importante dans ma vie.

ce que tu as dit

Lalit, tu occupes déjà une place très importante dans ma vie.

(J'ai avalé de travers ma dernière goutte de café. Tu suivais d'un ongle les lignes de ma paume. Je sais maintenant ce que les gens veulent dire par *un frisson exquis le traversa,* parce que c'est exactement ce qui m'a traversé. Je voulais jeter vingt cents sur la table, t'emmener quelque part où nous serions seuls et)

puis tu as dit

Tu es le seul à qui je puisse m'adresser en ami. Toute ma vie, les hommes ont voulu me posséder. Ça a toujours été le mauvais cheval, ou le mauvais moment, ou la mauvaise raison. Et après je n'ai plus jamais voulu les revoir. S'il te plaît, fais en sorte que cela n'arrive pas entre nous. N'est-ce pas ?

ce que je voulais dire

Merde merde merde merde.

ce que tu as dit

Je ne peux pas me comporter autrement, pour le moment, pardonne-moi, c'est plus fort que moi. Il y a des tas de choses que je dois évacuer. Je ne sais pas si j'y parviendrai un jour. Mais j'ai vraiment besoin d'un ami – et, en retour, j'essaierai d'être une bonne amie pour toi. C'est tout ce que je peux te promettre.

ce que j'ai dit en redescendant sur terre

Les amis n'ont pas de secrets entre eux. Alors es-tu prête à me dire pourquoi tu es partie de chez toi ?

ce que tu as dit

Cesse d'utiliser ce mot ! N'as-tu pas compris que je n'ai pas de chez-moi ? J'ai cru en avoir, mais ce n'était que des illusions que le monde a vite bousillées. Quant aux secrets : c'est eux qui rendent l'amitié possible. Si tu savais tout de moi, tu ne voudrais pas être mon ami. En revanche, il y *a* des choses que les amis ne font pas. Notamment exercer des pressions l'un sur l'autre.

(Une lampe qui pendait au-dessus de notre table éclairait légèrement ton visage. Lui seul ressortait de l'obscurité environnante, de ce brouillard gris, le monde ordinaire et terne. Et ton visage flamboyait comme un charbon ardent, comme une fleur de feu – encore des clichés ? –, tu resplendissais de ton malheur. J'examinai ma vie et lui découvris un fonctionnement d'horloge mécanique. Même quand je sauvais une vie – ou ne réussissais pas à en sauver une –, cela n'avait pas de sens, parce que c'était fait sans cœur. Un balancier allait et venait dans ma poitrine, sans but, et ainsi...)

j'ai dit

Très bien. (Et quand tu as éludé ma question suivante, à savoir pourquoi tu avais abandonné ta cousine, qu'à l'évidence tu aimais tant, j'ai redit) Très bien. (Et à tout ce que tu m'as demandé de faire ensuite) Très bien, très bien. (Tu as porté ma main à ta joue reconnaissante, elle était fraîche et humide comme un coquillage extrait de la mer, mais je n'y ai pas vu de larmes. Non, ta chair avait le velouté d'un fruit mûr, si douce qu'elle semblait étrangère au malheur, le tien ou le mien. J'ai pensé à tout ce que je ne te dirais jamais, j'ai pensé au sang, la femme qu'on avait amenée aux Urgences la nuit précédente, l'estomac et la poitrine tailladés, une blessure à l'arme blanche aussi longue que son bras. Je la supposais Indienne, mais je n'avais aucun moyen de le vérifier. Elle n'avait pas de carte d'identité, seulement du vernis sur ses ongles de pied, couleur d'oiseaux tropicaux. Le bruit que fait la respiration à travers un poumon déchiré. Un jour une autre femme est arrivée, avec une mâchoire fracturée qu'elle maintenait de la main, et quand elle a pu parler elle a dit, je suis tombée, je suis tombée. J'ai fermé les yeux pour retenir cet instant radieux, mes doigts sur ta joue duveteuse, au grain si doux, la faible et trompeuse odeur de poussière de lotus, la seule chose que j'obtiendrais jamais de toi (probabilité : cent pour cent). J'ai gardé les yeux fermés parce que chacun de tes mots verrouillait une porte.

et tu as dit

Merci.

— NEUF —

Pour qui l'observe, le spectacle de l'aéroport international de Los Angeles fait penser à un film projeté en accéléré. Des voyageurs chevronnés, manteau sur le bras, foncent droit devant eux, en tirant leur chariot à bagages comme un petit chien bien dressé. Ils consultent leur montre, rajustent leurs lunettes de soleil, s'emparent au passage d'une bouteille d'Évian ou d'un *USA Today*, contournent, sans faiblir, un barrage de Hare Krishna enthousiastes. Des familles angoissées avec des enfants ligotés dans une poussette s'immobilisent à côté des écrans d'affichage, vérifient la conformité de leurs billets, courent grossir les rangs de ceux qui font la queue devant le McDonald's, se cognent dans les gens, marmonnent de vagues excuses. Seuls les enfants dans leurs poussettes, et le pouce dans la bouche, ont le loisir de regarder autour d'eux.

Il y a quelque chose de magique dans les aéroports. L'air crépite, les soucis volent au-dessus des têtes comme des oiseaux désorientés. C'est le lieu de tous les possibles, d'un horizon toujours doré – mais parfaitement accessible, où l'on peut se retrouver propulsé en une minute, libéré de la pesanteur, endossant un corps neuf, se dépouillant de sa vieille identité.

Et que deviennent ceux qui restent, qui doivent regagner leur voiture avec la radio de bord pour unique compagnie, sortir le ticket de parking de cette boîte à gants en désordre qu'est leur vie, et payer ?

Voici un étranger que tout le monde bouscule car il a la déconcertante habitude de s'arrêter net au milieu d'un passage encombré. Il ne regarde rien, ni écran d'affichage, ni panneau éclairé, ni flèche indicatrice. Il semble savoir exactement où aller, bien qu'il n'ait jamais encore fréquenté le terminus international de Los Angeles. Il est simplement distrait, de temps en temps, par l'énormité de ses réflexions. Il s'agit de Sunil, qui a quitté Houston ce matin à l'aube, et qui a considérablement maigri. Ce qui le fait paraître plus grand, plus vieux, plus distingué. Le léger grisonnement de ses tempes lui donne l'air d'un penseur. Il a revêtu son meilleur costume dont l'élégance, pourtant, dissimule des épaules tombantes et je-m'en-fichistes, comme s'il se souvenait qu'il n'y a plus personne en Inde à qui il doive prouver son succès. Ses yeux balayent sans arrêt la foule, ne s'attardant un peu que sur les enfants. Correction : sur les petites filles. Plus âgée, murmure-t-il entre ses dents. Plus jeune, deux mois de moins. Il compare leur âge à celui de Dayita. De temps en temps il glisse la main dans la poche de son veston. Elle contient un magnétophone miniature. Il l'effleure, à la manière d'un alcoolique effleurant sa bouteille. *Pas encore, pas encore*. Il s'en est servi beaucoup trop souvent récemment. Cela devient une faiblesse, une nouvelle dépendance, la dernière chose dont il ait besoin alors qu'il s'emploie à effacer de sa vie les ultimes traces des attachements anciens. Il doit se concentrer, au contraire, sur ce qui pourrait le rendre heureux. Mais voilà, quoi ? Toutes ces années passées il a cru savoir, or maintenant la certitude le fuit, se brouille comme un mirage. Son regard terne indique qu'il a été victime d'une trahison. On lui avait promis quelque chose, une aventure incroyable, à condition qu'il rejette l'ennui, la banalité de la vie quotidienne avec Anju. Où cela a-t-il disparu ?

Passeports contrôlés, talons de billet détachés. C'est l'année du retour des exilés chez eux : Arafat à Gaza, Soljenitsyne en Russie, et Sunil vers son enfance, qui lui est toujours une blessure ouverte. Un bref signe de tête à son voisin, et il s'enfonce dans son siège côté hublot. Il s'enveloppe de la couverture et indique à l'hôtesse qu'il ne veut pas qu'on le réveille même pour les repas. Il a gardé son veston. Contre sa hanche, le magnétophone, aussi dur qu'une arme. Dans l'autre poche, les écouteurs. Plus tard, il rembobinera la cassette et s'écoutera, tâchant de comprendre ce qu'il entend. *Même en plein vol, bébé, je sens en moi les crocs de la pesanteur.* Consignes de sécurité. En cas tout à fait improbable de manque d'oxygène, dit une voix joyeuse, vous disposerez automatiquement de masques. Pour plus de sécurité, vous devrez mettre votre propre masque avant d'aider les autres à placer le leur. Sunil marmonne son incrédulité. Parfois – il le sait d'expérience – on a à peine le temps de sauver sa vie.

À cent cinquante trois miles au nord, dans la vieille maison qu'elles se partagent à quatre, Anju se réveille difficilement, avec le sentiment que quelque chose de désagréable l'attend. Ah, voilà, elle s'en souvient, aujourd'hui elle doit emballer les – comment appelle-t-on cela ? – les effets personnels de Sunil. Elle titube vers la salle de bains qu'encombrent des serviettes mouillées, des sous-vêtements mis à sécher, un très grand Juif errant qui sème ses feuilles pourpres et poilues sur une étagère d'osier, une pile de *Mother Jones* qui menace de se renverser à tout instant, et divers produits de toilette jamais testés, proclame l'étiquette, sur les animaux. Elle ouvre le robinet de douche et se lave, furieuse, sous une eau qui semble décidée à ne jamais devenir chaude. Pourquoi n'a-t-elle pas demandé à la gardienne de faire ce travail ? Elle ne doit pas un radis à cet homme. Alors pourquoi s'est-elle infligé cet exercice inutile et masochiste ? Elle se regarde d'un air courroucé dans le miroir embué, tout en enfilant son plus vieux jean et une chemise élimée. Elle les jettera à son retour, comme on jette des objets contaminés.

À cinquante-six miles au nord-est, le facteur sonne à la porte et tend à Sudha un paquet trop volumineux pour entrer dans la boîte. En voyant l'écriture, elle doit s'asseoir, ses genoux ne la soutiennent plus. Anju, murmure-t-elle. *Anju*, comme une prière. Mais le contenu du paquet n'a aucun rapport avec sa cousine. Elle reconnaît l'écriture d'Ashok, les fioritures théâtrales de celle de sa mère, l'écriture figurant sur la plus grande enveloppe, en revanche, lui est inconnue. L'enveloppe déchirée, une cassette s'en échappe. *Pour Dayita*, mentionne l'étiquette. Elle regarde tous ces objets, qui semblent prétendre avoir un droit sur elle. Et si elle les jetait dans le broyeur à ordures ? Finalement, elle les rassemble, à petits gestes économes. Pendant quelques jours, elle a été une autre, un être neuf sous un nouveau toit, parmi des gens totalement innocents de ce qu'a été sa vie. Mais le passé a la manie de vous rattraper, même à Berkeley. Maintenant elle doit faire avec.

Sept mille huit cent vingt-trois miles au sud-est, un autre aéroport. Cacophonie de coolies, annonces inaudibles, en bengali, transmises par les haut-parleurs. Un homme tend son passeport au contrôle.

« On part faire un joli voyage touristique, Ashok-babu ? s'enquiert familièrement le policier, avec un clignement d'œil complice. Où comptez-vous séjourner pendant votre visite ? » Nombre de gens quittent le pays gratifiés d'un visa de tourisme, et ne reviennent jamais. Non que le policier s'en soucie. Bon débarras, en ce qui le concerne. Que le gouvernement américain se débrouille avec les illégaux. Il aime bien, néanmoins, les harceler un peu, au cas où il récolterait quelques roupies au passage. Mais cet homme-là ne bronche pas et se contente de le fixer, bras croisés.

« Oui, dit-il, d'un ton calme et poli. Je crois que ce sera un très joli voyage. Je vais habiter chez des amis. Leur adresse figure sur le formulaire que j'ai déjà rempli. » Il colle son passeport à deux centimètres des yeux du policier, qui, mal à l'aise, se dandine d'un pied sur l'autre. « Pourvu que vous ne soyez pas déçu – ou pire, finit-il par cracher, tout en tamponnant le passeport. À ce qu'on dit, San Francisco c'est plein de sida et de tremblements de terre. »

Elle arpente la pièce en se parlant à elle-même, comme elle en a l'habitude quand ses tourments sont tels que son corps n'est pas assez grand pour les contenir. La lettre de sa mère, avec toutes ces horribles accusations, elle l'a déchirée en minuscules morceaux, qu'elle a ensuite jetés à l'extérieur – trop nocifs pour la poubelle intérieure. Mais à quoi d'autre pouvait-elle s'attendre ? Sa mère n'a-t-elle pas passé sa vie à la dévaloriser, à la traiter en moins que rien ? Sa mère qui n'a jamais réussi à l'aimer – qui a rendu responsable de sa vie gâchée cette fille dont la naissance a coïncidé avec l'annonce de son veuvage. Et Ashok, avec sa gentillesse, sa bonté aveugle et horripilante, aussi étouffante que le riz au lait dont on nourrit les bébés. Qu'est-ce qui l'autorise à croire qu'il va la ramener à la maison ? Que sa notion de « maison » est identique à la sienne ? D'où tient-il cette assurance qu'elle est incapable d'immoralité ? Elle veut faire quelque chose de fou, de scandaleusement immoral, là, tout de suite, rien que pour lui montrer. (Sur quoi, l'idée la frappe qu'elle l'a peut-être déjà fait.) Quoi qu'il en soit, elle les déteste tous les deux, sa mère et Ashok, bien que d'une manière différente. Pour leur présomption, leur certitude de la connaître mieux qu'elle ne se connaît elle-même – de savoir ce qui lui convient. Comme s'ils avaient affaire à une adolescente retorse, ou à une enfant comme Dayita. Dayita – brusquement elle réalise que ça fait un moment qu'elle ne l'a pas entendue.

« Dayu ! » appelle-t-elle, calmement, puis plus fort, essayant de ne pas laisser percer la panique dans sa voix. Elle va dans la salle de bains, d'abord, hantée par l'idée de noyade. (Mais la trotteuse est une garantie, non ?) Passe aux placards. (Sait-on jamais, si elle réussissait à les ouvrir et à refermer la porte sur...) Elle transpire, tire sur son tee-shirt, retient ses larmes. « Dayu, où es-tu ? Oh, Dieu, où avais-je la tête ? » La chambre ? (Peut-être est-elle endormie dans un coin ?) Non. Rien non plus dans la chambre de Myra. Elle s'oblige à se calmer avant d'entrouvrir la porte du vieil homme, pas la peine de l'agiter. Bon, le lit avec l'empilement des couvertures – il a souvent froid ces derniers jours. L'arrière de sa tête, on dirait un fruit desséché, ratatiné. (Mais Dayita ne peut pas être là, elle ne vient jamais seule dans cette chambre.) Malade de terreur, elle s'accroche à la porte. Que faire ? Aller vérifier dehors ? Mais c'est absurde. Est-ce que Tree ou Myra auraient pu (non, ils font tellement attention sur ce point) oublier de verrouiller la porte coulissante ? Et si quelqu'un était entré pendant qu'elle avait la tête ailleurs ?

Quelque chose de l'autre côté du lit, caché, en partie, par le monticule des couvertures. Oui ! Elle a réussi à manœuvrer sa trotteuse jusqu'au plus près du vieil homme, et elle reste là, tranquille, plus tranquille que Sudha ne l'en imaginait capable, à le regarder dormir. Furieuse autant que soulagée, Sudha veut s'approcher, bien décidée à donner une leçon à sa fille...

Le vieil homme ne dort pas, contrairement à ce qu'elle croyait. (La plupart du temps, d'ailleurs, il flotte dans un entre-deux, un état à la limite de l'inconscience.) Sa main se déplace, lentement, le long du drap. C'est dur de faire bouger cet assemblage d'os et de ligaments à quoi se réduit son bras, de faire circuler les signaux de la volonté le long des trajets nerveux. Il abandonne, la main pend au bord du lit. Dayita s'étire le plus possible, sur la pointe des pieds, mais c'est trop loin, même en s'écrasant le ventre contre le rebord de la trotteuse. Et voilà que, mais oui, on peut dire cela, elle saute, elle se détend, et ses doigts se referment sur un pouce.

Immobile, sur le pas de la porte, Sudha ose à peine respirer. Que va-t-il se passer maintenant ? Dayita dit quelque chose qui se termine en point d'interrogation. Le vieil homme comprend-il ? Répond-il ? De loin, rien ne l'indique, la main, aux ongles recourbés et jaunes, demeure en place. Les yeux de Dayita repèrent les poignées brillantes de la commode. Elle recule, résolue à une nouvelle exploration, les roues de la trotteuse font entendre un grondement sourd sur le plancher de bois.

Anju est mal à l'aise. Un sentiment qu'elle a ressenti en tournant sans difficulté la clef dans la serrure – ce qui ne s'était jamais produit durant toutes ces années, ils auraient dû changer la serrure, comme bien d'autres choses dans l'appartement. Il lui a semblé que quelqu'un – ou quelque chose – l'attendait à l'intérieur. Eût-elle écrit une lettre à son père, elle aurait dit : *Je n'étais pas épouvantée, comme dans les films d'horreur quand la musique augmente de puissance et de rythme, que les lumières deviennent étranges et que la caméra ivre bondit de coin en coin. Néanmoins, je ne me sentais pas bien.* Mais Anju n'écrit plus aux morts. Cette époque-là est terminée. Maintenant c'est aux vivants qu'elle doit s'adresser.

L'air, dans l'appartement, est moite, confiné. On a l'impression de descendre dans un puits. Elle ouvre d'un geste brusque les rideaux, Anju, elle réapprend, par de petits actes précis, géométriques, à affronter les aspects pratiques de la vie, à combattre le monde amorphe de la peur et de la solitude. Elle pose les cartons d'emballage à l'envers, afin d'en renforcer le fond. Le ruban adhésif proteste, un long craquement arraché par la torture, chaque fois qu'elle en déchire un bout. Elle regarde autour d'elle, cherche avec quoi elle pourrait étouffer ce bruit. La télé ? Non, c'est à *lui*, c'est *son* domaine. Elle allume la radio, n'importe quelle station fera l'affaire. *Que la musique soit mon linceul.*

D'abord *ses* livres, sur les étagères du living, manuels d'ingénierie et de gestion. Manuels d'électronique. Sûrement vieillis, dépassés. Il aurait dû s'en débarrasser depuis des siècles. Elle déteste l'idée qu'il veuille les emporter dans sa nouvelle vie alors que... Suffit, on ne pense plus. Aujourd'hui, elle n'est qu'un corps. Deux mains, deux pieds, ici présents afin d'effectuer une tâche corporelle. Soulever. Se baisser. Empiler. Grimper sur une chaise. De vieux magazines, *Business Week* et *Money*. Elle en remplit des boîtes. Qu'il paye les frais de garde. Mais pourquoi toujours cette impression que quelqu'un l'observe ? Elle a fait le tour de l'appartement, inspecté les placards, elle a même, comme une stupide vieille fille, regardé sous les lits. Elle repère, sur le mur de la cuisine, le calendrier laissé par Sudha, l'arrache et le jette. En matière de conseils et d'avertissements, elle a eu son compte. Les informations à la radio annoncent un nouvel attentat suicide à Tel-Aviv, cette fois-ci c'est un autobus qui a sauté, vingt et un tués, quarante-cinq blessés. Parmi les morts, de nombreux enfants. Anju admet que cette tragédie est sans commune mesure avec la sienne. Elle interrompt son travail d'emballage, essayant d'imaginer la douleur des parents, l'amplitude de leur détresse. Mais sa capacité de compassion a en quelque sorte fondu. Plus rien ne la concerne au-delà des limites douloureuses de sa propre peau.

La chambre à présent, où traîne encore l'odeur de *son* eau de toilette. Absurde, se dit-elle, c'est impossible. Mais, dans l'armoire de toilette de la salle de bains, le flacon de verre dépoli est bien là, mal rebouché. Elle l'avait acheté chez Macy, pour une occasion quelconque, peu importe laquelle. Pas question de se demander pourquoi il l'a laissé, elle refuse de se laisser envahir par ce genre d'obsession. Elle jette le flacon dans un carton à demi plein de chemises. Qu'il les empeste. Plier, entasser, fermer, sceller à l'adhésif. Bruit de squelette des portemanteaux vides qui se heurtent. Il ne reste plus rien dans le placard, sauf quelques papiers sur l'étagère supérieure. Relevés de banque. Formulaires d'achat de titres. Tout au fond, des *Penthouse* avec leurs femmes qui s'étalent en des postures dont la vue provoque une moue de dégoût. Mais pas de surprise. Plus rien ne peut surprendre Anju, désormais, provenant de *lui*. Elle les jette aussi dans un carton, puis pousse un soupir de soulagement. Voilà, c'est fini. Devoir accompli.

C'est alors qu'elle la voit, qui tombe en spirale comme une feuille d'arbre. Une photographie. Elle devait être sous la pile de magazines. Et bien qu'elle se soit juré de ne rien regarder, à la façon d'un déménageur professionnel, elle ne peut s'empêcher d'y jeter un coup d'œil. C'est une photo noir et blanc. Et qui ne représente pas une personne, comme elle l'avait craint. (En l'occurrence, Sudha, soyons honnête.) Les lignes et les stries la laissent un instant confondue. Puis, le souvenir lui revient. C'est l'échographie, son échographie, quand elle était enceinte. Et la petite tache, là, on croirait une étoile de bande dessinée, c'est son fils. Sunil s'était débarrassé de tout le reste avant qu'elle ne revienne de l'hôpital, les vêtements de bébé, le siège de voiture, le landau, les livres de puériculture qu'elle avait achetés au fil des mois, en fouillant chez les soldeurs. Les livres de contes, *La Mère l'Oie, Bonne nuit la Lune. Les Contes de Jataka,* que sa mère lui avait expédiés. Alors pourquoi cette photo ? Simple oubli ? Ou est-ce cela qui l'attendait, un indice qui lui permette de mieux déchiffrer cet homme impossible, insondable, qui la fait vibrer de rage chaque fois qu'elle pense à lui ? Sauf maintenant. Maintenant elle a seulement froid, ce vent qui pénètre par la fenêtre qu'elle a laissée ouverte. À la radio, une publicité pour un vendeur de voitures. *Les meilleures affaires que vous puissiez imaginer, et même un peu plus.* Anju tient la photo. Est-ce un message ? Mais les morts envoient-ils des messages ? Seuls, peut-être, les vivants se l'imaginent. Une chanson, maintenant, une voix de femme douce amère comme un citron vert. *L'amour, c'est trois fois rien.* Pourquoi y a-t-il tant de chansons sur l'amour ? Celle-ci, du moins, se rapproche plus de la réalité que la plupart. C'est uniquement affaire de temps pour que l'amour se dénoue, s'effiloche en bouts de ficelle, sur lesquels on trébuche avant de s'étaler de tout son long.

Anju frissonne, elle a toujours eu froid dans cet appartement, pendant toutes ces années que, depuis *son* départ, elle doit qualifier de *gâchées*. Même là où elle habite maintenant, elle a froid (serait-ce son karma, le froid ?), la vieille maison pleine de courants d'air qu'elle partage avec ses amies. Lesquelles sont, bien entendu, des femmes merveilleuses à qui elle voue la reconnaissance que l'on doit à toute personne qui vous a sauvé la vie, mais une reconnaissance honteuse, réticente, qu'accompagne son désir de s'enfuir. L'évidence s'impose à elle, brusquement, qu'elle ne les aimera jamais. Peut-être n'aimera-t-elle plus jamais, point final. Ses pieds sont froids, sa colonne vertébrale, ses coudes, même ses aisselles. A-t-elle d'ailleurs eu chaud, ne serait-ce qu'une fois, depuis qu'elle a quitté l'Inde et sa chambre d'enfant, que sa mémoire traîtresse lui représente toujours baignée d'un soleil couleur de dahlias ? Assise sur une moquette marron sale parmi les restes de ce qui fut un foyer, Anju pense aux fleurs du jardin de sa mère. Elle tient toujours la photo noir et blanc, preuve unique qu'un enfant, un jour, a fait partie d'elle-même. *Prem ? Prem, es-tu là ?*

Seule dans le silence, Anju convoque les fleurs de sa jeunesse, une par une, des profondeurs d'un monde perdu bordé d'or. Rien n'est jamais complètement perdu, n'est-ce pas, tant qu'on peut le nommer ? Joba, Surja Mukhi, Karabi. *Tout ce temps, il a conservé la photo de Prem.* Comment expliquer que l'on peut à la fois détester, haïr quelqu'un et s'apercevoir qu'une partie de soi-même continue de l'aimer ? Shaluk. Sarba Jaya. Empreintes moites sur la photo, spires révélées par le télescope, la nuit, quand on chasse les étoiles. Chandra Mallika. Champa. Nayan Tara. Des noms couleur d'ambre et de caramel. Des fleurs à l'apparence si belle peuvent-elles exister ? Les syllabes lumineuses vacillent dans sa tête comme la lumière d'un tube à néon mal branché, susceptible de se stabiliser, ou de disparaître, à tout instant.

C'est l'après-midi dans la maison de verre. L'enfant repose sur le lit qu'elle partage avec sa mère, suçant son pouce. Elle est censée faire la sieste. Et se demande, ensommeillée, si ça vaut la peine de se révolter contre cette règle, stupide comme la plupart des règles des grandes personnes. Elle entend bouger sa mère qui, dans la chambre d'à côté, tire les rideaux afin que le vieux monsieur puisse se reposer. Des mouvements gais, que l'enfant reconnaît au joyeux tintement des bracelets. Tout cela parce que la matinée s'est passée sans incident majeur, que sa mère a pu nourrir, baigner, laver les deux êtres dont elle a la charge. À l'heure du déjeuner, en même temps qu'elle donnait son plateau au vieil homme, elle a installé la chaise haute de l'enfant à côté du lit. Elle était un peu nerveuse, ça se voyait à la façon qu'elle avait d'avaler tout le temps alors qu'elle ne mangeait rien. Elle portait la cuiller à leur bouche, tantôt l'une, tantôt l'autre, tout en parlant à l'enfant : Dis à Da-da de boire son lait. Dis-lui que, s'il mange tout son dal et son riz, ça le rendra fort. L'enfant trouvait ça drôle. Obéissante, elle babillait – non qu'aucun des deux fût assez intelligent pour comprendre ce qu'elle disait. Si, peut-être le vieux monsieur. Il lui jetait un regard conspirateur chaque fois que sa mère tournait la tête. Pour lui faire plaisir, ils ont tous les deux avalé quelques cuillerées supplémentaires.

Maintenant, dans le lit, l'enfant enroule un bout de sa couverture autour d'un doigt et, étonnée, cligne des yeux ensommeillés en voyant entrer sa mère à cette heure inhabituelle. C'est parce que la mère essaie d'inculquer à l'enfant une *bonne habitude*, celle d'aller se coucher toute seule. L'enfant en est tout à fait capable, mais n'y consent pas toujours – il vaut mieux, a-t-elle appris, que les adultes ne sachent jamais sur quel pied danser. La mère, aujourd'hui, porte un de ces saris qui la rendent plus jolie, plus lustrée, comme une plante bien arrosée. Mais qu'est-ce qu'elle tient à la main, qu'elle introduit dans la machine qui fait de la musique ? L'enfant sourit. Elle aime les berceuses. Elle commence à battre des mains, mais une voix l'appelle, une voix d'homme qu'elle connaît si bien qu'elle s'immobilise en plein milieu. La mère est partie en grande agitation, dans un grand bruit de tissu, refermant la porte derrière elle. L'enfant fouille la chambre du regard, ballant la tête d'un côté à l'autre. Elle se rappelle l'homme, la chaleur de sa poitrine contre laquelle elle se blottissait pendant des heures, écoutant des histoires qu'il ne racontait à personne d'autre, de vieux films qui se fondaient dans d'autres encore plus anciens, ou se mêlaient à sa vie. Brusquement, elle le veut, avec sa respiration calme, réconfortante, qu'elle a presque réussi à oublier, sa voix qu'il n'élevait jamais contre elle, ce bras à la courbure dure et tendre, qui la tenait aussi longtemps qu'elle le souhaitait. Mais c'est encore un de ces tours d'adultes, les gens qui apparaissent et disparaissent de sa vie, puis reviennent, cette fois-ci c'est sous la forme d'une voix pleine de chagrin. *Dayita, ma petite citrouille, tu me manques tant que je ne sais pas si j'aurai la patience d'attendre le moment de te revoir.* La voix pénètre en elle, entre et sort avec son chagrin. Quand elle est arrivée dans cette nouvelle maison, elle a pleuré après lui, pendant des jours, refusant la nourriture que lui proposait sa mère. Sa poitrine lui faisait mal comme si on lui avait claqué une porte dessus. Quand elle a commencé à aller mieux, il y avait plein de trous argentés dans sa poitrine, on aurait dit une passoire. Elle laisse la voix sortir par les trous, s'élever vers le garçon qui attend. Le garçon libellule, qui plonge et replonge dans sa tête, toujours affamé. *Tiens, goûte, apprends ce que c'est que d'avoir mal.* Il y a une toile d'araignée dans l'angle de la fenêtre, qui retient la lumière de l'après-midi. Un petit arc-en-ciel se balance, d'une parfaite symétrie. Tellement supérieur aux fils enchevêtrés dans lesquels les humains s'enroulent et enroulent les autres. La mère vient de rentrer dans la chambre, la mère s'allonge à côté d'elle, elle se couvre la bouche de son sari, bien qu'elle n'émette aucun son. L'enfant veut bien y réfléchir, quelques instants. Mais la voix dans la machine l'appelle comme un oiseau assoiffé. Au centre de la toile, une toute petite araignée, une étoile noire en équilibre. L'enfant concentre toute son attention sur elle, qui l'emporte au loin.

— DIX —

Sunil

Vu d'avion, cela semblait si vert, boisé et plat, à ce point différent des collines brunes que je côtoyais depuis dix ans, que j'avais du mal à y croire. Il y avait des étendues d'eau de forme irrégulière, lacs ou rivières, voire océan. Je n'ignore pas que Houston est situé non loin de la mer, mais dans ce crépuscule d'août, on s'en rendait mal compte.

Je pense à toi ce soir, Dayita, ma fille. (Est-ce présomptueux de t'appeler ainsi ?) Dans la chambre de l'hôtel luxueux, où la société me loge le temps que je trouve un habitat permanent, sur ce lit vaste et glacial, parlant dans une machine. Je sais que cette cassette peut ne jamais te parvenir, que je dépends entièrement du bon vouloir d'une femme qui a toutes les raisons de me haïr. Mais je dois continuer.

Le paysage vu d'avion me rappelait la jungle que traverse Aguirre dans sa descente de l'Amazone, une violence tapie au milieu des lianes, guettant peut-être à la sortie du prochain méandre, dentée comme un alligator. (Je deviens poète dans ma solitude. Ou seulement mélodramatique ?) Je dois apprendre à ne pas comparer ma vie à un scénario de film. Nous sommes en Amérique. J'ai quitté ma femme, pour répondre à ce que je croyais avoir lu dans les yeux d'une autre, et je me retrouve dans une ville qui tente de sortir de la récession, avec ses alignements de centres commerciaux, ses autoroutes congestionnées bordées de lotissements et de panneaux publicitaires. Si tu étais là, nous en ririons ensemble.

Pour sortir de Prison, composez le 713-Liberté. Cabaret de la Chance, Exposition de Filles. Laissez le Texas tranquille. Qui est le Père ? Tapez 1-888-ADN. S'il y a des forêts, je ne sais pas où elles se cachent. La femme qui s'est enfuie, où est-elle à présent ? Je suis un cadre dirigeant de petite envergure, qui commence à perdre ses cheveux, que rien ne singularise, sinon sa capacité à répandre le malheur autour de lui.

Mon bébé, les enfants savent-ils haïr ? Me hais-tu ?

Mes collègues de bureau se montrent étonnamment amicaux. Peut-être parce qu'ils ne savent pas qui je suis. Un petit groupe, des hommes jeunes, m'invite à aller boire un verre avec eux le vendredi soir. Ils supposent que je me sens seul sans ma femme. J'ai du mal à croire à l'amitié, mais un soir, néanmoins, je les accompagne. Ma chambre est trop aseptisée, d'un luxe sans âme. Le lit royal, les rideaux et le couvre-lit assortis couleur pastel, le secrétaire vide avec sa chaise à dossier droit, luisants des applications répétées de Pliz par la femme de chambre. L'éclat des robinets dans la salle de bains me fait mal aux yeux. Les chocolats enveloppés de papier doré que quelqu'un dépose chaque soir sur mon oreiller me donnent des haut-le-cœur. De propos délibéré, je laisse mes vêtements traîner par terre, le tube de dentifrice ouvert couler sur la paillasse du lavabo, moi qui détestais voir Anju se comporter ainsi. Tentative futile, animale, de marquer mon territoire. Voilà à quoi j'en suis réduit ! Le soir, quand je rentre, les vêtements pendent aux cintres, le lavabo est impeccable. Deux chocolats à la menthe, enrobés d'or, reposent côte à côte sur le lit préparé pour la nuit, comme deux jeunes mariés. Ne suis-je pas ingrat de me plaindre, alors que j'ai tant convoité cette aisance ? Je suis néanmoins allé au bar.

La nuit était trouble, même avant que j'aie commencé à boire. Des lumières tristes tombaient de coupoles colorées, ça sentait la sueur et l'attente. Les juke-boxes diffusaient de la musique country sirupeuse. Heurts des verres et des egos, filles en sandales rouges à talons. Des types du groupe payaient à boire à des femmes qu'ils ne connaissaient pas. Certains riaient, la main posée sur le bras nu de femmes qui s'efforçaient d'être belles. Ils ont voulu m'en coller une. Elle était jeune, avec de beaux yeux effrayés, d'origine hispanique peut-être. Un sourire trop large, trop rouge, trop sombre. Je me suis excusé et suis allé aux toilettes. Comme de juste, ça sentait l'urine. Nous n'étions que deux. L'autre homme gardait la main dans sa poche. Quand il l'a sortie, je m'attendais à y voir un revolver. Mais ce n'étaient que des sachets de plastique contenant des comprimés. Aux si jolies couleurs vives. Ce n'était pas ce que je voulais. Le monde est plein d'hommes solitaires. Pourtant, j'ai parfois l'impression d'être le seul. Je lui ai acheté ce qu'il promettait, bien que je ne croie pas aux promesses. Ne m'avait-elle pas promis, elle aussi ? Ta mère, avec sa façon de me provoquer ? À mon retour dans la salle, tout le monde riait. Personne n'a fait attention à moi. Y a-t-il quelque chose de pire que d'être entouré de gens qui s'amusent et d'être incapable de se joindre à eux ?

Trois jours plus tard, dans ma chambre, j'ai sorti un comprimé, comme l'homme m'avait dit de le faire, et je l'ai placé sur ma langue. Puisque je ne peux pas avoir ce que je veux, ai-je dit à la nuit.

Chaque matin, vois-tu, j'ouvre le *Houston Chronicle* déposé obligeamment à ma porte, comme à celle de tous les clients de l'hôtel. Les gros titres en sont noirs et accrocheurs. Les histoires du monde ne concernent pas ma vie.

Je me rappelle ton poids sur ma poitrine. Ton corps est doux et rond, sans arêtes, du coude au bout du nez. Certaines nuits je me réveille, ou peut-être n'ai-je pas dormi du tout, et je porte la main à mon visage. *Si je ne touche rien, je saurai que je n'existe plus.* Une légère odeur sucrée persiste sur mes paumes : l'aloès des cotons nettoyants pour bébés. Chérie, tu as une fossette sur la joue – mais sur laquelle, la gauche ou la droite ? La mémoire commence à me trahir, elle se déchire le long de ses plis comme de la soie ancienne. Tes doigts dans les miens, aussi légers que la corolle blanche des lis. Ou serait-ce à ta mère que je pense ? Dans le noir, les choses s'emmêlent. Dans le noir, mon corps se tord de doute. Elle m'a rendu mes baisers, j'en suis sûr. Son corps, sous le mien, a tremblé d'extase.

Ai-je commis une terrible erreur ? Dayita, m'entends-tu ? Réponds-moi, Sudha, si tu écoutes toi aussi.

Mon père est en train de mourir. Aucun de mes collègues ou supérieurs ne le sait. Ils savent seulement que je suis le premier à arriver au bureau, le dernier à en partir. Un bosseur, aussi tenace qu'un bouledogue pour monter des affaires. Ils ignorent que je me sers du travail comme d'un sirop contre la toux, pour supprimer les symptômes de ma maladie. Encore, toujours plus de travail. J'en sors les muscles flasques et la tête légère. Cependant que l'infection continue de gagner, telle une protubérance dans l'abdomen.

C'est le genre de chose qu'aurait dite Anju. Elle aimait parler en images. J'en riais, les qualifiais d'hurluberlus, Maintenant que je me suis coupé d'elle, je me surprends à l'imiter.

Cette nuit, je me suis réveillé à deux heures du matin et n'ai pas pu me rendormir. J'ai allumé la télé, suis tombé au milieu d'un film, un homme et une femme marchant dans la nuit. J'ai su immédiatement qu'ils n'étaient pas mari et femme. Qu'elle était l'épouse d'un autre. Qu'elle emmenait l'homme chez elle. Des cloches tintaient, sons argentés dans le noir. Ensuite, elle se retrouvait à l'intérieur de la maison et lui dehors. Elle fermait la porte à clef. Il attrapait une chaise sur le perron, dont il fracassait la vitre. Oh, les débris de verre, une douche, une cascade qui dégringolait sur elle, pour l'éternité, semblait-il ! Et ce regard choqué dans ses yeux, comme si elle n'était pas responsable de ce geste – puis content, parce qu'elle savait qu'elle en était la cause. Le visage de l'homme brûlait de désir. J'avais déjà vu un visage semblable, dans un miroir. J'ai éteint le poste. Je connaissais déjà la fin du film.

C'est en images que je pense à mon père. Un poing serré. (Ce qui n'est pas exact. Il ne m'a jamais frappé. Il avait d'autres méthodes.) Un personnage de BD aux yeux exorbités, hurlant de rage. Ses oreilles émettent des vagues sinueuses de chaleur. (Mais il hurlait rarement. Il n'en avait pas besoin.) Une racine malade, noire et difforme, l'intérieur rongé par la haine. (Oui.)

Qu'avons-nous fait – ma mère et moi – pour susciter tant de haine ?

Peut-être devrais-je aller à Calcutta, avant qu'il meure, juste pour qu'il me le dise ?

J'avais tout éteint dans ma chambre. Pourtant je continuais de la voir, dans ma main. Ma pilule. La blancheur d'une lune de septembre. Elle explosait en coulant dans ma gorge. Brillait comme une perle dans l'estomac. L'éclat s'emparait de tout mon corps. Je sentais l'intérieur de ma peau, sa douceur soyeuse. Soie rose, qui s'effilochait. Je suis tombé par terre, je sentais chaque fil de la moquette sous ma joue. Minuscules tentacules. Par les rideaux ouverts, je voyais une étoile. D'où émanaient des rayons, comme dans les dessins d'enfants. Des rayons bleus. Qui ont pénétré jusque dans ma chambre et m'ont touché le front. Glacés. Glacés. J'ai cru que ma tête allait éclater d'une douleur exquise. Ensuite j'ai pleuré. Je me suis souvenu de ce que disait l'homme, mieux vaut pas faire ça tout seul. Mais seul, c'est ce que je suis. Bébé, as-tu honte de ma faiblesse ? Chaque poil de mes bras se dressait, chantant un hymne.

L'étoile dardait son faisceau lumineux jusqu'au centre de la terre. Lance dont la pointe me perçait, mais sans douleur. Pendant un instant, pendant toute une vie, j'ai été une perle de collier reliée à toutes les autres perles. J'ai tendu la main, traversé trois strates, et je t'ai effleurée, Dayita, tu as frissonné dans ton sommeil. Elle était allongée à côté de toi, dans une chambre de verre. Sa chemise de nuit découvrait une épaule. Il y avait un grain de beauté rouge sur sa clavicule. Elle a souri sous la pression de mes doigts. Note mon numéro de téléphone, ai-je dit. Voici mon adresse. Et mon e-mail. Mon téléphone portable. Les mots explosaient comme des projectiles sous-marins. J'ai cru que je n'arrêterais jamais de trembler.

Un peu avant, dans la journée, j'avais reçu les lettres m'annonçant sa mort. Mort. Le mot contient un raz de marée. J'ai tendu mon bras : un million de cellules y meurent à chaque instant. Je le haïssais, non, je ne le haïssais pas. Nous sommes tous morts, simplement nous ne le savons pas encore. Le fil s'est cassé, toutes les perles se sont éparpillées parmi les cendres. Appelle-moi, Sudha, m'entends-tu, ou du moins écris-moi. J'ai tout quitté pour toi. Tu ne peux pas m'abandonner ainsi. Le clair d'étoile s'est retiré. Dans mon estomac, la pilule a déclenché un froid mortel. J'ai rampé jusqu'au lit. J'ai ôté mes vêtements, j'ai ôté mes jambes, j'ai enlevé mon bras droit. J'ai enlevé ma tête. C'était difficile à faire avec un seul bras. J'ai doucement retiré les yeux de leurs orbites. La douleur vrille à travers moi. Bébé, j'attends ta lettre me disant que ta mère a eu tort, qu'elle a eu peur, qu'elle s'est sentie coupable sans raison, que depuis elle a réfléchi. Pendant les deux prochains jours, je vais avoir des migraines atroces. Au bureau, je vomirai dans les toilettes. Mes collègues me jetteront des regards en coin. Le drap s'est enroulé autour de moi, fil blanc par fil blanc, comme le dhoti dont ils ont dû l'envelopper avant de le transporter au crématorium. Si je suis incapable de pardonner, puis-je demander qu'on me pardonne ? Dayita, es-tu là, m'entends-tu ? Dayita, j'attends.

— ONZE —

Sudha

C'est un après-midi plein de sommeil et de pluie. Sommeil et pluie envahissent la maison, et nous nous coulons dedans, le vieil homme enroulé sur son lit comme une mèche de cheveux, la mère et la fille allongées l'une contre l'autre, pièces d'un puzzle qui ne s'emboîtent pas bien. La pluie charrie des sons de flûte, des moisissures, les suppliques du rêve. Dans le rêve, une voix masculine énonce nos noms avec angoisse – ce que l'on baptise parfois amour – Dayitaaa, Sudhaaa – jusqu'à ce qu'ils finissent par se confondre. Elle nous offre des fleurs de jasmin, la plage de Galveston, le centre spatial de la Nasa. Elle nous offre des numéros de téléphone et un avenir aussi juteux qu'une grenade mûre. Le vieil homme rêve d'un endroit au nom de pluie, de collines couleur de dos d'éléphants, de la rivière Tista bornée par ses années d'enfance.

Dans mon rêve, une femme déménage un appartement et une vie. Elle plonge dans un placard, dans les plis de costumes appartenant à celui qui fut jadis un époux. Elle trouve une photo noir et blanc, celle d'un enfant à naître. Elle la glisse dans son soutien-gorge. L'époux qui ne l'est plus m'ouvre ses bras : *Viens, viens.* Je pèle la grenade, mes mains sont tachées de jus couleur de sang. Dans mon rêve, j'allonge le bras et je frappe, le lecteur de cassettes tombe en faisant entendre un craquement sec, la voix continue d'appeler. *Sudha, Sudhaaa.*

Dans mon rêve, je pose au vieil homme les devinettes qu'un autre m'a posées. *Pourquoi l'esprit d'une femme est-il plus propre que celui d'un homme ? Pourquoi les politiciens ressemblent-ils à des couches souillées ? Quelle est la différence entre un soldat et une dame ?* Même quand je lui donne les réponses, il ne sourit pas. *Souriez, bon sang*. Il me regarde. Ses yeux ne contiennent aucun reproche. Ils sont entièrement occupés par l'endroit au nom de pluie.

Dans mon rêve, je raconte à ma fille l'histoire de Sita soumise à l'épreuve du feu.

Après que Ram l'eut arrachée aux griffes de Ravan, il clama qu'il ne pouvait la ramener car elle avait peut-être couché avec le démon.

Non, je ne l'ai pas fait, dit Sita.

Quelle preuve en ai-je ? demanda-t-il.

Dans ces conditions, allume-moi un bûcher. Je ne veux plus vivre.

Il obtempéra. Elle marcha dans les flammes. Mais elle ne brûla pas. Le dieu du feu lui-même la ramena et se porta garant de son innocence. Ram et Sita, réunis, vécurent heureux.

(Mais, après avoir fait l'objet d'un tel soupçon, une femme peut-elle être de nouveau heureuse ?)

Dans mon rêve, un autre homme apparaît. (Telle est ma vie, un homme après l'autre, jamais celui qui me conviendrait. Ou serait-ce moi qui ne leur conviens pas ?) Il tend son passeport à un policier de l'aéroport de San Francisco. Il prend un taxi dans un pays qu'il n'a jamais visité, vers un appartement qu'il n'a jamais vu. Il regarde par la vitre l'autoroute noire de pluie et de traînées d'essence. *Sudha, Sudhaaa.* Dans son rêve, ma fille cogne de la tête contre ma poitrine, en signe de protestation. À son réveil, elle va chercher sa voix dans toutes les pièces, poussant sa trotteuse sur le parquet ciré avec un bruit de lointain roulement de tonnerre.

Je suis dans une vaste salle envahie par la fumée d'encens et le visage des morts. Est-ce un tribunal ? Le jour du jugement ? Suis-je morte ? Je vois mon père, je vois un petit garçon jamais né. Nicole. Mangala. Sara (morte elle aussi ?). Leurs visages sont gris de tristesse et de fumée. Je les supplie : *Dites-moi, qu'aurais-je dû faire ?*

La femme a fini d'emballer et de pleurer. Le taxi s'est arrêté au pied de l'appartement que plus personne n'habite. Le petit garçon jamais né tend ses paumes de main, blanches comme une feuille de papier vierge de tout écrit. Sur la cassette, la voix de l'homme parle d'âge et de cruauté, de mort et de foyer. La mort est-elle notre unique foyer ? La femme sort de l'appartement, l'homme descend du taxi. Ils se croisent sur le seuil, qui ne se trouve ni à l'intérieur ni à l'extérieur d'une maison. Le vieil homme marmonne dans son sommeil : *Banglar mukh ami dekhiachi tai ami... J'ai vu le visage du Bengale, donc je ne désire plus...* Quelles sont les paroles suivantes ? Je ne m'en souviens pas. Un jour au bord d'une rivière boueuse, un homme a récité ce poème à une femme qui était (mais ne l'est plus) moi.

J'interroge les morts : *Dites-moi, que devrais-je faire ?*

Les morts ne donnent pas de conseil. Ils nous regardent avec chagrin réitérer nos fautes, les mêmes fautes, dans le monde entier et à travers les âges. J'observe le visage de mon père pour voir s'il est toujours couturé ou s'il a magiquement guéri. Mais les mots *couturé* et *guéri* n'appartiennent qu'aux vivants. L'homme arrivé d'Inde s'assoit sur les marches de l'immeuble, il écoute. La femme que son mari a quittée est assise à côté de lui. Elle lui dit des choses qu'il lui a été impossible de dire à quiconque. Est-ce parce qu'il a surgi de sa jeunesse et de la mienne, cette époque où elle pouvait dire tout ce qu'elle voulait ? Il l'entoure de son bras.

Dites-moi quelque chose.

Les morts ne parlent pas. Ou peut-être parlent-ils, mais je n'ai pas la capacité de les entendre. La pluie, qui avait disparu, revient avec un bruit de conque. Le vieil homme récite : *Je me réveille dans le noir pour voir, abrité sous une grande feuille parapluie, le doyel, l'oiseau de l'aube.* La voix sur la cassette dit : *Je ne te laisserai pas partir à moins que*. Je suis dans une vaste salle tapissée de fumée d'encens, au sol aussi limpide que des diamants. Le garçon jamais né pointe vers le bas sa main à la paume lisse, le geste des divinités dans les temples. Un jour un homme m'a parlé d'amour dans un temple qui sentait l'encens et les œillets écrasés. J'étais jeune, alors. Je vois, à travers le sol de diamants, des collines couleur dos d'éléphant, noyées sous la pluie. L'homme et la femme sont assis sur les marches, vides de paroles. Ils s'appuient légèrement l'un contre l'autre. Ils ont pris une décision, mais je ne sais pas laquelle.

Moi aussi, j'ai pris une décision. Mais ce que je vais faire, est-ce un acte de pénitence, est-ce un cadeau ou une victoire sur les besoins illégitimes du corps ? De quel nom devrai-je le baptiser ?

Dans mon rêve, je dis au vieil homme : je vous donnerai ce que vous désirez le plus au monde, mais vous devrez suivre mes instructions.

Dans mon rêve, il me lègue son sourire, ébréché et jaune, aussi fragile que la lune.

— DOUZE —

Elle l'aperçoit en sortant de la salle de classe, la tête si pleine des personnages de ses livres qu'elle le ne reconnaît pas tout de suite. Ces derniers temps, les personnes dont parlent les livres lui semblent plus réelles que celles qui l'entourent, et certainement plus fiables. Ouvrez à la page vingt-cinq et, à tous les coups, vous y trouverez le vieil homme et la vieille femme, portant des bols de riz et de soupe ainsi qu'une branche feuillue de pêcher. Et à chaque fois ils inviteront la jeune étrangère à partager leur repas. Même quand les personnages n'ont pas de nom, vous les connaissez par leurs gestes, leurs tics, aussi familiers que ceux de vos vieux oncles. De fait, elle commence à se dire que les noms ne sont que des commodités peu élégantes, comme des étiquettes sur les valises, et envisage d'en débarrasser ses propres personnages. Aussi quand le jeune homme se détache du mur auquel il s'appuyait, s'approche d'un pas souple et, la main tendue, appelle *Anju*, met-elle un certain temps à répondre.

« Anju ? » répète-t-il, les sourcils en arc circonflexe, si ingénument beau qu'elle se prend à lui rendre son sourire, et à confirmer :

« Oui, c'est moi, Anju. »

Alors, les souvenirs affluent, la fête, la nuit, les miroirs, les lumières stroboscopiques, les rires rauques et excités, la maison à l'éclairage de gâteau rose, eux tous ivres de musique et de tous les possibles (qu'ils étaient jeunes, jeunes et ignares). *Ce soir je vais danser avec quelqu'un d'autre.*

« Je suis Lalit, dit le jeune homme. Vous vous souvenez ?

— Oui.

— Vous avez changé – vous avez coupé vos cheveux, c'est ça ? » Il s'interrompt, trop poli pour mentionner son amaigrissement.

« Vous aussi vous avez changé – ne portiez-vous pas un anneau à l'oreille ? »

Il balaye la remarque d'un geste de la main, comme pour signifier qu'il a dépassé le stade de telles frivolités. Après un silence gêné, il reprend : « Autant le dire toute de suite – c'est Sudha qui m'envoie. »

Elle tressaille, va pour s'éloigner.

« Non, s'il vous plaît, dit Lalit. Je reviendrai de toute façon, jusqu'à ce que vous me répondiez, et c'est compliqué, vous savez, avec toutes ces opérations qu'il faut annuler – les malades qui meurent comme des mouches au moment même où nous nous parlons – ou, plutôt, où nous ne nous parlons pas... »

Elle le regarde, les yeux plissés. « Avez-vous réellement annulé des opérations ?

— Non, mon assistant assume tout pour la journée. C'est pire, en fait. Il débute, et il est plein d'enthousiasme. J'avais une vésicule biliaire aujourd'hui – si ça se trouve, il aura aussi enlevé l'appendice, et peut-être même un rein.

— Vous n'avez en tout cas pas cessé de plaisanter.

— Mais je crois que je perds la main – vous ne riez pas. »

Anju soupire. « Dix minutes, dit-elle. Je vous donne dix minutes. Vous pouvez m'accompagner jusqu'à l'arrêt du bus. »

Dans la maison de verre, Sudha prépare du thé. Elle le fait à l'indienne, le lait et l'eau mélangés dans une casserole, avec les clous de girofle et la cardamome, en dernier les sachets de thé – elle a forcé Myra à acheter une grande boîte de Lipton Tradition – qui plongent dans le liquide en ébullition, dansant au bout de leur fil. (« Êtes-vous sûre de vouloir cet horrible truc à la théine ? » a demandé Myra. « Parfaitement », a répondu Sudha, qui en apprend un peu plus chaque jour.) Elle le fait fort, que l'arôme imprègne l'air, ajoute une quantité généreuse de sucre. (« Êtes-vous sûre de ne pas vouloir essayer ce merveilleux miel à la girofle ? » « Absolument. »)

Le vieil homme est allongé dans son lit, les yeux fermés, mais l'odeur du thé le chatouille, qui monte de la table roulante, aussi ne rouspète-t-il pas trop quand Sudha le hisse en position assise.

« Je crois que votre estomac devrait vous permettre de boire du cha aujourd'hui, dit-elle en portant la tasse à sa bouche. Attention, c'est très chaud. Ça vous plaît ? »

Il ne répond pas, mais avale goulûment une petite gorgée, puis une autre.

« Bien sûr, ce thé n'est probablement pas aussi bon que celui que vous buviez en Inde – Trideep m'a appris que vous viviez près d'une plantation de thé, en haut dans les collines... »

Le vieil homme s'arrête de boire, lui jette un regard haineux.

« Je sais ce que vous pensez – que c'est cruel de parler de l'Inde alors qu'elle vous manque tant... »

Il retombe sur son oreiller, les paupières étroitement closes.

« Bon, voilà que vous recommencez votre manège, comme si j'étais une vision horrible. Fermer les yeux ne fera pas disparaître vos problèmes, vous savez. J'ai un meilleur plan – à condition que vous y mettiez un tout petit peu du vôtre. »

Il entreprend de lui tourner le dos. Manœuvre longue – il est si faible – mais finalement il se retrouve face au mur, la respiration lourde, la couverture remontée jusqu'au cou.

« Écoutez-moi, dit Sudha en le découvrant. J'insiste. Après, vous pourrez redevenir un vieux grincheux, si le cœur vous en dit. » Elle s'arrête, afin de mieux assener son coup. « J'essaie de vous aider à rentrer chez vous. »

Pas un son, pas même un souffle.

« Nous pouvons y parvenir. Le docteur dit que le principal obstacle à votre rétablissement est d'ordre psychique, et je suis d'accord avec lui. Si vous voulez retourner chez vous, vous devez commencer à coopérer. Manger comme il faut, pas ces quelques bouchées symboliques. Vous mettre à faire quelques exercices, très simples, au lit, puis dans la chaise roulante. » Elle va se placer de l'autre côté du lit, s'agenouille et approche son visage du sien. « Je suis sérieuse ! Ouvrez les yeux ! Regardez-moi. »

Il ouvre les yeux lentement, de mauvaise grâce. Ils sont noirs de la douleur accumulée pendant toutes ces semaines où il s'est coupé de tout sentiment.

« Vous pensez que Trideep ne vous laissera pas repartir, n'est-ce pas ? Eh bien, j'ai un plan. À condition que vous me parliez, que vous me disiez quelque chose, et quelque chose de gentil ! » Elle hasarde un sourire, se lèche les lèvres, prend une mine malicieuse. Se rend-il compte de sa nervosité sous-jacente ?

Il se lèche les lèvres, lui aussi. Elles tremblent.

« Dépêchez-vous – j'entends Dayita qui se réveille. Dans une minute, je vais devoir y aller.

— Arrêtez de me torturer. » C'est dit d'une voix fêlée aux accents furieux, mais si faible qu'elle doit se pencher encore plus près pour l'entendre.

« Ce n'est pas exactement ce que j'appellerai *quelque chose de gentil.*

— Je ne rentrerai jamais chez moi, je le sais. Je vais mourir ici.

— Sûr que c'est ce qui se passera si vous maintenez un état d'esprit aussi positif, réplique-t-elle gaiement. Ça y est, c'est parti. Cette petite a un coffre de ptérodactyle ! J'y vais, à tout de suite. »

Elle revient avec Dayita, qu'elle installe dans sa chaise haute avec une tasse de lait et des biscuits, à qui elle fredonne des chansons d'enfant. « Aidez-moi à me tourner, finit-il par bougonner. Que je la voie.

— Jour, dit Dayita au vieux monsieur qui la regarde. Jour, jour, jour.

— C'est son nouveau mot, dit Sudha. Accrochez-vous – vous n'avez pas fini de l'entendre.

— Vous n'avez pas de plan, souffle-t-il péniblement. C'est juste un piège que vous me tendez. »

Sudha se couvre le visage de ses mains. « J'avoue, j'avoue. Ce n'est qu'un complot haineux. J'ai été stupide de croire que vous tomberiez dans le panneau. Autant vous le dire – le FBI est dans le coup lui aussi.

— Vos plaisanteries sont minables.

— Si je ne peux ni parler sérieusement ni plaisanter, que voulez-vous que je fasse ? »

Il consent, de guerre lasse. « Bon, racontez-moi.

— Quand vous aurez récupéré des forces, ils vous laisseront partir. Si je vous accompagne.

— Qu'est-ce que ça signifie ?

— Ça signifie que je rentre avec vous – comme infirmière. Pour continuer à prendre soin de vous.

— Pourquoi feriez-vous cela ? » Il n'a pas perdu sa méfiance, mais elle note l'accélération de la pulsation à la base de son cou émacié. « Les jeunes qui réussissent à s'installer dans ce pays ne veulent jamais en partir.

— L'Amérique ne fait pas le même effet à tout le monde, vous savez. Pour moi, les choses n'ont pas marché comme je l'espérais. Rentrer avec vous me donnerait le moyen de tout recommencer dans un pays dont la culture est mienne, beaucoup plus que le sera jamais la culture américaine. Dans un endroit de l'Inde où personne ne me connaît. Sans le poids des souvenirs, les murmures des gens : *On savait bien qu'elle échouerait.* Ou : *Elle n'a que ce qu'elle mérite.*

— Aidez-moi à m'asseoir, braie le vieil homme. Vous êtes sérieuse ? Vous ne me dites pas ça pour m'obliger à me soigner ? Ou... » Une idée pire vient de le frapper. « Parce que vous avez pitié de moi ?

— Liquidons cette histoire une bonne fois pour toutes. Je compte bien que ce travail me rapporte. Votre fils et votre belle-fille devront me payer un salaire suffisant pour me permettre d'élever correctement Dayita, qui bien entendu vivra avec moi – je pense que vous n'y voyez pas d'objection ? Je veux pouvoir l'envoyer dans une très bonne école. Et être capable de mettre de l'argent de côté afin de ne plus jamais dépendre de quelqu'un. Mais j'imagine que ça ne leur posera pas de problème. Les dollars règnent en maîtres en Inde.

— Ils n'auraient pas à... Je... » Il ne finit pas sa phrase.

« Et pensez à toutes les économies que fera Myra quand vous ne serez plus là – tous ces élixirs antistress, ces massages aromathérapiques, ça finit par coûter, vous savez. »

Il fronce les sourcils.

« Je blaguais. Regardez, Dayita vous tend un de ses biscuits. Un peu poisseux. Ça ne vous gêne pas ? »

Il prend le biscuit, mord dedans, l'esprit ailleurs.

« Je n'aurai qu'un regret quand je partirai, conclut Sudha. Après tout le mal que je me serai donné pour apprendre les dernières expressions à la mode, je n'aurai plus personne à qui les resservir. »

« Vous lui manquez, dit Lalit. Elle veut vous écrire.

— Qui l'en empêche ?

— Elle veut être sûre que vous la lirez. Que vous lui répondrez.

— Qu'est-ce qu'elle attend de moi ? Que je dise : *Chère Sudha, merci beaucoup d'avoir brisé mon mariage ?*

— Écoutez – il y a plein de trous dans cette histoire qu'aucune d'entre vous ne veut remplir, mais je suis sûr d'une chose : elle vous a quittée autant pour votre bien que pour le sien. Elle se fait beaucoup de souci à votre sujet. Si elle a voulu que je vienne c'est, entre autres, pour s'assurer que vous allez bien.

— En tout cas pas grâce à elle », dit Anju. Elle frissonne légèrement dans la fraîcheur du soir. Ils sont assis sur ce banc, à l'arrêt du bus, depuis une demi-heure. Un bus arrive, mais elle ne lève même pas les yeux. « Elle s'occupe vraiment de ce vieil homme ? demande-t-elle d'un ton rogue. Vous êtes allé la voir ?

— Oui.

— Ces gens – ils la traitent correctement ?

— Très.

— Et... Sunil ?

— Elle n'a pas eu de contact avec lui, et ne tient pas à en avoir, à ce qu'il me semble.

— Est-ce que vous...

— Est-ce que je l'aime ? Je ne sais pas. Le mot est tellement galvaudé. Je suis peut-être sur la pente. Je voudrais avoir une chance de m'en rendre compte. Mais elle m'a dit que ce dont elle a besoin en ce moment, c'est d'un ami – c'est donc ce que je m'efforce d'être.

— Je crois que vous l'aimez, dit Anju. Peut-être même trop. » Elle soupire. « Je ne vous le reproche pas. Tout le monde l'aime. Elle est si attachante, ma cousine.

— Écoutez, quoi qu'il ait pu se passer entre elle et votre mari, vous devez l'oublier...

— Plus facile à dire qu'à faire. Mais ce n'est pas cela

qui me préoccupait. Je pensais à Ashok – est-ce qu'elle vous en a parlé ? Son amour de jeunesse ?

— Ah ! Un rival. Dois-je m'inquiéter ?

— Eh bien, pour commencer, il est ici...

— L'intrigue s'épaissit. C'est peut-être pour ça que Sudha s'est enfuie ?

— Navrée d'anéantir tous vos espoirs. Il lui a effectivement écrit – mais la lettre est arrivée après son départ. Je ne l'ai pas ouverte – ça ne me regardait pas –, je la lui ai fait suivre à sa nouvelle adresse. Il y a deux jours, j'étais à l'appartement pour emballer des affaires, et il a débarqué. Nous avons été, tous les deux, quelque peu surpris.

— C'est ce que j'aime chez vous – votre sens de la litote.

— Il est venu les ramener, Sudha et Dayita, au pays. Il attend depuis toujours de l'épouser...

— Surtout qu'il continue.

— Cette fois-ci, il est décidé à réussir, et c'est là que vous intervenez. »

Il lui jette un regard plein d'appréhension. « Oh non, n'y pensez pas.

— Il a besoin de la voir.

— Vous me prenez pour le P-DG de l'Agence matrimoniale Lalit & Co ?

— Pour lui parler face à face. Entendre ce qu'elle a à lui dire. Il le mérite vraiment.

— Désolé, Cupidon n'habite plus ici.

— Vous voulez que je lise la lettre de Sudha ? Que, éventuellement, je lui réponde ?

— Madame Majumdar, je suis choqué que vous ayez recours à un tel chantage !

— Je m'appelle Chatterjee. » Elle arrache une feuille à son cahier de notes, griffonne dessus. « Voilà le numéro d'Ashok à son hôtel. Dites à Sudha de l'appeler vite – le pauvre homme est en train de se ruiner.

— Très bien. Il sera peut-être expulsé. » Puis, devant

l'air fâché d'Anju : « Pourquoi ne prévenez-vous pas vous-même Sudha ? Je vous donne son numéro...

— Je ne peux pas lui parler, ni même lui écrire. Pas encore. Pas tant que je n'aurai pas tiré certaines choses au clair. » Le réverbère, qui vient de s'allumer, projette des flaques noires sous ses yeux. « Moi aussi, je l'aime trop. Je viens juste de le redécouvrir.

— Je suis un imbécile, un dégonflé, un minus, dit-il en prenant la feuille de papier.

— Pas du tout, Gunga Din. Vous êtes bien meilleur que moi. » De la fenêtre du bus, elle lui jette un baiser.

Le fleuve est gris, sous le poids des ans. Il a parcouru un long trajet depuis le monticule de glace qui lui a donné naissance à la sortie d'une grotte en forme de bouche de vache jusqu'à cette ville où tant de gens viennent déverser leurs histoires et leurs espoirs. Leurs morts. Car c'est cela qu'ils apportent au fleuve, ici, au pied du temple de Kali. Fleurs et nourriture offertes aux esprits des ancêtres qui hantent les berges, jusqu'à ce que les prières les dispersent. Os, cendres et lampions flottant sur l'eau, dans des bateaux faits de feuilles. Ailleurs, le fleuve est moins déifié. Les enfants y pissent, les paysans viennent y laver leurs buffles, les chacals s'y désaltèrent la nuit, le matin les gamins s'aspergent de boue et lorgnent les filles qui se baignent sur les ghats des femmes.

« Prenez, prenez, dit le prêtre à Sunil. Mettez-en sur votre tête, sur vos épaules. Aspergez-vous d'eau, mais convenablement. Demandez à Mère Ganga de vous laver de vos péchés. »

De la boue jusqu'aux chevilles, les deux hommes se tiennent sur les marches qui mènent du temple à la rivière. Essentiellement pour plaire à sa mère, Sunil a accepté de mauvaise grâce cette cérémonie propitiatoire en l'honneur du mort. De mauvaise grâce il a revêtu le dhoti de grossier coton que portent les fils en deuil et laissé ses chaussures dans la voiture. (« Voudriez-vous qu'on vous rase le crâne ? » a demandé le prêtre, auparavant. « Vous voulez rire, je suppose », a dit Sunil.) À présent il trempe un doigt tatillon dans l'eau douteuse. Le prêtre, qui connaît la famille de Sunil depuis de longues années, secoue la tête et soupire.

« Ah, vous, les garçons modernes qui revenez d'Amérique ! Mais que dire, ceux d'ici ne sont pas mieux, qui ne parlent que de microbes et de Dieu sait quoi. Il y a beaucoup plus de choses dans ce monde que ce que voient vos yeux. » Les siens, grossis par des verres épais, étincellent. « Ne connaissez-vous pas l'histoire ? Quand le Seigneur Vishnou demanda à Mère Ganga, rivière des cieux, de descendre sur terre pour nous sauver, elle se mit à pleurer et dit : Seigneur, ne me demandez pas cela, les terriens vont jeter sur moi toutes leurs saletés, des choses physiques et aussi leurs péchés dégoûtants. Et le Seigneur lui dit : Regarde, par mon toucher je te bénis, rien ne peut te salir. Peu importe ce qu'ils feront, tu seras toujours sainte. »

Sunil ne semble pas convaincu, mais il choisit de ne pas discuter. Déjà fatigué avant de quitter l'Amérique, le long voyage ne l'a pas arrangé. Il a toujours ses migraines, des nausées de temps en temps, malgré les soins de sa mère, qui lui prépare chaque jour la soupe de plantain vert que l'on donne aux enfants pour calmer leurs maux de ventre. De plus, il dort mal. Comme la maison est encore pleine d'invités, on l'a installé, malgré ses protestations, dans la chambre de son père, encore que, grâce au ciel, pas dans son lit. (Le matelas a été brûlé avec le corps, et ils n'ont pas eu le temps d'en acheter un autre.) Chaque nuit, un cri aigu le réveille en sursaut. Les freins du tramway ? Une chouette ? Il n'y a sûrement plus de chouettes à Calcutta.

Dès sa descente d'avion, Sunil s'est senti désorienté. Il y avait un Bangla Bandh ce jour-là, une procession d'hommes qui vociféraient et brandissaient des pancartes, sous les yeux de policiers, alignés sur les trottoirs, armés de matraques et de grenades lacrymogènes. Sunil, qui n'avait pas remis les pieds en Inde depuis son mariage, essayait de lire les slogans en bengali sur les pancartes, les caractères inégaux d'un rouge gluant qui semblaient avoir été tracés à la hâte, avec du sang. Finalement, il avait dû demander à sa mère ce qu'ils signifiaient. Il s'agissait, lui expliqua-t-elle, d'une manifestation de marchands ambulants qui protestaient contre la nouvelle loi leur interdisant d'exercer leur commerce sur les trottoirs de Calcutta. Marchands ambulants ? répéta-t-il, le front plissé comme si c'était la première fois qu'il entendait ce mot.

La plupart des rues principales étant barrées, la voiture particulière que sa mère avait réussi à se faire prêter par un parent avait dû faire des tours et des détours, empruntant, pour gagner la maison, des ruelles que Sunil ne se rappelait pas avoir jamais vues. (« Pourquoi cette voiture ? » avait-il demandé. « Parce qu'il n'y a pas de taxis les jours de bandh. La foule pourrait s'en prendre aux chauffeurs et incendier la voiture, avait dit sa mère d'une voix fatiguée. Tu as donc tout oublié, baba ? »)

Maintenant, Sunil est assis au bord du fleuve, où le prêtre a allumé un petit feu, et il répète les mantras qui procurent la paix aux morts. Mais en ce qui concerne la paix pour les vivants ? En ce qui concerne la femme et l'enfant, dont l'absence le taraude comme une lacération dans sa chair ? Le prêtre verse des graines de sésame dans sa main et les arrose de l'eau du fleuve. (« Offrez, offrez. Priez. ») Obéissant, Sunil psalmodie à la suite du prêtre – à présent ils présentent des boulettes de riz cuit aux quatorze générations d'ancêtres –, en réalité il regarde le fleuve. Le soleil s'est levé, et l'eau au cours paresseux brille comme de l'acier. L'hypnotise. Dans le bureau de son père, il a trouvé une boîte à chaussures pleine de mandats expédiés d'Amérique et non encaissés, des années de mandats. De quoi faire vivre sa mère dans le luxe jusqu'à la fin de sa vie. Dans le bruit des vagues, on croit entendre un mélange confus de voix sans timbre. Les voix des morts, pourrait-on se dire, si l'on ne savait ce qu'il en est vraiment.

Le prêtre est en train de psalmodier : « Armes ne Le fendez pas, feu ne Le dévore pas. Eau ne Le mouille pas, vent ne Le brûle pas. »

Sunil répète : « Eau ne Le mouille pas, vent ne Le brûle pas. » Une certaine perplexité s'entend dans sa voix, un certain malaise. Il voudrait ne pas tenir compte du verset sacré, émanant d'un temps si ancien et si calme qu'il ne peut certainement pas avoir une résonance sur sa vie torturée d'homme du vingtième siècle. Pourquoi, alors, passe-t-il de nouveau au crible ses désirs, qu'il croyait si bien connaître ?

Le moment est venu de verser les cendres dans l'eau. Il empoigne le pot de cuivre. Ici et là, dans la substance sablonneuse, des graviers noirs qui pourraient bien être des cartilages, et des bouts d'os, d'un blanc choquant. Une vieille odeur de brûlé émane du pot. Sunil chancelle un peu, comme pris de vertige ou intoxiqué.

Le prêtre psalmodie : « Le Soi est non manifesté, non pensable, immuable.

— Immuable », dit Sunil. Les vagues lui arrachent le mot de la bouche et l'emportent vers la mer.

« Sachant ce qu'Il est, vous ne devriez pas pleurer.

— Je ne devrais pas pleurer », dit Sunil. Il ne pense pas à son père, auquel il n'a pas pardonné mais qu'il a tout bonnement chassé de son esprit, mais à lui-même, à cette dépendance affective qu'il traîne depuis tant d'années. Est-il possible de se détacher de ce qui a creusé en vous un sillon si profond ? Les cendres s'échappent de ses mains. Quelques-unes volettent jusque dans ses yeux, qu'elles font larmoyer. Il les essuie. Le prêtre approuve d'un hochement de tête cette marque de piété filiale. Les particules grises flottent un instant sur la peau grise du fleuve, puis disparaissent, aspirées.

— TREIZE —

Sudha

« Ridicule ! dit Lalit, en shootant dans un caillou. C'est un projet ridicule. Retourner en Inde, au fin fond de je ne sais où, et passer le reste de ta vie à t'occuper d'un vieil homme que tu connais à peine ! Comment peux-tu même y songer ? »

Nous nous promenons dans le Jardin botanique, à flanc de colline derrière l'université de Californie. Nous sommes dans l'espace consacré à la flore désertique, entourés de cactus gigantesques aux épines aussi grosses que des aiguilles de sorcières. Un peu plus loin, les acacias sont en fleur, chaque branche chargée de bouquets de pièces d'or. Est-ce parce que je vais bientôt la quitter que la Californie m'offre une journée si magique ?

« Merci pour ton soutien, dis-je en masquant ma déception d'un sourire.

— C'est parce que je te soutiens que je suis si fâché. N'ai-je pas fait tout ce que tu voulais ? N'ai-je pas négocié, pour toi, avec Anju ? Ça a été aussi facile que de lui arracher les dents avec des tenailles, si tu veux savoir.

— Tu me l'as déjà dit. Au moins vingt fois.

— C'est la comparaison qui me plaît. Ensuite je t'ai passé le numéro de téléphone de ton chéri d'enfance...

— Je ne te l'avais pas demandé...

— Toujours aller au-devant des désirs du consommateur, telle est ma devise. Et aujourd'hui je t'ai conduite ici, à votre rendez-vous, où il va t'abreuver de cajoleries et de douces inepties. N'est-ce pas ce qu'on appelle faire son devoir ?

— Si, si. Crois bien que j'apprécie.

— Il me semble qu'il y a une meilleure façon de me prouver ton appréciation que de t'enfuir.

— Je ne m'*enfuis* pas. » Mais, tout en protestant, je me demande s'il n'a pas raison.

« Il y a tant d'occasions à saisir ici, pour toi et Dayita – Lalit s'échauffe en parlant –, et tu les rejettes... stupidement, si j'ose dire.

— Il faudra que tu rencontres ma mère un jour. Vous vous entendrez comme deux larrons en foire. »

Il me jette un regard suppliant : « Ne gâche pas ta vie, Sudha. »

Parce que je ne suis pas sûre de moi, je lui rétorque : « Quelle vie ? Quel genre de vie ai-je ici ? Je suis fatiguée de ce mantra, de ce baume universel, que tout le monde répète à l'envi : AmériqueAmériqueAmérique. Pour toi, oui. L'Amérique t'a effectivement aidé à devenir ce que tu voulais être. Mais moi je n'ai aucun talent particulier...

— Tout ce que tu as à faire, c'est d'aller à l'école.

— Je n'ai pas l'argent pour ça. Et peut-être pas non plus la patience. Mon visa vient à expiration dans moins d'un mois. Je travaille illégalement. Même les vêtements que je porte ne m'appartiennent pas. » Je montre la jupe, coton noir brodé d'hibiscus rouges, que Myra a absolument voulu que je mette pour cette rencontre. (« Il a fait tout ce voyage depuis Calcutta pour te voir ! Je n'en crois pas mes oreilles ! C'est *si* romantique ! »)

Lalit tâte le tissu des manches. « C'est pour ça que tu es si énervée ce matin. Ce sont les vibrations, comme dirait notre Myra !

— Arrête ! Elle est vraiment très généreuse et elle a très bon cœur. Je l'aime bien.

— Moi aussi. Je ne me moque jamais de gens que je n'aime pas. » Il redevient sérieux. « Tout ce que tu détestes dans ta vie actuelle, je pourrais le changer, si seulement...

— Ne le dis pas, ne dis rien. Ça ficherait tout en l'air entre toi et moi. »

Il prend ma main, l'embrasse puis la porte à son visage. « Quoi, tout ? Tu ne veux pas qu'il y ait quoi que ce soit. »

J'adore sentir la forme de ses pommettes sous mes doigts, le chaume râpeux des poils de barbe qui recommencent à pousser. Il ne saura jamais comme je suis tentée de céder. De le laisser balayer toutes mes objections sous ses baisers. Mais tôt ou tard, elles réapparaîtraient. « Nous avons quelque chose de très particulier : notre amitié.

— S'il vous plaît, m'sieur, j'peux en avoir encore un peu ? » dit-il d'une voix d'enfant haut perchée.

Je ris. Il m'a emmenée voir un vieux classique du cinéma, la semaine dernière. « Je ne peux pas t'offrir plus, dis-je. Tout ce que j'ai me suffit à peine pour survivre. Par ailleurs, je ne veux pas répéter avec toi la même erreur...

— Laquelle ?

— J'ai toujours accepté de dépendre du bon vouloir de quelqu'un d'autre. J'étais celle qui prenait toujours, celle dont on s'occupait toujours.

— Et où est le mal ? Cela me rendrait très heureux de m'occuper de toi.

— Non, pas ça.

— En ce qui me concerne, je ne vois pas où est le problème. Mais si c'est l'égalité que tu veux, je peux te proposer des tas de façons de t'occuper de moi, et ce, dès maintenant ! » Il s'efforce de prendre un air lubrique et y parvient si mal que j'éclate de rire à nouveau.

« Heureusement que tu n'as pas choisi le métier d'acteur », dis-je.

C'est alors que je le remarque. Vêtu d'un gilet de drap à la Nehru, sur le banc près du bureau de l'administration, et me tournant le dos. Il regarde une plate-bande de lis du Nil.

« Juste quand la conversation devenait intéressante, proteste Lalit. Ne me dis pas que c'est lui. Dieu qu'il est laid. Et vieux. Et rien qu'à le voir de dos je devine qu'il est pas net dans sa tête. Si ça se trouve, il est psychopathe. Nous, les médecins, nous savons détecter ces choses-là. Ce n'est absolument pas un homme pour toi.

— Tandis que toi tu l'es ?

— *Mais oui ! Parfaitement*[1] *!* Je devrais peut-être rester dans les parages au cas où tu aurais besoin d'aide ?

— Je n'en aurai pas besoin, merci beaucoup.

— Je suis découragé. Bon, je reviens te chercher dans une demi-heure. »

Je suis comme paralysée, le nom d'Ashok n'arrive pas à franchir mes lèvres. Tant de souvenirs remontent en moi, tant de chagrins que je croyais avoir éliminés. Ashok dans le noir de la salle de cinéma, ses yeux couleur d'opale, qui me demande mon nom. Sa chemise blanche, étincelante au soleil de Calcutta, tandis qu'il attend des heures, planté sur le trottoir, de m'apercevoir dans la voiture qui me conduit à l'école. Notre rencontre au temple de Kalighat, parmi les odeurs de fleurs écrasées, pour dresser le plan de notre fuite. J'aurais dû partir avec lui. Mon premier amour. Comment pouvais-je savoir que je n'aimerais plus jamais personne de cette façon ? Pas même lui, quand il allait réapparaître dans ma vie après la rupture de mon mariage. Aussi fugace que la jeunesse, la passion qui ne retient rien.

Ashok est assis bien droit. Ses manches de chemise remontées révèlent ses muscles de bras, toujours aussi fermes. Il doit manier des poids. Il penche la tête, montre un profil pensif, la ligne pure de son nez. Il ne paraît pas plus âgé que la dernière fois que je l'ai vu. Le premier instant de surprise passé, je me rappelle que

1. En français dans le texte (*NdT*).

cette dernière rencontre ne remonte qu'à quelques mois. Ce n'est que moi qui ai traversé un siècle de changements. Un carnet repose sur son genou. En m'approchant, je constate que c'est un carnet de croquis. Il a dessiné les lis. Je ne lui connaissais pas ce talent. Son style est économe, quelques traits, précis et fermes.

« Sudha ? dit-il sans se retourner.

— Quand as-tu appris à si bien dessiner ?

— J'ai commencé après ton départ pour l'Amérique. Je ne suis qu'un amateur, mais ça m'aide à garder mon calme. » Il continue à observer les lis, ce qui m'énerve.

« Je n'imagine pas que tu puisses jamais le perdre ton calme, dis-je, un rien d'aigreur dans la voix.

— Tu me crois calme, là, maintenant ? »

Je me plante en face de lui. « Comment le saurais-je si tu ne me regardes pas ?

— J'avais peur – comme dans la légende d'Eurydice – que tu disparaisses. » Mais, pour le coup, il me regarde, tant et si bien que, pour me donner une contenance, je lisse le fin coton de ma jupe. « Tu as changé, Sudha, dit-il enfin. De cela aussi j'avais peur.

— Changé comment ? Parce que je porte des vêtements occidentaux ? » Je prends un ton belliqueux.

« Non, ce n'est pas à cela que je pensais, bien qu'un sari te rende encore plus belle. »

Existe-t-il individu plus conservateur qu'un mâle indien ?

Il me tend la main. « Je ne disais pas cela dans un sens négatif. Simplement, tu es différente. Je le vois à ta façon de te tenir, de redresser les épaules, le cou. Comme si on t'avait passé un fil de fer à travers le corps.

— Tu t'en rends compte ? » Il est le seul à l'avoir remarqué, mais qui me connaît depuis aussi longtemps que lui ? Anju, bien sûr – mais nous sommes trop intimement liées pour voir autre chose que notre propre reflet dans les yeux de l'autre.

« Oui, dit-il, et je crains que tu n'aies vécu une terrible expérience – quelque chose qui t'a secouée plus encore que la séparation d'avec ton mari. Non ! je ne veux pas savoir. Je suis simplement navré de n'avoir pas été là pour m'occuper de toi. »

Encore cette phrase. « Tu n'as pas à t'occuper de moi ! Je suis une adulte.

— Même les adultes ont besoin d'être pris en charge. Par les gens qui les aiment. »

Ce serait le moment idéal de lui dire : *Moi je ne t'aime pas*. Mais quelque chose m'en empêche. Notre histoire commune, sa longue attente, ce voyage coûteux, entrepris uniquement pour moi.

« Quoi qu'il en soit, maintenant me voici, et tu peux annoncer à tes employeurs que tu les quittes. J'ai réservé nos places pour la semaine prochaine – je l'ai fait aussitôt après ton coup de téléphone. Ça devrait donner à ces gens le temps de te trouver une remplaçante. » Et il ajoute galamment : « Non que quiconque puisse te remplacer.

— Ouaou ! » En moi colère et incrédulité se bagarrent. « Je n'ai jamais dit que je rentrais avec toi.

— Pourquoi pas ? Quelle raison as-tu de rester, maintenant que tu n'aides plus Anju ? »

Ne sachant que lui répondre, je choisis de laisser la colère l'emporter. « Et je déteste les gens qui décident pour moi, sans même me consulter. »

Il a l'air médusé, peiné. « J'essaie simplement de t'aider, d'accélérer les choses. Nous avons déjà perdu tellement de temps – du temps que nous aurions pu passer ensemble.

— Tu n'aurais pas dû venir, Ashok. Je t'ai dit et redit de m'oublier. L'amour que nous avons eu l'un pour l'autre était beau – mais c'était il y a longtemps. Nous sommes deux personnes différentes à présent.

— Pas moi.

— Moi si. C'est ce que j'ai essayé de te faire

comprendre. Tu aimes un être idéal, qui n'existe plus – pour autant qu'il ait jamais existé.

— C'est faux. Je t'aime, toi, la vraie Sudha, pure et innocente, peu importe ce que...

— La vraie moi ! Tu ne sais absolument pas qui je suis, Ashok. Je ne pense pas que quelqu'un le sache – sauf Anju, peut-être. Et c'est peut-être pour ça qu'elle ne veut plus rien avoir à faire avec moi. Laisse-moi te raconter. Dès que j'ai débarqué ici, j'ai su que Sunil me désirait. J'aurais dû m'en aller sur-le-champ. Rentrer en Inde. Mais j'avais soif d'autre chose que de la vie qui m'attendait avec les mères à Calcutta. Je me suis dit que je restais pour Anju et pour ma fille, en réalité je restais pour moi. Je voulais me sentir adorée. Je voulais me sentir admirée. La moitié du temps je voyais en ma pauvre fille un obstacle qui m'empêchait d'obtenir ce à quoi j'aspirais.

— C'était tout à fait naturel, proteste Ashok. Tu n'avais jamais possédé toutes ces choses, par conséquent...

— Ne me cherche pas d'excuses, Ashok. C'est effectivement ce dont je me suis convaincue – que je méritais tout cela. Et que si la vie ne voulait pas me les donner facilement, je les arracherais, par tous les moyens. Je suis allée à une soirée. J'ai fait la connaissance d'un homme. Si tu me crois bonne et innocente, tu devrais le voir. Lui, c'est vraiment quelqu'un de bien. Je suis sortie avec lui, en sachant que ça rendrait Sunil fou de jalousie.

— Assez, Sudha ! N'en rajoute pas ! »

Je me sens prise d'une étrange insouciance. Tous ces mots que je retenais parce que je ne voulais pas blesser Lalit. Quelle liberté de les laisser sortir. De ne plus me soucier de quoi que ce soit. « Si, je le dois ! Et tu dois m'écouter ! » Je m'agenouille devant lui, de sorte qu'il est obligé de me regarder. « Sunil m'a forcée à faire l'amour avec lui. Non, c'est faux, il n'a pas à porter toute la responsabilité. Parce que je n'ai pas résisté.

Peut-être même que je le souhaitais. Pourquoi, sinon, m'être allongée sur son lit ? Et j'ai aimé le faire... »

Ashok me regarde, non avec la répulsion que j'espérais – avec chagrin. Il se penche vers moi, comme pour me prendre la main. Le carnet de croquis tombe par terre.

Je lui refuse ma main. Je ne veux pas de gentillesse. Ni de pitié. Je veux le scandaliser de façon qu'il sorte de ma vie et n'y rentre plus jamais. Ou bien seraient-ce mes démons que j'essaie d'exorciser ? « Je suis partie, mais était-ce parce que je me sentais coupable ? » Du coin de l'œil, je perçois un mouvement. C'est Lalit, fidèle à sa promesse de revenir me chercher au bout d'une demi-heure.

Qu'a-t-il entendu de mon discours ?

Je manque m'arrêter, puis décide de continuer. Qu'il entende. Que tous les deux entendent. « Non. C'est parce que Sunil m'a fait peur. Il exprimait un tel besoin, un besoin infini, qui semblait remonter d'un puits noir et sans fond. Même si je m'y jetais tout entière, je ne parviendrais pas à le remplir. Alors je me suis enfuie. »

Ashok se tait. Il détourne les yeux.

J'en suis heureuse. C'est plus facile de partir quand on ne vous regarde pas.

Je ramasse le carnet et le pose sur le banc à côté de lui. « Je suis désolée de t'avoir fait du mal, Ashok, dis-je en me relevant. Je serais désolée que tu me détestes. Mais il valait mieux que tu saches la vérité. Maintenant tu peux m'oublier – oublier ce moi que tu as créé – et tout recommencer. Moi aussi, peut-être.

— Attends. Je vais rentrer, comme tu le souhaites. Je n'essaierai plus de te persuader. Non parce que je te déteste – comment le pourrais-je ? J'ai mes propres fautes à me reprocher, mes actes de faiblesse. Ne t'inquiète pas, je n'ai pas l'intention de t'en infliger le récit. Je m'en vais parce que je me rends compte que, effectivement, tu t'es tout à fait détachée de ton passé – je n'imaginais pas que c'était possible... »

S'il savait à quel point c'est faux, combien de vieilleries je traîne encore.

« Donc, je ne signifie rien de plus pour toi qu'un étranger que tu croiserais au coin de la rue. »

Je ne réponds pas. J'entends sa peine, mais il n'est pas question de le consoler. Ça détruirait tout ce que j'ai eu tant de mal à obtenir.

« D'autres ont pris ma place... » Regarde-t-il vraiment vers l'endroit où se tapit Lalit, à l'ombre des mimosas ?

« Il faut que je mette un terme définitif à toute cette histoire – je ne sais pas combien de temps ça me prendra. Mais ce n'est plus ton problème. » Il s'arrête, peut-être pour me donner une chance de protester. Et comme je ne dis rien, il me tend le carnet. « C'est pour toi. »

Je sais que je ne peux pas le refuser. Son dernier cadeau. En l'acceptant, c'est notre passé commun, la dette que j'ai envers lui, que je reconnais. En esprit, je lui dis : *Nous nous sommes aimés. À présent c'est fini, mais notre amour fut beau et vrai. Sois-en remercié.*

Dans la voiture, j'ouvre le carnet. Des pages et des pages de dessins. Et, à l'exception des lis, uniquement des portraits de moi. Comme il a bien saisi mes expressions. Mes humeurs. Me voici en collégienne, l'air obéissant et respectueux dans l'uniforme genre sac que les religieuses nous faisaient porter. Moi en salwaar kameez au cinéma, un sourire timide aux lèvres. Moi lisant un livre, tressant mes cheveux, me regardant dans un miroir, l'œil vague. Moi en sari, un temple à l'arrière-plan, l'air excité et affolé. Ce doit être la dernière fois que nous nous sommes vus avant mon mariage. Moi en femme mariée, un bindi sur le front, la tête couverte du pan de mon sari. Le dessin suivant est le fruit de son imagination. Moi très enceinte, la bouche marquée d'un pli rebelle – je viens de quitter Ramesh. Et d'autres encore – moi dans un bateau sur un lac de montagne, riant, le vent soulevant mes cheveux ; au réveil, dans mon lit, surprise et endormie ; jouant avec un bébé qui n'est pas Dayita. Je réalise, brutalement, que ce sont les espoirs les plus chers d'Ashok que je suis en train de contempler.

Le vent me rugit aux oreilles. Lalit conduit trop vite.

« Waou, dis-je. Quand as-tu passé ton permis ? »

Il ne me répond pas par une plaisanterie, contrairement à ce que j'espérais. Sans tourner la tête, il dit : « Tout ce que tu as raconté, c'était pour forcer Ashok à ne plus t'aimer, n'est-ce pas ? »

La gorge me fait mal, comme lorsque je vais avoir une angine. « C'est ce que tu crois ? »

Le reste du trajet s'effectue en silence.

Oncle parle. « À chaque mousson, la Tista débordait. Mes amis et moi nous séchions les cours pour aller voir ça. La rivière gonflait, avec de l'écume marron produite par la terre des champs inondés. Le grondement de l'eau s'entendait à des centaines de mètres de distance. Ce qui nous plaisait le mieux, c'étaient les tourbillons. » Son doigt trace des cercles sur la paume de Dayita, ça la chatouille et elle glousse. « On jetait dedans des bouts de bois et on les regardait disparaître. »

Nous sommes assises sur le lit du vieil homme que j'ai commencé d'appeler Oncle. Cela fait deux semaines que nous avons échafaudé notre projet. Déjà il a l'air plus fort. Il peut marcher jusqu'aux toilettes, en se tenant à moi, le pied gauche à la traîne. Il peut s'asseoir dans son lit et manger sans aide. Il s'est imposé lui-même un sévère régime de vie : après le petit déjeuner, quelques exercices au lit ; un peu de repos, puis je l'aide à s'installer dans son fauteuil roulant et le conduis dans le living-room, près de la fenêtre. Après le déjeuner, qu'il prend à table avec Dayita et moi, il dort. D'autres exercices à son réveil. Thé. Puis je lui fais la lecture ou nous écoutons de la musique. Il m'a étonnée par son amour du jazz. Dans la soirée il joue avec Dayita ou nous raconte des histoires. Hier il m'a demandé de regarder dans sa valise. À l'intérieur il y avait une boîte de bois qui, ouverte, s'est révélée un échiquier. Les figures, sculptées, sont vêtues d'uniformes britanniques et de costumes moghols. Les minuscules tiares des reines resplendissent de vrais joyaux. Je commencerai à vous apprendre la semaine prochaine, dit-il. Mon travail consiste surtout à veiller à ce qu'il n'en fasse pas trop et à l'écouter. Car, après son long silence, il n'en finit pas de parler de cette région qu'il aime le plus au monde.

Quand Myra et Trideep rentrent du travail, il est de nouveau au lit, le drap tiré jusqu'au menton, les yeux fermés. Il murmure un bonsoir anémique, prétend être trop fatigué pour répondre quand ils tentent de lui parler. Il attend, pour dîner, qu'ils aient quitté la pièce, découragés. « J'ai le droit d'avoir mes petits secrets », m'a-t-il dit avec une grimace de gamin quand j'ai protesté. « Le jour où je pourrai marcher seul jusqu'au living-room, ils sauront. »

Ma propre vie est plus morne. Pas de réponse d'Anju au mot que je lui ai envoyé la semaine dernière. Quand il appelle, Lalit semble distant et préoccupé. Sec. Je suppose qu'Ashok est retourné en Inde, mais je ne peux interroger personne. Mes nuits sont peuplées de rêves compliqués que j'oublie au réveil, et qui me laissent à la bouche le même goût d'amertume qu'après une fièvre. J'ai jeté la cassette de Sunil, mais parfois je crois entendre sa voix. *Sudha, Sudhaaa, comment peux-tu m'abandonner ?* Le numéro de téléphone qu'il a cité est ancré dans mon cerveau, refusant de glisser dans l'oubli. Mes doigts désobéissants aspirent à le former.

Des bribes d'une histoire que Pishi nous a racontée jadis me reviennent. Il était une fois un homme, voleur fanatique. Un jour il rencontra un saint qui le convainquit de se repentir – et pourtant, malgré tout son désir, l'homme ne pouvait pas s'empêcher de voler. J'ai oublié le milieu de l'histoire, mais à la fin l'homme se tranche la main droite, pour se sauver de lui-même.

Pour me sauver de moi-même, je m'investis dans la préparation des repas d'Oncle. Je harcèle Myra jusqu'à ce qu'elle aille au marché chinois acheter du poisson-chat frais. Je le fais revenir avec du curcuma et du jeera noir puis le transforme en jhol, la soupe traditionnelle qu'on boit après une longue maladie afin de reprendre des forces. Avec du lait caillé je lui prépare du paneer saupoudré de sucre. Je mets des amandes à tremper toute la nuit dans l'eau chaude et les lui donne, bien tendres, le matin au petit déjeuner.

Oncle raconte : « Il y avait des éléphants dans la forêt de Duars quand j'étais jeune, et aussi des cheetahs[1]. Et les arbres – les shal et les deodar, et tant d'autres cèdres –, ils étaient si grands que même en plein jour on ne voyait pas la lumière du soleil. Beaucoup ont été coupés aujourd'hui pour faire du bois de charpente, mais ça reste encore un spectacle étonnant. »

Il raconte : « Parfois les plus gros cheetahs s'aventuraient jusque dans les villages et ils attrapaient une chèvre ou un veau. Les plantations de thé appartenaient encore aux Anglais, alors un officier prenait son fusil et allait dans la forêt, accompagné de coolies avec des tambours. Secrètement, j'étais toujours du côté du cheetah ! »

Il dit : « Nous irons en bateau jusqu'à l'endroit où la Karala se jette dans la Tista, et nous regarderons le coucher de soleil. Il y a tant de rivières, toutes différentes. Nous pourrons pêcher dans la Angrabhasa. Dans la Dudua. Nous louerons une jeep et par la route d'Assam nous monterons jusqu'aux jardins de thé voir la brume tomber sur les montagnes du Bhoutan. Vous pensez que ça vous plaira ? »

1. Léopards (*NdT*).

Sous l'effet de l'excitation, sa voix tremble un peu, comme si une partie de lui-même ne croyait toujours pas que cela va se réaliser. Je fais signe que oui. Je souris. Il est en train de me dire que quand Dayita aura l'âge d'aller à l'école, il l'inscrira à la Holy Child, le meilleur établissement de la région. Ce sera très facile, il connaît bien le directeur. De plus c'est près de chez lui. Il pourra l'y conduire lui-même le matin quand il fera beau. Les autres jours, Bahadur fera venir un rickshaw de la place du marché. J'essaie de visualiser la scène : un vieil homme à la démarche énergique, avec une canne à pommeau d'argent, tenant la main d'une petite fille en uniforme bleu et blanc, aux cheveux nattés, un nœud blanc au bout de chaque tresse. Le portail en fer de l'école s'ouvre pour les laisser entrer. Une rangée d'eucalyptus borde l'allée de graviers, l'air embaume le parfum des gardénias blancs que les sœurs ont plantés il y a cinquante ans. Mais où suis-je ? Dans ce tableau, où suis-je ?

— QUATORZE —

Dissertation

*Écrivez un texte dans lequel vous réinterprétez un personnage mythique ou épique en le situant dans une scène de votre invention (*id est, *ne figurant pas dans l'œuvre originale). Étoffez le personnage avec des attributs fictifs tels que : cadre, dialogues, images, et utilisez-les comme indices de votre attitude envers ce personnage.*

Le jardin de Draupadi
Par
Anju Chatterjee
Cours d'écriture
Prof. S. Liu

Elle était née du feu. Peut-être est-ce pour cela que, durant toute sa vie, partout où elle est allée, elle a laissé des empreintes roussies. Bien longtemps après son départ, les hommes qu'elle avait regardés continuaient à ressentir une brûlure en eux, surtout quand ils se rappelaient que – contrairement aux femmes convenables – elle avait cinq maris. Certains disent qu'on lui doit l'élimination des Kurus, la plus grande dynastie ayant jamais existé. D'autres qu'elle a corrompu ses nobles époux par son insatiable désir de revanche. Je crois que son unique faute est d'avoir voulu – et obtenu – ce qui était interdit aux femmes. Et, pour cela, elle a dû payer un prix très élevé.

Tout ceci s'est passé il y a très longtemps. À moins que ?

Imaginez cette scène, l'une des plus célèbres du Mahabharata : l'époux de Draupadi, le roi Yudhisthira, se rend à Hastinapour, le royaume de son cousin le jaloux Duryodhan, pour participer à un tournoi de jeux. Poussé par le rusé Shakuni, oncle de Duryodhan, Yudhisthira mise et perd sa richesse, son royaume, ses frères, lui-même – et, finalement, sa femme. Duryodhan envoie chercher Draupadi – pour en faire sa servante. Mais Draupadi refuse de venir. Et pose une question à la place : un homme a-t-il le droit de miser sa femme au jeu comme si elle était un objet quelconque ?

La cour ne répond pas, la question est demeurée sans réponse au fil des siècles. Remplacez le verbe *miser* par n'importe quel autre de votre choix, et vous verrez.

Draupadi arrive tout de même à la cour, traînée par les cheveux par le frère cadet de Duryodhan, qui tente de la déshabiller. Pourquoi pas ? Elle est maintenant la servante des Kurus, leur jouet sexuel. Ils peuvent en user comme ils veulent. La cour entière – grands-pères, professeurs, le vieux roi, les époux de Draupadi – regarde la scène, horrifiée, paralysée par la certitude que lorsqu'un homme possède une femme, il a le droit de la traiter comme il l'entend.

Sauvée par une intervention divine, Draupadi passera les treize années suivantes à errer dans la forêt avec ses époux, mais elle n'oubliera jamais son humiliation. Elle refusera de se coiffer, les cheveux pendants formant un suaire de nœuds, afin de rappeler à ses époux qu'ils ont échoué dans l'accomplissement de leur devoir le plus important. Elle sera le feu qui brûle dans leurs poumons et se ravive chaque fois que l'indulgence les tente.

Finalement, à l'issue de la grande bataille de Kurukshetra, quand tous les membres de la dynastie Kuru ont été tués, Draupadi se rattache les cheveux, dorés par le sang du frère de Duryodhan. Est-elle heureuse ? Qui peut le dire ? Ses propres fils sont morts pendant les troubles qui ont suivi Kurukshetra. Le pays n'est plus que ruines. Le cœur brisé, ses époux vont bientôt remettre le royaume entre les mains de leur ultime petit-fils survivant et entreprendre leur fatidique voyage vers le sommet de l'Himalaya, où Draupadi mourra.

Mais j'imagine Draupadi dans une scène différente, plus ancienne. La voici, dans un coin de la cour réservée aux femmes du palais de Hastinapur – car elle est reine maintenant, dans ce palais trop grand où le vent s'enroule la nuit autour des dômes et pleure, porteur de voix blessées et familières. Elle s'agenouille sur le sol noir et mouillé – il a plu la nuit dernière – sans se soucier de son sari émaillé de joyaux. La boue s'incruste sous ses ongles tandis qu'elle creuse un trou, y dépose un jeune plant, le rebouche en damant doucement la terre autour.

Qu'a-t-elle planté dans son jardin ? L'agnirekha, la fleur-flamme, fleur du courage vertueux, fleur de ces héros que sont devenus ses époux ? Un rameau du parijata, l'arbre odorant de la béatitude que leur mentor Krishna a ravi à Indra, le roi des dieux ? La asha-lata, la mythique liane du désir qui procure tout ce que l'on souhaite ? Non, rien de tout cela. Car elle a appris qu'il ne suffit pas d'être la maltraitée. Même pas d'être la maltraitée qui finit par remporter la victoire. La revanche ressemble à un chutney de mangue épicé : délicieux au début, il laisse à la fin une sensation de brûlure sur la langue. Combien de temps peut-on goûter la souffrance de son ennemi avant de s'apercevoir que l'on saigne soi-même ? La asha-lata procure ce que l'on souhaite, qui se révèle toujours différent de ce que l'on avait imaginé.

Je vais abandonner Draupadi dans son jardin, en train d'arroser sa plante mystérieuse. Je n'en donnerai pas le nom, parce que je ne sais pas moi-même ce qu'est cette substance, que l'on cherche quand la consolation d'une juste rage ne console plus. Mais j'espère qu'elle deviendra un arbre si gros que ses racines soulèveront les fondations du vieux palais. J'espère que le vent soufflera ses graines à travers tout le pays, donnant naissance à d'autres arbres, et d'autres encore, de sorte que, longtemps après que les glaciers auront recouvert les os de Draupadi, des voyageurs se reposeront sous leur ombre, et béniront ce qui succède à la vengeance.

Madame Chatterjee,

Même si je pensais plutôt à un texte romanesque qu'à un texte de non-fiction, je trouve que vous avez très bien saisi l'esprit de ce que je demandais. Vous avez un style original et puissant, qui m'a donné envie de chercher à mieux comprendre les références dont vous usez. Vos images sont fortes, parviennent à susciter l'émotion, attirant notre sympathie pour un personnage complexe. Je pense que vous avez un réel talent d'écriture, et vous souhaite de continuer à le pratiquer avec succès.

— QUINZE —

Lettres

Berkeley
Octobre 1994

Très chère Anju,

Je t'écris une dernière fois pour te faire savoir que je retourne en Inde. Je vais prendre soin de Mr Sen, le vieux monsieur dont je m'occupais ici. Il habite Jalpaiguri, dans le nord du Bengale. Je pense que nous y serons heureux – ou du moins en paix, ce qui est peut-être mieux. Il aime beaucoup Dayita, et me propose un salaire très généreux. Apparemment c'est un homme riche, ce que j'ignorais.

Je veux te voir avant mon départ, pour te dire adieu et te raconter ce qui s'est passé (ma vérité). Ce sera peut-être la dernière occasion que nous aurons de nous parler, car je doute de jamais revenir en Amérique. Mais peut-être que cela n'a plus d'importance pour toi.

Sudha.

Berkeley
Octobre 1994

Cher Lalit,

Imagine cette scène, hier soir.

J'ai mis la table pour le dîner avec une assiette supplémentaire, et quand Myra a demandé pourquoi, j'ai dit que Oncle se joindrait à nous.

« Oncle ? s'étonne Trideep. Quel oncle ? » Myra me regarde comme si j'avais perdu l'esprit, et voilà Oncle qui entre, juste au moment prévu. Il marche très bien maintenant en s'aidant d'une canne, même s'il traîne encore le pied gauche. La stupeur sur leurs visages ! Oncle et moi n'en pouvions plus de rire. Plus tard, il a prétendu que, rien que pour voir leur mine, ça valait presque la peine de rester si longtemps malade.

Quoi qu'il en soit, une fois remis du choc – et de leur euphorie –, ils ont tout à fait adhéré à mon idée de le ramener en Inde. Je les soupçonne d'être secrètement soulagés de se débarrasser de nous, même si je veux bien croire Myra quand elle affirme que Dayita lui manquera. Elle passe beaucoup de temps à jouer avec elle, et parle, de façon intermittente, d'adoption. Mais, connaissant Myra, je doute que cela se produise jamais !

Chaque jour, Oncle nous raconte de nouvelles histoires sur Jalpaiguri. Aucun endroit ne peut être aussi beau que celui qu'il décrit, d'ailleurs Trideep m'a prévenue qu'il s'agit en réalité d'une petite ville d'altitude plutôt endormie, où il ne se passe quasiment rien. Je suis quand même très excitée. Myra nous a acheté des monceaux de lainages – nous arriverons au tout début de la saison froide, et elle est convaincue que, sans chauffage central, nous allons mourir de froid. Ils envisagent de venir nous voir bientôt, peut-être au printemps. Myra m'a demandé de repérer des objets qu'elle pourrait vouloir acheter pour la boutique de son amie, dont elle est devenue l'associée.

Trideep a acheté nos billets. Nous partons dans deux semaines. J'ai du mal à croire que mon funeste séjour en Amérique (funeste, sauf en ce qui concerne ma rencontre avec toi, qui t'es montré un si bon ami) touche à sa fin.

L'autre soir j'ai posé à Oncle cette devinette que tu m'avais posée un jour – Quelle différence y a-t-il entre un soldat et une dame ? *J'étais sûre qu'il ne connaissait pas la réponse et j'étais prête à la lui donner, quand il m'a dit : « Il n'y a pas la moindre différence, ma chère. Vous, plus que toute autre, devriez le savoir. » Il me surprend ainsi, de temps en temps.*

Quand viendras-tu nous voir, Dayita et moi ? Depuis notre dernière rencontre – quand tu m'as emmenée au rendez-vous avec Ashok — tu es affreusement silencieux. J'ai peur de t'en demander la raison.

Sudha.

Berkeley
Octobre 1994

Chère Pishi,

Je suis désolée de ne pas t'avoir écrit depuis si longtemps – mais tout ce que j'aurais pu dire n'aurait fait que t'attrister.

Anju t'a peut-être raconté ce qui s'est passé, notre éparpillement à tous les quatre comme de la paille au vent. Je ne peux pas revendiquer mon innocence. Mais du moins ai-je été la première à partir. Et je n'ai pas suivi Sunil, alors que j'aurais pu le faire.

J'étais si terrorisée le jour où j'ai quitté l'appartement avec une bourse vide et un enfant sur les bras pour aller travailler comme bonne chez des étrangers. Car c'est ce que j'étais, même s'ils ont eu la gentillesse de ne jamais me le faire sentir. J'ai eu beaucoup plus peur que lorsque j'ai quitté Ramesh. Cette fois-là, je savais pouvoir me réfugier auprès de toi, et puis j'avais Anju qui, bien que physiquement éloignée, était toujours présente dans mon cœur. Aujourd'hui, elle a beau se trouver à une heure de voiture, nous pourrions aussi bien habiter deux planètes différentes.

Je rentre en Inde, Pishi, mais pas à Calcutta. Je dois repartir de zéro – sans les souvenirs, les chuchotements.

Et mon travail – à savoir m'occuper du vieux Mr Sen, qui se remet d'une attaque – me le permettra. C'est un homme gentil, et suffisamment âgé pour que je n'aie rien à redouter de lui, dans un certain domaine. Dayita aussi l'aime bien.

J'allais écrire que cela signifie que c'est un homme bon. Puis je me suis souvenue de l'attachement qu'elle avait pour Sunil.

Encore que je ne puisse pas dire que Sunil soit quelqu'un de mauvais. Simplement il désirait ce qu'il n'était pas censé désirer.

Crois-tu que je commette une erreur en revenant ?

Pense à ceci : pour la première fois de ma vie, je vais posséder mon propre compte en banque. Je me sens – enfin – devenue adulte !

S'il te plaît, mets Gouri Ma et ma mère au courant. Je t'écrirai de nouveau, de Jalpaiguri.

Avec amour et pranams,
Sudha.

Berkeley
Octobre 1994

Sunil,

J'écris cette lettre comme on procède à un exorcisme, afin de pouvoir commencer ma nouvelle vie. Je ne demande pas à t'oublier. La crainte existe de voir se répéter ce qu'on avait oublié, et je prie pour qu'aucun de nous deux ne répète les mêmes fautes – ces paroles non dites et exprimées trop tard, celles que nous aurions dû garder en nous et qui ont explosé soudain.

Nous avons été tous les deux coupables – encore que coupables ne soit pas le mot qui convient. Nous avons voulu trop de choses, que la vie avait décidé de ne pas nous octroyer. Tu aspirais à la parfaite histoire d'amour, et tu m'as choisie pour l'accomplir. Et moi –

je suis venue en Amérique chercher la liberté, mais n'ai pu résister à mon besoin d'être désirée. Quelle erreur d'avoir cru, toi comme moi, que la réalisation de ces désirs nous rendrait heureux.

Je ne penserai pas à toi avec colère – si tu ne me considères pas avec haine.

Sudha.

Calcutta
Octobre 1994

Très chère Sudha,

Je te suis très reconnaissante de m'avoir enfin écrit. Les scènes qui défilent dans votre tête sont en général pires que la réalité.

Non, mon enfant. Je ne pense pas que tu commettes une erreur en revenant. C'est une très bonne chose pour une femme que de posséder son propre compte en banque, alimenté par l'argent qu'elle gagne ! Si mon époque me l'avait permis, j'aurais aimé en avoir un moi aussi ! Ce qu'il adviendra de tout ceci, personne ne peut le deviner. Tes motifs sont bons – ils l'étaient aussi quand tu es partie de chez Anju. À Dieu et au monde de décider du reste.

Quelle tristesse que tes projets américains aient échoué ! Tu avais de tels espoirs en partant, retrouver ta sœur, faire fortune – sinon fortune, du moins gagner correctement ta vie. Nous, les femmes Chatterjee, n'avons pas de chance en la matière, me semble-t-il. Mais nous finissons toujours par retomber sur nos pieds et aller de l'avant.

Sunil est venu nous voir avant de repartir pour l'Amérique. C'est un acte convenable et courageux – qui a dû lui demander un grand effort. Il était très calme. Je crois que la mort de son père l'a changé d'une façon à laquelle il ne s'attendait pas. Lui et Gouri se sont entre-

tenus seuls un moment. Elle dit qu'il a l'intention de revoir Anju, à son retour, si celle-ci l'accepte. Il veut que ne subsistent plus de mauvais sentiments entre eux. Que cela soit possible, comment le savoir ?

Gouri Ma t'envoie amour et bénédictions, et moi de même. Ta mère, comme tu peux l'imaginer, n'arrête pas de se lamenter, de déplorer ces chances que tu as gâchées, ton manque stupide d'esprit pratique, ton rejet du « charmant jeune chirurgien ». Elle imagine le pire du vieux Mr Sen. Mais comme toujours, elle s'en remettra.

Ne t'inquiète pas de la colère d'Anju. Qu'elle le veuille ou non, elle ne peut pas te détester. Vous faites trop partie l'une de l'autre. La main gauche peut-elle haïr la main droite ?

À toi,
Pishi.

Palo Alto
Octobre 1994

Avis est donné à tous ceux que cela concerne que Sudha Chatterjee fera l'objet d'un rapt à cinq heures de l'après-midi vendredi prochain, aux fins de vivre plusieurs heures de plaisirs dangereux.

Lalit.

Santa Clara
Octobre 1994

Sudha,

Si tu veux réellement me voir avant ton départ, prends le train de seize heures pour Daly City samedi prochain. Je t'attendrai sur l'aire de parking. Viens seule.

Anju.

Berkeley
Octobre 1994

Chère Sara,

Je t'ai écrit, en pensée, des dizaines de lettres, voici donc la première véritable. Hier j'ai appelé Lupe pour lui dire que je quittais l'Amérique, et elle m'a communiqué ce numéro de boîte postale. Tout en me prévenant qu'il est ancien, et que cela fait longtemps qu'elle n'a pas eu de tes nouvelles.

J'éprouve un grand besoin de reprendre contact avec toi avant mon départ, de refermer la boucle qui s'est ouverte lorsque je t'ai vue dans le parc, haut dans la balançoire, une chose que je n'aurais jamais osé faire, parce que, dans le monde d'où je viens, une femme adulte ne se conduit pas ainsi. Tu m'as permis de découvrir que, même si tout le monde autour de soi dit non, on peut dire oui.

Je ne crois pas, d'ailleurs, que cette lettre te parviendra. Ou que tu y répondras. Parfois je rêve que tu es retournée auprès de ta famille. Ou que tu es morte.

Il me suffit d'écrire, comme on jette des graines au vent.

J'ai commis beaucoup d'erreurs depuis un an, Sara, et je pourrais bien être en train de me précipiter dans une autre. Je rentre en Inde, mon pays que j'avais eu tellement hâte de quitter. Et je laisse derrière moi un homme charmant, déterminé à me rendre heureuse malgré moi. (Sauf que personne ne peut faire cela pour quelqu'un d'autre, n'est-ce pas ?) Des tas de gens sont convaincus que c'est de la folie de lier ainsi ma vie à celle d'un vieil homme. Mais le fils de Mr Sen ne l'aurait jamais autorisé à rentrer seul. Je vais peut-être enfin être utile à quelqu'un. Ça ne compensera pas le fait d'avoir brisé le mariage de ma cousine, ce sera néanmoins une petite réparation.

Et la seule occasion d'acquérir ma liberté.

Souhaite-moi bonne chance, Sara. Demain je dois voir Anju. Pour la première fois depuis que j'ai couché avec son mari. Et j'ai si peur.

Sudha.

— SEIZE —

Lalit

ce que j'ai dit

As-tu enfin changé d'avis concernant ton retour en Inde ?

ce que tu as dit

Où m'emmènes-tu ?

ce que j'ai dit

Ça dépend si tu as changé d'avis ou pas.

ce que tu as dit

Tu as l'intention de te conduire comme ça toute la soirée ? Pour notre dernière rencontre ?

ce que j'ai dit

Notre dernière rencontre ? Qu'est-ce que tu veux dire ?

ce que tu as dit

Eh bien, à moins que tu n'aies l'intention de venir à Jalpaiguri...

ce que j'ai dit

Je pourrais très bien le faire. (Et je me suis surpris à en envisager effectivement la possibilité.)

ce que tu as dit

En admettant que tu le fasses, ça ne marcherait pas.

Là-bas, une femme n'a pas le droit de sortir aussi librement avec un homme.

ce que j'ai dit

Une raison supplémentaire pour que tu n'y ailles pas.

ce que tu as dit

Alors, pourquoi ne m'as-tu pas téléphoné tous ces jours derniers ? Pourquoi n'as-tu pas répondu à mes propres appels ?

ce que tu n'as pas dit

À cause de ce que tu m'as entendue raconter à Ashok ? Cela t'a horrifié ?

ce que je n'ai pas dit

Oui, en partie à cause de cela. J'ai été horrifié d'avoir été si horrifié. Je ne m'étais pas rendu compte que je projetais sur toi un de ces fantasmes concernant la femme-indienne-plus-pure-que-la-plus-pure. Que ce qui m'attirait vers toi c'était, entre autres, le fait que tu semblais si différente des filles d'ici, avec leur liberté d'allure et de langage. Et que j'étais jaloux. Je brûlais de jalousie à la simple pensée que...

ce que j'ai dit

Je me faisais désirer. J'ai appris ça de toi.

ce que tu as dit

Humm. Alors, c'est quoi ce dangereux plaisir que tu m'as promis ?

ce que j'ai dit

Comment, être avec moi n'est-ce pas un plaisir suffisant ? Et suffisamment dangereux ? Dans ce cas... (J'ai embrayé et foncé droit vers la Grande Amérique. Nous avons attaché nos ceintures et avons filé vers les plus hauts sommets puis plongé plus bas que le désespoir et tu as hurlé plus fort que tu n'imaginais être capable de le faire et je t'ai serrée dans mes bras plus longtemps que je l'avais jamais fait et tu m'as donné une tape sur les mains en disant Arrête, et j'ai dit : Pourquoi crois-tu qu'ils ont dessiné ces parcours terrifiants – et pendant tout ce temps je pensais que tu allais partir loin, si loin, et à toutes les choses qui pouvaient arriver, que, par exemple, le vieil homme te traite mal une fois revenu sur ses terres...)

j'ai dit

Je ne blague pas, tu sais, à propos de mon voyage en Inde. Pour aller vous voir, toi et Dayita. (Tu es devenue très silencieuse.)

alors j'ai ajouté

As-tu cru que tu pouvais te débarrasser de moi si facilement ? J'ai l'intention de corrompre ta fille avec les dernières vidéos sorties, comme ça, nous serons deux à te tanner pour que tu reviennes ici. (Ta tête s'est appuyée légèrement contre la mienne.)

je me suis dit à moi-même

Attention ! N'en tire pas trop de conséquences. Elle est peut-être simplement étourdie par la course.

et tu m'as décoché un sourire énigmatique et dit

Tu peux toujours essayer.

— DIX-SEPT —

Elle tourne la clef de contact mais la voiture refuse de démarrer, même quand elle pompe à plusieurs reprises sur l'accélérateur, même quand elle martèle le tableau de bord. Elle appuie le front contre le volant et tente de se rappeler ce que l'homme qui était son mari faisait en de telles occasions. Elle consulte sa montre. Ses mains tremblent. Elle sent les picotements de la sueur sous ses aisselles. *Pas de panique. Pas de panique.* Elle s'est donné une grande marge de temps pour atteindre Daly City parce que conduire la rend nerveuse et que l'on roule toujours très mal dans toute cette zone autour de la baie, même sur l'autoroute panoramique qu'elle a l'intention de prendre. Les minutes s'égrènent, lui échappent. *Comme de l'eau vous coulant entre les doigts dans le désert.* Elle chuchote les mots, leur sonorité la calme. Elle sent la crise s'éloigner. Manier cette langue lui fait toujours cet effet. Elle enlève la clef, la frotte contre son jean, essaye à nouveau. Après une petite toux récalcitrante, le moteur tourne, Anju part retrouver sa cousine.

Sudha attend sur un quai de la gare de North Berkeley, elle frissonne légèrement – plus de nervosité que de froid. Elle regarde le ciel, aujourd'hui couleur de jean délavé. Il y a comme un soupçon de brume, qui diffracte la plus douce des lumières sur le haut des peupliers jaunes. Sudha, mâchonnant ses lèvres, voit et ne voit pas. Faute de quelqu'un d'autre à qui la confier, elle a dû laisser Dayita à la garde du vieil homme. « Êtes-vous sûr de pouvoir vous en tirer ? » lui a-t-elle demandé dix fois. Il a hoché la tête, roulé des yeux en mimant l'exaspération, l'a chassée d'un mouvement de main. « Partez, partez ! » Il a même fait une démonstration de changement de couche. « Maintenant, vous êtes satisfaite ? »

Le quai vibre, un peu, très peu, sous ses pieds, la terre prépare un soulèvement. Non. Ce n'est que le train qui approche. Elle compte sur ses doigts. Les deux repas sont prêts, sur la table de la cuisine, les couches et les serviettes rangées à portée de main. La couverture de Dayita. Elle lui a arrangé un petit lit par terre, à côté du lit du vieil homme, pour le cas où il saurait la convaincre de faire une sieste, et l'a sortie de sa trotteuse, car il n'en aurait pas la force. Elle a embrassé Dayita sur le front, lui a enjoint, d'un ton féroce, d'être gentille, a laissé le numéro du téléphone portable de Lalit, en cas d'urgence.

Les portes automatiques du train se referment derrière elle. Les paisibles voyageurs du milieu de matinée sont éparpillés ici et là, sur les banquettes. Elle trouve une place près d'une fenêtre, en face d'une vieille femme arborant plusieurs lainages superposés, un sac à dos miteux et un sourire édenté. Est-ce une clocharde ? Circonspecte, Sudha lui rend son sourire. Quand elle était enfant, sa mère avait coutume de dire : « Tiens-toi à l'écart des gens malchanceux. La malchance est contagieuse. » Dehors, des parcelles de yerba buena, un massif ondulant de dentelles Reine Anne en forme de coquillage argenté. Un jour elle a dit au vieil homme : « Quoi que le destin ait jugé bon de m'infliger, il a toujours placé sur mon chemin quelqu'un pour m'apprendre le nom des plantes. » Il a acquiescé. « Quand on sait nommer toutes les pousses vertes qui nous entourent, on n'est plus un étranger dans un pays. » Il a déjà commencé à lui décrire les arbres qu'elle trouvera dans son jardin de Jalpaiguri : manguier, jaquier, shiuli, champak à la fragrance dorée et veloutée.

Le train entre dans un tunnel. Elle cligne les yeux dans la nuit soudaine. Les petites lumières rouges de secours parsèment le tunnel comme des joyaux dans une caverne. La vitre lui renvoie son image, un visage aussi pâle et séduisant que celui de Perséphone. Ses mains épousent la forme parfaite de ses pommettes, cette beauté qu'elle aime et déteste à la fois. Aucune ride pour témoigner de ce qu'elle a vécu, aucun cerne de souffrance sous les yeux. Comment alors pourra-t-elle convaincre Anju de ses remords ?

« Approche, dit-il. Viens vite. Sois gentille. Laisse-moi vérifier ta couche. » Il tâche de l'attraper, mais l'enfant chancelle hors de sa portée, riant aux éclats. C'est un nouveau jeu, et il lui plaît. Elle est contente de ne plus être confinée dans sa trotteuse, dont les roues déclenchent une cacophonie qui lui résonne dans la tête même après qu'elle s'est arrêtée de bouger. Elle prend la décision de hurler de tous ses poumons si sa mère imagine de la remettre là-dedans. Dans son ravissement elle lance les bras en l'air, perd l'équilibre et atterrit sur les fesses. Après un instant de réflexion, elle opte pour les larmes.

« Mon pauvre bébé ! » dit le vieil homme. Il a du mal à se courber, aussi se baisse-t-il, les hanches raides, par degrés, en se tenant au lit. « Vilain sol ! » Il le frappe de sa canne.

Cela aussi plaît à l'enfant. « Vilain sol ! » répète-t-elle, frappant le bois du plat de la main, même si les mots qu'elle produit semblent différents, comme sortis d'une bouche pleine de bouillie. À cette idée, elle se sent en appétit. Non, elle meurt de faim. Elle tire le vieil homme par sa main, mais est distraite à la vue de la peau, toute ridée, qui la recouvre. Elle pince un pli soyeux puis le lâche. Recommence. Elle saisit un doigt qu'elle étire puis replie vers l'intérieur. Étire, replie. Étire, replie. C'est encore plus drôle que de sortir tous les jouets de leur caisse ! Puis, de nouveau, elle meurt de faim. « Manger », dit-elle, en montrant la cuisine. Mais elle attend qu'il se remette debout, avec des craquements de vieil arbre. Elle l'autorise à la tenir par la main.

L'aire de parking sur laquelle s'engage Anju lui paraît très vaste – plus vaste qu'elle ne l'est en réalité. Et très pleine. Il lui semble qu'il n'y a pas de place libre, qu'elle va devoir tourner indéfiniment. Les voies miroitent faiblement. Un train entre en gare. Anju parcourt le quai des yeux. Est-ce elle ? Soudain elle ne sait plus à quoi ressemble Sudha. Même les emplacements Réservé-au-chargement-des-passagers les-conducteurs-doivent-rester-au-volant sont pleins. Anju se range sur un arrêt de bus et surveille dans le rétroviseur l'arrivée éventuelle de la contrôleuse de parcmètres, ange exterminateur dans sa voiturette bleue. L'expérience lui a appris que, en matière de parking, elle a un mauvais karma.

Aussi ne voit-elle Sudha que lorsque celle-ci tape à la vitre. Et tandis qu'elle se penche pour déverrouiller la portière, l'idée la traverse que la main de sa cousine, avec ses doigts fins sans bague et ses ongles non vernis, ressemble à un lotus blanc.

Elles demeurent silencieuses pendant quelques minutes. Anju fixe le pare-brise, étreint le volant, pose les mains sur ses genoux. Elle s'efforce de régler sa respiration, compter quatre en inspirant, huit en expirant, comme l'enseigne le moniteur du cours de yoga auquel elle vient de s'inscrire, mais l'air lui fait défaut. Elle tâtonne sur le tapis de sol à la recherche de sa bouteille d'eau, qui se révèle hors d'atteinte, de l'autre côté des jambes de Sudha.

« Tiens, la voilà », dit Sudha. Leurs mains se touchent, celles de Sudha sont moites de nervosité.

« Tu transpires, dit Anju.

— Toi aussi. »

Elles s'essuient les paumes sur leur jean, et l'une d'elles – difficile de dire laquelle – se met à rire, un petit craquement de glaçon en train de se fendre. L'autre en fait autant.

« Ne me dis pas que tu avais peur de me voir, dit Anju.

— Je n'avais pas peur. J'étais terrifiée.

— Moi aussi. »

Elles rient derechef. Survient alors le silence qu'elles redoutaient, aussi tendu qu'un élastique sur le point de se rompre. Sudha se racle la gorge, tousse.

« Tu veux de l'eau ? » questionne Anju.

Sudha acquiesce d'un hochement de tête, prend la bouteille que lui tend Anju, boit. La rend à Anju, qui boit à son tour. Ses lèvres touchent le goulot que la bouche de Sudha vient de quitter.

« Anju – Sudha examine ses ongles –, es-tu toujours furieuse contre moi ? »

Anju regarde par la vitre deux merles qui se disputent une barquette de frites abandonnée. Elle se demande si les frites ne vont pas les rendre malades et si elle ne devrait pas les chasser. Mais les oiseaux ont l'air costauds et joyeux, avec des yeux pailletés impudents. Ils se nourrissent probablement de frites et de rondelles d'oignons frits depuis leur naissance. Elle s'entend dire « Non », et se rend compte, stupéfaite, que c'est la vérité.

« Je veux te raconter ce qui réellement... »

Anju secoue la tête. « Je ne veux pas l'entendre.

— Mais...

— Non, répète Anju d'une voix ferme. J'ai mis longtemps à refermer cette porte. Ne la rouvre pas.

— Mais tant que tu ne sauras pas, tu me croiras responsable...

— Quoi qu'il se soit passé, dit Anju, qui se concentre sur la recherche des mots justes capables d'exprimer ce qu'elle ressent, je me dis que ça ressemble au rêve que j'ai fait la nuit dernière. Quelle importance que ç'ait été un bon ou un mauvais rêve ? Dans un cas comme dans l'autre, ce n'est pas lui qui m'aidera à vivre ma vie d'aujourd'hui, n'est-ce pas ? »

Sudha plisse le front. Ce mode de raisonnement ne lui est pas familier. Elle n'est pas sûre de comprendre où il mène. « Et moi ? Est-ce que je colle à cette vie ?

— Je n'en suis pas sûre. Je ne suis même pas sûre d'y coller moi-même.

— Oh, Anju ! » Sudha prend la main d'Anju dans les siennes et la caresse comme on caresserait celle d'un enfant blessé. « Je voulais tant t'aider, et j'ai fait juste le contraire, n'est-ce pas ? »

Anju hausse les épaules. « Je pourrais en dire autant. » Mais elle ne retire pas sa main.

On gratte à la vitre. La contrôleuse – en l'occurrence le contrôleur – de parcmètres. Il gesticule avec son stylo, leur intime d'abaisser la vitre. « Tout ça est très émouvant, jeunes dames, mais vous feriez bien de vous bouger si vous ne voulez pas attraper une contredanse.

— Dès que vous aurez reculé, monsieur l'agent, susurre Anju, en mettant le contact. Vous ne voudriez pas que je vous écrase le pied, n'est-ce pas ? »

Dans la maison de verre, le déjeuner s'est heureusement déroulé, seuls de menus incidents sont à déplorer – une assiette que le vieil homme a laissée échapper, quelques empreintes au ketchup sur la porte du réfrigérateur.

« Rien qu'un bol d'eau chaude savonneuse ne puisse

soigner », dit-il à Dayita qui se tortille pour descendre de sa chaise. « Reste tranquille, Miss Terreur. » Chose étonnante, elle obéit. Il lui essuie les mains et la bouche avec une serviette humide. Ses doigts tremblent un peu. « L'émotion de ta présence, explique-t-il. Ta mère devra faire le reste quand elle rentrera. Et maintenant, changerons-nous la couche ? »

Vingt minutes plus tard, il s'écarte du lit, doutant d'avoir vraiment réussi à lui mettre cette couche – un peu de guingois, il est vrai. « Bon travail, si je peux me permettre ! Je crois que ta mère sera fière de nous ! » L'enfant sourit et tire de sa bouche des chapelets de demi-mots.

« C'est exactement ça, dit le vieux monsieur en s'essuyant le front. Exactement ce que je pensais. L'heure de la sieste. Voilà ton lit et ta couverture, par terre, et voilà le mien. » Il s'assied tout doucement, bascule les jambes sous l'édredon. Il est épuisé, même s'il ne l'avouerait jamais à Sudha, pas pour un empire. Il dort déjà à moitié quand il sent l'enfant le pousser dans le dos à coups de poing déterminés. Il se retourne pour l'accueillir sous l'édredon. Elle se blottit contre sa poitrine, gigote, pose la tête sur son oreiller. Les cheveux sont légèrement humides et sentent, se dit-il, les pousses de moutarde sauvage. Il inspire longuement, passe les doigts dans les boucles emmêlées. Sous la douceur des cheveux, la courbe solide du petit crâne. Quand a-t-il tenu ainsi un enfant dans ses bras pour la dernière fois ? Soudain il revoit sa femme, ridée et portant lunettes, dans son sari tissé main à liséré rouge, coupant des brinjals dans la cuisine. Dans son souvenir, elle le regarde avec un demi-sourire. Il lui manque une dent sur le devant, qu'elle n'a jamais songé à remplacer. Le soleil fait scintiller les montures en fer de ses lunettes. *Notre petite-fille.* Entend-il les mots dans sa tête ou est-il en train de les prononcer ? Comme elle avait été déçue quand Trideep les avait informés qu'il n'aurait pas d'enfants ! Il entreprend de raconter à Dayita sa première rencontre avec sa femme, le jour de leur mariage. Un mariage très suranné, même pour l'époque. Elle n'avait que quatorze ans, et il venait à peine d'entrer à l'université. Plus tard, il avait grimpé au goyavier dans la cour pour lui cueillir les meilleurs fruits, sur les branches du haut, qui commençaient à mûrir. Elle aimait les manger avec du sel et du piment en poudre. Puis ils s'étaient disputés, elle avait pleuré et dit qu'elle voulait retourner chez sa mère. Mais ils étaient tombés amoureux l'un de l'autre. Il essaie de se rappeler comment ça s'était fait, mais c'est si vieux. Elle croyait que la personne qu'on épouse dans cette vie a déjà été votre épouse dans une vie antérieure. Juste avant de mourir, elle l'avait attiré tout près d'elle et dit, avec ce même demi-sourire : quel que soit l'endroit où je me rende, je t'attendrai. Il n'en est qu'à la moitié de son récit quand il s'endort.

Sunil se promène en forêt. (Il s'agit en réalité de l'arboretum de Houston, mais il aime l'imaginer en forêt sauvage, propice à l'aventure.) Frênes, chênes d'eau, érables, pacaniers. Il repère une haie avec de minuscules baies rouges. Il faudra qu'il en cherche le nom. La première fois qu'il a vu les sapins, il a été stupéfait. Il ignorait qu'ils pouvaient pousser si loin au sud. À chacune de ses promenades ici, il note dans son journal – il a commencé à le tenir récemment – *Suis allé marcher dans les bois.* Le chemin longe une mare couverte de nénuphars avec des grenouilles, une étendue marécageuse, une plateforme d'observation en bois. Il le mène ensuite à son endroit favori, un petit lac avec une île au milieu où nichent des oiseaux migrateurs. Assis sur la jetée, il écoute les couples s'appeler. Sur la rive opposée, des tortues se chauffent au soleil. L'une d'entre elles lève la tête, et il remarque les fines rayures rouges près des oreilles, le poli verdâtre du cou. Sunil aime les tortues, *leur patiente sagesse* (écrit-il). Parfois il leur apporte en douce des pommes vertes hachées. Les champs derrière lui sont pleins de mauvaises herbes. Au printemps, lui a dit quelqu'un, ils seront pleins de bleuets. J'aime bien aussi les mauvaises herbes, a dit Sunil. Le menton sur les genoux, il contemple l'eau. Des faucheux la sillonnent en l'effleurant, une petite ondulation gagne de proche en proche. Il sent la chaleur du soleil sur ses épaules. Dans son journal il a écrit : *En hiver, le soleil de Houston est très doux. Est-ce le même que le soleil assassin de l'été ? Mais pourquoi devrais-je m'en étonner ? Les gens ne sont-ils pas les mêmes aux différentes périodes de leur vie ?* Il note aussi d'autres choses dans son journal, des aphorismes, des histoires drôles, qu'il invente lui-même. *Pour son amant une femme est une bénédiction au-delà de l'imaginable, pour un moine, une distraction, pour un moustique, un bon repas.* Et aussi : *Comment apprend-on la patience ? Très lentement.*

Une voie de chemin de fer passe derrière l'arboretum. Sunil entend siffler un train, le sol gronde faiblement. Il n'a pas répondu au petit mot de Sudha, même si l'idée de le jeter lui est insupportable. Parfois, tard dans la nuit, il le relit à l'étrange lumière bleue de son ordinateur. Il sent alors une vieille douleur se réveiller en lui, de la même façon que, racontent les soldats, on souffre d'un membre amputé. Dans son journal il a écrit : *Les vieux désirs courent au plus profond de soi.* Et aussi : *Je suis déterminé à triompher de moi-même.* Il vient également d'écrire à Anju pour lui demander s'il pourrait la voir la prochaine fois qu'il se rendra à San Francisco. Il n'espère rien d'autre que son pardon. Mais l'espoir du pardon est déjà une très grande chose.

Une tortue nage tout près de la jetée, juste sous la surface de l'eau. Elle est plus grande que les autres, d'un marron sombre uniforme. Une espèce particulière de tortue d'eau, suppute Sunil. Le soleil s'enfonce derrière la plate-forme d'observation. Sunil s'étire et se lève. La route est longue d'ici à son petit appartement. Deux pièces. Il pourrait pourtant se permettre d'en louer un plus vaste, surtout maintenant qu'il n'a plus à envoyer d'argent en Inde. Mais il ne voit pas la nécessité d'une telle extravagance. *Ici le jasmin pousse toute l'année*, a-t-il écrit à Anju. *Dans le temple hindou il y a, paraît-il, un sanctuaire du paon.* Même si elle continue à ne pas répondre à ses lettres, elle n'exige plus qu'il s'abstienne de les écrire. En regagnant sa voiture, il va essayer de repérer des tatous. C'est le moment de la journée où ils sortent. Ce soir dans son journal il notera : *Les tatous me stupéfient, avec leur apparente laideur, et leur aptitude à copuler malgré leur peau blindée.* Demain il demandera à Anju de lui procurer une photo de Dayita.

Anju a quitté la 280 et emprunte une route qui sinue à travers une ville assoupie. Quelques feux de signalisation, un étal vantant ses avocats mûris sur l'arbre. Le brouillard s'est levé. Sudha raconte les derniers hauts faits de Dayita, les histoires du vieil homme, qui veut les emmener voir les montagnes du Bhoutan. Et Myra, qui les menace d'une visite prochaine. En retour, Anju lui parle de ses professeurs. D'un film qu'elle a vu il y a quelque temps, à la fois drôle et fort, une histoire de femmes indiennes, intitulée *Bhaji à la plage*. De ses bons résultats à la fac qui lui ont permis de figurer sur la liste des meilleures élèves. Elle demande comment Lalit a réagi à la nouvelle du départ de Sudha. Lui aussi la menace d'une prochaine visite, l'informe Sudha, qui ne peut réprimer un certain sourire. Il lui a donné un calendrier des *Peanuts* afin qu'elle puisse barrer les jours qui les séparent de son arrivée.

Sous les mots prononcés, une conversation toute différente se déroule. Les émotions se fracassent contre les vitres de la voiture comme des oiseaux cherchant à s'échapper.

Comment peut-on s'accommoder de la perte d'un amour, un amour qui ne se retrouve jamais ?

Je suis si fatiguée d'être en colère, d'être seule.

Cet adieu est si différent des précédents, si empreint de soulagement.

Qu'allons-nous faire de nos désirs contrariés, que nous pleurons pourtant ?

Je ne sais pas, je ne sais pas.

À la radio, quelqu'un chante « Mon douloureux cœur brisé ».

« On devrait interdire toutes les chansons qui contiennent le mot cœur », dit Anju.

À l'est, les avions décollent de l'aéroport international de San Francisco, leurs ailes de libellule resplendissant à la lumière. Anju a accepté d'aller assister au départ de Sudha et de Dayita la semaine suivante. Elle prendra des photos, si elle arrive à se rappeler l'endroit où elle a rangé l'appareil.

« Est-ce qu'Ashok t'a parlé avant de partir ? demande Sudha.

— Oui.

— Était-il vraiment bouleversé ?

— À ton avis ? »

Sudha se mord les lèvres. Dans certains cas, on se sent toujours coupable, même s'il vous aurait été impossible d'agir autrement. « Je m'en veux terriblement de l'avoir repoussé ainsi, mais il le *fallait*...

— Il m'a dit : Cette histoire est morte. Nous sommes devenus des fantômes l'un pour l'autre. Je lui ai conseillé de se marier – d'épouser une femme forte, plus âgée, peut-être veuve, qui lui vouerait la reconnaissance qu'il mérite. »

Sudha baisse la tête, accepte le reproche. La liberté se paye cher. « J'espère qu'il le fera », dit-elle.

Mais le sujet n'intéresse plus Anju. « Ferme les yeux », ordonne-t-elle à sa cousine.

Sudha fronce les sourcils. (Même cette mimique, songe Anju, la rend charmante.) « Pourquoi ?

— Ne pose pas de questions ! Fais-le ! »

Sudha ferme les yeux, méfiante néanmoins. « Qu'est-ce que tu mijotes ? »

Anju roule très vite à présent, tressautant sur une route qui grimpe à flanc de colline. Sudha se retient au tableau de bord. La sueur lui dégouline sur la lèvre.

« N'aie pas peur, dit Anju avec un petit rire sec, je ne vais pas nous tuer. Même si, je dois l'avouer, j'en ai rêvé certains jours, nous deux dans cette voiture, tombant du haut de la colline...

— Ralentis, pour l'amour du ciel. » Blême, Sudha serre les paupières le plus fort possible.

Anju freine. Les pneus dérapent sur le gravier, la voiture s'arrête. « Bon, dit-elle, tu peux regarder maintenant. » Elles sont sur une aire de parking improvisée, au bout d'un promontoire. Anju ouvre brusquement la portière, Sudha respire une bouffée d'air salé. Elle regarde autour d'elle, front plissé, essayant de se rappeler pourquoi l'endroit lui semble familier. Quand elle lève les yeux, elle voit le ciel rempli de formes colorées qui tournoient comme de gigantesques cerfs-volants.

« C'était ici », dit-elle lentement. Sa première sortie en Amérique, le pique-nique sur la plage, le Pacifique d'un bleu flamboyant, à perte de vue, l'image de ce qu'allait devenir sa vie, croyait-elle. Les ailes volantes plongeant pour aller flirter avec les vagues. L'homme qui n'est plus à leurs côtés aujourd'hui.

« Que de choses ont changé, chuchote-t-elle.

— Oui, dit Anju. Et c'est pourquoi je t'ai conduite ici. » Elle prend Sudha par la main et la tire. « Viens ! Vite ! » Elles s'élancent vers la zone d'atterrissage à l'extrémité de la falaise.

« Qu'est-ce qu'il y a, Anju ? » halète Sudha.

Un large sourire éclaire le visage d'Anju. « Tu ne le croiras pas, Sudha. J'ai appris à voler. »

Épilogue

Sa première tentative est un échec, la deuxième aussi. Ses mains tremblent violemment. Un muscle près de sa bouche se met à sauter. Le vent est contraire, et très froid. Le harnais lui entaille les épaules, les sangles en Velcro lui écorchent les côtes. Attachée à son dos, l'aile massive est aussi rigide que du béton. Comment a-t-elle pu croire qu'elle la maintiendrait en état d'apesanteur ? Et puis, surtout, elle sent les yeux de Sudha fixés sur elle. L'appréhension dont elle les sait empreints la cloue au sol. *Encore une de ces folles inventions d'Anju. Ne se mettra-t-elle donc jamais du plomb dans la tête !* Le bébé est là aussi, suspendu quelque part au-dessus, qui la regarde avec la même anxiété. Elle en est certaine, mais cela ne l'angoisse pas. Elle se remémore un haïku :

Soirée d'été, insectes desséchés,
Je crois entendre votre voix
Dans le chant de l'hototogisu[1].

Sa monitrice arrive, ses cheveux roux balayés crânement de fils d'argent, sa bouche encadrée de profondes

1. Le coucou (*NdT*).

rides de rire. Elle joint les gestes à la parole : *Tiens-toi comme ça, sans peser. Avance-toi dans le vent. Équilibre ton angle. Comme nous l'avons fait l'autre jour en tandem.* Le grondement dans ses oreilles l'empêche d'entendre. *Fais confiance à ton corps.* Les mots se forment toutefois sur les lèvres de la monitrice, et elle obéit à l'ordre qu'ils lui donnent d'avancer jusqu'au bord. *Tu peux le faire.* Elle court. Cette fois elle sent le courant de l'air aspirer son aile, d'un coup sec qui se propage à l'omoplate. Tourbillons froids à l'intérieur de ses vêtements, choc soudain, profond. Elle a décollé. Elle vole.

Elle se dit qu'elle ne s'habituera jamais à cette sensation, quel que soit le nombre de vols qu'elle effectuera. Elle tire sur la barre de commande, l'aile gagne de la vitesse. Tous ces rêves depuis l'enfance, où elle s'imaginait planer, s'élever vers le firmament. (Mais toujours, pour finir, ses ailes fondaient, elle plongeait en une chute icarienne droit sur les arêtes coupantes d'un rocher noir, et elle se réveillait en sursaut en hurlant.) La réalité est beaucoup plus belle que ses rêves. Elle n'aurait jamais cru que la vraie vie pouvait être meilleure que les constructions imaginaires. Cela lui procure une sorte de foi.

Vers le haut, vers le bas, le vent la porte. Tourne à gauche, éloigne-toi, plus loin, au-dessus de l'océan. Elle vide son esprit de tous les conseils de prudence. *Le premier vol doit toujours se dérouler en ligne droite. Survoler l'eau est dangereux, en toutes circonstances.* Se les répéter serait douter, le doute est meurtrier. Sous elle, les vagues s'enflamment, l'océan tout entier est un diamant en fusion qui la fait pleurer, elle va pour essuyer ses larmes et se rend compte que ses lunettes de protection l'en empêchent. Aveugle à présent, elle vole au juger, sans peur. *Ce serait une belle fin, de s'enfoncer ainsi dans la lumière.* Quelqu'un a dit cela jadis, elle s'en souvient. Elle-même. Si jeune, oisillon sans plumes. Cette pensée, elle la refuse maintenant. Sa vie commence tout juste.

Puis elle se rappelle l'autre chose. Gardant une main sur la barre, de l'autre, raide dans son gant, elle fourrage dans sa poche de poitrine. Ne palpe rien, panique, pendant un instant l'aile tangue dangereusement. Elle sait que, en dessous, sa monitrice retient son souffle, que sa cousine croise les doigts, *s'ilvousplaît s'ilvousplaîts'ilvousplaît.* Puis son index la sent, rigide, rassurante. Elle la sort, la porte à son regard brouillé, la photographie prise dans un cabinet de médecin, dans un autre monde, l'ultrason qui propulse un petit bip lumineux sur le fond gris granuleux de ses entrailles, en bordure du cliché la légende barbouillée d'encre, écrite de sa main, *Bébé Prem, attendu pour le 16 mars 1993.* Elle desserre les doigts.

La photographie tombe, tournoyant paresseusement dans le vent qui arrive tout droit des Farallons. Sel, cri des mouettes, odeur ammoniaquée du révélateur. Mais tant d'odeurs l'assaillent soudain. L'odeur astringente des antiseptiques dans une salle d'urgence à Redwood City, Lalit penché sur un bras tailladé qu'il doit recoudre. Dans un autobus de Calcutta, l'odeur de sueur et de fatigue, et les gens qui plaisantent à propos de ce bus plein à craquer. (« Ne vous inquiétez pas, Dada, vous vous évanouirez peut-être mais vous ne tomberez pas – il n'y a pas assez de place pour ça. ») L'ancien appartement d'Anju, où des relents de methi et de coriandre se mélangent aux bouffées d'oignon vert et de kim chee produites par les nouveaux locataires. La maison de verre est envahie du pollen des fleurs de gingembre qui poussent sur les collines d'Assam, le vieil homme de sa voix sifflante chantonne à l'enfant des chants de mousson. *Viens, pluie, viens vite, je te donnerai une pleine mesure de graines de shalidhan.* Dans sa véranda, Ashok installe un chevalet et commence à mélanger ses couleurs. Aujourd'hui il entreprend un paysage, huile et acrylique – quelque chose qu'il n'a encore jamais fait. Au bout du compte, ce sera peut-être un paysage californien ? Dans son bureau de Houston, Sunil explique à un client comment résoudre un problème de configuration, tout en pensant à son prochain voyage dans la baie, le mois prochain. Et à ce qui pourrait en résulter.

La femme penche son corps au vent, dans le scintillement momentané bleu et argent, les couleurs de l'écran de l'ordinateur de Sunil. Le scintillement se dissout. Elle rit. Odeur de shampooing aux herbes dans ses cheveux. La monitrice agite une grande banderole orange. TU L'AS FAIT ! La femme exécute une dernière volte paresseuse, inclinant son aile vers le bas. Sudha fait des grands gestes, ses boucles volant dans tous les sens. Dans la maison de verre, Dayita frappe une cuiller au même rythme. Quant au chagrin, on s'appuie à lui, et on desserre les doigts. Qu'il vous soutienne comme la fragile beauté de la terre lumineuse. Sur la plage de l'Ano Nuevo, un bébé phoque tourne la tête vers l'Alaska, envisageant son premier voyage océanique. Dans les Sundarbans, les derniers cheetahs se tiennent en équilibre sur les branches de la mangrove. Quelque part des machines abattent des arbres de mille ans. Quelque part un pipe-line crache du pétrole dans la mer. Quelque part les membres d'un jury estiment qu'ils n'ont pas assez de preuves pour déclarer un homme coupable du meurtre de sa femme. Un vieil homme étire ses jambes pour capter une tranche de soleil. Un chirurgien ouvre un abdomen et le trouve si envahi de cellules cancéreuses qu'il ne peut rien faire d'autre que le recoudre. C'est l'année de l'obstination, la Bosnie rejette un appel au cessez-le-feu, l'Inde procède au lancement test d'un missile assez puissant pour atteindre la Chine. À la radio, un journaliste annonce qu'une Italienne de soixante-deux ans – record absolu – vient d'accoucher avec succès. Que la démocratie a été rétablie à

Haïti sans qu'on ait tiré un seul coup de feu. Qu'est-ce qui est le plus important ? Ou le moins ? Les morts applaudissent la chanson du vieil homme. L'aile volante heurte l'aire d'atterrissage, trottine et s'arrête, triomphante. La femme au sol ouvre les bras à celle qui était dans le ciel. Voilà ce que nous faisons du chagrin. Les morts sont des gouttelettes d'eau de mer et de cendre, qui voyagent dans l'air. Montent-elles ? Tombent-elles ? Regardez, il n'y a pas de différence. La courbe de la terre ressemble à un sourire. Le vieil homme chante : *Ô pluie, viens, je t'attends depuis si longtemps.*

Remerciements

De tout mon cœur je remercie

Mon agent, Sandra Dijkstra, pour se faire l'inébranlable championne de mon travail.

Mon éditeur, Deb Futter, lecteur attentif et rigoureux.

Ma mère, Tatini Banerjee, et ma belle-mère, Sita Divakaruni, pour leurs bénédictions.

Murthy, Abhay et Anand, pour m'avoir fait rire quand j'en avais le plus besoin.

Gurumayi Chidvilasananda et Swami Chinmayananda, pour avoir guidé mes désirs.

Impression réalisée sur Presse Offset par

BRODARD & TAUPIN

GROUPE CPI

La Flèche (Sarthe), 29145

N° d'édition : 3706
Dépôt légal : avril 2005

Imprimé en France